历知幸

-著-

了不起的女朋友们

完结篇

北京燕山出版社
BEIJING YANSHAN PRESS

Contents

目 录

1

Chapter

和过去的人生
说再见

周一开晨会时，包括罗行长在内的一干人猛一看到言晓晓，都以为来了新人，多看了两眼之后，才认出是言晓晓。

言晓晓本来就慌了，被人盯着看，更是吓得直哆嗦，恨不得地上有个洞能让她立即钻进去。

会后，罗行长让言晓晓去他的办公室。言晓晓以为是自己头发的颜色染得太夸张了，哆哆嗦嗦地向罗行长承认了错误，并保证晚上就把头发染回来。

罗行长十分感慨，假如关享能有言晓晓十分之一的自觉，他的头发能少白一半。眼前这个傻姑娘，虽然不聪明，但胜在吃苦耐劳，最重要的是听话懂事，不用领导开口，就知道自我反省。哪像关享，捅了天大的娄子，都跟没事人一样！

言晓晓低着头，两只手拧着衣角揉来揉去。罗行长仔细打量了她一番："今天化妆了？"

说是化妆，其实也就是扑了点粉，抹了点腮红，擦了点唇膏。就为这，言晓晓还特意早起了半小时，本来还想画个眉毛的，实在不敢下手，准备让苏航和关享再指点一下。

言晓晓以为领导在批评她，抬起胳膊就往脸上擦。罗行长吓了一跳："你干吗？"

言晓晓的手停在半空中，一副要哭出来的模样。

罗行长意识到自己吓到言晓晓了，急忙解释："好看！洋气！小姑娘就应该这个样子！"

罗行长又拍了拍桌上的案本："我听苏航说，你最近学习很认真，吴楚一也打电话过来，说对你很满意！你好好干，我对你有信心，你肯定能成为一名优秀的客户经理！"

言晓晓半信半疑地回到办公室。关享问罗行长找她干吗，言晓晓一五一十地说完，苏航笑着给她鼓劲："老罗都说你能行，那你一定能行，别小看自己。"

中午，言晓晓去食堂吃饭。安鑫和几个柜员端着餐盘围过来，得知言晓晓的新发型出自哪里后，安鑫带头发出夸张的尖叫："难怪这么好看！我早就说过，所有的美丽闻起来都有金钱的味道！"

一个柜员姑娘把安鑫挤到旁边："可拉倒吧！什么你说的？明明是关姐说的！言姐，你用的腮红是哪个牌子？什么色号？好好看啊！"

言晓晓从小到大都是女生小团体排斥和嘲笑的对象，从来没有被一群女生围住问长问短过，她开始还有些尴尬，几句话聊完之后，发现聊天似乎也不是那么困难，人家好像也没有看不上她的意思。

在苏航和关享眼神的鼓励下，言晓晓红着脸邀请大家饭后到办公室试试腮红。

安鑫试完腮红，把关享拖到一边，低声问道："什么情况？"

关享装傻："什么什么情况？"

安鑫眼睛一横，语调拖得特别长："关姐，是不是姐妹？"

关享故作高深："这才刚开始，后面有的是让你们惊讶的！"

送走安鑫等人，言晓晓向关享借了个镜子，在苏航的指导下，琢磨怎么画眉毛。

晚上回到家，吃完杂粮面包配蔬菜沙拉，言晓晓站上跑步机。

一小时之后，李格非拿着瑜伽垫出来，指导言晓晓塑形。临睡前，言晓晓又在苏航和关享的指导下，穿着高跟鞋，走了十五分钟。

虽然言晓晓总觉得自己笨得不可救药，但从日常家务和做饭就能看出，她其实是个手巧的女孩子。经过几天的努力，吴楚一教她的那几招，她已经学得有模有样了。至于体形，短短几天，暂时看不出效果，但是人明显精神了，甚至穿着高跟鞋也能走一会儿了。

苏航最先发现言晓晓的变化：过去那个总喜欢低着头急匆匆走路的姑娘，现在走路抬头了，和人说话的时候，也不再刻意避开别人的视线。

周五下班，为了给明天来的吴楚一准备午饭，言晓晓去菜市场买了菜。关享去厨房泡茶时，看见言晓晓对着海鲜微笑，便问言晓晓是不是捡到钱了。

言晓晓怪不好意思地和关享解释，刚才她去菜市场，卖菜的老板没认出她，直夸她漂亮。以前她买菜的时候稍微选一下，老板都不耐烦，今天老板主动帮她选最好的。

言晓晓说着说着开始害羞："我知道挺傻的，你别笑话我。"

"傻个屁！"关享随手从冰箱拿出一杯酸奶，撕开盖子，一饮而尽，"咱们和你相处时间长，当然能发现你的心灵是很美的，但是大部分人没有时间和你相处，只能通过外表对你进行评判。所以，你就应该像现在这个样子！"

路过厨房的李格非没发表意见，只是在晚上陪着言晓晓做力量训练的时候，貌似不经意地说道："我喜欢你现在的样子。"

言晓晓努力做仰卧起坐，李格非给她定的计划是五十个，她咬着牙做了一百个。

周六，吴楚一来了，虽然横挑鼻子竖挑眼，但是对言晓晓的努力，勉强还是认可的。因为下午还有活动，他急匆匆地教完，饭都没吃就走了。

周日一大早，吴楚一的助理送来两个包装华贵的大盒子。在关享的狼嚎声中，言晓晓先打开小盒子，只见 Jimmy Choo 的水晶鞋静静地躺在里面，闪烁着耀眼的光芒。

至于大盒子里的礼服，则是 Dior 今年秋冬款高定。

作为言晓晓的朋友，李格非第一时间看出了言晓晓的需求："鞋子人民币三万多，裙子十来万人民币。"

言晓晓犹豫着拨通吴楚一的电话。吴楚一明显没睡醒，声音里带着清梦被扰的不耐烦："我一夜没睡，刚刚躺下，有什么事等我睡醒再说。"

言晓晓立刻闭嘴。吴楚一不用想就知道言晓晓在纠结什么，说道："鞋子和裙子是借的，用完还回来！"

言晓晓正要挂电话，吴楚一又开始交代："注意你的手，别脸蛋看上去勉强能见人，一伸手马上现原形。我不管你要干多少家务，全部都要戴手套，每天涂八遍护手霜，下个星期我过来检查！"

在苏航和关享的撺掇下，言晓晓换上了衣服和鞋。李格非捂着嘴巴发出夸张的惊叫："女神！"

关享蹲下去帮言晓晓把裙角理好，苏航指导言晓晓摆造型，李格非负责拍照。关享拿着修好的照片给她看："老言，你简直美到惨绝人寰！"

李格非嗤笑关享没文化乱用成语。关享有大事要干，没心情和李格非斗嘴，她带着一脸谄媚的笑容，腻歪在言晓晓身旁："晓晓，和你商量一个事……"

不用关享开口，苏航就知道她那点儿小心思，说："你也不看看你那身高和体重，晓晓的衣服和鞋，你试完她还能穿吗？"

"我就套一下，不拉拉链还不行吗？"关享拉着言晓晓的手，水汪汪的大眼睛不停地眨巴，说："晓晓，求求你，让我试一下行不行？我还没有穿过这么贵的衣服和鞋子！"

以言晓晓的性格，不可能不同意。没想到苏航却抢先一步接过衣服和鞋子，指挥关享道："来，帮我换一下。"

关享瞪着苏航，怀疑自己听错了。

苏航不耐烦："我也想试一下不行啊？"

关享不乐意："那你刚才还说我？明明我先拜托晓晓的！"

"我是你领导，要让领导先试，懂不懂？"

"那是在单位，这是在家！"

"我比你大，你要尊老爱幼！"

"你就比我大一个月，尊的什么老！"

关享气不过，想动手抢，可想到东西的价格，抢坏了卖了她都不一定赔得起，不禁恨得牙根痒痒。

苏航换好衣服，李格非足足拍了半小时，才勉强挑出一张让苏航满意的照片。

为了报复苏航，关享让李格非拍了一个小时才罢休。对此，李格非很受伤，为什么女生有内部矛盾，要拿他出气？

一周的时间在吵吵闹闹中愉快地度过。吴楚一这周依然繁忙，周六一大早赶来，扔下一个美甲师就走了。言晓晓对着做好的指甲发呆，漂亮是漂亮，可没法做家务。正踌躇时，收到吴楚一的信息："从现在起，到婚礼结束，所有家务交给他们。"

至于吴楚一口中的"他们"，随后又收到了吴楚一的指示，除了吃喝和运动，不允许言晓晓的手碰任何东西。

李格非欲哭无泪，指着苏航和关享说："你们俩沾了人家那么多光，牺牲点儿正常，关我什么事？"

关享一肚子怨气，又不敢对着吴楚一发，只好发泄到李格非身上：

"晓晓给吴楚一做的饭，吴楚一没空吃，你吃得最多，还有你那个头发，也是吴楚一请的客，你还有什么意见？马桶和浴缸归你了！"

经过一个半月的饮食调理和运动，言晓晓瘦了一圈，加上化妆，还有发型和衣着的改变，像是变了一个人。她去分行开会时，竟然没人认出她是谁。甚至还有人向苏航和关享打听，她们支行什么时候新来了一个美女？

苏航笑而不答。关享倒是很愿意跟人八卦一番，听得女同事个个目瞪口呆：能让吴楚一亲自上门指导得多大的面子，难怪晓晓变化这么大，简直是脱胎换骨！

最明显的表现之一，就是言晓晓去放款中心放款时，再也没有男客户经理插队，反而还有几个男客户经理主动问她急不急，可以让她先放。当然，以言晓晓的个性，怎么可能占人家这种便宜，她都是老老实实地排队，偶尔特别急，用了人家的位置，也是赶紧按苏航和关享教的，买一大堆好吃的请人家当下午茶。

就冲言晓晓现在的外表、性格和行事作风，她在分行的风评直线上升。关享与言晓晓开玩笑："你等着吧，再过一两个月，估计就有人忍不住要对你下手了！"

言晓晓过了好一会儿才反应过来，关享的意思是会有男生追求她。她连连摆手，怎么可能发生这种事情。从小到大，她都是男生忽略的对象，天生的隐形人，除了当年冲着她的钱来的张博，都没一个男生主动找她说过话。

言晓晓的自我评价，被完全相反的现实终结。多名男同事主动加她的微信交流工作，其中以当初那个抢她位置的王凯最为积极，聊完这个季度她准备放多少贷款后，直接约她这个周末去看电影。

言晓晓有些搞不清状况，便和家里的三个人商量。关享以为太阳打西边出来了，言晓晓也学会开玩笑了。可是看完微信内容，家中三人同时陷入沉思。

随后，作为言晓晓的姐妹，关享拨通了王凯的电话："哥们儿，什么意思？情场浪子想换个口味，拿我们家小言开心？你不怕我剥了你的皮？"

王凯正捧着手机等言晓晓的回复，接到电话，原本大喜过望，没想到传来的却是关享的声音，便不高兴地说："老关，你这话说得可就难听了，谁拿小言开心？我是认真的！"

"你的前八任女朋友每一个我都见过，哪个不是细腰、大胸、大长腿？我们家小言何德何能能让你认真？"

"单纯！"王凯掷地有声，"我从来没在任何一个女孩子身上看到过那么单纯的眼神。我喜欢她笑起来的样子，我喜欢看她脸红，这个理由够不够充分？老关，我可以发誓，如果我不是认真的，就让我名下存款掉到 0！"

李格非听完王凯的发言，向言晓晓提供参考意见："以我当了二十八年男人的经验，我认为这个男人没有撒谎，他是真的在追求你……"

言晓晓神情一滞，肩膀后缩，整个人团在沙发角落里。关享伸手把她拉直了，对她说："你别不信啊，过去那是不可能，现在是一切皆有可能。你对着镜子照照，别说一个男生约你，十个男生约，我都相信！"

苏航从理论上给言晓晓分析："你父母是老师，你有房，也有稳定工作，你性格老实人又居家，适不适合恋爱我们暂且不谈，至少非常适合结婚。"

李格非完全同意，说："反面例子就是……"李格非瞟了一眼旁边的关享，被关享瞪回，便改口说："晓晓，要不你就和王凯试试，我刚才看了他的照片，虽然他的长相跟我相比肯定是差远了，但还是很不错的。听关享说，他家里也挺有钱的，人又会哄女孩子开心，绝对适合谈恋爱，你又没正常恋爱经验，不如就跟他试试。等到去参加张博婚礼的时候，你把他带上，气死那一家子王八蛋。"

"也不一定非要王凯啦，我看这几个都蛮好的。"苏航翻阅微信，发现竟然有四五个男生主动示好言晓晓。看来，与她这种死人脸和关享那种网红脸比，还是言晓晓这种小家碧玉型的姑娘在婚恋市场更受欢迎，"不如我和关老板都帮你打听打听，最后和谁发展，你自己选？"

"我……我……我暂时不想考虑这些，我就想把工作搞……搞好……"不知道为什么，明明是讨论她的恋爱问题，言晓晓脑海里全是吴楚一的脸。他笑起来可真好看，又那么温柔，如果是和他……言晓晓被自己的想法吓到，打了个激灵，拼命摇头，想把那个异想天开的念头甩出脑海，"我去和他们说清楚……"

苏航按住言晓晓的手："有什么好说的？保持现状，没准哪天你觉得哪个顺眼了呢？"

关享连连点头："这几个条件都挺不错的，你先吊着呗！"

李格非斜眼："关经理，你这话说得可真够不道德的！"

关享冷笑："你当初怎么对夏约的，咱们这儿你最没资格说这话！"

苏航倒是挺赞成言晓晓暂时不谈恋爱的决定，在言晓晓的内心没有和外表同步前，的确不需要急着谈。言晓晓目前最需要的是重塑自信心，这一点，还得感谢吴楚一妙手回春，一切都在往好的方面发展。

几天后，单位发了季度奖，言晓晓在李格非的建议下换了新手机，和关享学着拍了张自拍，用美图软件修好后，发在朋友圈里。微信里的大学同学顿时炸开了锅，纷纷在同学群里夸言晓晓一夜之间变成了女神。

　　言晓晓大学时期当了四年隐形人，这还是第一次成为同学们讨论的热点。看着留言，她的眼泪慢慢流出来，但是在眼泪把睫毛膏和眼线弄花之前，她用纸巾轻轻抿掉，动作娴熟，没有一点畏畏缩缩的样子。

　　这周吴楚一周四、周五连着两个通宵忙工作，便将给言晓晓上课的时间由周六改为周日。言晓晓想起上周吴楚一提过一句想吃糖醋排骨，周六一大早她就买好菜来到吴楚一家。

　　吴楚一正在补觉，阿姨把言晓晓接进家门。之前阿姨不在家，言晓晓过来打扫过两次卫生。作为资深家政专家，阿姨对言晓晓干的活儿一点毛病都挑不出。虽然阿姨没见过言晓晓的面，但她心里已经很喜欢这个姑娘了。这次看到言晓晓的模样，更是喜欢，欢欢喜喜地把言晓晓领进门。

　　言晓晓把菜拎进厨房收拾。阿姨先是不让，在言晓晓的坚持下，不好再推辞。等吴楚一醒来时，饭菜已经摆在桌上了。

　　看见最爱吃的几个菜，吴楚一的第一反应不是开心。他的视线从饭桌转到言晓晓身上："我不是告诉过你吗？要好好保护你的手，不要做家务！"

　　言晓晓急忙把手伸到吴楚一面前："戴手套的！"

　　吴楚一拉过言晓晓的手，来来回回检查了几遍，确定指甲和皮肤都没问题，这才坐到餐桌旁。

　　看见言晓晓还站着，吴楚一指着对面："还不坐下？你站着看我吃？"

　　言晓晓立刻乖乖坐下。吴楚一暗暗叹了口气，这姑娘外表变化巨大，内心倒是一点都没变，还是那么听话又懂事，也不知道是好事还是坏事。

　　吴楚一换上温和的口气："你怎么来了？"

　　言晓晓的手指轻轻滑过餐巾上的纹理："你上个星期说想吃糖醋排骨……"

　　吴楚一觉得言晓晓的糖醋排骨和红烧肉一样，是近十年来他吃过的最好吃的，要不是考虑到体脂，他能吃一盘。对着剩下的半盘，吴楚一恋恋不舍地放下筷子，对言晓晓说："婚礼是下个周末，对吧？"

　　言晓晓点了点头。

　　"我把那天空出来了。"

　　言晓晓不解地看着吴楚一。"我不放心你一个人过去"这种话吴楚一绝对不会说出口的。他忍不住又夹了一块排骨放到碗里，说："我陪你去，我想看看达尔文的物种多样性能神奇到什么地步，创造出这么神奇的一家人。另外……"

　　吴楚一托着下巴上下打量着言晓晓："你是我出道以来投入心血最多的作品，我想看看效果。"

　　吴楚一放下碗筷，伸了个懒腰："你来了也好，省得我再跑一趟。吃完水果跟我来化妆间，我给你设计一下妆容。"

　　之后的一周，言晓晓在原有训练的基础上又加大了运动量，力求以最完美的状态出现在婚礼上。

　　婚礼当天，吴楚一午饭后到达集体宿舍，先是花了三个小时给言晓晓化妆弄头发，接着指挥苏航和关享帮言晓晓把衣服和鞋子换好，他则拿着衣服和鞋子去李格非房间换。

　　换好衣服的吴楚一，看得苏航和关享倒吸一口冷气。李格非瞧不上两人的花痴样，尤其是关享。当年他还是李少的时候，就算不比吴楚一强，也和吴楚一差不多吧？也没见关享这么看过他。

　　吴楚一看了下手表，让言晓晓赶紧跟他走。苏航和关享这才反应过来，吴楚一要陪言晓晓一起去！当下两人又双双捂脸，故作吃惊状，看得李格非更加不快，怀疑两人是不是吃错药了。

楼下，停着一辆黑色劳斯莱斯幻影。

司机打开车门，言晓晓提起裙子就要往里坐，却被吴楚一拦住："急什么？"

吴楚一扶着言晓晓的手，将她送入车内："今天，我全程为你服务。"

言晓晓红着脸坐在后排，双手握拳，目视前方。吴楚一招了招手："过来！"

言晓晓机械地扭过头。吴楚一怕碰坏妆容和发型，让言晓晓不要乱动，自己靠上去。言晓晓鼻腔里顿时全是吴楚一身上古龙香水的味道，一张脸不由得烧得发烫。

吴楚一从包里掏出两个首饰盒："胸前空荡荡的怎么见人？当然要用钻石挡一挡啦！"

戴好项链，吴楚一又把一只闪闪发亮的手镯扣在言晓晓的手腕上："放心，不是送你的，婚礼结束就还我！"

离开言晓晓的收入支持，张博一家终于回归了他们真正的消费水平。当劳斯莱斯驶近酒店时，酒店内所有人都在怀疑这辆车是不是来错地方了。

吴楚一下车，抬头打量酒店外观，只见酒店的四字招牌，一个字不亮，一个字缺偏旁，剩下两个忽明忽暗，很有点阴沉沉的味道。酒店门口则立着婚宴特价的易拉宝，充分体现出酒店的性价比。

步入电梯，吴楚一鼻子敏感，被地毯的霉味刺激到，打了个喷嚏。言晓晓一惊，鞋跟卡在电梯缝中。她顺势想要蹲下，被吴楚一拦住："别动！"

言晓晓以为吴楚一又要说她太不淑女，低下头准备挨训，没想到吴楚一竟然难得温柔地蹲下去帮她把鞋跟拔出："女孩子都讲究个仪式感，你分手分成这样，嘴上说不在乎，心里多多少少肯定还有怨气。今天我陪你过来，就是来闹事的，你随便折腾，有什么事，我帮你兜着。"

即使在这种不入流的酒店，张博家也没舍得订好点儿的位置，二楼地理位置最差的一个偏厅是本次婚宴的主会场。

吴楚一挽着言晓晓走到来宾接待处，方才的情景再次上演，人们纷纷侧目，以为他们来错了地方。吴楚一面带微笑，拿起笔递给言晓晓签名。负责登记红包的阿姨是张博的亲戚，即使看到"言晓晓"三个字，依然不能将眼前这位白富美和张博的前女友联系在一起。倒是吴楚一的话帮她证实了言晓晓的身份："新郎还欠我女朋友钱，红包我们就不给了。"

根据桌子上的名牌，吴楚一和言晓晓找到了位置——最偏僻一桌的上菜口。吴楚一看了看桌上的凉菜和烟酒，冷笑道："这是打发叫花子的吧？"

被安排到这桌的是张博家和女方家的远房亲戚，他们坐到这里本来就不开心，看着桌上的菜品，再加上吴楚一的点评，个个先气了个半饱。他们有心想和吴楚一争辩几句，可一瞧吴楚一打扮华贵，便不敢贸然开口。

桌上的冷盘不光没有质，连量都没有，一人还分不到一筷就没了。好不容易等到热菜上桌，吴楚一哑然失笑："我还是第一次在婚宴上看到红烧猪蹄。你们包了多少红包，能不能吃回零头？"

张博的远房表姐一家被说中痛处，想他们一家三口，两个大人加一个小孩一共包了两百元"巨款"，可看这菜，完全没法回本，想想就觉得亏。表姐立刻从包里掏出早就准备好的食品袋，端起猪蹄倒进去，说："你们不喜欢吃，我带走喂狗！"

女方家几个亲戚早饭、中饭都没吃，就指望晚上这一顿，谁想到冷盘一圈下来，连下第二筷的机会都没有。好不容易等到热菜上来，他们的筷子刚伸到半空中，盘子竟然空了，哪还能乐意？他们立刻拉下脸来，让张博表姐把猪蹄交出来。

表姐不乐意："你们几个多大人了？还和我家狗抢吃的？"表姐夫更是伸手把桌上的香烟和白酒也一起打包装走："你们不抽烟，我把烟拿走了。这桌没人喝酒吧？我把酒带走了！"

这下更犯了众怒，女方家的七大姑八大姨联手要求归还猪蹄和烟酒。张博的表姐痛斥对方不讲道理，和狗抢吃的表姐家的孩子在这种家风的熏陶下自然打小也是个人物，也不管是在人家婚宴上，张嘴就开始号啕大哭。

旁边几桌看情况不对，不但没人劝，反而个个看热闹不嫌事大，拿出手机各种拍拍拍。一直到吵闹声盖过失真的婚礼进行曲，张博妈才急匆匆地赶过来处理。

比起不自重的亲戚，更让她头痛的是吴楚一，那天银行大堂的一幕，至今让她记忆犹新。

"你来干什么？"张博妈气势汹汹地质问吴楚一。在三流化妆师的装扮下，只见她一张血盆大口配上两个乌黑眼圈，整个人看上去不像是新郎妈妈，反而像是恐怖片片场跑出来的女鬼。

"我来陪我女朋友参加婚礼，"吴楚一脸色沉静如水，微微抬了抬下巴指着桌上的名牌，"你邀请的。"

张博妈的视线在言晓晓和名牌之间来回游移，过了好一会儿才迟疑道："言……言……言晓晓……"

吴楚一笑了笑，嘴角带着一丝淡然的鄙夷："请帖是您亲自送的，我们当然要来看看。"

张博妈不敢再和吴楚一争辩，掉转枪口对着言晓晓："小言，你刚和我儿子分手，就搭上别人了，速度蛮快的嘛。"

吴楚一轻轻一嗤："那您儿子劈腿又怎么说？"

吴楚一此言一出，周围人八卦兴趣更浓，所有人的目光都聚集在张博妈身上。

婚礼现场，事关儿子的名节，张博妈不得不硬起头皮和吴楚一争辩："没有的事！"

"刚才司仪都说了，这对新人一年前相识，一见钟情，陷入热恋！"吴楚一指着台上像猴子一样窜来窜去的司仪，"我可记得，五个月前，你们全家还逼着我女朋友给你儿子买车！这怎么解释？"

吴楚一明显是来闹事的，周围人虽然是双方亲戚，可一来涉及感情问题不好劝，二来这戏明显比台上的司仪好看。于是，有假装低头玩手机的，有假装看台上的，更有对着桌上的空盘子假装发呆的，就是没有一个过来给张博妈帮腔。

至于刚才为了猪蹄而展开争斗的两群人，这时候也不关注猪蹄了，甚至就连新上的一盘排骨都没吸引他们的注意，个个瞪着眼睛看吴楚一表演。

"你到底想怎么样？"

"这句话应该是我问你，你请我女朋友来，想怎么样？"吴楚一走上舞台，示意司仪把音乐停下。司仪弄不清楚情况，可一看吴楚一的谈吐，竟然听话照办。

张博妈急得上火，想去拉吴楚一，又不敢动手。至于双方主桌的亲戚，还以为是特别节目，看得津津有味。

吴楚一眉眼冷淡，拿起话筒，向全场宣布："新郎及其全家毫无廉耻之心，一边骗我女朋友的钱，一边劈腿找人结婚。"

吴楚一走到舞台的另一边，向台下提问："你们是新娘家亲戚吧？过会儿新娘来了，记得转告她。"

张博妈急得汗如雨下，一个劲儿对着老公招手，示意他赶紧过来救场。张叔叔面对关享都只会装死，更何况吴楚一看上去比关享更难对付，索性保持石化状态，就是不理她。

言晓晓依然坐在最远的那一桌，眼观鼻，鼻观心，仿佛周围的一切都与她无关。

过去的事，一幕一幕浮现在她眼前。她想起了那个卑微的自己，那个被厌恶的自己，那个明明没有做错任何事情却依然被抛弃的自己。

言晓晓有点想不明白，为什么那时的她能把自己放在一个那么低的位置上，任由别人践踏自尊？她明明没有那么差劲。

吴楚一继续他的单人脱口秀："新郎全家先是骗我女朋友的车，后来还想骗我女朋友的房。这些事情，人证物证俱在，欢迎新郎全家上台和我对质。"

围观的宾客面面相觑，他们虽然知道老张家做事不地道，但没想到不地道到这个地步。

按照婚礼流程，这时候轮到新郎上场，在司仪的指导下，朗读爱的宣言，然后在音乐声中，迎接新娘上场。

张博换好衣服，在伴郎的陪伴下走到会场，却发现宴会厅内安静得出奇，并且在这不寻常的安静中，一个悦耳的男中音徐徐响起。

听清发言内容，张博立刻冲进会场。他远远看见吴楚一正在高谈阔论，他妈在旁边急赤白脸，他爸则缩在主宾席，至于女方家人，个个脸色发青。

这是他的第一次婚礼，就算将来有个十次八次，第一次也是最重要的。于是，张博从台下冲到台上："你造谣！"

吴楚一眼神冰冷如冬雪，落在张博身上："你可以告我，希望你请得起律师。"

言晓晓设想过，再看见张博，她会有什么反应？她担心自己会紧张、会惶恐、会害怕，但是她没有想到，她会像现在这么平静。张博，那个她曾经以为要托付终身的男人，此时穿着租来的礼服，袖口露出大红色秋衣边缘，裤子上大块污渍依稀可见。不知道是因为热还是紧张，他满脸的油汗，在灯光的照射下，几乎可以反光。

言晓晓第一次庆幸她没有和这个人走下去，没有成为这场婚礼的主角，没有为了眼前这个男人放弃现在的一切。她这辈子从来没有像现在这样明白过，更没有像现在这样轻松过，她的人生脱离了这个人，实在是太幸运。

张博眼角的余光扫到远处的言晓晓，无论衣着打扮还是气质，现在的言晓晓都是他梦想中的对象。为什么这种类型的女孩会出现在这里？张博一边急着对付吴楚一，一边不由自主地又看了过去。于是，两人的视线相交在一起。这是认识以来第一次，言晓晓直直地看着张博的眼睛，没有回避，没有退让，就这么看着。

张博有些迟疑，这双眼睛似乎有些熟悉，但是这种眼神从来没有在那个熟悉的人身上看到过。

言晓晓慢慢站起来，在众人的注视下走到台上，任何神情都不足以表露她的鄙夷和愤怒。她高高扬起一只手，巴掌又快又狠，重重地落在张博脸上："你和你父母，你们一家，都是人渣！"

张博被打得愣住了，他至此也不敢相信眼前这个姑娘就是曾经那个任他摆布的言晓晓。

张博妈见儿子被打，连滚带爬蹿上舞台，迎接她的，是言晓晓的另一巴掌。鄙弃的神色仿佛刻在言晓晓的脸上，她拿过吴楚一手中的话筒："你出轨让我给你买情趣内衣，你丈夫嫖娼让我付钱。你敢动我一下，我就把证据拿出来，让所有人都知道你们全家有多不要脸。"

张博妈吓得直往后退，捂着胸口坐在地上；张博哆嗦着用纸巾擦拭脸上的热汗，劣质纸巾沾水后有纸屑粘在他脸上，活脱脱一副小丑模样；至于张叔叔，早就捂着脸跑出宴会厅。

婚宴现场，一片哗然。原本准备步入会场的新娘，在会场门口晕过去了；司仪呆呆地站在台上，不知道该如何应对；宾客们恨不得长出四只眼睛，把热闹看个清楚。

从走出宴会厅的那一刻起，言晓晓开始流泪，先是没有声音地抽泣，最后变成号啕大哭。

吴楚一没有劝，他搂过言晓晓，拍着她的肩，任由她哭个痛快。

压抑了多年的情绪，需要有个发泄口，只有今天哭痛快了，明天起，她的人生才会有一个全新的篇章。

"谢谢你。"言晓晓一边说，一边热泪滚滚而下。她手忙脚乱地伸手去擦，越擦泪水越多。她极力让自己平复心情，"我想清楚了，我不会再像以前那个样子了！我不会再让人这么欺负我了！我不丑，我也不笨，我不比任何人差！"

吴楚一看着窗外飞逝而过的灯光，眉眼间有着温暖的笑意。他轻声告诉言晓晓："你知道吗？你最美的时候，不是你穿着高定，戴着钻石，化着完美的裸妆的时候，而是你今天站在舞台上，大大方方地一巴掌甩在张博脸上的时候。"

吴楚一微微侧首，看着言晓晓的眼睛："请一直这样，好吗？"

周一一大早，关享又起晚了，收拾好自己便冲到餐桌旁，拿起一片面包就往嘴里塞，却在看到言晓晓的一刹那，停止了所有动作。只见言晓晓竟然化着全套妆容，穿着裙子搭配风衣，还有新买的高跟鞋。

言晓晓坦然接受着关享的打量，脸上带着一抹明媚的笑意："好看吗？"

关享用力点头。一边打领带一边往餐桌走的李格非听见言晓晓的问话，也频频点头："好看！"

"我喜欢这样子。"言晓晓微笑，"我以后想一直这样子，你们觉得好不好？"

苏航放下碗筷拍手："简直好得不能再好了！"

2

Chapter

朋友，你相信
一见钟情吗

自那天打飞的前来做饭后，沈铎又呈失踪状态。关享抢过苏航的手机，翻阅沈铎的朋友圈和微博，果然同时呈失踪状态，这才勉强相信，沈总是真忙，而不是在吊苏航胃口。

双十一那天，苏航正和关享、李格非一起抱着手机，在言晓晓的指挥下抢购卫生纸，沈铎发来信息，祝苏航光棍节快乐。苏航回了一句"同乐"，随后沈铎继续消失。

关享瞧不上沈铎的所作所为，她才不相信沈铎能忙到打个电话的时间都没有。

苏航倒是相信沈铎是真的忙，她的大学同学里有几个进了投行，偶尔交流时，他们经常抱怨在拿命换钱，通宵加班简直是常态。

关享觉得苏航心太大，追求阶段就这么不上心，以后还指望他对你好？

苏航一惊，连声调都变了："谁告诉你沈铎在追我？"

关享冷笑："自家姐妹，和我装糊涂？"

苏航心头微微一颤，摇了摇头，似乎是要把那念头甩掉："这世上还有一种关系叫朋友。"

"最近这几个月，他干的这些事，哪件是朋友会干的？咱不东拉西扯，就谈谈前……"关享似笑非笑，遥遥指着正在教言晓晓用智能手机的李格非，"老李，咱俩也算是朋友吧？我生病，你会不会打飞的来给我做饭？"

"当然……"李格非故意把声调拖长，"不会，我最多让你多喝热水。"

关享俏生生的一张脸，满是戏弄之色："听见没有？沈铎什么意思，你心里没数？"

苏航找了个由头，把话题引开，关享说的事，她内心并不否认。只是沈铎这种人，你根本分不清楚他几时是认真的，几时是开玩笑。面对这么一个无法掌握的人，习惯规划好人生每一步的苏航对他的态度实在是犹豫。

圣诞节前，沈铎终于有了音信，说是要回来继续跟进徐总的项目。苏航借口回报之前的一饭之恩，提出去机场接他，沈铎欣然应允。

去酒店的路上，沈铎吃着零食，貌似闲聊："昨天我弟弟联系我，这周他带……家里人过来玩，想约我见个面。"

苏航见沈铎目光游离不定，就是不肯和她对视，顿时明白家里人指谁，闪过一丝意料之中的笑容："人家千里迢迢地过来，你怎么着也得见一面吧？"

沈铎看了苏航一眼，快速移开视线，低声嘟囔："说得轻松……"

苏航的笑容宁静而柔和，却带着难得的凝重："知道你有心结，一时半会儿想要解开的话不现实，可也不能一直僵着吧？你自己也知道，她为你的牺牲有多大，给她个机会，也给你自己一个机会好不好？"

沈铎直视前方，侧脸棱角分明，带着不容分说的坚毅，只是隔了许久才传来的应允声中，透着一丝不易察觉的脆弱。明明是独当一面、杀伐决断的职场精英，面对亲情时，却无助得像个小孩子。苏航像是面对着世界上的另一个自己，忍不住去哄沈铎。沈铎仗着苏航心疼他，越发蹬鼻子上脸，逼着苏航同意陪他吃至少三次麻辣烫。

沈铎母子聚餐定在周六。周五，沈铎把时间和地点发给苏航。苏航以为沈铎发错了，没有回复，没想到沈铎又发了一遍，问她收到没有。

苏航拨通沈铎的电话，问什么情况："你们家庭聚餐，通知我干什么？"

"是你说服我去的，"沈铎坐在办公室，一手拿着电话，一手转着钢笔，"你陪我去，不然我不去。"

"沈总，讲点道理。"

"苏经理，我现在是在和你耍无赖。"

想到沈漫云离开时那张欣喜的脸，苏航实在没有拒绝的勇气，捏着鼻子咽下这口气。沈铎第一次在和苏航的沟通中大获全胜，中午多吃了半碗饭庆祝。

沈漫云得知沈铎不仅同意吃饭，还会带一个女孩子来，当时眼泪就控制不住。沈钧知道母亲开心，揽着母亲的肩膀低声劝道："这是大喜事，您今天哭完可就不能再哭了，以后咱们一家人都得开开心心的。"

周六下午，怕路上堵，沈漫云催着沈钧提前出发，不到五点就来到饭店的包间。

沈铎多多少少还是有些抗拒，约好的六点半吃饭，他六点钟才到苏航家楼下，接到苏航，又遇上晚高峰，一直折腾到七点才到。

沈铎是见惯大场面的人，但这一次的饭局虽然只有四人，他却感到有些不适应。沈漫云比沈铎还紧张。沈钧倒是想缓和气氛，但又不知道说什么好。苏航知道轮到她发挥了，她叫来服务员，开始点菜。

苏航问沈漫云有什么忌口或者爱吃的。沈漫云认出苏航，心里简直乐开了花。沈铎看出母亲对苏航有好感，却不点破苏航的身份，由着苏航和母亲沟通。

苏航和沈漫云聊起当地的风土人情，偶尔问下沈铎，沈铎说上几句，沈钧附和几句，一顿饭倒也吃得其乐融融。

快结束的时候，沈漫云拿出一个金镯子，硬塞到苏航手里。看沈漫云一脸期盼，苏航不好回绝，只好先收下。

饭后，沈铎先将母亲和弟弟送到酒店，随后送苏航回家。

苏航看沈铎的表现，仍是对当年的事情十分介怀，婉言劝道："既然都见面了，说句话不好吗？"

"我羞涩不行啊！"

沈铎神情凶悍，像被人抢走糖果的幼儿园小朋友。苏航大人大量，没和他一般见识，趁着等红绿灯的工夫，从包里取出那只金手镯，举到沈铎眼前："沈总，您看这个……"

沈铎心头一动，脸上还是那副臭臭的表情："她以为，你是我女朋友。"

见苏航盯着手镯出神，沈铎拿过手镯，扣在苏航手腕上："既然都收下了，戴上不好吗？"

苏航的瞳孔蓦然收紧，猛然抬头看着沈铎。沈铎这才意识到自己刚才那句话似乎是在表白心迹，刹那间，心中如潮水上涌。他承认他对苏航的感情超越朋友，但是距离恋人似乎还有距离，他不知道在这个时间点跨出这一步是否合适。

苏航重重地叹了口气，嘴角微笑泛起酸楚的涟漪。她何尝不知，此时此刻，和沈铎摊牌是一件多么不合时宜的事情，但是她别无选择。她不得不承认，她动心了，并且想有一个明确的结果。如果可能，就进一步；如果不可能，她愿意成为沈铎的朋友之一。于是，她对沈铎说："拜我母亲所赐，从小到大，做任何事，我都先考虑得失，我特别怕冒险。"

苏航沉浸在自己的思绪里，似乎在问，却无人能答，她接着说："你是我这辈子，遇到的最大的风险。"

沈铎将车停在路边，点燃了一根烟，看着忽明忽暗的烟头，无声地叹息。苏航的聪明，是最吸引他的地方，可正因这份聪明，他们也许会错过。

苏航看着街边的路灯，觉得自己像一只飞蛾在扑火："你太复杂，我看不透你，可你的复杂，又吸引着我。"

沈铎没有否认，他孩子气的行事风格，一方面是天性使然，另一方面是掩盖内心的算计。他从来不是善男信女，像他这样一个完全没有背景的人，走到今天，脚下没有踩过人，是不可能的。

他被人害过，也害过人，但沈铎不想和苏航解释。人在江湖身不由己，可以说他是被迫的，也可以说不是。很多时候，是他主动出击，在这个竞争激烈的职场，他没有高尚的情操去宽恕别人。

"我从来没有按照自己的心意去选择，从记事起，我就是乖巧、听话、懂事的代名词，我从来没有干过一件出格的事情。"苏航的声音极轻，像在梦呓，"这一次，我想试一试。我喜欢你，我想和你交往。"

苏航带着满心的恳切，将多年的心思与委屈一并诉出，换来的，却是沈铎的沉默。

过了许久，久到苏航眼睛一酸，有泪珠将要滑落，沈铎才慢慢开口："我恐怕无法给你承诺……"

沈铎的声音带着一丝软弱："之前的那些事情，与其说是我在追求你，不如说是……"

"你喜欢我，但是因为儿时的经历，你害怕承担一切和责任有关的东西……"苏航轻笑，"别否认，咱们是同一类人，那点心思瞒不过彼此……"

沈铎以手抚额，并不否认。自成年起，因为他的皮相和人设，他交往过的女性两只手都数不过来，但是能透过一切华丽的外表，看透本质的，只有苏航。

"你前女友说得非常对，和你在一起，完全没有安全感。你认为是你前女友太作，事实上，是因为你的责任感缺失，让她生活在恐慌中。和你有感情瓜葛，实在不是一件明智的事情。你的前女友们，离开得应该并不愉快。找你这样的人，实在是给自己添麻烦。"苏航轻轻一笑，"可是我还是想试一试，因为我喜欢你，而你恰好也喜欢我。"

沈铎闭着眼睛，伸出手慢慢地抚摸苏航的脸颊，他的声音和他的手一样温柔："我们交往吧，以结婚为目的。"

苏航猜测，这应该是她这辈子最蠢的决定，并且没有之一。可她还是依在沈铎肩头，伸出手与沈铎十指相握，嘴角带着一丝温柔的微笑，轻声说："好的。"

从小到大，每一次选择都精确计算得失的苏航，毫不犹豫地展开了生命中的第一次冒险。只因为那个人是沈铎，所以她明知道她喜欢沈铎的程度要高于沈铎喜欢她的程度，这注定是一场不公平的恋情，但她也不后悔。

苏航这辈子永远会记得，二十六岁这一年，她缺失的少女时代突然降临，以一种仓促之势进入她的生命。除了坦然接受，她毫无办法。

沈铎送苏航到家后，回到酒店，刚一进门，就收到沈钧发来的微信。沈铎知道这条微信的真实来源应该是沈漫云，他想了想，回复道："镯子苏航很喜欢，帮我谢谢妈。"

发完信息，沈铎倒在床上，拽过被子盖住脸，母亲的事情和苏航的事情聚集到一起，让他有些忙乱。尤其是后者，今天那番话并不是他的本意，他的本意只是和一个聪明的女孩子谈一场你情我愿的恋爱，度过一段还算美好的时光。为什么他会说出婚姻？难道他的潜意识中，真的已经开始渴望家庭了？

就算是，那对象也不应该是苏航，太聪明的女孩子并不适合结婚和恋爱。因为聪明，她们看得太清楚，一旦看得太清楚，这个世界就会十分不可爱。

比如说，苏航曾经一语中的，说他故事不少，对此，他从不否认。试问像他这样的男人，年少多金、前途无量，在多少女人想套牢的情况下，他装什么正人君子？

曾经也有那么一两个女孩，让他真正动过心，可那又怎样？他对婚姻没有信心，甚至对爱情这种东西都没有信心，不过是一时荷尔蒙分泌的产物，能维持多久，天知道。

沈铎起身去卫生间洗漱，既然是人力无法控制的事情，那么就交给老天爷来决定，他只需要根据老天爷定的剧本一步一步往下走就好。

在离酒店十几公里的地方，苏航告知关享她的决定。以苏航的性格，决定的事，旁人最多只能发表意见，根本没有回旋的余地。关享也不好再说什么，正和苏航讨论沈铎的年薪时，手机里几个新闻客户端几乎同时跳出一则新闻。

根据经验，肯定又有什么明星被爆出八卦大料。关享一边和苏航搭话，一边打开客户端。果然，一个三线小明星开新闻发布会哭诉，被同性化妆师性骚扰。

苏航正在洗面膜，不方便看手机，让关享念新闻给她听。听着听着，苏航突然觉得哪里不对，让关享把描述男性化妆师的段落重读一下。关享向来反应迟钝，但是涉及八卦时，智商超强，重读了一遍后，眼神有些古怪："吴……楚……一……"

苏航拿纸巾擦干脸上的水渍："按行文描述，我也觉得是他。"

苏航把言晓晓叫到书房，加上李格非，四人一起讨论。

言晓晓听完，脸色唰地一下白了。李格非倒是从另外一个角度考虑问题："没名没姓的，怎么能确定是他？"

"年纪、外表、经历全部对得上，下面评论十个有九个都猜是他。"关享拿着手机，指给李格非看。

苏航拿着手机指给言晓晓看："先放出风声炒作，炒到最高潮时爆料，我个人觉得，吴楚一应该是被当成炒作道具。"

"他不是那样的人……"言晓晓深吸一口气，随即用一贯温和的微笑掩盖住之前的慌乱，"我不清楚吴楚一是不是同性恋，但是吴楚一绝对不会骚扰别人。这件事，肯定是假的。"

当晚，言晓晓翻来覆去一夜没睡着，好不容易熬到第二天上午十点，鼓足勇气拨通了吴楚一的电话。

吴楚一的电话先是占线，好不容易接通，他语气中带着明显的不耐烦："干什么？"

言晓晓知道吴楚一这会儿肯定心烦意乱，并不介意他的态度："我昨天买到最好的排骨，我想给你做糖醋排骨。"

言晓晓来到吴楚一家时，化妆间内正传来阵阵咆哮声。

阿姨接过言晓晓手中的食材，小声向言晓晓解释："你别怕，是钱小姐。"

钱小姐全名钱多多，是吴楚一的经纪人。

身为经纪人竟然是通过手机新闻客户端才知道手上最大牌的化妆师陷入一桩男男桃色新闻，钱多多不知道是应该先掐死自己还是先掐死吴楚一。

"你最好给我一个解释！"钱多多昨晚就想来吴楚一家和吴楚一谈人生，无奈电话打死没人接。于是她今天一大早就冲来，硬是敲开吴楚一卧室的门，把吴楚一从卧室拎到化妆间。

任凭钱多多如何咆哮，吴楚一就是一言不发，直到发现言晓晓站在门口，才开口让言晓晓进来坐。

钱多多看见言晓晓，立刻压低声音："您是……"

言晓晓正要自我介绍，吴楚一已经接过话头："她是我朋友，你继续。"

既然吴楚一不避讳，想必是自己人，钱多多又开始咆哮："你说啊，到底怎么回事？"

吴楚一沉下脸，一张俊美无比的面孔满是阴郁之气，说："上次活动，以他的咖位，主办方让他用统一配的化妆师，他不肯。我看场面闹得太难看，就帮他化了个妆……"

吴楚一皱眉，似乎是想起了令人不快的事情："前天有一场活动，他也在，跑到化妆间跟我表白，我说我不是同性恋。他和我拉拉扯扯，刚好被他的金主撞到，他就哭诉我非礼他。"

吴楚一冷笑："情况就是这么个情况，他那金主你也认识，就是那个著名的地主家的傻儿子，非让我道歉，不然就封杀我。我说好啊，我等着。"

"前天？"钱多多又急又气，"你前天为什么不告诉我？"

"我忘了。"

吴楚一理直气壮，堵得钱多多一肚子的话如鲠在喉。最终她只能深吸一口气，硬撑着一脸僵硬的笑容："你知不知道这件事如果处理不好，后果会怎么样？"

"我现在赚的钱，省着点花，下半辈子应该饿不死……"吴楚一漫不经心地拿起一块腮红，用手指捻了一下粉质，"这事不能就这么算了，要不你也请些记者来，我来谈谈，到底谁骚扰谁？"

"你可拉倒吧！"钱多多指着吴楚一的鼻子，"我认识你这么多年，你在想什么我能不知道？我信了你的邪才会给你找记者！就冲

你那性子，你能先和记者打起来！"

吴楚一看着钱多多，不愧是多年好友，的确了解他的路数。言晓晓听着两人的对话干着急，好不容易等钱多多停下来，小心翼翼地问道："那怎么办？"

"这事他们没证据，不然早指名道姓了。现在他们捕风捉影，请水军把水搅浑，就是打算让人往你身上联想。"钱多多打开电脑，指着吴楚一微博下面的回复，"你不要回复和这件事有关的任何问题，不要给他们任何炒作的机会。"

吴楚一点了点头。钱多多知道他不爽，也只能劝他先隐忍："我马上联系公关公司，先弄清楚对方的路数，然后再想办法。此外……"

钱多多迟疑片刻："既然身为一个异性恋，此时此刻你完全可以有个女朋友，秀个恩爱，向大家证明一下你的性取向。"

吴楚一又点了点头。合作多年，这是吴楚一第一次这么听话。钱多多正感慨吴楚一终于懂事，吴楚一接下来说的一句话几乎令她崩溃："就你吧！"

"我结婚了，我有孩子了！"

"和已婚已育女发展婚外情，我觉得比骚扰十八线小明星有看点！"

"吴——楚——一！"

眼看钱多多真要爆发，吴楚一赶紧拿起一块眼影研究配色："你说得容易，你让我找谁？"

"从对你有想法的那堆里挑！"钱多多横了一眼吴楚一，"我看那个凌越就不错……"

"她啊……"吴楚一轻轻一嗤，"炒作倒是合适，问题是，炒作完了怎么办？她要假戏真做怎么办？"

钱多多病急乱投医，被吴楚一点破，先是一愣，然后越发急躁起来。

　　言晓晓久久怔在原地，脑子里有一个念头浮浮沉沉，直到钱多多急得跺脚，这才回过神来。以她的能力和人脉，这辈子能帮到吴楚一的机会几乎没有，现在，似乎是她唯一能发挥作用的时候。

　　言晓晓轻声说："如果我……我装……"话未说完，言晓晓一张脸涨得通红。

　　钱多多听明白后，如穿花蝴蝶般扑向言晓晓，握着言晓晓的手，感动得热泪盈眶："大恩大德，没齿难忘！"

　　吴楚一倒是神色悠然，缓缓说道："会影响你找男朋友的。"

　　言晓晓摇头："没关系。"

　　吴楚一没有说话，认真地看着言晓晓，一直看到言晓晓耳根发热，整张脸都烧得发烫，却没有避开他的眼神时，这才相信了言晓晓是认真的。

　　吴楚一脸上那份轻松随即消失，他站起来，走到言晓晓面前，郑重其事道："那就麻烦你了！"

　　根据钱多多的计划，第一步是吴楚一发布微博，进行爱的宣言。

　　几乎同一时间，正在刷微博的关享一声惊叫，光着脚冲到苏航房间告诉苏航。苏航把吴楚一的那条微博来来回回读了十遍，问关享："今天是不是四月一号？"

　　在书房上网的李格非自然不会发出尖叫，他只是顾不上男女授受不亲，直接冲到了关享的房间，发现没人后，立刻冲到了苏航的房间，问道："什么情况？"

　　微博上热闹极了，吴楚一不是同性恋这事已经震碎了一群人的眼镜。至于吴楚一的女朋友，由于言晓晓的微博除了转发鸡汤以外没有任何私人内容，一群粉丝已经八卦出十八个版本。传播最广、呼声最高的一个版本是说言晓晓为双十年华白富美一枚，刚刚学成回国，在一次社交场合中与吴楚一一见钟情。

关享看着爆料内容直摇头："以后我再也不相信这种八卦了，没一句真话，他们可真敢编啊！"

"不编点乱七八糟的，怎么吸引你这种人的眼球？和你说多少遍了，有空多看点专业书，少看这些东西。"

苏航嘴上说着关享，手上却没停下翻阅。排名第二的版本，是把言晓晓的身份变成了风尘女子，吴楚一则成了一个救风尘的奇男子。至于第三个版本就更有意思了，竟然说言晓晓是个不出名的小网红，为了红，抱上吴楚一的大腿；吴楚一是个恋爱大过天的纯情男子，就这样被言晓晓骗了。

李格非倒不担心这些八卦，他担心别的："老言这个微博就咱们三个知道？确定不会外传？"

得到明确答复后，他猛一击掌："之前吴楚一陪老言参加过婚宴！"

苏航摆了摆手，示意李格非少安毋躁："你别看吴楚一微博上这么火，网上和现实到底是两个世界。再者，张博家那群亲戚，估计也不会关注美妆圈。我是担心这些乱七八糟的传言。"

言晓晓回家后的第一件事，就是把所有情况和盘托出。

听得关享直摇头，对她说："网民八卦的热情是无穷的，你的身份迟早要曝光，你有没有考虑过这个后果？"

"他……"

"他之前也帮过你。"苏航叹了口气，关切道，"可是不一样。吴楚一装你男朋友的事曝光，会成为他的粉丝传颂的一段佳话。你装吴楚一女朋友的事曝光……"

关享拿起手机递到言晓晓眼前："你看看，都把你传成什么样了！"

苏航并不否认吴楚一对言晓晓的人生做出过巨大的贡献。但是一码归一码，眼前这种情况，言晓晓明显是在拿自己的人生开玩笑。她试着劝言晓晓："你报答他是应该的，但是可不可以考虑一下方式和方法？"

"现在能帮他的只有这一个方法……"

苏航不想和言晓晓争辩："好的，那我们现在考虑一下怎么样把影响降到最小？我认为……"

"我喜欢他。"言晓晓的眼睛里闪着明亮的光彩，整个人都夺目起来，"我喜欢吴楚一。"

想到吴楚一，言晓晓嘴角下意识地勾起一缕温柔的笑意："我知道，我变成现在这个样子，有很多人喜欢我。可是，他们之前是怎么对我的？从过去到现在，对我的态度始终如一的，只有吴楚一。"

言晓晓淡淡一笑："我知道我配不上他，我和他根本就不是一个世界的人，所以我根本不会告诉他。你们不用担心我，原本我就是想默默地喜欢他，现在刚好有个机会能帮他，又能让我顶着他女朋友的名义过几天，我特别开心。"

言晓晓松了口气："我知道你们是为我好，只是从小到大，我不是听父母的话、老师的话，就是听朋友的话，我从来没有自己做过决定。这一次，我想自己做决定。"

有了言晓晓这番话，朋友的意见注定只能是参考。无论是苏航、关享还是李格非，都真真切切地感受到，那个懦弱的言晓晓真的成为记忆中的存在了。

苏航打心底为言晓晓感到高兴，无论结果如何，至少人生无憾。关享借口打游戏，钻到书房和李格非讨论如何在网上制造舆论，扭转目前的局势。

苏航正准备加入，沈铎电话打来，说是原定的加班提前结束，他过会儿来接她吃晚饭。

这是两人确定关系以来第一次约会，从道理上来说，苏航应该盛装出席。但是想到之前和沈铎共进晚餐的那些地方，苏航慢悠悠地打开衣柜，选了一件卫衣，搭配一条宽松款的牛仔裤。

接到苏航，沈铎一番打量，发出愉悦的笑声。这笑声的含义，直到餐厅门口，苏航才明白过来。

法国餐厅，米其林三星推荐。刚好有一对情侣在苏航前面进入餐厅，男方略过不谈，女方的衣着和妆容简直可以直接拍杂志大片。

落座后，通过侍应生的眼神，苏航知道自己代表着四个字：格格不入。

沈铎轻笑："不能怪我，我说了带你吃大餐。"

苏航知道沈铎无辜，但是这个锅不能她一个人背："之前你说的大餐，是路边摊的麻辣烫。"

沈铎没有否认："我能穿 BOSS 去吃麻辣烫，我女朋友当然也能穿着球鞋吃法国菜。"

苏航面无表情地看着沈铎，一直看到沈铎讪讪地低头看菜单，这才露出笑容，一起研究菜单。

前菜上来之后，两人边吃边聊，沈铎表示徐总这个项目目前一切顺利，再有三五个月差不多事情就成了。他目前关注的是另外一个项目，也在本市，如果能拿下来，未来一年他都可以留在这里陪着苏航。

沈铎试了一下侍应生送过来的几瓶红酒，选好一瓶，让侍应生为苏航倒上。

"不过现有点小问题，包括我在内，有三个人在竞争。"沈铎品着红酒和苏航闲聊。三人之中，他已经和一位结盟，先把剩下的那位清出去。

苏航含着淡淡笑意，眼光落在餐巾的繁复花纹上，面前的沈铎，熟悉而陌生。虽然心底一个声音反复告诫她，这才是真正的沈铎，可是初次面对，不免还是有些局促。

沈铎笑容依旧俏皮，可一字一句，却步步紧逼："我之前的绝大部分女朋友，我都只和她们谈风花雪月，我希望你和她们不一样。"

苏航用餐巾拭掉嘴角的酱汁："愿闻其详。"

"下周会议，我们会公开置疑他的能力，并且提供充分的证据。为了公司，我们认为他没有竞争资格。"

"证据？"

"这个人的业务能力的确有些问题，之前我就发现了，并且安排了人收集，原本只是想着有备无患，没想到这次能用上，也是巧合。"

苏航明白沈铎绝不是友善的人，但是当他露出獠牙时，她承认她被吓到了。

沈铎切开三分熟的牛排，血水在盘中溢开："在竞争已经到达惨烈的地方，我收集这些，最初的目的仅仅是防身。假若有朝一日，我挡了别人的路，能有个保命的东西。"

沈铎和苏航碰杯，发出清脆的响声："我防着别人，别人又何尝不是防着我，只不过他命不好，刚好给我一个机会。"

沈铎稍有停顿，露出一个温柔至极的笑容："你果然和她们都不一样，你不会用虚伪的道德感来约束我，用一张写满仁义道德的脸来给我科普人生哲理。你知道吗？当一个女人把三观正当作自己的优点时，她会令人倒胃口。"

苏航抿了一口红酒，略带酸涩之后清香回甘的口感，一如她的心情。

"我完全可以不告诉你这些，我完全可以扮演你喜欢的样子，"沈铎放下刀叉，握住苏航放在桌上的手，"可是我想让你知道，真正的我是一个什么样的人。"

苏航凝视着盘子里的牛排。确定关系的那天，沈铎说无法给她承诺，今天似乎是在用这种方式表达，她是多么与众不同。也许她应该感动，她和沈铎，似乎正在向好的方向发展。但是她心里却越发不安，眼前这个沈铎，简直是最熟悉的陌生人。

苏航不想把这个话题继续下去，继续讨论工作："共同的敌人没了，和你联盟的那位呢？"

"他啊……"沈铎笑容暧昧，"之前我收到消息，他的一个女下属要举报他性骚扰……"

苏航突然没有了食欲，静静地看着沈铎，等他把话说完。

"我找那个女孩子聊了聊，让她暂时不要举报。"沈铎让侍应生加上红酒，"等到我和他就这个项目一决雌雄的时候，她再向 HR 汇报她遭遇到什么……"

"为什么要等到那个时候？"

"因为我现在还需要这个盟友。"

沈铎无奈地摇了头："我现在坐在这里算计他们，他们不知道坐在哪里算计我。我们现在不是比谁好，是比谁的黑历史更少一点！"

沈铎忽而一笑："当然，以我浅薄的见解，我认为我的胜算似乎更大一点。"

之后，不谈工作的沈铎又是苏航认识的那个沈铎，一顿饭在八卦中结束。饭后，沈铎拖着苏航去看电影。黑暗的电影院里，借着屏幕的光线，苏航打量着那个抱着爆米花哈哈大笑的男人，之前谈论工作的场景恍如隔世。到底哪个才是真实的沈铎，苏航再度陷入迷茫。

电影结束后，沈铎送苏航回家，临别时，沈铎貌似闲聊："你是不是觉得我有点过分？"

"有点。"苏航微微点头，"不过，那是你的生存之道。"

"我所处的环境，崇尚的是狼性文化。"沈铎耸了耸肩，"我希望你能理解。"

"我理解不了。"苏航的回答丝毫没有犹豫，"随着咱们相处的时间越来越多，你身上有越来越多我接受不了的东西。我和你根本就是两类人。"

苏航上前，出乎意料地在沈铎额头上亲了一下："我讨厌你身上的东西，但我依然喜欢你，这就够了。"

当沈铎这个真男朋友积极主动地向苏航示好时，吴楚一这个言晓晓的假男朋友也积极主动地履行起男朋友的义务。比如说，每天同一时间打来问候电话，虽然话题略显贫乏，永远集中在两件事上：第一，妆化得怎么样；第二，肥减得怎么样。

至于网络上，吴楚一有女朋友这条新闻一出，之前三线小明星的爆料明显带了炒作色彩，替代它成为热点的是言晓晓的身份。吴楚一的粉丝满世界在找那个吴楚一口中最温柔、最可爱的女孩子。

如果说过去吴楚一改变的是言晓晓的外表，那么现在，吴楚一已经在潜移默化地改变言晓晓的内心。

内外兼修的言晓晓一举成为本行十大最受欢迎单身女青年之一。听到这个消息的关享差点儿没从椅子上摔下来，想她自己别说前十，连前五十都没进过。

同样连前五十都没进过的苏航，倒是十分理解男同事的审美情趣。光"宜室宜家"这四个字，言晓晓就甩她和关享十八条街，别说前十，前五都指日可待。

罗行长不关心言晓晓受不受男生欢迎，他更关注的是言晓晓在工作上的进步。

新拿到的楼盘资源，罗行长稍作考虑，就决定交给关享和言晓晓共同开发。听说本市最高档的楼盘要让自己驻点主办，而不是作为关享的副手，言晓晓对着电脑发了一分钟的呆。

正当关享等着言晓晓说自己不行时，言晓晓却抬起头和她商量："我会努力的，要是有什么做错了，你和我说，我一定改。"

这回换关享对着电脑发了一分钟的呆，随后拖起苏航直奔茶水间。关享捂着胸口感慨言晓晓这是要脱胎换骨，苏航拿着勺子敲打她脑袋，一脸恨铁不成钢："你也知道晓晓努力？你看看你，工作几年一点长进都没有！录个系统都能录错，一天到晚稀里糊涂，脑子里都不知道在想什么！"

关享捂着脑门敢怒不敢言，心里越发觉得苏航越来越像罗行长。

新楼盘名叫帝豪天下。去之前，关享觉得开发商可真能吹，去之后，关享才知道人家是真谦虚。样板房看得关享两眼发直，至于小区未来绿化，那简直就是闹市中的一处皇室私家园林。

出了小区，过一条马路，就是本市最著名的美食一条街，过两条马路，就是本市最繁华的商业街。关享带着言晓晓围着售楼处绕了几圈，不得不承认，贵有贵的道理。

距离正式开盘还有几天，关享和言晓晓提前进驻，打算和销售混个脸熟。能最快拉近年轻人之间距离的方法除了八卦就是吃。关享当时就打开外卖软件，一顿猛点。言晓晓看关享陪着销售大吃大喝，不免有些担心："你刚喝过冰奶茶，又吃麻辣烫，这样冷热交替，没问题吗？"

关享一边往嘴里送蛋糕，一边答复言晓晓："身为人类，花了几万年爬到食物链的顶端，不就是为了想吃啥吃啥？这牛肉干真好吃，老言，你尝尝？"

消灭完蛋糕和牛肉干，关享又开始吃章鱼小丸子。言晓晓想起吴楚一的叮嘱，咽了咽口水，老老实实地吃自带的蔬菜沙拉配全麦面包。

到了中午，关享上午零食吃得太多，午饭没食欲。她便抱着午睡枕钻进休息室，一局王者荣耀没打完，直接睡过去。

梦中，关享肚子一阵剧痛，满世界找厕所，好不容易找到，却发现所有的坑位都被占满，眼看就要哭出来，却在这时痛醒了。于是，出了一身冷汗的关享，冲出休息室，冲进洗手间，先是抱着马桶吐了个痛快，然后坐在马桶上，拉到几乎脱水。

言晓晓见关享白着脸冲进洗手间，十分担心。眼看时间已过去二十分钟，关享还没有出来，心快跳到喉咙的言晓晓立刻冲进洗手间找人。只见洗手间最后一个隔间，大门敞开，向来走美艳动人路线的关经理跪坐在地，一脸眼泪和鼻涕，抱着马桶吐得昏天黑地。

言晓晓扑上前去想把关享从地上拖起来，谁知关享指指马桶，还没开口，"哇"的一声又吐了！

言晓晓吓得快哭出来了。关享抱着马桶，想到自己才二十六岁，还没嫁给富二代，就要英年早逝，也是眼泪汪汪。

言晓晓以为关享已经病重到说不出话来，冲出洗手间想找人帮助。此时已是下午两点，有几位客户想咨询贷款，销售正领着他们往咨询台走来，迎面撞上言晓晓。

言晓晓哽咽着求助，众人吓了一跳，跟着言晓晓走向洗手间。其中一位销售走到半路突然回头和一位客户商量："肖先生，我记得您是医生？能不能麻烦您也过来看看？"

肖姓客户原本正在研究户型图，对销售员的提议很有些看法，不过看在言晓晓可怜巴巴的分上，还是放下宣传册，跟在大部队后面，浩浩荡荡地奔向洗手间。

关享坐在冰冷的地上，脑袋靠在马桶盖上，感觉整个人都被世界抛弃了。她之前跟人处对象都是为了钱，唯一动过那么点儿小心思的还是个穷光蛋。早知道当初就看人不看钱，认认真真地谈一场恋爱，尝尝爱人和被爱的滋味，可惜现在没机会了，她就要死了。

言晓晓撞开门，领着乌泱泱的一群人冲进来。关享用眼角余光瞄了一眼，完全没有获救的喜悦，心中更加悲凉，人家姑娘都是捂着胃，白着脸，优雅地倒下，为什么轮到她，抱着马桶就算了，还一脸眼泪和鼻涕呢？至于身上，关享下意识地扫了一眼，裙子上竟然还有口水？关享恨不得把头扎在马桶里，淹死以谢天下。

言晓晓带着哭腔向肖医生求助："医生，你快看看我朋友！"

关享想不通，为什么言晓晓就不能先进来把她扶起来，把脸擦干净，让她死得好看一点儿？

"你好。"动听的男中音在关享耳边响起。根据声音和长相必成反比这个定律，关享没有抬头的兴趣，她现在一心只想淹死在马桶里。

言晓晓看关享的脑袋越埋越低，哭出声来："关享，你怎么了？关享，你把头抬起来啊！关享，告诉医生，你哪里不舒服啊？"

听说医生来了，关享挣扎着抬起脑袋，正要开口问问她还有没有救，话到了嘴边，却一个字都说不出来，不是因为身体不适，而是被医生的脸震撼到。

想她关享也是个见识过帅哥的人，李格非、吴楚一，还有那个一肚子坏水的沈铎，哪个走出来不是闪瞎一群小姑娘的眼？可哪个都没眼前这位吸引人，一身黑色阿玛尼休闲西装配黑色衬衫，满满一股子禁欲系的味道，简直就是传说中的梦中情人！

肖捷从小到大被女生看习惯了，但是被这么赤裸裸地盯着看，还是第一次，尤其是现在盯着他的这位还抱着马桶，口吐白沫。

"女士，你哪里不舒服？"

关享手忙脚乱地从旁边纸筒里拉出长长一条卫生纸，胡乱在脸上擦了一把。她本意是希望自己在肖捷眼里能好看一点，只是这一擦，妆容花得更加厉害，一张脸上，五颜六色很是精彩。随后，她便对肖捷说："我的胃稍微有点不舒服……"

言晓晓身后众人觉得情况似乎有点不对劲，刚刚进来时，关享明明一副虚弱到要断气的模样，为什么医生只问她一句话，她就精神了？

肖捷看着地面，避免视线和关享有所接触："你有没有吃什么奇怪的东西？"

关享摇头："我平时吃得很少的，基本上也就是蔬菜、水果和一点米饭。"

言晓晓一点都没明白关享睁眼说瞎话的苦心，以为关享是病糊涂了，立刻帮她补充："怎么可能？明明还有奶茶、蛋糕、冰淇淋、章鱼小丸子、酸辣粉、牛肉干，还有几大包薯片！"

关享拼命给言晓晓使眼色，希望言晓晓能够闭嘴。言晓晓光顾着和肖捷讨论病情，哪有空和关享眉来眼去？

肖捷大概知道了关享的病因："她吃了多少？"

"她全吃了！"言晓晓用手比画，"一个上午吃了这么多！"

肖捷退后一步，指着地上的关享："陪你朋友去医院吧，应该是急性肠胃炎！"

"要不要叫救护车？"

肖捷面无表情："不用，她只是吃撑了。"

言晓晓身后众人当着病人的面当然不能发出笑声，他们个个选择了无声地嘲笑。

关享在言晓晓的搀扶下从地上爬起来，依然没有忘记肖捷："医生，麻烦您给我留个联系方式。"

"你这病我治不了。"

"不不，我是想感谢您妙手回春！"

肖捷看着关享，过会儿他一定要问清楚关享是哪家银行的客户经理，他拒绝和这家银行发生任何关系。他不认为一个能够一本正经胡说八道的人适合为他办理业务。

关享察言观色，觉得"妙手回春"这四个字肖捷可能不喜欢，立刻换了个说法："要不是您医者仁心，我今天可能就走不出这个洗手间了！我想等我康复以后，去您所在的医院给您送锦旗！"

苏航和李格非赶到医院的时候，关享正在输液。以苏航对关享的了解，关小姐这个时候十有八九正抱着言晓晓干号，大呼小叫道她要死了，她活不了了，她还没有谈过恋爱。

万万没想到，关小姐虽是一副女鬼模样，整个人却精神十足，一脸的春心荡漾。

李格非以为关享病入膏肓，神志不清，急忙冲上前去："老关，你怎么了？老关，好人不长命，祸害遗千年！老关，千年的王八万年的龟……"

李格非一边念，一边准备好迎接关享的反击，没想到关享竟然没有搭理他，招呼苏航在她旁边坐下。

"告诉你一件事，"关享神秘兮兮，"我恋爱了！"

苏航看着关享，沉默了十秒钟，点了点头。刚好言晓晓去打热水回来，苏航指着关享问言晓晓："她撞到头了？"

言晓晓连忙摇头："不是不是，是急性肠胃炎！"

李格非也被关享的宣言震慑到，摸着关享的额头："我看看，是不是发烧了？怎么满嘴都是胡话？"

关享一把将李格非的手打开，用白眼示意李格非离她远一点。她把苏航拉到她身边："我是认真的！"

关享一手托腮，眼神中都是梦幻。苏航听着关享的梦话，看着关享身上又脏又皱甚至还不如抹布的工作服，自动将关享嘴里的偶像剧替换成恐怖片，初步断定那个可怜的医生应该被关经理吓了个半死。

"他是我的初恋！"一口气喝完言晓晓递过来的热水，关享眉飞色舞。

"初恋？"苏航点头，"那李林算什么？"

"结婚对象！"关享丝毫没有尴尬，"他有钱，适合结婚，我找李林就是奔着结婚去的，我没准备和李林谈恋爱。"

李格非嗤笑。关享恍若未闻，托着下巴，一副娇羞模样："这个不一样，我一点都不关心他有没有钱，我看见他的第一眼，就想和他谈恋爱……"

苏航听得好笑："你不关心他有没有钱？"

关享捂着脸蛋拼命点头。

苏航瞟了一眼关享，似笑非笑："去那个楼盘看房子的人，能没钱？关经理，做人可要诚实！"

"你坏死啦！"要不是一只手上还插着输液器，关享能扑到苏航身上演一出"少女情怀总是诗"。

得知关享要给肖捷送锦旗，李格非拿过肖捷的联系方式，一眼扫去，见无论是名字，还是电话号码，都有些熟悉。

苏航嫣然一笑，当头棒喝："凭他这个条件，你确定他单身、未婚、无女友？"

关享摇头，苏航又是一笑："那你在兴奋什么？"

关享如泄气皮球般瘫倒在输液椅上，不过很快又恢复精神："不管怎么样，总要试一下。万一他单身、未婚、无女友，恰好又对我印象不错呢？"

李格非用大笑回答关享，要不是护士往这边看过来，李格非估计能笑到关享把液输完。

虽然对关享永远一副嘲讽脸，但是关键时刻，李格非还是很能派上用场的，挂完水后，李格非背着关享去停车场。关享嫌背这个动作不够优美，强烈要求用公主抱。李格非不由得冷笑三声："大姐，就你那身高体重，跟猩猩似的，哪个男的能抱得动？"

在自己走到停车场和被人背到停车场这两个选项中，关享识时务地选择了后者。只是趴在李格非背上的她依然不老实，吸一口言晓晓递过来的热水，嘲讽一句李格非是小白脸没有用。

晚上，根据医生的嘱咐，言晓晓给关享煮了一锅白米粥，配了点咸菜。关享看着苏航他们三人吃香的喝辣的，自己吃得清淡无比，差点儿没唱一首《小白菜》。

在家请病假的两天，关享也没闲着，指挥言晓晓帮她订好锦旗，上书八个大字：杏林圣手，妙手回春；抬头：肖捷医生；落款：病人关享敬赠。

周五上午，关享对着镜子练习了一百多遍，确定声音甜美无比，微笑完美无缺后，拨通了肖捷的电话。电话那头的肖捷花了十秒钟才想起来关享是谁，又花了十秒钟判断出关享似乎不是在开玩笑。他快速地报出一个地址后挂断电话。关享凭着记忆把地址录在手机里，对着天空抛去一个飞吻。

周五下午，无论苏航、言晓晓如何拒绝，关享硬是拖着两人往肖捷给的地址冲去。

到达目的地后，车子围着一条路来回开了几圈，也没找到哪儿有医院。苏航先反应过来："关老板，是不是你记错了，我没听说过这里有医院啊！"

关享摇头："我确定一定以及肯定我不会记错我家肖捷说的每一个字，肯定就是在这里。"

苏航还没来得及嘲讽关享肖捷啥时变成她家的了，坐在后排的言晓晓给两人带来一个重磅消息："是 58 号？"

得到确定答复后，言晓晓弱弱地指着车窗外，路边一处偌大的门头："仁爱宠物医院……"

苏航宁愿被贴罚单，也坚持把车停在路边，先趴在方向盘上笑够再说。言晓晓也想笑，但是顾及到关享的心情，憋得十分辛苦。

关享看着门头足足五分钟，脑海中浮现出肖捷英俊无比的脸蛋，经过内心一番激烈挣扎后，告诉自己："成功人士，不怕丢人。"

关享领着苏航和言晓晓走进医院。得知她们找肖捷后，穿着粉红色制服的护士把三人带到问诊区。

穿着白大褂的肖医生简直帅到发光，为了看得更清楚，关享的脸紧紧贴在玻璃门上，鼻子几乎挤到变形。

苏航拖着言晓晓退后几步，努力营造出一个她们不认识关享的假象。

问诊结束的肖捷看见关享，上下打量一番："你空手来的？"

关享疑惑，肖捷冷脸道："锦旗呢？"

关享看着肖捷的脸，脑子里有十八个理由，但是哪一个恐怕都不会让肖捷满意。

"关小姐，作为一个金融从业者，我希望你说话办事能够严谨。"肖捷双手插在裤子口袋里，耸了耸肩，"如果我没有记错的话，你来找我的目的是送锦旗。"

"我……"

"如果不是的话，抱歉，我似乎没有见你的理由。"

"成功人士，不怕丢人"——关享把这八个字默念了十遍，深吸一口气，连忙回到车上取出锦旗，交到肖捷手中。肖捷毫不客气地用他那优雅动听的男中音把锦旗上的所有文字从头到尾念了一遍。在护士们的哄笑声中，关享脸红如血。

肖捷顺手把锦旗交给护士，让她找地方挂起来，说："关小姐，我还有工作，如果没什么事情，我就不挽留你了。"

关享看着肖捷的背影，心如死灰。更令她痛心的是，她的两个好姐妹，一点安慰她的意思都没有，还在专心地研究猫猫狗狗。

关享哭丧着脸，拉了拉苏航的衣袖："走啦！"

苏航甩开关享："急什么？"

关享带着哭腔："你什么时候喜欢宠物了，我之前想在家里养只猫，你都不同意。"

"我们是在帮你……"苏航冲着墙上的锦旗努了努嘴，"怎么圆这事？"

一直在埋头研究的言晓晓指着一只加菲猫："这个！这个最可爱！要是有认识关享的人看到这个锦旗问起来，我们就说这只猫叫关享！关享，你别担心，照片我都拍好了！"

关享咧开嘴，无声地干号。身后苏航给言晓晓传授人生经验："这就是见色起意的下场，别一看人长得帅，就犯花痴。鬼知道那张英俊的脸蛋后面隐藏着什么，也不想想当初在李格非身上得到的教训。"

一行三人，回到车上。苏航没有急着发动，而是把纸巾盒递给关享，由着关享哭诉："他怎么能这么对我？"

关享打小五音不全，唱歌如驴叫，号啕起来，简直像杀驴。言晓晓被吵得脑袋隐隐作痛，还在坚持安慰关享："肖医生……肖医生……一定是在开玩笑……"

"我不会再爱他了！"关享抽出一张纸巾，擦掉鼻涕泡，"就算他帅到惊天动地，也不能这样践踏我的少女之心。我和他，注定有缘无分，让他后悔去吧！"

苏航有些疑惑："你确定？"

关享竖起三根手指："我发誓！"

苏航托着关享的下巴往车窗外看去，不远处的停车位上停着一辆银灰色保时捷跑车。关享对别的车不熟，但那车她还是认识的，用当年李少的话来说就是："不贵啦，国内也就一千万出头。"

"干吗？"关享甩开苏航的手，眼睛依然盯在那辆车上，不知道她下辈子能不能买得起。

很快，关享明白了苏航的意思，只见刚刚羞辱她的肖医生从医院里走出来，开着那辆车，呼啸而去。

关享指着肖捷离去的方向，瞪着苏航。

苏航看着自己奶茶色的指甲，笑容慵懒："咱们行有个网点在附近，刚刚我和那个网点的姐们儿打听了一下……"

苏航清了清喉咙："好消息是这家医院是肖医生开的，肖医生目前单身、未婚、无女友……"

关享不愧是客户经理，立刻抓住问题重点："那坏消息呢？"

"坏消息就是，这种钻石王老五，打他主意的，能有一个团。"苏航叹口气，"光我们行，就有一个排以上的姑娘发起过进攻。其中有比你漂亮的，有比你年轻的，有比你职位高的，有家境比你好的，有性格比你好的，但是没一个成功的。"

苏航白皙修长的手指在关享眼前轻轻一晃，说："包括动你前男友的那位也下过手，据说被他直接回绝。肖捷说自己对'白莲花'过敏，请她离他远一点！"

要不是在车里，关享能乐得一蹦三尺高。在关享痛快的笑声中，苏航缓缓地下了结论："所以，关老板，我认为你放弃是对的！"

"谁说我要放弃了？"关享狠狠白了苏航一眼，"这种年少多金长得帅，又不会被清纯外表的女人迷惑的男人，一看就适合我这种耿直的女孩儿。我要明知山有虎，偏向虎山行，让他发现我的心灵美！"

当晚，关享在饭桌上宣布，她已经制定好详细的方案要拿下肖捷，请大家在她攻克难关时，给予充分的帮助。这帮助不光是精神上的，最好再来点物质上的。比如说，带她吃点好的，送她点衣服化妆品什么的，让她知道人间还有真情在，温暖一下她有可能被肖捷伤害的小心灵。

苏航专心吃饭，权当没听见。言晓晓听不懂关享在说什么，不发表意见。唯一能听懂又愿意发表意见的，只有李格非。

"你就见他一面，就想和他处对象？"

"知道什么叫一见钟情吗？"

"那你能不能告诉我，你喜欢他哪点？"

"有钱！长得帅！"关享大声说出口。

"关享，你这样，和那些在多金男明星微博下面喊老公的人有什么区别？"

"有！肖捷长得比男明星帅！"

"说白了，你不就是喜欢钱吗？他要没钱你还喜欢吗？"

"我真不太懂你们这种思想，"关享放下筷子，"为什么爱一个男人，爱他的才华，就是对的，爱他的钱就是不对的？才华是优点，有钱就不是优点吗？凭什么你们男人可以要求女朋友脸美、胸大、温柔体贴，女人就不能喜欢男人有钱？不都一样是优点吗？"

"你！"李格非指着关享，"物质！"

"物质怎么了？我不光物质，我还现实呢。你说得没错，他要没钱，我还真不一定喜欢他。喜欢钱怎么了？没钱你能坐在这儿？最烦你们这种一天到晚谈情怀的人，搞得自己好像喝点西北风就能饱一样。"

"差不多行啦，我在外面忙了一天，就想晚上回来能安静一会儿。"苏航盯着一盘清蒸鱼，正用筷子夹，"要吵你俩找个没人的地方吵，不要影响我和晓晓吃饭。"

李格非秉承好男不和女斗的传统，低头吃饭。

苏航把话题转移到另外一个方向："关老板，按你的说法，有钱、长得帅，那你当初怎么没看上李老板啊？"

关享觉得苏航这个笑话实在是太好笑了："就他？"

关享指着李格非："他性格有问题！"

李格非又想放下筷子发言，被苏航一眼扫过去，便默念了几句"好男不和女斗"后，继续低头吃饭。

"就那位肖医生啊……"苏航想了想，一手托腮，"我看病得不比当年的李老板轻啊……"

"当我喜欢一个人的时候，他的所有缺点都是优点；当我不喜欢一个人的时候……"关享放下碗筷，准备回房，"他所有的优点都是缺点。"

关享回房，"嘭"的一声把门关上。李格非对着房门运气，飞快地扒完碗中的饭菜，也气呼呼地回房了。

言晓晓看了看关享的房门，又看了看李格非的房门："他们俩……"

苏航把鱼肚上最大最好的一块肉夹进言晓晓的碗里："他们俩的事，他们俩自己解决，咱们安心吃饭！"

言晓晓应了一声，乖乖地吃饭。苏航叹了口气，李格非和关享之间那点事，将来有的闹，趁现在没爆发出来，先过几天安稳日子再说。

周六，关享在网上查询肖捷医院的情况，得知肖捷每年至少能赚千万后，再次确定肖捷就是她想找的人。

周日下午，关享给肖捷发信息，肖捷没回；关享给肖捷打电话，肖捷没接。苏航劝关享，肖医生这是在用实际行动告诉她，他对她一点兴趣都没有。

关享不服："怎么可能，他只是比较忙，电话不在身边而已！"

为了体现诚意，关享把自己收拾得仿佛要去走红毯一样，踏上寻找肖捷的道路。

李格非得知关享去干吗后，鼻子差点儿没气歪："以我当了二十七年男人的经验，我就没见过一个女的倒追有好下场的！"

苏航的关注点一向异于常人："当初有倒追你的？"

"你说呢？"李格非露出一个闪闪发光的笑容。

苏航仔细打量李格非，从客观公正的角度来讲，当年的李格非和如今的肖捷可谓不相上下。为什么关享见了肖捷就像是吃错药，见了李格非就像被踩住尾巴？难道这个世界上真的有一见钟情这种事？

"倒追我的人，从这儿能排到你们单位！"

"那有成的吗？"

"要有我能说这种话？"李格非冷笑，"我就这么说吧，关享不会有好下场的，到时候我是不会同情她的！"

关享来到医院，还没自报家门，前台小护士立刻露出我懂你的笑容，领着关享来到接待室。

几分钟后，一脸不耐烦的肖医生出现，第一句话就是给关享下逐客令："我很忙。"

关享假装听不懂，指着墙壁问："我之前送的锦旗呢？"

"关小姐，你希望你的蠢让更多人知道吗？"

"我朋友都叫我关享。"

"关小姐，慢走。"

肖捷懒得和关享废话，掉头走人。关享花了几个小时打扮，就是为了肖捷能多看她一眼，怎么能让肖捷就这么走了？她连忙冲过去拦住肖捷："我想请你吃饭！"

肖捷面无表情，关享立刻补充："多谢你那天在售楼处救了我。"

"那天没我你也死不了！"

"话是这么说，但是滴水之恩当涌泉相报！"关享郑重其事，"我必须请你吃饭，表达我真诚的谢意！"

这种类型的邀约，肖捷每个月大概能遇上三十次："只是为了表达谢意？"

"当然……"关享察言观色，决定实话实说，"不是……"

"那是为了什么？"

"为了……"关享扭捏，"肖医生，你看你单身、未婚、无女友，刚好我也是单身、未婚、无男友……"

肖捷点头。过去一年，对他有企图的女性，按照不要脸的程度来排，关享绝对能进前三。于是他便问道："请问，您看上我哪点？"

"第一有钱，第二长得帅，第三有钱、长得帅。"

关享答得毫不犹豫，肖捷怀疑自己听错了，让关享再说一遍。关享毫不犹豫地重复一遍后，肖捷瞪着关享，气氛一时有些尴尬。

"你确定……"肖捷被关享的答案震惊到了。虽然这是标准答案，但是从来没有人会把这个答案说出来，就像是皇帝的新衣，谁没事会当那个说真话的小孩。

关享点头："我又没和你接触过，我哪知道你心灵美不美？现在我能够了解到你最大的优点就是这三个啊！"

"你知不知道，用钱和外表来判断一个人是肤浅的……"

"肤浅怎么了？了解一个人不都是先从肤浅的方面开始吗？"关享据理力争，"再说了，我这应该叫真实，你自己肯定也知道，追你的姑娘百分之九十九都是喜欢你的钱和你的脸！"

肖捷当然知道绝大部分人是冲着他的条件来的，但是，像这么赤裸裸地说出来的，有史以来只有关享一个人。

肖捷冷笑一声，绕过关享开门走人。关享摸不着头脑，他这是同意还是不同意？

"肖医生，我请你吃饭的事……"

"我还有三台手术。"

"那我等你！"

"随便你。"

为了体现自己的乖巧、听话、懂事，关享在接待室一等就是四个小时，眼看就快九点了，肖捷依然一点动静都没有。关享来的时候，为了好看，穿了一条紧得不能再紧的裙子。当时为了穿上这条裙子，早饭、午饭都没吃，饿到现在，早已是前胸贴后背。

　　奄奄一息的关享趴在桌子上装死，接待过关享两次的前台小护士实在看不下去，帮关享去手术室问肖捷。肖捷听说关享饿得吃不消，倒是立刻让小护士拿点饼干给她送去。

　　手里有粮，心里不慌，关享吃着饼干，更加坚定要等到肖捷。

　　另一位小护士路过接待室，看见关享往嘴里送饼干，"嗷"的一声冲进去，劈手夺下包装袋。

　　关享以为小护士也饿了，把桌子上还没有开封的那袋递到她手中："我差不多饱了，都给你。"

　　小护士瞪着关享："你吃了多少？"

　　关享不明白小护士为什么这么紧张，不就是几袋饼干吗？大不了她给钱就是。于是，她疑惑地说："四袋，怎么了？"

　　"这是给狗吃的消化饼啊！"

　　关享张着嘴，难怪越吃越饿……

　　"谁给你吃的？"

　　"肖……肖捷……"

　　小护士话到嘴边，又赶紧咽下，看来肖院长对关享的感情已经达到了新高度。

　　正当小护士纠结如何安抚关享时，肖捷来到接待室。

　　关享指着桌上的饼干："这是喂狗的？"

　　肖捷没有否认："吃不死人。"

　　关享哭丧着脸："那吃出毛病来怎么办？"

　　"我帮你治啊？"

"你是兽医……"

"之前不是也帮你治过?"

关享的消夜到底没有吃成。肖捷一句"我困了",把关享打发回家。不过作为补偿,肖捷勉强同意,有空的时候和关享吃顿饭。

快十一点时,关享带着一肚子狗饼干,含泪回到家中。

听完关享的哭诉,言晓晓很生气:"这也太不尊重人了!"

苏航点头:"想当年,我们李少再怎么折磨你,也没让你和狗抢饭吃呀……"

李格非听到动静,早就想出来看看情况,听到苏航提他名字,立刻冲出来发表意见:"苏老板,我什么时候折磨她了?我那是在用劳动锻炼她的意志!"

关享的一股邪火全发在了李格非身上,抓起一个抱枕砸在李格非的脸上。

李格非大人不记小人过,接过抱枕,坐在关享身边安慰她:"算啦,人家对你完全没兴趣,你何必拿你的热脸贴人家的冷屁股!"

"要你管!"关享咬牙切齿,"这是我的初恋,我是不会轻言放弃的!"

苏航倒是十分乐观:"虽然今天没吃成饭,但是至少他答应和你吃饭,所以还是有机会的。再说了,不是还有礼物吗?"

"礼物?"关享不解。

"饼干啊?"苏航拍着关享的肩膀,"第一次约会就请你吃饼干,这是多少妹子求都求不来的待遇,你要懂得感恩!"

关享没有听出苏航的讽刺,暗暗思索,好像真是那么一回事,她立刻开心起来,拖着言晓晓往厨房去:"老言,我消化饼吃多了,现在好饿啊,你给我下碗面好不好?"

3

Chapter

感情值

几个钱

周一中午，吃完午饭，三人从食堂回到办公室。

苏航貌似闲聊："你上午给肖捷发信息了？"

"发了……"关享将一粒口香糖丢进嘴里，随手翻了翻桌上的案本，心不在焉道，"老苏，这几笔贷款资料我看完了，应该没问题，你要不要再看一遍？"

"肖捷回了吗？"

关享脑门青筋一跳，眼中闪过一丝气恼："老苏，咱们能不能换个话题？"

苏航淡淡一笑，旋即拿出粉饼对着镜子补妆，温柔地说："不能……"

"今天是周一，他上午忙……"

关享溃不成军的解释，并没让苏航产生一丝怜惜。她不以为然地说："坦白地说，虽然李格非大部分的世界观、人生观、价值观都有问题，但是有一句话，我觉得他说得没错……"苏航扬了扬嘴角算是微笑，"倒追是不会有好下场的！"

"这是我的初恋……"

"初恋无限好，全因死得早。"

关享泫然若泣，垂死挣扎道："我真的好喜欢他……"

"他真的一点儿都不喜欢你……"

苏航笑嘻嘻地给出致命一击，言晓晓重重地点了点头，赞同苏航的说法，气得关享"哇"的一声趴在桌上干号起来。

没有姐妹支持，关享依然决定有困难要上，没有困难创造困难也要上。一下班，她就拦了辆出租车冲到医院。负责前台接待的护士小姐看到她，立刻热情地迎上前来："关小姐，你又来啦？昨天你一个人吃掉那么多消化饼，今天狗狗都没吃的了。对了，你还没给钱！"

提起昨天的事，关享内心十分愤慨，无奈人在屋檐下，只好拿出钱包准备付账。护士妹子原本只想开个玩笑，没想到关享竟然当真，捂着嘴咯咯直笑："算了，反正都要过期了，吃了就吃了吧！"

肖捷不可能给她吃快要过期的饼干，这中间一定有什么误会，关享不停地给自己做心理建设。

眼见关享笑得比哭还难看，护士小姐依然没有表现出一丝同情心："饼干好吃吗？大部分狗狗都不喜欢，我看你吃得还挺香的。"

关享深呼吸一下，往肖捷办公室走去。她是要成大事的人，不能把时间浪费在这些无关紧要的人身上。

办公室门口，关享被秘书拦住，说是没有预约，肖院长不见客。关享一脸胸有成竹："我和肖院长约好了，今晚共进晚餐。"

近三年来，秘书目睹肖捷拒绝过一百零八位妙龄女性，其中百分之五十以上，综合评分超过关享。对于关享能够中选这件事，她持怀疑态度。

肖捷上午给一只十几岁的金毛做手术，虽然手术十分成功，但是由于金毛的年龄太大，术后几个小时过去，金毛还是去世了。肖捷知道自己已经尽力，金毛主人也早就做好了最坏的打算。可肖捷心里还是有些失落，一个人郁郁寡欢地坐在办公室里，瘫在椅子上，看着天花板发呆。

接到秘书的电话，听到关享这个名字，肖捷立刻不耐烦地打断，让秘书把关享弄走。没想到话还没有说完，关享已经推门进来，后面跟着手忙脚乱阻拦她的秘书。

"关小姐，我不想看到你。"肖捷是个文明人，但是对关享这种生物，他没有丝毫兴趣。

关享自诩脸皮和城墙一般厚，面对如此直白的拒绝，脸还是稍微红了一下。

"咱们昨天约好今天一起吃晚饭的……"关享一脸无辜。肖捷很想叫保安把关享架出去，但是眼下这个时间点，正是晚高峰，放任关享这种人在医院门口大吵大闹，实在是影响医院形象。他让秘书把门关上，要单独和关享谈一谈。

"我没答应你。"

"你答应了！"关享看着手表，"前天晚上十点零七分，你在医院门口同意的。"

"我根本就没理你好吗？"

"你不反驳我就当你同意。"

"关小姐，我对你没兴趣。"

"我对你有兴趣。"

"你可不可以离我远一点儿？"

"没问题！"关享后退一步，"够远了吧？"

和关享这种人，讲道理是没用的。肖捷索性遂了关享的心愿，陪她吃顿饭，结束这场孽缘。

秘书看着肖捷领着关享往外走，差点儿没惊掉下巴。关享则十分享受护士小姐惊讶中带着好奇、好奇中带着羡慕的目光。关享甚至已经开始幻想，如果肖捷送她去上班，她如何向众人介绍，羡慕死行内那群女人！

让关享从幻想中醒来的，是肖捷提醒她上车的声音。出现在关享眼前的，不是熟悉的保时捷，而是一辆哈雷机车。肖捷递过一个头盔，见关享目光呆滞，语气十分不耐烦："不去算了！"

关享一把抢过头盔戴在头上，一阵狼嚎："你好帅啊！"

这种话，自十四岁起，肖捷每天都能听到八百遍："能不能换个台词，夸奖一下我人格高尚，聪明过人？"

"加上今天，咱们一共才见三次面，算上这句话，我们才说过四十九句话。你人格什么样，我哪知道？让我夸你人格高尚，就是让我骗你！"

"在你眼里，我的优点就是长得帅？"

"你还有钱！"

"关小姐，我真是谢谢你的夸奖！"

"有句话叫有颜值即是正义！就凭你这长相，只要你不违法、不犯罪、不违背公序良俗，你干什么都是对的！"关享穿着裙子，比画了几次，最后决定横坐在机车后座上，"更何况，你还有钱！这就是你全身上下最大的闪光点啊！"

"闭嘴！"

"肖捷，你这样是不对的，你要学会接受别人的赞美，人家夸你……啊……"关享忙着和肖捷谈人生，肖捷突然发动机车，吓得关享立刻抱紧肖捷的腰。

肖捷驾驶机车，空不出手，隔着头盔提醒关享："关小姐，矜持点可以吗？你抱我抱那么紧想干吗？"

关享戴着头盔还拼命把脑袋往肖捷身上靠，硌得肖捷背疼："我怕我会掉下去！"

"我这速度你能掉下去？"

"我担心不行啊？"关享空出一只手压住裙子，"我抱一会儿你又不会少块肉，实在不行你就当我想占你便宜！"

肖捷放弃和关享沟通，他怕自己多说一句话，都会控制不住要把关享扔下车。

关享却要加深肖捷对他们第一次约会的印象，唠叨个没完："有没有女生说你这样超级帅？你现在没有女朋友，是没有遇到合适的，还是之前受到过伤害，暂时不想找？你之前的女朋友是什么样的人？告诉我一下，好不好嘛？"

"你不说话会死是吧？"

关享"噢"了一声，闭上了嘴，三分钟后……

"你用的什么香水？我好喜欢！哇，你这件机车外套我在杂志上看过，明星同款。你好有品位啊！"

关享一路都在和肖捷加深感情，一直到车停下，才发现肖捷一点没和她客气，直接来到一家米其林三星法国餐厅。

当年这家餐厅刚开业的时候，关享和李林来过，随便开了瓶酒，账单直逼五位数。如今由她做东……关享下意识地摸了摸钱包，怕是凶多吉少。

关享一咬牙，跟着肖捷走进餐厅，看侍应生对肖捷的态度，明显是熟客，这更加坚定了关享要和肖捷搞对象的信念。只是看到菜单上的标价，关享不由得又吸了一口冷气。

关享正在思考她的信用卡还有多少额度，发现肖捷正在研究酒单，随后指着一行，让侍应生送上。关享参照肖捷手指的位置，拿起酒单，看清楚价格后，她像被烫到一样，把酒单扔到桌上。

关享看着桌布，酝酿情绪。当她抬起头时，肖捷吓了一跳，只见五分钟前还一脸色眯眯的样子看着他的姑娘，现在是一脸凄苦。

"我想和你商量一件事……"

"说。"肖捷眼睛盯着刚刚送上的沙拉，如果有被关享口水溅到的危险，他立刻让人重新上一份。

"这顿我不请了……"

肖捷看着关享。

"这里太贵了，我请不起……"

肖捷想了半天，勉强组织好语言："关小姐，你还真直接啊……"

"我这是诚实，诚实是一种美德！"关享可怜巴巴地看着肖捷，"现在银行日子不好过啊，我一个月工资就一千八百元啊。你刚刚点的一瓶酒，快抵我半年的工资了。我要是打肿脸充胖子，勉强把这顿请了，我接下来的半年可怎么活啊……"

肖捷点头，关享的话太有道理了，简直是毫无破绽，无懈可击。

"如果我活不好，我就会怨恨你，这对我们之间的感情发展是极为不利的！"

"关小姐，我和你之间没有感情。"

"感情分很多种，友情是情，爱情也是情。虽然我们目前没发展出爱来，但是友情我们还是有的啊！"

"你所谓的友情就是你请我吃饭，然后告诉我这顿太贵了，让我付钱？"

"我是要请你吃饭，但是这顿不算。明天……明天我请你吃火锅！"

"这顿饭吃完，请你离开我的视线，好吗？"

"我妈从我小时候开始就教育我，不能占别人的便宜，尤其是占男人的便宜。无论如何，我得请你吃一顿！"

"那就这顿！"

"这顿我请不起！"

一本正经的不要脸，这是肖捷给关享的评语。

前菜上来，关享拿出手机咔嚓咔嚓地拍照，一边拍一边和肖捷解释："我前男友带我到处吃的时候，我从来不在朋友圈秀。自从我前男友和一个小白莲跑了之后，我们单位那群人天天八卦我，说我再也找不到条件好的了。我得用这顿饭向他们证明，我现在正和一个比我前男友优秀一百倍的男人约会。"

"我们现在不是在约会！"

"你觉得不是，我觉得是就可以啦。我跟你说，我前男友……"

"我对你和你前男友的故事没有兴趣。"

关享歪着头想了想："那你说说你和你前女友的事？"

"我没兴趣告诉你！"

关享又是一副可怜相："那咱俩就这样干坐着？"

"'食不言，寝不语'这句话听说过吗？"

关享用力点头，保持了五分钟的安静。

"我听说我们单位好多小姑娘追过你？其中一个叫刘佳佳的你有没有印象？就是你说你对'白莲花'过敏的那个？我告诉你，就是她抢走了我的前男友！老肖，你实在太帅了！"

肖捷放下刀叉，用餐巾拭了拭嘴角："我觉得你前男友和你分手，不是因为第三者，是因为你话太多。你八辈子没说过话是吧？"

"当然不是，"关享摇头，"我是打算和他结婚，又不是打算和他谈恋爱，干吗要和他说话？"

关享和肖捷详细解释："我不喜欢他，但是他适合结婚。你就不一样了，越和你相处，我就越喜欢你，所以我就想和你说话，想什么都告诉你啊。"

"那我还真是谢谢你的喜欢啊！"

"那你能不能也喜欢我呢？"

出于礼貌，肖捷没有离席。埋单的时候，关享长出一口气，幸亏没有硬撑，不然绝对是大出血。

饭后，肖捷把关享放在酒店门口，请关享自行回家。关享对着肖捷疾驰而去的背影挥手："明天晚上，我还是那个时间去找你！"

肖捷加快速度驶离关享的视线，多和关享相处一秒，他都觉得人生没有希望。

关享一进家门，苏航上前道喜："恭喜关经理！贺喜关经理！"

关享故作一脸茫然。苏航抱着胳膊，上下打量："别装了，朋友圈都发了，多少小姑娘眼都红了。"

"不就是吃顿饭吗？至于吗！"关享接过言晓晓递来的热茶，"老言，你体贴死了！"

"吃顿饭？"苏航微笑，"你那几张照片，一张拍了一瓶酒，一张虽然没把肖捷拍进去，但是肖捷手上江诗丹顿的特写，你敢说你不是故意的？"

言晓晓这才明白关享的照片有这么多门道，立刻拿出手机打开朋友圈，果然是点赞的没有几个，下面讨论的却一大堆。就算迟钝的言晓晓，也能闻出好大一股子酸味！

"当初我分手，她们表面上安慰我，私底下没少笑话我，我清楚得很。现在让她们看看，我关享找的男人只会一个比一个强！"

按关享的说法，似乎进展不错。只是听完关享的描述，苏航只能得出一个结论："革命尚未成功，同志仍须努力。"

自打关享回来，李格非就躲在书房门后听墙根，开始还能听下去，听到后面，按捺不住，蹦到了客厅。

"你可要点脸吧，关老板！"

"我怎么不要脸了？"

"见过倒贴的，没见过你这么倒贴的！人家对你完全没兴趣，你感觉不出来啊！”

“在售楼处，他见义勇为！在医院，他送我礼物！今天，他请我吃饭！”

李格非被关享的歪理邪说震惊到了。关享则继续散布谣言：“虽然他在表面上抗拒我，但是他的内心一定已经接受了我，只不过是因为羞涩，所以不好意思承认。只要我再努力，我相信他很快就会成为我的男朋友！”

李格非嘴角微微抽动，指着关享问苏航：“她是不是有精神疾病，一直用药物在控制，最近药停了？”

苏航难得露出一副无奈的表情，拍了拍李格非的肩膀：“少女情怀总是诗，你不懂！”

关享对着李格非竖中指，一根不够，竖了两根。

李格非把两根中指拍下去：“关小姐，你不能放弃治疗啊！”

关享送了个白眼给他，扭头回房间，她要早早上床睡美容觉，明天还要约肖捷吃火锅！

李格非拦住想回房间的苏航和言晓晓：“老苏，你给评评理。老言，你也别走。”

苏航差不多知道李格非想说什么，同情地看着他。言晓晓虽然猜不到李格非想要干吗，但是看李格非的表情，总觉得李格非好像被人抛弃了。

“我比肖捷长得难看？”

如今穿着海澜之家的李格非当然和肖捷有些差距，不过苏航回忆了当年李少的风采，坚定地摇了摇头。言晓晓更是仗义执言：“你们一样帅！”

“以前，我是说以前，我比他有钱，对不对？”

苏航和言晓晓一起点头，这个毫无疑问。

"那她对我什么态度？"李格非指着关享房门，"口口声声冲着长得帅和有钱去的，当年我比肖捷帅，比肖捷有钱，我看她对我也没个好态度，她根本就是有病！"

"这个我得说句公道话，"苏航一脸诚恳，"就当年你那态度，还不如肖捷呢。如果当年她对你有想法，不用等你打死她，我们先动手弄死她！"

李格非气得说不出话来，扭头冲回书房。

言晓晓最近智商、情商双双上线："我有句话，要是说错了，你别告诉他们，我觉得李格非在……"

"吃醋？"苏航挑眉。

言晓晓点头。

"那也没办法，让关经理放弃高富帅，"苏航指了指关享的房间，又指了指书房，"选择高穷帅，我觉得这个概率大概和罗行长不要求存款一样大。"

关享难得十一点前爬上床，在甜蜜的少女情怀中，陷入了梦乡。李格非却失眠了，越是回忆过去，越是气得睡不着，凭什么当年关享一点好脸色没给他？凭什么当年关享就不能像追求肖捷一样追求一下他？虽然他当时肯定会拒绝，但是至少要礼貌性地追求一下吧？

白天上班，关享心情十分愉悦，就连被评审退回了几个案子，也是一路蹦蹦跳跳。评审哥哥觉得情况不对，问旁边的评审姐姐："我是不是太严厉了？她被我搞得神经有点……"

评审姐姐白了他一眼："你懂个屁！人家是要嫁入豪门的人，还在乎这份工作？"

关享走得不远，听得一清二楚。她发到朋友圈的那条信息已经以光速在整个单位传开，就让那群八卦的女人嫉妒去吧。

去完分行，关享和苏航打了个招呼，直接冲去了医院。今天来看病的小动物少一些，有其他医生在看诊，肖捷独自在办公室里看书。关享直接冲到门口，秘书小姐看到关享就头痛，说："肖院长不在！"

"他车停在门口了！"

"他没开车走！"

"我问过门口书报亭的大爷了，今天他没出门！"

肖捷只想在这个悠闲的下午安安静静地看一会儿专业书，结果门口又传来那个熟悉又恐怖的声音。他深呼吸后，拉开门："关小姐，我要报警了！"

"警察还管搞对象？"不等肖捷回答，关享不顾自己多么人高马大，硬是猫着腰蹿进肖捷办公室，以一种非常乖巧的姿势坐在了办公桌的对面。

肖捷指着门口："出去，我要看书！"

关享对天发誓："我玩手机，保证不打扰你看书！"

肖捷实在是懒得和关享争论，回到书桌前，只是这书怎么也看不下去。他抬起头，一直盯着他猛看的关享立刻低下头。肖捷敲了敲桌子："你不是玩手机吗？你一直看着我干什么？"

关享装不下去，只好表白："你比手机好看……"

"看手机，不要看我！"

"噢！"关享乖乖地应了一声，玩起了游戏。肖捷看书看到知识点，抬手想拿支笔，不经意地看了关享一眼，那个身高接近一米七的姑娘，估计是刚刚战败，咬着手指，盯着屏幕，一脸愁云惨雾。肖捷摇了摇头，翻了个白眼。

关享游戏打得差不多了，天也快黑了，这才提起今天来的目的："我们去吃火锅吧！"

肖捷一脸嫌弃："一身味道！"

"真的很好吃啦，去嘛去嘛！"关享有些不好意思，"现在我也就请得起这个了……"

"我要回家，再见！"

关享扑到肖捷面前，拦住去路。肖捷冷笑："你还想动手啊？"

关享眨着眼睛，扮起可怜："求求你，让我请你吃顿饭……"

肖捷捂着额头走出医院，后面跟着活蹦乱跳的关享。

今天肖捷没骑机车，开的是保时捷，关享从上车起就开始号叫。等车发动后，关享打开窗户往外看，然后对肖捷说："你说，人家会不会以为我是你女朋友？"

肖捷扫了眼关享身上的工装："我不瞎！"

关享对着后视镜顾影自怜："我怎么说也有个六七分……"

"满分一百分的那种吗？"

关享转过头："你嘴上讨厌我，但你心里对我还是有好感的！"

肖捷好奇："你脸皮这么厚，你领导知道吗？"

关享眼神一下子黯淡下去，要是她能把这份恒心用到工作中，罗行长就算死想必也能含笑九泉。

在关享的指点下，肖捷把车停在巷口的停车场，走了快十分钟，才来到巷子深处的火锅店。

关享从肖捷的表情中读到"拒绝"两个字，她伸手想拉肖捷，却在半空中被肖捷拒绝："不要碰我。"

关享不解地看着肖捷的背影，弄不明白他为什么要用一种上刑场的表情走进火锅店。

选好位置，拿着菜单，关享还没有来得及下笔，肖捷扫了一眼四周的环境，定下这顿饭的基调："我不吃内脏、不吃红肉，不吃河鱼，不吃……"

"你怎么活到这么大的？"关享探寻地看着肖捷，"你从小这么挑食，你妈没揍你？"

"我母亲是教育学硕士，我从小接受的是民主教育方式。"肖捷抽出筷子，近距离观察，这里的餐具好像没有一样是干净的，每样东西上面都有一层油。

"这家最出名的是黑毛肚，你不吃就相当于没来！"

"我根本就不想出现在这里，这辈子都不想！"

其他事情可以以肖捷的喜好为喜好，唯有吃不可以。关享无视肖捷的拒绝，点好菜让服务员下单，她指着调料台："你吃什么调料？我去拿！"

肖捷扭过头看了一眼："我不吃生姜、不吃葱蒜、不吃辣椒，不吃一切刺激性的调味品！"

"醋吃吗？"

"味道太强烈的东西我都不吃。"

"那你活着还有什么意义？"

眼看肖捷收拾东西想要走人，关享立刻低头认罪，承诺绝对不再废话一个字。

关享给肖捷配了一份麻油、蒜泥加腐乳，肖捷看着碗里的东西像是在看一坨屎。

关享对天发誓："真的很好吃！"

肖捷的白眼快要翻到后脑勺了，关享把煮好的黑毛肚捞到他碗里："吃吃看嘛！"

"不吃！"

"吃一口又不会死！"

"不吃！"

"你吃不吃？"

"不吃！"

关享桌子一拍，从椅子上蹦起来，筷子直指肖捷的鼻尖，顿时半个餐厅的人把视线都集中在肖捷身上。肖捷被看得浑身发毛，他压低声音和关享商量："你能不能先坐下来？"

"你吃不吃？"

肖捷脸部肌肉微微抽动，勉强夹起黑毛肚放进嘴里。关享看着肖捷咽下去："你看，你这不是没死吗？再来一块？"

肖捷挡住关享的筷子："我自己来！"

几块毛肚下肚，肖捷指着另一个盘子："这是什么？"

"黄喉……"关享解释，"就是牛的动脉……"

反正胃都吃了，还差动脉吗？肖捷把一盘黄喉倒下锅，接着是一盘鹅肠，一盘鸭血。

关享有些担心，难道肖捷被刺激得神经错乱了？

肖捷忙着对付第二盘毛肚时，关享不得不打断了他一下："你没事吧？"

"你希望我有事？"肖捷抬起头，想用餐巾擦拭，捞了个空才想起来这不是法国餐厅。他恶狠狠地从纸巾盒里抽出一张纸巾，擦去嘴角的油渍，"借你吉言！吃了没死！"

"那你觉得怎么样？"关享小心翼翼地问，"要不要再来点？"

肖捷丝毫没有客气，又是两盘毛肚下肚。

一顿饭吃完，肖捷快步走出火锅店。关享付过账后，连滚带爬地追出来。肖捷头也不回："再见！"

关享跟在后面，一路小跑。肖捷不耐烦地看了她一眼："饭也吃了，你还想怎么样？"

关享挥了挥手中的发票："你吃了八百多块，我没钱打车，你送我回家！"

肖捷停下脚步："我给你一百块，你自己打车走！"

"你当我是什么人？我是那种随便要人钱的人吗？"关享急了，"你是男的，我是女的，你开车，我没开车，我们俩约好一起吃饭，吃完饭必须是你送我回家，这是基本的约会礼仪！"

"我什么时候和你约会了？"

"就是现在！此时！此刻！"

多看关享一眼感觉都是在折寿，肖捷低着头往前走，关享跟在后面一路唠叨到上车。空旷场合还好，到了密闭空间，肖捷感受到了火锅的威力，整个车里全是火锅的味道。

关享使劲挥手，试图扇起一阵风，把味道给吹没了。抢在关享开口之前，肖捷警告关享："你敢说一句话，我就马上把你扔下车！"

驶出停车场，肖捷问关享："你家住哪儿？"

问了三遍，没有回应，肖捷以为关享睡着了，扭头一看，就看见关享瞪着两只大眼睛，两手在空中挥来挥去。

"你发什么疯？"

关享更急了，灵机一动，脑门一拍，拿出手机打出一行字，递到肖捷面前，原来是她家的地址。

肖捷再三提醒自己要有家教，不能骂脏话："你哑巴了？不会说话啊？"

关享又打出一行字："你刚刚说了，我敢说一句话，你就马上把我扔下车，你怎么还怪我？"

肖捷终于没忍住："我上辈子肯定是刨你家祖坟了，所以这辈子才遇到你。"

肖捷把关享放到小区门口，坚定地拒绝了关享请他上去喝杯茶的乞求，一溜烟儿跑了。

　　李格非准备了一肚子的冷嘲热讽，就等着关享回来向她开炮。谁知关享到家后，话都不愿意和他说一句，蹦蹦跳跳地回自己房间洗漱，气得李格非胃痛。苏航和言晓晓一边吃水果一边看电视，她俩都觉得，从关享那副春风得意的小模样来看，进展似乎还挺顺利。

　　周二下班后，关享准时准点出现在仁爱医院。今天的秘书姑娘看到关享，神情有些奇怪，看在同为女性的分儿上，她好心提醒关享："关小姐，肖院长他不想见客。"

　　关享立刻纠正她话里的错误："我不是客，我是……"关享的笑容甜蜜又可爱，"我目前是他的朋友，将来肯定就不是了……"

　　好言难劝要死的鬼，既然关享认为一切尽在掌握中，秘书小姐就由着她推开办公室的门。不出所料，站在门口的秘书毫不意外地听见了门内传来的咆哮声。

　　关享想不通，为什么肖捷要发这么大的火，不就是长了个痘吗？不就是因为吃火锅火气太大导致的吗？

　　不过这个位置确定是有点……关享看着肖捷的鼻子，怎么会长在鼻尖上，还肿成这么大的脓包？

　　肖捷连青春期都没长过痘，没想到青春期结束这么久了，竟然还长这玩意儿。今天早晨起来洗脸的时候没注意碰到了，差点儿没把他痛死。整个白天，员工看在工资的分儿上没有一个敢笑的，客人就不一样了，个个笑得跟吃错了药一样。

　　如今罪魁祸首就站在眼前，肖捷怎么能轻易放过？他指着关享，刚想骂人，没想到嘴部动作一大，扯到鼻子方向的皮肤，痛得他眼泪差点儿掉下来。

　　关享冲上去，扒开肖捷的手，仔细观察那个痘。根据关享近十年的护肤经验，这颗痘必须马上处理掉，不然今晚肯定肿得更大！

　　关享一阵风般地冲出办公室。肖捷正在想关享是不是终于愿意放过他了，谁知不一会儿她就回来了，手里拿着找护士要的针、镊子、酒精，还有药膏。

"你这个痘必须马上挤掉！"

"都是你害的！你还有脸说！"

关系到肖捷的脸，关享没兴趣和肖捷废话，指着椅子："坐下，我给你弄！"

肖捷冷笑："我是医生，我要你帮我？"

"你是兽医！"

"兽医怎么了？我帮你看过病！"

"那好啊！你自己来！"关享把工具放在肖捷面前，拉过镜子放在他眼前，"你把痘痘挤掉！"

肖捷拿起针，对着鼻子比画了半天，怎么也下不去手。关享夺过他手里的针，把肖捷推倒在椅子上："坐好，不要乱动！"

秘书看见关享拿着一堆东西进去，就觉得事情有些不太妙，听见办公室里传来老板的惨叫，更是吓得魂不附体。她拼死推开门，只见老板被按在椅子上，那个每天都来报到的女人，正拿着镊子捅得老板嗷嗷叫！

看见秘书，关享让姑娘赶紧过来："你帮我压着他，他老乱动，我挤不出来！"

秘书下意识地往前走了两步，立刻被肖捷吼了出去："出去！你敢帮她，我就和你解除劳动关系！"

关享越发喜欢肖捷了，真有文化啊，开除就开除，非说解除劳动关系。关享便对姑娘说："姑娘，你不要怕，他敢开除你，你就去劳动监察大队举报他，让他赔你钱！"

"赔钱我也要开除你！"

这年头工作不好找，犯不着为了看老板倒霉，把工作弄丢了。

秘书立刻跑出办公室，并把门关上。

关享感慨："你员工太听话了，听话的员工没有创造力！"

肖捷对着镜子研究小了一半的痘痘："要你管！"

关享手上的力道再次加重，在肖捷的惨叫声中，关享提醒他："得挤出血来，明天才能好！"

那天晚上，仁爱医院的全体同人第一次看到那个永远玉树临风的老板顶着个红鼻子，眼睛也是红红的走出医院，后面跟着那个永远一副厚脸皮模样的银行客户经理。

"今天晚上我准备约你吃羊肉汤的，看你这样子是吃不了了，我们去喝粥吧。"

"滚。"

"那你想吃什么？"

"滚。"

"明天肯定就好啦，你不要这么生气嘛！"

"滚！"

不顾肖捷的反抗，关享再次钻进了肖捷的保时捷，气得肖捷白眼横飞。

周三傍晚，关享下班后准时到访仁爱医院。肖捷正在病房教育两个小护士。

"说了多少遍，遗弃在门口的小动物不要捡回来！我是开医院的，不是办慈善机构，费用你们自己解决！"

肖捷说完回了办公室，两个小护士对着他的背影吐舌头。关享打小就是个好奇宝宝，怎能放过这种八卦，忙向小护士打听情况。

圆脸小护士指着保温箱里的一窝小猫，一脸无奈："今天早晨在门口发现的。"

关享把脸贴在保温箱上，就看见一个个毛茸茸的小团子，喝饱了羊奶，正抱在一起呼呼大睡。

"这不是土猫，这应该是加菲和土猫的串儿。"圆脸小护士又叹了口气，"这些主人一点都不负责，喜欢就养，平时给的吃的、喝的不好也就算了，连绝育都不给做，小猫怀孕了就生，生完到处扔。"

关享问小护士她能不能摸一摸，得到许可后，她小心翼翼地把一只小猫捧在手心："我现在和闺密住，我回去和她们商量下，能不能领养一只。其他几只，我闺密的朋友是微博大V，我请他发个微博，说不定能找到人领养。"关享忍不住用鼻尖在小猫身上蹭了蹭，"寄养费用多少钱？这钱我来出。"

"不用，"小护士摇了摇头，"你要能找到领养人，就帮大忙了。"

"他刚才不是说要费用吗？"关享指了指院长办公室，"不能都让你们出啊！"

两个小护士相视一笑，压低声音和关享八卦："肖院长这个人，就是嘴巴凶，其实心软得一塌糊涂。人家扔在门口的小动物，他捡回来的最多，每次都说是最后一次！"

小护士指了指保温箱："今天早晨我抱回来的时候，他明明看到了，故意装不知道，我们才不上当呢！"

"那他刚才还提钱？"关享有些疑惑。

"所以说嘴巴凶啊，"小护士摆摆手，"你放心，他不会让我们掏钱的，没准，他现在正在找人领养呢！"

关享又对着保温箱研究了半天，确定要领养哪一只后，蹦蹦跳跳地来到肖捷的办公室。

肖捷鼻尖上的痘痘在关享的精心照顾下，果然已经消肿，再过几天，应该就能痊愈。

关享坐到肖捷的办公桌前，托着下巴端详他。肖捷正在整理病患资料，瞪了回去："看什么看？"

"你是个好人。"

肖捷把一份资料扔在桌上："刚才是不是有人和你废话了？你去告诉她，这绝对是最后一次！我这儿不是福利机构！我要赚钱！我要养整个医院的人！我没有闲钱照顾这些被人遗弃的小动物！"

"你是个好人。"

"我是个商人！谢谢！"

"你的心灵和外表一样美！"

"你神经病！"

肖捷的反应完美地印证了小护士的评价。在关享眼中，肖捷的脸蛋越发英俊起来。肖捷被关享看得浑身发毛，正想拿本病历砸到关享脸上，秘书敲门进来："肖院长，小颖的主人来了。"

小颖是条一岁的雪纳瑞，主人出门没牵绳，遇上另一只没牵绳的金毛，一场架打下来，断了一条腿。

狗主人把小颖送来医院，知道手术费用后，说要回家商量一下，就再也没有动静了。肖捷让护士打了几次电话，狗主人一直推托，一直拖到最后时限了，人才过来。

狗主人的反应既在肖捷意料之中，又在肖捷意料之外。关享看出来了，肖捷是耐着性子和狗主人沟通。

"必须手术，不然会瘫痪，费用我可以给你们打折。"

狗主人是对年轻小情侣，明显是在敷衍地说："行啊行啊，我们先接回去，过两天再送过来手术。"

"不能再拖了，再拖下去腿就废掉了。"

"废掉就扔……"男孩话说一半又咽了回去，"谢谢医生啊……"

女孩看着护士小心翼翼地把小颖装进笼子，嘀嘀咕咕："做个手术几千块，重新买一只才多少钱……"

看肖捷神色不对，小护士赶紧恭送小情侣出门。肖捷面无表情地看着他们走远，难得愿意和关享多说几句："他们不会给狗做手术的。"

肖捷垂下眼睛，脸上滑过一丝冷笑："很多人养小动物，根本不是因为真心喜欢，仅仅是在电视上、电影里，或者是在网上看到张图片，觉得这种小猫好可爱，那种小狗好好玩，就决定养一只。"

肖捷随手把小颖的病历扔进垃圾篓："养了才发现，原来小动物也就看着可爱，照顾它们吃喝拉撒麻烦不算，还会生病啊，生病还要花钱！"

明明经常都能遇到这样的事情，肖捷每次还是忍不住生气。他阴沉着脸，甩手回办公室。

关享没跟过去，她找到负责接待的护士，要来小情侣的电话。小情侣原本已经打定主意找个没人的地方把狗扔掉，听说关享想买，立刻坐地起价，开口就是五千。

关享嗤笑："少来这套，我给五百，马上把狗送来，不干拉倒！"

关享挂上电话没一会儿，小情侣打车前来，似乎是怕关享反悔，两人拿着五百块跑得飞快。

得知关享的所作所为，肖捷批评关享："你真多事！"

关享眉眼飞扬，一副得意模样："我从小就想养宠物，以前父母不让，现在舍友不让。刚才我想通了，我先斩后奏，买都买了，谁不让养，谁赔我钱！"

肖捷让护士把狗狗安顿好，准备明天手术。关享拿出信用卡，问护士在哪儿交钱。肖捷撇嘴："就你那点工资，装什么富裕？"

关享一笑，灿烂如朝阳："交情归交情，生意归生意，要是每个人都和你讲交情，你生意还做不做了？一码归一码，我的狗生病找你看病，我必须给你钱。"

肖捷觉得关享这人实在没法沟通，招呼护士："按五折收她的。"

关享交完费来到办公室，肖捷破天荒地从冰箱里拿了盒牛奶递给她："你是不是觉得你在做好人好事？"

关享吸着牛奶，笑而不语。

"请你以后不要自作聪明，我不会因为这件事改变对你的看法。"

肖捷的别扭逃不过关享的眼睛，她却没有戳破，咋咋呼呼地讨论起今晚吃什么。肖捷本能地拒绝，却被关享的一句"我没有钱"，强行绑架到一家吃冒菜的苍蝇馆子。

肖捷看着菜上面的一层红油，下意识地去摸鼻子上的那个痘，被关享一把打掉："不能摸！"

关享用餐巾纸擦干净筷子放到肖捷面前："你从来不吃辣，当然一吃就长痘，多吃几次，保证就不长了！"

关享夹起一筷子黑毛肚放在肖捷碗里："尝尝这个，你的最爱。"

冒菜的味道和火锅相比，虽然有些不及，不过勉强也算及格。一口下肚，肖捷叫来服务员，要求再来十份。

关享见肖捷动作优雅，忍不住靠近，神秘兮兮道："吃辣的，不光会长痘！"

肖捷一惊，关享表情越发凝重地说："还会便秘，更严重的后果是……"

肖捷脸部肌肉微微抽动，他拿起纸巾擦去嘴角油渍，压低声音道："关小姐，活该你单身一辈子！"

吃完饭，肖捷拒绝了关享看电影的请求，只同意送她回家。到达小区停车场后，肖捷去后备厢拿出个盒子交到关享手中。关享对着路灯研究，光看包装就知道是高档货。

"这是给我的礼物？"关享笑得嘴快咧到耳朵根了。

"人家送的手工饼干，我不喜欢甜食，快过期了，本来想扔掉，后来想想，反正你那胃和垃圾桶没什么区别，废物利用吧！"

　　肖捷的礼物，哪怕只值五块钱，那也是肖捷的心意。关享自动忽略掉肖捷的解释，抱着礼物又蹦又跳。

　　看关享像个小孩子一样傻乐，肖捷忍不住在关享脑袋上摸了一把，手感果然和想象中的一样，毛茸茸的。肖捷当即决定，把家里收养的那只流浪狗改名叫关享。

　　关享不光收到梦中情人的礼物，还被梦中情人摸了头，兴高采烈地往家走。没想到刚进小区大门，她迎面就撞上了李格非。

　　刚才和肖捷分别的过程，应该落在李格非眼中了。关享准备好接受李格非的冷嘲热讽，没想到李格非的表情虽然阴晴不定，却没多话，跟着关享一起回到家中。

　　到家后，李格非叫住关享，说有重要的事情商量，随后又把苏航和言晓晓从房间里请出来。

　　关享再迟钝也看出了情况不对，连声问李格非到底怎么了。李格非看着关享，一直看到关享浑身发毛才慢慢开口："我说过我对肖捷这个名字有印象，一直想不起来，今天看到他，才算是对上号了。"

　　苏航的直觉告诉她，恐怕没什么好事情："你们认识？"

　　关享神情一僵，随即摆出一副满不在乎的模样，只是声音之中藏有一丝难掩的焦灼："以我对李少的了解，说吧，之前是他抢过你的女朋友，还是你抢过他的女朋友？"

　　李格非冷着脸，完全没和关享调侃的心情，语气中含着迫人的压力："肖捷父亲和我……和我养父有生意往来，他妈妈小三上位没成功，当了几十年的外室。他爸有儿子，但是没有他出色，未来家产应该有他的份。不过因为是私生子，他从小性格就有问题。我们虽然算是一个圈子的，但是基本没什么交情。"

　　关享死死盯着地毯，额头已生出薄薄一层热汗。

　　李格非眼中闪过一丝狠戾："那时候我们身边有的是漂亮的小姑

娘，她们喜欢我们的钱，我们喜欢她们的脸，说白了就是钱色交易。"

李格非扫了关享一眼，目光冰凉，并无半分温度："但是他和我们不一样，他喜欢谈感情，他让每个女孩子相信，他是想和她们结婚的。然后在那些女孩子以为就要嫁入豪门，有个完美无缺的丈夫时，他却提出分手。"

"会不会是误会？"苏航轻声问道，"毕竟你们那个圈子……"

"如果只有一次，我愿意相信这是一场误会，可是，我至少听过七八次这样的事情，最后一次……"

李格非垂下眼皮，浓密的睫毛在脸上投下圆弧般的阴影："那个女孩子从二十几楼跳下来……"

李格非神色漠然："女孩家闹了一场，肖捷爸赔了几百万，把肖捷安排出国。至于你，关享……"

李格非轻笑，眼中的蔑视如针尖般，刺在关享心头："恕我直言，你对他而言，不过是个游戏。"

李格非的话仿佛一记耳光，重重地打在关享脸上，打得她眼冒金星，头昏脑涨。关享的脸颊更是烧得滚烫，她死死咬住嘴唇，仿佛只有这样，才能提醒自己不要过分慌乱。

"你不愿意相信，对吧？"李格非眼中的讥诮味道更浓，看到关享睁大眼睛怔怔地看着他，又道，"之前每一个女孩都不愿意相信，包括最后跳楼的那位。你可以认为我们是在集体陷害他。"

"我不是那个意思……"

"关经理，你当现在是在演电影？男主角有什么不得已的苦衷，忍辱负重，历经劫难后真相大白，感动得女主角眼泪哗哗地流淌？"李格非笑出声来，"别说不是演电影，就算是演电影，他肖捷是男主角，你关经理配当女主角吗？"

苏航原本只是冷眼相观，见场面不可收拾，急忙打圆场："李老板说得对，该提防的还是要提防，不过，也不能因为一件事就全盘否定一个人。这年头，新闻都是反转反转再反转，没准有我们不知道的事情。"

李格非难得驳苏航的面子："苏老板，你这稀泥和得可不怎么样啊。"

李格非回书房前，给了关享最后一个忠告："我不是你的男朋友，我没资格要求你和谁交朋友，我只是不想看到你被人伤了心。"

苏航怕关享盯着李格非打听，闹出什么乱子，急忙推关享回房间："你先别急，这事不能光听李格非的。当然，也不能百分百地信任肖捷，我现在就托人去打听。你呢，要么装不知道，要么旁敲侧击地问一下肖捷。但是，不管用哪种方式处理，注意控制你的情绪。"

关享心里乱得要命，在床上翻来覆去地想了一夜，脑子里全是肖捷。

第二天一大早，去单位报到后，关享急匆匆地冲进肖捷的办公室。

听关享颠三倒四说明来意后，肖捷心头一颤。关享敏锐地察觉到肖捷神色有异，迟疑道："是真的吗？"

"问过我这件事的人不少，个个都是义愤填膺，像你这种态度的……"方才的失意与惶恐如同浮云一般，早已从肖捷脸上消失。他不动声色地垂下眼帘，掩盖所有情绪，"是第一个……"

"因为我相信你不是那样的人……"

肖捷深深地看了关享一眼，从抽屉中取出一封信，放在关享面前。

信的内容虽然有些长，但是倒不复杂，一位父亲爱女心切，希望患有抑郁症的女儿能够得偿所愿，和喜欢的人在一起，控制好病情。

关享拿着信纸，看着肖捷。肖捷把信接过来，重新塞回信封放好："我母亲的一个同学，他有个女儿，一直很喜欢我。"

肖捷脸上浮现出一个无奈的微笑："你朋友有没有说我是私生子的事情？"

关享想要装傻，可惜很不成功。

"看来还真是故人，你不肯告诉我是谁，我大概也能猜到。他没骗你，我是私生子。"

肖捷对于身世并不介意，因为有钱，早年并没有受过什么白眼，最多和父亲正房的子女斗过几次，互有胜负。如今年纪大了，知道遗产肯定有自己的一份，只要不起贪念，就更没有什么要介意的了。

肖捷换上柔和的语气："我的出生，不是我可以选择的，至于我的父亲和母亲的道德是否需要批判，那也不是由我来进行的。"

过去这么多年，唯一令肖捷介怀的，只有手中这封信。像是秋风扬起的细小沙粒吹进眼睛，肖捷的眼角似乎有些湿润。自始至终，他自认没有一丝过错，但是最坏的结局却永远和他脱不了关系。深深的无力感攫住肖捷的心，他用手扶着额头，借此掩饰神情的黯然。

关享沙哑的声音打断了肖捷的思绪，肖捷把脸埋在掌心，每一个字都带着无力的疲惫："我明确地拒绝了她的表白。她的父亲通过我的母亲找到我，为了她的病情，希望我能够陪她治疗。"

肖捷抬起头，盯着关享的眼睛："我同意了。于是，表面上看起来，她的病情的确有所好转……"

肖捷细细地摩挲着手中的茶杯，关享咽下疑问，静静地等待肖捷再次开口。过了许久，耳边再次响起肖捷轻不可闻的叹息："根据医嘱，她必须长期服药，病情稍微好转后，她不愿意再吃。她的父母心疼她，由着她的性子来，结果病情急转直下，之后发生的事，你已经知道了……"

　　一丝恨意凝结在肖捷的眉间，很快化为一个带着嘲弄意味的笑容："她的父母当然不愿意承认他们女儿的死是因为自己放任女儿停药。他们认为是因为我没有真正爱上他们的女儿，我的不爱导致他们的女儿对世界感到绝望……"

　　所有的敏感与脆弱只在一瞬间便消失了，肖捷的话刚毅而决绝："我没有错，责任并不在我。"

　　回去后，关享将事情的来龙去脉详细地说给苏航和言晓晓听。言晓晓依然觉得肖捷有错，可这错在哪里，她一时也想不出来，不觉陷入沉思。

　　苏航口气淡淡地说出来的话，却是绵里藏针："空穴来风，未必无音。他肖捷就算在这件事上没有错，李老板说的那些事恐怕也不是假话。你就光顾着听肖捷解释，不考虑考虑李老板的忠告？"

　　关享何尝不知苏航说的是大实话，只是一边是梦中情人，一边是蓝颜知己，相信哪一方都有辜负另一方的嫌疑。关享坐在座位上，急得把一头波浪大卷发抓成鸡窝，也没想出合适的应对方案。

　　早晨和关享的会面，不知刺激到了肖捷的哪根神经，一向对关享避之不及的肖捷竟然约关享看电影。关享拿着手机正不知如何回复，肖捷已定好时间来接她。

　　当肖捷的保时捷停在支行门口时，最兴奋的不是关享，而是单位的一些女同胞。

　　听着几个柜员叽叽喳喳，刘佳佳从鼻子里往外哼气，说道："有什么好讨论的，还不知道是什么关系呢。"

　　刘佳佳和关享关系微妙，行内无人不知，当时就有好事者翻出关享的朋友圈让刘佳佳看："能是什么关系啊？男女朋友的关系呗！不是我说，条件好像比你男朋友好啊！"

　　这句话戳得刘佳佳心头一颤，脸上却是瞬间换上一副委屈的表情："我是因为感情才和李林在一起的，不像关姐……"

"像我什么？"关享刚好路过，一眼瞪在刘佳佳的脸上，"做人敞亮点，别背后嘀咕，有种当面把话说清楚。"

"像什么，关姐你自己心里清楚……"刘佳佳自认，凭条件她能甩出关享十条街，没想到肖捷竟然选择了关享，她咽不下这口气。

"我像什么不重要，重要的是肖捷喜欢我。"关享气定神闲，弹了弹指甲，"至于你，别挖空心思往肖捷身上贴了，他应该早就和你说清楚了，他对'白莲花'过敏！"

在同事们的哄堂大笑声中，刘佳佳的眼珠滴溜溜一转，瞬间落下大颗大颗的泪珠："关姐，我不知道你在说什么，我还小……"

关享冷笑："都是千年的'狐狸精'，别在我这儿演《聊斋》，好好守着你的李林，别打我这个的主意，不然……"

关享眼中闪过一丝冰冷："我保证你的丑事，天下皆知！"

关享对付刘佳佳可谓是智勇双全，转眼对着肖捷却紧张得连手都不知道应该怎么放。

晚上的约会，晚餐也好，看电影也好，关享全程心不在焉。肖捷看在眼里，却不点破，直到把关享送到她家楼下，才貌似不经意地提到："你很特别。"

关享一路天人交战，眼睛看着肖捷，脑子里想着李格非，直到听见肖捷的声音，才竭力镇定下来，一脸疑惑。

肖捷侧过脸，灯光在他脸上投下一片阴影，平静无波的表情中透着难以掩饰的脆弱。

"知道这件事的人，要么立刻和我划清界限，彰显他们人格的高尚，要么当作什么事都没发生过，继续围绕在我身边，而你……"

这样的肖捷，让关享手足无措，甚至不敢看他，她咬了咬嘴唇，犹豫道："那件事责任不在你，但是说你完全没错，好像又有哪里不对，我也说不上来。至于你之前的事情，我是说之前和小姑娘们谈感情不谈钱，那肯定是你不对，但是和这件事好像又没啥关系……"

关享自知说得颠三倒四，烦恼地抓了抓头发："越说越乱，反正就是那个意思，你懂的！"

肖捷懂，关享和之前所有的女孩一样，是因为他的财富和相貌而来。唯一不同的是，在关享眼里，他是个活生生的人，而不是个完美的恋爱对象或者结婚对象。关享会了解他的过去，思考他的感受，不会站在道德制高点审视他的出身。她还会认真而专注地纠结他的经历，并且考虑如何和他相处，既不会让他难过同时又想纠正他的错处。

和所有喜欢过他以及他喜欢过的女孩子相比，关享实在太普通，可是却真实。她没有把他当符号，同样，也没打算把自己变成一个完美的符号。

"谢谢你……"

肖捷轻不可闻的叹息声在风中消散。关享目送肖捷远去，转身回家，却发现不知何时，李格非站在不远处，定定地看着她。

"你是不是觉得自己是特别的那一个？"李格非嘴角含着苦笑，"包括从楼上跳下去的那个，都是这么想的。"

"我……"关享一时语塞，不知从何解释。

"你想帮他解释的，苏航都和我说了。我只想问一句，在知道这些事后，你难道一点儿阴影都没有？"李格非英俊至极的脸上闪过一丝戾气，"有个人，因他而死。"

"那个女孩子出事是因为抑郁症，不是因为肖捷。"

"那你敢说和他没有一点儿关系吗？"

关享不敢，她慢慢地摇了摇头："肖捷的确伤过很多人的心，但是这个没有。他唯一做错的地方，就是不该因为同情而答应她父亲的请求，以男朋友的身份待在她身边，给她不应该有的希望……"

　　李格非静静地看着关享。过了许久，他仰起脸，轻轻问道："因为他是个完美的结婚对象，所以你急着帮他开脱？"

　　关享如遭雷击，一张脸先是涨得通红，随后瞬间失去了血色，惨白一片。她怔怔地看着李格非，眼中有水雾弥漫。她万万没有想到，这样的话，会从李格非的口中吐出。她一直以为，李格非应该和苏航一样，是懂她的。

　　李格非的脸上有着异乎寻常的平静，只是他看着关享的眼神，像是在看一个陌生人："这样的你，让我厌恶。"

　　关享握拳，手指关节因为用力而泛着没有生气的惨白。她瞪大眼睛，满脸泪水，却一个字都说不出来。

　　四周一片安静。关享的抽泣声，如同重拳，一拳一拳地击在李格非的心头，痛得他拼尽全身力气，才能勉强站在那里，而不是奔向关享，让她不要再哭。

　　李格非垂下眼帘，用浓密的睫毛藏住满心的失落与无助。他没有再看关享一眼，以一种从未有过的决绝姿态转身离开："你的世界里，为什么只有钱？"

　　向来敏锐的苏航，早已发现李格非的失常。她从楼下接回关享，由着关享像个孩子一样无助地抱着她哭泣："他说他厌恶我，他说我的世界里只有钱。"

　　苏航轻叹一声，说的却是另外一件事："看肖捷的样子，对你是上了心的……"

　　这个过去几乎能令关享欣喜若狂的消息，此刻却没有激起她一丝的兴趣。她的全部心思，都在和她一厅之隔的李格非身上。

　　苏航抚着关享的肩膀，看着关享的眼睛，作为朋友，有些话她不得不说："有两件事，我希望你能想一想，你真的喜欢肖捷，想和他在一起吗？你真的只是当李格非是朋友？至少，李格非没有当你是朋友。"

关享的抽泣声戛然而止，她似乎意识到一直被自己强行压抑的感情，捂着剧烈起伏的胸口用力摇头："我不知道……我不知道……"

苏航却不愿放过这个话题，她直直地盯着关享："你的人生只能由你自己选择，作为朋友，我当然可以说一句'你开心就好'。可是同样的道理，作为朋友，我想问一句，你正视过你的内心吗？你知道你真正想要的是什么吗？"

又是一阵令人窒息的沉默，大滴大滴的泪珠从关享的脸颊无声滚落。她怔怔地看着苏航，却像是在告诉自己："李格非说得没错，我就是喜欢钱，钱对我最重要，我发过誓，我这辈子不要再过穷日子……"

关享低低地抽泣，声音里藏着撕心裂肺的痛。苏航知道，关享已经做出了选择，她松开关享的手，不让自己的神色露出一丝失望："希望你不会后悔。"

关享紧紧咬着下唇，心口剧烈的疼痛几乎让她眼前发黑。她倔强地梗着脖子："你放心，我自己选的路，我跪着也会走完。"

那天晚上，李格非躺在床上，仰着脸像是瞪着不知哪里的远处，心头的酸涩最终化为眼角的湿润。那一刻，他的心空落落的，他生命中最重要的一部分，似乎正在义无反顾地离他而去。

李格非眼中闪过一丝茫然的痛楚，唇边的笑意却越来越深，世间万象，饮食男女，他有他的求之不得，关享有关享的心心念念。他们之间就像两条直线，曾经在某一点亲密无间，最终却只能越行越远。

李格非慢慢地合上眼，缓缓地摇头，没什么大不了的，就像是之前他离开李家，再难的时刻，也能熬过去。

李格非将所有伤痛掩盖在微笑之下，只是恍然间，眼角湿润处还是凝结成水珠，慢慢滑下。

4

女生提分手只是希望被挽回，

可是他就这样放弃了我

为避免见面尴尬，关享一大早就离开家去单位了。

苏航和言晓晓正在准备早餐，书房门打开，李格非推着行李箱走出来。

看到李格非的神情，苏航知道他去意已决，多说无益，索性招呼李格非先坐下吃饭。

言晓晓早上听苏航说了昨晚的事情，此刻心里也十分明白，有些事情恐怕已无法挽回。她犹豫着问李格非准备去哪儿。

李格非笑容坦然而阳光，仿佛对即将开始的生活充满了好奇及希望："同事的合租人回老家了，刚好便宜我。"

苏航低头拨弄勺子，声音轻不可闻："你是我的朋友，关享也是我的朋友，我知道我说这话偏心……"

苏航看着李格非，一向温婉而坚定的眼神中带着一丝乞求之色："是她不对，但是别恨她，也别讨厌她……"

李格非的脸上没有一丝不悦，笑容有着玉石一般柔和的光芒，说道："我永远记得，是关享把我带回家，是她陪着我去面试，是她在我第一天上班时送我……"

李格非轻轻摇了摇头："有那么多美好的事情要记住，我为什么要去记那些不好的？"

　　言晓晓心头一动，正想告诉李格非，她去劝劝关享，这时苏航的手搭在她的手背上，示意她不要说话。

　　苏航深吸一口气，望着李格非："反正过分的话已经说了，我就再说点更过分的，假如有朝一日，关享后悔了，我希望你能……"

　　仿佛雨滴落入水面，荡起了涟漪，李格非平静无波的眼神终于有了一丝波动："我希望她幸福，那样的话……"

　　李格非的软弱只在瞬间，很快又神色如常，甚至还带着为关享开心的欣慰："她就永远不会后悔。"

　　客户经理办公室。

　　得知李格非搬走，关享并没有太激烈的反应，她一动不动地坐在座位上，久到言晓晓开始担心。关享慢慢抬起头，有泪水在眼眶里打转。她倔强地不让它滴落，梗着脖子和苏航对视："我没有错。"

　　苏航的眼神冷淡得不带一丝情绪："那你为什么伤心？"

　　关享抬起袖子狠狠擦掉落下的眼泪，却无法再为自己辩解。言晓晓心里五味杂陈，无论是远走的李格非还是眼前的关享，都让她心疼。

　　"我不想再过穷日子……"关享一边说，一边有热泪不可抑制地滚滚而下，她手忙脚乱地伸手去擦，越擦泪水越多，"我不想再像小时候一样……"

　　"你现在也没像小时候一样，"苏航站起来，俯视着关享，"我也不认为，凭你和李格非的工作，你们会过穷日子。"

　　"将来呢？"关享睁大眼睛，"凭我和他的收入，的确不会穷，可也就是不穷而已。我们要面对房贷、车贷，甚至为了养孩子而节衣缩食。我看中一个包想买一双鞋，要精打细算半年甚至一年。这是活着，不是我想要的生活！"

　　"这个世界上百分之九十五的人过的都是这样的生活。"

面对苏航冷漠的面容，关享缓缓摇头："可这不是我要的……"

想到李格非，关享满心酸涩，几乎喘不上气来。她内心似乎在激烈挣扎，最终还是化为自暴自弃的哽咽："李格非说得没错，我的世界，的确只有钱……"

苏航听到这个答案，想起临别时李格非的笑脸，沉默良久。言晓晓惴惴不安，还是缓缓开口："他说他错了，他知道你不是那样的人，昨天晚上是他口不择言伤你心了。他让你不要生他的气……"

关享嘴角上扬，似乎在笑，笑声里却带着哭腔："他没错，是我……是我不对……"

关享避开言晓晓的目光，此刻唯有激烈的言语才能够掩饰她心中的痛楚："我只是太知道我自己想要什么。我不介意用其他东西去换，我只想我下半辈子能按自己想要的方式活！"

言晓晓定定地看着关享，一字一顿地把李格非的留言说完："他没有生你的气，他只记得你的好，他希望你这辈子能过得好！"

关享的喉咙干涩到几乎无法发声，嘶哑着问："他这么说的？"

言晓晓缓缓点头："格非喜欢你，就算到现在，还是喜欢你。"

关享低着头，神情疲惫，眼中闪过一丝光亮，最终还是慢慢暗淡下去。她打开手机递给言晓晓。

言晓晓匆匆扫了一眼，递给苏航。苏航看完，一颗心沉到谷底，一切已成定局，毫无挽回的余地。

微信消息中，肖捷问关享："做我女朋友吧？"

苏航用从未有过的郑重神情看着关享："你考虑清楚，你没有后悔的机会……"

关享的眼睛又蓄满泪水，眼泪烫得她的心都开始抽痛。她发狠一样在手机上按出个"好"字，随后丢开手机，用一种拼尽全身力气才勉强撑起的轻松表情向两位好友宣布："我不后悔。"

关享抱起一摞合同去会议室里抄写，言晓晓知道关享需要一个人独处，就没有跟去，她担忧地看着苏航。苏航的神情又恢复成平日的宁静从容，她望着窗外碧蓝的天空，轻不可闻地叹了口气："顺其自然吧。"

似乎是感受到苏航心情不佳，沈铎抽空约苏航吃下午茶。

支行隔壁城市综合体，法国餐厅。

苏航捧着精美的骨瓷茶杯，杯中红茶倒映着她清秀婉约的面容，她忍不住说起关享的选择。

沈铎微微笑出声来："你这个朋友，看上去没什么脑子，想得倒还挺清楚……"

苏航知道这是正确答案，只是沈铎答得过于痛快，她心头隐隐有一丝失落。苏航静默了片刻，取了一片饼干慢慢吃了，缓过神来，聊起最近上映的电影。

沈铎却对这个话题兴趣十足，继续对她说："反面例子就是男明星出轨后，那群建议他太太离婚的女人……"

沈铎笑意更深："对他们来说，婚姻早就不仅仅是婚姻，而是利益共同体。离婚是个太大的工程，光财产分割这一块儿就能让双方元气大伤。更何况一旦离婚，对双方的品牌形象都是极大的打击，简直是杀敌一千自损八百。"

对着平日最爱的蛋糕，苏航突然没了食欲，脸上却堆起毫无破绽的微笑，仿佛完全发自内心，然后说："成年人的世界没有对错，只有利弊。当年克林顿出轨，全美国人民都等着希拉里大闹一场，没想到希拉里站出来，陪克林顿一起渡过难关。"

沈铎饶有兴趣地观察苏航的神色，一时间倒也读不出苏航这番话有几分真心。

苏航客客气气地笑了笑，像是在开玩笑："沈总，您放心，我知道您所处的位置，诱惑太多，难免有逢场作戏的时候。我只关心您的心在哪里，其他的我不关心。"

沈铎垂下目光，未置可否，嘴角一抹笑意似乎在述说他的满意。

苏航的心怦怦直跳，每一跳都在痛。苏航听见自己的声音是那样地谦和有礼："太聪明的人，过得都不会太开心。我有一个优点，就是装糊涂。"

沈铎伸手轻轻在苏航的额头上弹了一下："别乱说，我现在心里只有你……"

两人相视一笑，默契地别过这个话题，只是一小壶红茶还没有喝完，大堂经理一个电话过来，说有客户急着找苏航。

苏航和沈铎愉快地结束本次会面，约好晚上去看电影，就各自回单位工作。

苏航一踏进大堂，就被大堂经理拉到一边。小姑娘指着会客室，把不方便在电话里说的话说了个清楚："苏姐，来者不善！一个女的，特漂亮、特有钱，就是……"

小姑娘警惕地四下望了望，确定没人注意到她和苏航后，压低声音道："一脸大房过来捉奸的样子……"

苏航在男女关系方面向来谨慎，除了沈铎，连暧昧对象都没有过，自认为不会招来这种仇家。可是当踏进会客室的那一刻，她发现大堂经理描述得实在是太形象、太生动。

钟意冷冷地看着苏航，眼神如刀锋般锐利，就连两道精心描画过的眉毛微微上扬时，也透着入骨的鄙夷与不屑。

钟意和沈铎大一时开始交往，只是这段感情从一开始就不平等。一个没背景的穷小子和一个官商家庭出生的娇娇女，仅仅有爱是不够的。

钟意从不否认，是她主动追求的沈铎，只是她爱着沈铎这个人，却又厌恶着沈铎的出身。两种感情交织在一起，导致她对沈铎的态度忽冷忽热。

大学四年，他们分手七次，每一次，沈铎都是笑着同意她离开，又笑着同意她回来。

钟意认为，沈铎是爱她的，并且这辈子只会爱她。大学毕业后，钟意在家里的安排下交往过几个门当户对的男朋友，可惜没有一个能让她产生对沈铎的那种感情。

每当她厌烦所谓的男朋友时，她都会去找沈铎。每一次沈铎都会选择和当时的女朋友分手，然后和她重新开始。

这一次，她认为也应该是这样。可是万万没想到，沈铎竟然说要考虑。钟意简直不敢相信，怎么会有这种事情发生。沈铎从来都是她的私有物品，就算她不要，那也必须是由她亲手丢弃。她无法接受沈铎的犹豫，这简直是对她最大的侮辱。

以钟意家的能力，查到沈铎的女朋友是谁不难，查清楚苏航的情况也只是时间问题。了解到一切的钟意，把卧室砸了个稀巴烂。她心想，苏航这种人，也配和她竞争？

背着父母，钟意独自来到这个城市，她愿意纡尊降贵给沈铎一个机会，避免他抱憾终身。

钟意的美貌，夺目得几乎灼伤苏航的眼睛。和关享一样，钟意的美侵略性十足，加之出身高贵以及打小养尊处优，她举手投足间气势迫人，几乎让人不敢直视。

钟意并不认为苏航有和她对话的资格，她端庄地坐在那里，神色倨傲："我是沈铎的女朋友。"

苏航一惊，但是涵养让她瞬间冷静下来，含着一丝礼貌性的微笑，不动声色地打量着钟意。

见苏航神色如常，钟意一口气郁结在胸口，却不愿表现出来，冷冷地扫了苏航一眼，语带讥诮："不知廉耻……"

苏航依然保持着不卑不亢的笑意："这么巧？我也是。"

话音未落，钟意冷笑连连："你也配和我争？"

苏航笑意温婉，却带着几分犀利："配不配，我说了不算，您说了也不算，要问沈铎……"

苏航眼波一转，瞟了钟意一眼，轻笑出声："至于咱们谁是沈铎的女朋友这个问题，你最好也去问问他。请问您怎么称呼，要办什么业务？"

钟意的盛气凌人被苏航三两句化为无形，从未有过的挫败感涌上她的心头，继而从眼角眉梢渗出。她强行维持着冷静："沈铎爱的人永远都只是我！我希望你认清这一点！"

苏航知道钟意这种富贵人家的千金绝不会用一次性杯子，她从冰箱里取出一瓶依云矿泉水放在钟意面前，希望她能润一润因愤怒而沙哑的喉咙。

钟意并不领情，她不屑地嗤笑："自己退场好吗？"

苏航迎着钟意的目光，全无退让之意："因为您自称是沈铎的女朋友，所以我就必须立刻和沈铎划清界限？是什么让您产生这样的错觉？"

"苏航，之所以来这里和你谈这件事的是我，而不是沈铎，是因为我和你同为女性，我希望给你保留一点颜面。"

"不好意思，到现在还没请教您怎么称呼？"苏航的语气和表情无一丝波澜，有着职业性的礼貌以及对钟意所作所为的无动于衷。

"苏航！"钟意忍不住站起来，大声呵斥。

苏航虽然坐着未动，目光也陡然锐利起来："无论您说的是否是事实真相，这件事情都和沈铎有关。我希望由他给出正确答案，而不是让我们两在这里针锋相对。"

"你会后悔的！"这一句话几乎是从牙缝里挤出，钟意的一张脸因为愤怒微微扭曲，却一点都没有影响她的美貌。就连苏航都不得不赞叹，钟意真的是美到无可挑剔。

苏航温婉平和的微笑下隐藏着不让分毫的坚毅："我这个人，从来都是愿赌服输的。"

几乎是在苏航踏入办公室的那一刻，沈铎打来电话，语气中带着玩笑的调皮："钟意来找你了？"

苏航瞬间反应过来，"钟意"应该是方才那位姑娘的闺名，不愧是娇娇女，就连名字都是如此美好。

苏航的笑容如同雨季阳光，薄薄一层，似乎带着雾气："我需要一个解释。"

沈铎的声音温柔极了："我晚上来接你吃饭，给你赔罪。"

苏航笑容依旧，神情却慢慢冷了下去："我希望是现在……"

沈铎有些犹豫："我过会儿还有个会……"

苏航淡淡地应了一声，抬眼看着窗外天空，不知何时起，蔚蓝的天空突然阴云密布，一副山雨欲来的样子："我想见你……"

这样的苏航，沈铎没有见过。他合上桌上的文件，对着空无一人的前方露出微笑："我马上过来。"

还是在那家法国餐厅，同样的位置，同样的下午茶套餐。

突如其来的暴雨将众多顾客困在商场内，餐厅里坐满了人。苏航坐在熙熙攘攘的人群中间，一颗心却像是隔绝于世。她茫然地看着沈铎，方才应对钟意的进退得体在她身上不见一丝踪迹。

沈铎没有半分隐瞒，把他和钟意这些年来的分分合合娓娓道来。只是无论声调还是表情，都像是在回顾一段令人极其不快的过往。

苏航若有所思，很快镇定下来，淡淡地看了沈铎一眼："你爱她？"

沈铎的笑容中带着一丝玩味，他轻轻地哼了一声："爱她？不，甚至连喜欢都算不上。如果一定要用一种感情来描述我对她的感受，那就只能是……"沈铎将一勺蛋糕送入口中，露出一个甜蜜的笑容，"发自内心的厌恶。"

苏航心头一凛，越发不清楚沈铎的想法。

"我和她的关系，看上去是她在掌握一切，实际上，恐怕连她自己都不知道她深爱着我。"

沈铎微微一笑，脸上满是怜惜之意，只是眼睛里的光芒却如同寒冰一样冷酷而坚硬："因为我的出身，她一次次离开。其实她每次想走的时候，我只需要挽留一句，她就不会走。可是我从不，我喜欢看她挣扎，喜欢看到这种挣扎慢慢地磨灭她所有的傲慢。"

沈铎又是一笑，含着彻骨的冷漠："我和她交往，从来不是因为她这个人，我看中的是她的出身。所以，我十分理解你朋友的选择。"

苏航轻轻点头，表情中带着懂得的通透。沈铎这番话，直白到残酷，却真实到让人无从反驳。

沈铎两道好看的眉毛微微皱起："我从来都不是好人，我太会权衡利益得失，这点你应该早就知道。我那点心思，想必会被很多人认为私德有亏，可是，谁在乎呢？我们都是成年人，我们都知道只看结果，不看过程。"

苏航无话可说。沈铎握起她放在桌上的手，以示亲昵。沈铎的掌心温暖而干燥，只是那温度传到苏航心中，却冰得她心头一颤。苏航紧紧抿着嘴，生怕抑制不住的情绪奔涌而出。

沈铎知道此刻安抚苏航只需要四个字：我选择你。但是他不能给。

"钟意找我，想要复合……"沈铎静默片刻，"我告诉她我会考虑，但我没想到她会找你……"

苏航在银器的倒影中，看到自己惨淡的微笑："谢谢你没有立刻放弃我。"

"我是真心喜欢你，但是你也知道，喜欢这种事情是有程度的，我对你的喜欢还没有超过权势对我的诱惑，这是事实，我并不想隐瞒你。"

沈铎避开苏航的视线，眼神落在远方："本来这些事情，我是想考虑清楚后再给你答复，但你急着见我……"沈铎起身告辞，"钟意那边，我需要马上处理，这件事，我也不想隐瞒你。"

苏航点了点头，轻轻笑着，她的笑容清澈而温暖。小时候，她的懂事没有换来父母的爱。现在，她的懂事依然没有换来沈铎的爱。

某种程度上，她的人生，真叫人厌恶。

望着沈铎的背影，苏航感到一丝寒意从胸口涌出，冻得她唇齿打战。她狠狠咬着嘴唇，用疼痛来逼自己保持住永远得体的笑容。

酒店，商务套房内。

面对到来的沈铎，钟意露出志得意满的笑容。

沈铎淡淡地望着她，一言不发。这样的沉默相对，让钟意的欢喜显得那样突兀和尴尬。

空气即将凝固之时，沈铎缓缓开口："你去找苏航了？"

钟意眼中闪过一丝戾气，随即满眼柔情蜜意，几乎令人迷醉："我都是为了你。"

沈铎怎么会不明白钟意去找苏航的目的，不过就是仗着自己的出身和样貌，向她眼中的下等人还以颜色。沈铎懒得理会钟意的借口，微微一笑："是吗？"

钟意点了点头，脸上全是担忧之色："她那种层次的人能有什么心思，你还不清楚？无非是想攀上你这根高枝。既然如此，什么心计手段使不出来？你这个人又好说话，我只好代劳一下，让她知道自己是什么东西……"

钟意神情一变，似乎有满腹的委屈："我不知道她和你说了什么，你不要信她。你是不知道，她是怎么欺负我的……"

想到苏航的牙尖嘴利，钟意强压心中的厌恶，依然楚楚可怜地说："她那种人，出生在那里，又是做销售的，我真不知道她能干出什么事情来……"

钟意像是受到惊吓的小鹿，白皙娇嫩的手按在胸口，波光潋滟的眼睛看着沈铎。她等着沈铎亲口告诉她，她想要的答案。

沈铎抬眼望着不远处的电脑，视频软件里正在播放钟意没看完的剧集，男女主角相拥而泣，发誓对方将是自己生命中的唯一。沈铎不屑地微笑，所谓长相厮守，不过是利益使然。

"苏航找我是为了攀高枝……"沈铎探寻地看着钟意，"那你呢？"

这个问题令钟意十分不快，她已经主动到这个地步，沈铎竟然还会问如此愚蠢的问题，想来应该是苏航在沈铎身上用了什么见不得人的手段。

好胜心让钟意的声音依然柔情似水，表情越发动人："我当然是看中你这个人，你的条件……"

钟意的话戛然而止。沈铎十分明白，此刻钟意美丽而温顺的容颜下隐藏着什么。至于被钟意强行截停的话语，藏着几乎脱口而出的羞辱。

沈铎垂下眼睛，把玩着袖扣："我的出身还不如苏航……"

沈铎微微一笑，一个字一个字地吐出："我是私生子，我妈靠给别人当小三把我养大，供我读书……"

钟意的耐心几乎到达极限，她最厌恶的东西，被沈铎赤裸裸地呈现在眼前。

沈铎说得没错，像他这种人，根本连话都不配和她说。可是，她喜欢他。钟意无数次告诫自己，甚至不停地利用身边的男人来忘记沈铎，可是没有任何效果。每一天，她对沈铎的思念都在加深。时隔一年，她再次看见沈铎时依然心头悸动。她不得不承认，放弃沈铎对她而言，将是一件困难的事情。

钟意扑入沈铎怀中，声音怯生生的："我不管，我喜欢你……"

沈铎看着怀中的钟意，满脸笑意，出口却字字犀利："一年前，你让我离开你的视线，这辈子都不要出现，因为你遇到了生命中的真爱，而他又和你门当户对。"

"我错了"或者"我后悔了"这种有辱身份的话，绝对不会从钟意口中说出。她抬头看着沈铎，眼角闪过两滴泪珠，落在脸颊上，可怜得叫人心痛。

沈铎静默片刻，若无其事地托起钟意小巧尖俏的下巴："你给我打电话的时候，我在想，这次能坚持多久？"

这样的沈铎过于陌生，他的话像一根针，刺得钟意脸上的肌肉一颤，再也没办法维持住伪装出的柔弱。钟意推开沈铎，脸色阴沉，牙根紧咬："你说这话，是为了苏航？"

沈铎淡淡一笑，眼里全是冷冽的光："怎么会？只是你在评价苏航的时候，我有些物伤其类……"

"你爱苏航？"

沈铎眉心一动，纠正钟意的说法："爱恐怕谈不上，喜欢倒是真的。"

"为了她，你这么对我？"钟意竭力控制住情绪，"我和你八年的感情，比不上你认识不到半年的女人？！"

沈铎的目光越来越冷，和他温柔的笑容形成强烈的反差："八年当中，你提出过十八次分手，我们在一起的日子，加起来不超过八个月……"

钟意浑身一颤，急忙打断："我现在来找你，不就是在证明我对你的感情？"

钟意觉得这个理由足够打动人心，沈铎却缓缓摇头："可是我对你没有感情，没有八年，连八天都没有……"

沈铎的话比他的眼神更加冰冷，几乎把钟意的心冻成一块寒冰："自从你成年的那一刻起，你身边的男人不断，可是你知道吗？他们有的爱你的脸蛋，有的爱你的出身，可是没有一个，爱你这个人。"

钟意被沈铎的话吓出一身冷汗，她惊恐地瞪着沈铎，胸口有万箭穿心的痛楚。

"我从来没有喜欢过你，仅有的好感，也早被你糟蹋得一干二净。"

沈铎用纸巾轻轻拭去钟意额头密布的冷汗："我和他们所有人一样，想要的从来不是你……"

钟意勉强镇定下来，嘶吼出声："所以你之前一次又一次地等我回来，不是因为爱我，仅仅是因为我的背景？"

在沈铎爽朗的笑声中，钟意倔强地坚持："你还说你不是为了苏航？我真想知道，她到底给你下了什么迷药，让你说出这种话？"

沈铎叹了口气："真的不是因为她，我对她的喜欢，远远无法抵抗你背后的权势对我的诱惑。我只是单纯地厌恶你，甚至已经超过我对权势的热爱了，这个答案你满意吗？"

沈铎并不理会钟意的痛苦，于他而言，那是他委屈多年应得的酬劳。他快意地看着钟意扭曲的面孔以及夺眶而出的泪水，说："如果可以的话，我希望你这辈子都不要再出现在我面前。你现在的样子，实在是太难看了。"

"我不爱你！"钟意对着沈铎大叫，"我从来都没爱过你，你永远只是个备胎！"

沈铎没有回头，他的神色在逆光中有些暧昧不明，他用一种极其轻松愉快的语调击破钟意的最后一道防线："如果自我欺骗能让你开心的话，你可以继续。"

"你会后悔的！"钟意咬了咬牙，闭上眼睛又瞬间睁开。她来找沈铎已经是她这辈子做过的最委曲求全的事情了。她可以失去爱情，但不能失去尊严，那是她的家族向来引以为傲的东西。

"你还不值得我有后悔这种情感……"沈铎含着薄薄笑意，"同样我也不会因为苏航做出任何改变，我就是单纯地不想看见你。"

沈铎大踏步走出房间，眉心隐约有川字纹路浮现，方才至少有一件事情他说了谎，他在决定放弃钟意时，的确考虑过苏航。因为一个女人的存在，影响他对未来人生的规划，这并不是一个好现象。

虽然苏航竭力掩饰，从分行回来的言晓晓依然轻易发现了她的异常。面对好友的关心，苏航没有隐瞒。

即使心头如针刺一般，苏航依然含着一缕淡然的笑意叮嘱言晓晓，这事她会处理好，暂时别打扰关享。

只是独自一人在卫生间时，苏航对着镜子，脚下微微一软，双手撑在洗手台上，不让自己倒下。

苏航闭目片刻，硬生生地抑住眼中的泪水。很早以前，她就明白，她身后空无一人，她没有软弱的资格。

沈铎没有错，他在用成年人的方式思考，可是他思考的每一分每一秒对苏航而言，都是一种煎熬。

儿时，苏航拼命想从父母那里得到关注，最终结果却是让她学会放弃希望。所以，在和沈铎的交往过程中，苏航拼命避免自己抱有任何希望。

可是，万万没想到，她不但面临被放弃，而且，她惊恐地发现自己的内心深处依然抱着不切实际的希望，希望沈铎选择的那个人是自己。

原来她这些年为自己构建的盔甲，是如此不堪一击。

苏航定定地看着镜中的自己，那点稀薄的泪水早已化为眼神中的清晰。她掬起一捧凉水泼在脸上，让脸上的潮热和心中的郁结一同散去。她沉思片刻，露出两分笑意安慰自己，她已经不是小孩子了，不必用哭闹宣泄自己的情绪，做人最重要的是姿势好看，既然注定要退场，何不走得漂亮一点？

沈铎调整好情绪，拨通苏航的电话，电话那头的苏航声音十分平静。下午分手时，沈铎明显感受到苏航内心的波动，没想到短短时间内苏航竟然平复如初，沈铎不由得淡淡一笑，他果然没看错人。

沈铎是一个从来不在他人面前暴露自己弱点的人，同样地，他希望苏航也可以永远保持无懈可击的状态。

苏航深知沈铎现在约她吃晚餐，是在暗示他的选择，大家只需要当作什么都没发生，换个话题就好。只是这一次，她有幸取得胜利，下一次呢？

似乎是为了缓解白日的紧张气氛，沈铎故意把晚饭地点定在了一家街角的苍蝇馆子，想用人声鼎沸的烟火气驱散两人之间克制到冷淡的氛围。

沈铎拿起菜单，问苏航想吃什么。

苏航只是看着沈铎，眼波并无一丝起伏，灯光在她脸上落下若明若暗的影子，让她的笑容都显得有些模糊。

沈铎自然明白苏航在等什么，他随手点了几个菜，让服务员下单。沈铎伸手握住苏航的手，声音中透着浓浓的眷恋和温柔。

　　苏航垂下眼帘听沈铎说完他和钟意的见面过程，心底一片悲凉，脸上却没有露出丝毫情绪："我是不是可以这么认为，你选择我，并不是因为我，而是因为你想放弃钟小姐？"

　　"一件已经有明确结果的事情，你有必要在意过程吗？"沈铎毫不迟疑，用一种沉稳而笃定的态度回应苏航，"我们都是成年人，你我做出的任何选择，肯定是优先基于各自的利益。我相信这个道理，你一定明白。"

　　苏航当然明白，她却选择用一种抗拒的姿态，面对沈铎理所当然的人生哲学。即使整个身体如在冰窟，苏航依然抬眼看着沈铎："如果我不明白呢？"

　　沈铎脸上的笑容依旧温柔，视线却冷冷地掠过苏航，看向不知何处："我并不是只有你一个选择……"

　　虽然是早已预料到的答案，传入苏航耳中却依然让她痛彻心扉。苏航露出一个凄凉的笑容，眼角有水光潋滟。沈铎第一次见苏航有如此脆弱的表情，立刻换了温和的口气，想要去拉苏航的手，却被苏航避开。

　　苏航凝视沈铎许久，嘴角上挑，拉出一道自嘲的笑意："看来我注定是要不识抬举了……"

　　沈铎的眼神越发冷硬："苏航，希望是我误会了你的意思。"

　　饭菜的香味从外间厨房传来，烟火气没有给苏航带来一丝温暖。她下意识地抱住胳膊，试图抵御来自沈铎的凉薄。原来从头到尾，她都是如此不合时宜。以她的聪明，早已听出沈铎话里最后的耐心。此时她应该隐忍，或许将来有一天，她能得到她想要的东西，现在她的一举一动，只会将事情拖向无法挽回的深渊。

　　"我们分手吧。"苏航表情平静，像是在陈述一件无关紧要的小事。

沈铎看着苏航，他的神态是那样谦和有礼，宠辱不惊，就像是商务谈判中听到对手提出一个无理的条件。他在思考如何应对，理智得不带一丝情绪。

"我尊重你的选择。"沈铎稍稍有些迟疑，也许他应该挽留一下，苏航不同于钟意，他是真心喜欢过的。可惜，也就仅仅是喜欢了，"希望我们能够成为朋友。"

"再见亦是朋友这种话就不必说了，咱们都知道，以咱们的个性，这辈子恐怕不会再有交集……"苏航的笑容中透着疲惫与厌倦。她曾经幻想过沈铎是她的人生，没想到，幻想却像肥皂泡一样，不用人戳，自己就先破了。接着，她又对沈铎说："我是真心喜欢过你的，希望你一切安好……"

沈铎看着苏航走远，明明他们之间只有几米的距离，却像是隔着整个世界。沈铎知道，只要他开口，也许还有挽回的机会，可是他不能，因为他不需要弱点，他从来都是了无牵挂，不在乎任何人的家伙。也许，冷漠是最适合他的生活方式。

苏航拦了一辆出租车，回到小区，却没急着回家。

她在小区内缓缓踱步，试图将情绪调整到最佳状态，好让好友看不出一丝端倪。迷茫或者伤痛，这样的情绪不应该出现在她身上，她应该永远是那个冷静而理智的存在。

走到第三圈的时候，苏航偶然回头，发现不远处，言晓晓正担忧地看着她。

苏航笑着上前招呼言晓晓："怎么了？"

之前言晓晓得知苏航晚上要和沈铎见面，放心不下，安抚好关享睡下，她就守在窗前等苏航回来。看见苏航没有上楼，她立刻下楼，跟着苏航在小区内散步。

苏航知道言晓晓的心意，笑着握住她的手，温暖而柔软的感觉激得她心头一荡，眼泪再也控制不住，滚滚而下。

言晓晓手忙脚乱地翻找纸巾，被苏航拦住，任由满脸泪水冲花妆容。这是言晓晓第一次看见苏航宣泄情绪，她反而镇定下来，揽过苏航，轻轻拍着她的背："没事了……"

言晓晓的抚慰，让苏航的委屈如海上潮水，没顶而来。她把脸埋在言晓晓的肩上，黯然泪下："我提的分手，可是我知道，是他放弃我……"

苏航难得袒露心迹："我喜欢他，不是因为他的条件，是因为他跟我说他的过去时的那种痛苦和迷茫。看着他，我就像是在看着另外一个自己。我甚至幻想帮他和他母亲缓和关系，能让我自己从这些年的痛苦中解脱。我太天真了……"

苏航慢慢抬起头，眼神中全是无助："在和他的这段关系中，从头到尾，我都是无能为力的……"

"可是……"言晓晓有些犹豫，"我能感觉到，你还是喜欢他……"

苏航并不否认，沈铎不仅仅是她的初恋，也许这辈子，再也没有能和她如此默契的那个人出现。

"你为什么要逼自己离开他？"言晓晓不解地看着苏航，"就算……你还有时间，你之前经常教我，时间能够改变一切，你为什么不能给自己一个机会……"

言晓晓脸上闪过一丝悲悯："看见你这样，我真的很难过……"

苏航缓缓地摇了摇头，又想起许多年前的那个傍晚，她坐在家属大院的门口，等着父母回来："我不想总是处在一个被选择的地位，我讨厌等待，讨厌随时可能被放弃。这种感觉糟糕透了，我不想再尝试了……"

言晓晓明白苏航的痛苦，她沉默了许久，牵起苏航的手，一步一步往家走："你晚上没吃什么东西吧，饿不饿？厨房有鸡汤，专门留了一个鸡大腿给你，我热给你喝！"

苏航点了点头。言晓晓帮她把额前的几缕乱发理到耳后，轻不可闻地叹息道："之前你说关享是在逼自己，在我看来，有时候，你也一样……"

5

Chapter

所谓真爱，

不过笑话

关享失眠了。

关享平躺在床上，瞪大双眼看着天花板，恭喜自己得偿所愿。

床头柜上，打开的卡地亚盒子里，一块儿玫瑰金镶钻手表在月色的映照下流光溢彩。

这是下班前，肖捷安排人送来的，传说中的定情信物，同时也代表着肖捷外出讲课一周，不能陪伴关享的歉意。

这只手表曾经是关享的梦想，可她现在却连看都不想看，只要看到它，就会想起为了得到它，她付出了什么样的代价，连带着心肝肺都在发颤。

关享强忍着失落，把手表戴在腕上，竭力让嘴角勾起一丝笑容。只是她的眼睛里依旧没有半分欢喜，在泪水的浸泡下，透着陷入泥潭的绝望。

时间一分一秒地过去了，天色渐渐亮起。

苏航和言晓晓还在熟睡，关享简单洗漱后，驱车来到李格非单位的楼下。

关享不知道自己为何而来，她早已把所有的退路全部切断，来这里除了自寻烦恼以外，没有任何意义。像她这样的精致利己主义者，为什么会做这样的事情，答案恐怕只有一个。

关享的心口堵得慌，嘴里又苦又涩，脸上却竭力维持着若无其事的模样。她数次想发动车子离开，却又数次从发动键上拿开手。

　　清晨的阳光照进车窗，上班时间到了。关享看着熙熙攘攘的年轻人三三两两地走进前方的写字楼。

　　人群之中，关享一眼就认出了李格非，他边走边和身旁的同事聊着什么。聊到性起处，他甚至拎着包比画起来，脸上那副飞扬的神采，比清晨的阳光更加灿烂。

　　一个女孩子一路小跑跟上李格非，一脸不耐烦地把麦当劳早餐塞到李格非的手中，但眼睛里的笑意却出卖了她的真实心情。关享隐约听见，女孩子带着清脆的笑声指挥李格非负责今天下午的奶茶。

　　关享下意识地去推车门，手表撞在仪表盘上，轻微的撞击声像巴掌一样重重地打在她的脸上，打得她眼冒金星。

　　她明明早就做出选择，她想要的是在五星级酒店醒来，在米其林餐厅吃饭，每天出门只考虑三件事：购物、健身、美容。

　　而眼前的这一幕，则是她这辈子都不想再经历的。

　　关享死死地攥着手表，冰凉的金属表带激得她眼泪一滴滴地落下。她就这样眼睁睁地看着李格非和那个女孩子肩并肩一起消失在电梯口。原先，那是她的位置。

　　眼泪在秋季干燥的空气中迅速干涸，留下一脸紧绷感。关享慢慢露出一个淡淡的笑容，像是大雨来临前的乌云，透着沉重的压抑。她一定是昏了头，才会跑来给自己加戏，还好观众只有她自己。

　　关享回到支行，苏航和言晓晓默契地忽略所有异常，甚至就连关享早晨去了哪里都没有询问，像过去的许多个早晨一样，讨论起工作。

　　而打破这份平静的，是刘佳佳。

　　关享去茶水间泡咖啡，刘佳佳和几个柜员正在里面休息。

刘佳佳双手捧着奶茶，笑容纯良，若不是眼睛里闪过一丝不易觉察的狡黠，当真会让人误会她是多么无害的一个存在。

"你们是没看见她今天进门的那个样子，黑眼圈都快挂到胸口了，十有八九是被甩了，被气得一夜没睡。"

看见关享进来，原本被逗得大笑的几个姑娘立刻住口，纷纷借着喝奶茶掩饰尴尬。刘佳佳的眼睛也盯在奶茶上，柔柔弱弱的声音不高不低刚刚好能让关享听清楚："有捡钱的，没听说过捡骂的。我一没点名，二没道姓，有些人千万别做贼心虚，听到什么就往自己脑袋上套。"

关享恍若未闻，径直朝咖啡机走去。刘佳佳没想到自己一记重拳打在棉花上，颇为惊诧，却也不敢和关享起正面冲突，随即和几个柜员聊起昨晚才看的连续剧。

关享慢慢地喝着咖啡，仿佛全不在意刘佳佳的言论。见一杯咖啡还剩三分之一，她这才走到刘佳佳面前，全都泼到刘佳佳脸上。

场面顿时一片混乱。在刘佳佳的尖叫声中，关享淡淡一笑："我上辈子刨你家祖坟了，还是杀你全家了，你这辈子处处针对我？"

关享轻轻推开想拉她离场的柜员："谢谢大家关心，不过不好意思，今天谁劝我我都不听……"她轻轻一哂，"刘佳佳，不如咱们彻底做个了断？"

刘佳佳看了眼关享，满是愤恨，随即换上一副惊恐的表情，拿纸巾捂着脸，哀哀哭号起来。

关享瞭了她一眼，也抽了张纸巾，慢条斯理地擦拭嘴角："抢我男人的是你，没事找我麻烦的人也是你，你还有脸哭？"

众目睽睽之下，关享把用过的纸团弹到刘佳佳的脸上。在刘佳佳伤心欲绝的哭声中，关享气定神闲地向大家展示腕上的卡地亚金表："我男朋友肖捷送的，知道多少钱吗？二十八万！"

　　关享猛地拉起刘佳佳的左手，在众人面前摇晃："给大家看看，你男朋友送的值多少钱？"

　　刘佳佳被说中痛处，瞳孔骤然缩紧，眼中一抹厉色如麦芒般刺向关享："多少钱不重要，重要的是心意！"

　　面对刘佳佳的逼视，关享毫无畏惧之色，她像是听到了天大的笑话，笑得眉眼弯弯："心意？"

　　关享指着刘佳佳手腕上的那块表："那是之前李林给我买的生日礼物，我把他甩了，便宜你了……"

　　关享拍着手和众人说笑："男朋友捡二手的也就算了，连礼物都只能用我剩下的，刘佳佳，我真可怜你！"

　　大号的基础款蓝气球戴在身高一米六的刘佳佳的腕上并不协调，这点刘佳佳自收到礼物的那刻起就发现了。李林的解释是他买错了，刘佳佳此刻才知道不是买错，而是收礼的人错了。刘佳佳心头一颤，像是被人用手揉捏过一般，在众人好奇以及玩味的目光中，羞愧到无法自持。

　　刘佳佳一巴掌将关享手中的杯子打翻，想要发作又怕平时人畜无害的人设崩塌，一时气愤，倒真心掉出几滴眼泪来。

　　关享眯着眼睛上下打量着刘佳佳，像是在看一件新奇玩意儿："怎么着，还想动手？我保证你打我一下，我还你十下……"

　　关享将半边脸侧向刘佳佳，声音中带着浓浓笑意："来啊？"

　　刘佳佳的手高高扬起，却迟迟没有落下，肉眼可见的颤抖显示了主人此刻的气愤。关享的话击溃了刘佳佳残存的勇气："别说我没提醒你，根据咱们行的规章制度，谁先动手是谁的错……"

　　关享慢悠悠地拨弄着手上的宝格丽戒指："我没了工作，还能嫁入豪门。你能干什么？"

　　关享似乎想到了什么极有趣的事情："从你和李林的交往时间来

看，你应该见过李林他妈了吧？"

刘佳佳硬撑起一脸损兵折将的欢喜："阿姨很喜欢我，阿姨说以后我就是她的亲女儿！"

"亲女儿？"关享的眉毛高高挑起，"就凭你？刘佳佳，我承认你的确是个人物。可和李林他妈比起来……"关享拇指小指相掐，露出个尖儿，"你什么都不是，能不能花到李家的钱，能花到李家多少钱，你心里现在应该很清楚！"

关享往前一步，凑到刘佳佳身边："你看你，费尽心机有什么用？就找了个李林。像我男朋友肖捷这样的，打心眼儿里就看不起你！"

刘佳佳恶狠狠地瞪着关享，恨不能在关享身上剜出几个透明窟窿。关享同情地看着刘佳佳，贴心叮嘱道："从今往后，别惹我，不然有你好看的。"

剑拔弩张间，门口传来稀稀拉拉的掌声。苏航缓缓走进来，环顾众人，神情冷淡："这还没到年会呢，先排练起话剧了？"

刘佳佳一张脸微微抽搐，直直地看着苏航。苏航也不理会，瞥了她一眼，冷冷道："我知道你有一肚子的委屈，就想出了这道门去找老罗……"

苏航懒得看刘佳佳："我劝你想清楚，上次的教训还不够？别说老罗，就是找到分行，这事都是各打五十大板。"

苏航对着关享扬了扬脸："还愣着干什么？还不赶紧回去干活？"

关享立刻做举手投降状，跟着苏航往外走："是是是，领导说得对，听领导的……"

走到门口时，关享回头和刘佳佳告别，言语温柔，似乎有无限感慨："您随便闹，我随时奉陪。"

刘佳佳像再也承受不住一样，胸口剧烈起伏，眼泪滚滚而落，硬生生地把脸上的粉底和腮红冲出一道道沟壑，露出下面的暗黄肤色。

关享大获全胜，却没有丝毫的喜悦。苏航把她领进更衣室密谈，问道："你在李格非身上栽跟头，何必拿刘佳佳撒气？"

苏航的话传入耳中，像钢针一样一针一针地扎在关享心头。关享缓缓闭上眼睛："我早晨去看他了……"

苏航轻轻弹了弹指甲："可你最终选择的依然是肖捷……"

这是关享的人生，苏航无权指摘，就像她选择离开沈铎一样。

关享胸中郁积的怨气无处发泄，冷冷一笑，眼中有寒光闪过："像我这种自私自利到极点的人，怎么可能为了爱放弃钱？"

苏航坐在凳子上，看着关享，突然心头一阵茫然，语气中带着倦意："如果，我是说如果，当时李格非挽留你，你的选择会不一样吗？"

"如果？"关享浅浅一笑，阳光透过窗帘缝隙映在她的脸上，光影让她的五官更加明艳，却有着不容亲近的冷漠与疏离，"没有如果……"

关享眯起眼睛，更衣室的空气流通不畅，她的鼻子却隐约闻到树木的清香，脑海里全是那天在公园的情景，她和李格非一起，借着路灯吃羊肉串。

她和李格非，的确不适合当情侣，唯一能让人有点念想的东西，都和浪漫没有关系，回想起来，全是搞笑。

关享紧咬牙关，无限的委屈涌上心头，她抬眼看着苏航："说真的，如果他挽留我，我还真不知道怎么选。可是，他没有，他就这样放弃我，然后离开了……"

苏航慢慢闭上眼睛，把这些天她和沈铎的事情徐徐道来，用平静如常的神色，掩饰内心的不知所措。关享这才知道原来发生惊天巨变的并不止她一人，她走上前去，紧紧地抱着苏航，用彼此的体温安抚对方内心的伤痛。

过了许久，苏航的声音从关享耳畔传来："如果沈铎挽留我，我不会走，可是他没有……"

苏航眼睛里的水雾，凝结成泪珠，挂在浓密而纤长的睫毛上，似坠未坠："他就那样坐在那里，面无表情地同意，然后礼貌地告诉我，希望大家继续做朋友……"

苏航漠然一笑："看上去，是我在选择，实际上，我才是被放弃的那一个……"

这话何尝不是在描述关享。关享脸色一白，也是惨然一笑："你说过，做人最要紧的是姿势好看，咱们输人不能输阵！"

苏航苦笑，用力握紧关享的手腕，不仅是警示关享，更像是在警示自己："事已至此，就别回头，别拿自己撒气，也别拿不相干的人撒气……"

苏航叹息："李格非回不来，你只能抓住肖捷……"

关享不由得笑出声来，肖捷那样的人，又怎么是靠抓就能留得住的？

苏航的视线落在远方，语气淡淡，为她方才那番话做出解释："从现在起，你将会有数不尽的对手，你要使用无穷尽的手段，才能勉强保住你现在的位置，很快你就没有时间去伤感李格非……"

关享眼神中带着不露声色的狠意："我一定会是最后的胜利者！"

周六，关享睡饱后，沐浴更衣，溜达回父母家。当初争吵的问题已经解决，自然要缓解一下和父母的关系，尤其是和她妈。关享相信，以她妈那个性格，怒气再这么积攒下去，绝对有可能跑到支行门口拉横幅，控诉她这个不孝女。

关享爸开门看见关享，"嘭"的一声又把门关上："我没你这个不孝女！"

关享耐着性子隔门喊话："和你说了多少遍了，你心脏不好，没事不要这么激动。我再不好，也是你生的，你至于像看见阶级敌人一样吗？我今天回来，是想告诉你们一个好消息，我有男朋友了！"

关享爸的手迅速伸向门把，又迅速撤回："你骗了你妈还不够，你还想骗我？"

关享妈听见动静从书房出来，和老公统一战线："你那些鬼话，想说给谁听就说给谁听，不要说给我听！我这辈子作了什么孽，生出你这么个杀千刀的，竟然找人装男朋友来骗我？你结婚是为我结的吗？我还不是为你好？你离家出走是吧？你爱走多远走多远，我就当没你这个女儿！"

关享爸急忙扯了扯关享妈的衣袖，压低声音道："你怎么说得这么绝啊？万一她真走了怎么办？好不容易才回来的！"

关享妈一惊："我不是顺着你的话头往下说的吗？"

关享爸摆手："我那是吓吓她，好让她听话。这死丫头什么脾气你又不是不知道，你逼急了，她真跑了，又是几个月没消息。你想想这几个月我们是怎么过的，整天提心吊胆的！"

关享妈想去开门，可面子上又挂不住，一时陷入两难局面。关享在和父母的斗争中积累了丰富的战斗经验，差不多能够体会她妈此刻的心情："我真有男朋友，骗你们我就是小狗，不信你们开门让我进去说清楚。我再说最后一遍，你们要再不开门，我可真走了！"

关享爸猛地把门打开，一把将关享拖进门，也顾不上关享已经是个大姑娘了，大巴掌一下一下地落在关享的屁股上："你个死丫头，上次的账还没和你算，还威胁起你爸妈来了？"

了不起的
女朋友们.完结篇

　　关享妈在旁边助威："使劲打，我还不信了，打不服她？打到听话为止！"

　　偌大的客厅内，关享为了躲避她爸的巴掌，围着茶几跑圈："你俩意思一下，差不多就行了啊，还真想清理门户啊？"

　　关享妈见好就收，轻咳一声，召回老公。然后，她大马金刀地坐在沙发上，摆出一副审问架势，让关享立正站好，老实交代这个新男朋友是什么情况。

　　听完肖捷的情况，关享妈又想动手："你又骗我？条件这么好的能看上你？"

　　关享险险避开她妈的巴掌："有你这么说自己女儿的吗？什么叫条件这么好的能看上我？看上我那是因为我优秀！"

　　"就你那臭脾气？"

　　"我这叫心灵美，他就是看上我心灵美了！"

　　关享爸向来对灵魂伴侣这种言论嗤之以鼻，结婚就是要过日子，那是必须谈点实际的："他父母是干什么的？尤其是他妈，性格怎么样？你有没有见过？能不能处得来？"

　　关于肖捷的家庭情况，关享暂时还不打算和父母沟通，以她爸的思想，恐怕不太容易能够接受肖捷的出身。

　　"八字还没一撇的事，你问人家父母干什么，赶紧去做饭！"关享妈把丈夫打发去厨房，她要一对一地和女儿谈点认真严肃的问题。

　　关享想不明白，之前的李格非，她妈喜欢，再之前的李林，她妈也喜欢，为什么到了肖捷，她妈就一脸苦大仇深？肖捷条件可比李格非、李林好太多了。

　　"就是因为他条件太好了，我才不放心！现在不比我们当年，那时候的小姑娘都要脸。你看看报纸电视，现在的小姑娘都太主动了，看见条件好的男的，管他有没有女朋友，有没有老婆，就可劲儿往

114

上贴。李林条件好，但是长得不好；李格非长得好，但是条件不好。这两个人就算有小姑娘贴，你也还能勉强拿住。别对着我翻白眼，我知道你想说刘佳佳，你是我生的，你什么性格我不知道？李林当初肯定还是想选你的，绝对是你把他骂跑了！"

"我都捉奸在床了，你还指望他浪子回头啊？"

"这就是我想和你谈的，李林这样的都有小姑娘贴，你这次找的肖捷，条件好成这样，没有一千也有八百个小姑娘往上冲。你这个脾气又不是那种能哄得男人团团转的，你将来怎么办？"

"妈，你不是第一个和我说这话的人……"关享叹了口气，"这个问题我早就想得很清楚了，能怎么办？忍着呗……"

"那当初你为什么不忍着李林呢？李林肯定比这个肖捷好拿捏多了……"

关享从果盘里拿了个橘子，剥了皮，慢慢吃着："我要说实话吧，估计你又得骂我，不说实话吧，估计你们也不会放过我。其实道理很简单，因为肖捷有钱，很多很多钱，并且这钱我能花得着。李林的钱不够多，而且我也花不着。"

"你是冲着结婚去的对不对？"关享妈难得平心静气，得到关享肯定的答案后，她指着厨房，"结婚后你们要一起过几十年。钱是很重要，但是更重要的是陪伴，不然钱再多有什么用？你生孩子的时候，钱能代替你老公站在产房外面等着你吗？"

"妈，我没打算在婚姻里找真爱……"关享又想起李格非，如果是李格非，应该会在产房外面等吧。不过，她不稀罕，她要的是在一天三万元花费的特护病房里生孩子，而不是挤在八人病房里，毫无隐私地生孩子，"我就是想过有钱人的日子，肖捷能满足我的所有需求。我会想尽一切办法嫁给他，包括接受你前面说的那些乱七八糟的事。至于其他事，我有办法解决的就解决，解决不了的就忍着。

妈，当初你和我爸逼我相亲，连离异带孩子的都不介意，如今我找着个条件好的，你们应该高兴才是。"

"行行行，我承认之前是我和你爸心太急，做得不是特别对，但那是为了我们的面子吗？归根到底还不是为了你过得好？你也别嫌我烦，你如今长大了，我管不了，但结婚是一辈子的大事，你一定要慎重考虑！"

关享当然明白她妈的良苦用心，有一下没一下地掐着手里的橘子皮，掐得满手汁水："都什么年代了，嫁人就得过一辈子啊，不适合就离呗……"

趁她妈爆发前，关享扔下橘子皮走人："我来就是告诉你们，我找到男朋友了，其他的你们就别操心了。等条件合适的时候，我会带他回来给你们见见。你们放心，凭你们女儿我这性格，一不会被人骗财、二不会被人骗色、三不会被人骗感情，我能把自己照顾好。最近工作多，我还要回去加班，我先走了，有事我给你们发信息、打电话！"

关享爸听见开门声，举着锅铲从厨房跑出来："我饭都快做好了，你吃了饭再走啊！"

关享挥了挥手："我从天猫超市给你订了两箱进口红酒，你和妈好好吃饭，别舍不得花钱。我争取早点嫁出去，让你们住大别墅！"

关享爸看着电梯门关闭，转身跟老婆发急："刚才你让我别发火，你和她谈，怎么又把人谈跑了？这都几个月没回来了，饭都没吃就走了！你看看她那脸，又瘦一圈了，你心里有没有女儿？"

"都是你把她惯坏了！"关享妈一腔怒气终于有了发泄的渠道。从老婆嘴里得知女儿的真实想法后，关享爸当场就呆住了，说："这孩子原来不是这样啊，这几年怎么变成这样了？怎么心里就只有钱啊？我们没这么教过她啊！"

"这性格也不知道到底像谁，再这样下去，以后有她的苦头吃！"关享妈心里给女儿下了断言，心里到底还是牵挂，"等她再回来，我们一起好好跟她讲讲，可不能把婚姻当儿戏啊！"

关享爸连连点头，正要附和，突然闻到一股糊味，才想起来煤气灶上还烧着菜，急忙冲进厨房。关享妈也跟进去"抢救"，暂时把关享的婚姻问题搁置到一旁。

几天后，肖捷出差归来，第一件事，是邀请关享和他母亲共进晚餐。

关享没想到这么快就见家长，满心的忐忑已经写到脸上。肖捷让关享不要紧张，只是简单地吃个饭，互相认识一下，并无其他含义。肖捷说得轻松，关享却明白他的言下之意，某种程度上，这代表着对她的重视。

关享打起十二万分精神来对待这次会面。令她欣慰的是，虽然肖捷妈和李林妈一样，都走贵妇路线，但是肖捷妈比李林妈强一百倍，见面礼就是一万的现金红包外加一枚香奈儿最新款的胸针。

至于关享的工作和父母，肖捷妈同样兴趣不大，她反复叮嘱肖捷要和关享好好相处，凡事要让着关享。如果关享有什么不开心的，要告诉她，她去教育肖捷，一顿饭吃得其乐融融。

上甜品的时候，肖捷接到医院打来的电话，说有其他医院误诊的小狗转院过来。关享让肖捷先过去，她负责送阿姨回家。

目送肖捷远去，肖捷妈笑容依旧，只是眼神里突然浮现出一丝意味不明的光芒，让人读不出她此刻的心情。仿佛无意间挑起话头，肖捷妈神色温婉："关享，我挺喜欢你的……"

关享微微点头："谢谢阿姨。"

肖捷妈的笑容逐渐消失，口气却越发温和："本来这些话不该第一次见面就跟你说，但是既然咱们有独处的机会，不妨一并说了。

我能看得出来，你是个直来直去的性格，一定不会介意的，对吧？"
见关享神色拘谨，肖捷妈轻轻拍了拍关享放在桌上的手，"别担心，
不是什么坏话，不过是几句大实话。有道是先小人后君子，咱们先
把话挑明了，以后才能更好相处不是？"

肖捷的父亲天生长相出众，气质又风流倜傥，就算没有人民币
加持，也有无数异性一见倾心。肖捷父亲偏偏又是个多情的人，这
几十年来，有过瓜葛的女人，能有三位数。可肖捷妈在肖捷爸的心
中依然是除了他妻子外最重要的那一个。关享相信，肖捷妈凭借的，
恐怕不只是美貌和儿子。

肖捷妈朦胧的笑意中含有一丝酸楚："年轻的时候，总以为爱情
大过天，后来才发现，爱情什么都不是。当年我以为我可以为了爱
放弃一切，结果现在一直在遗憾，这辈子没机会穿一次婚纱、办一
场婚礼、被人叫一声肖太太，甚至都不能堂堂正正地向人介绍我的
先生……"

肖捷妈轻轻嘘了一口气："关享，我就喜欢你这种性格，想什么
都写在脸上。你放心，我没有后悔，如果再让我选择一次，我还会
选择今天的这条路。我相信，你也一样，对不对？虽然我是你的长
辈，但是咱们应该算同一种人吧。"

关享一惊，端起面前的巧克力，连吃几口，掩饰惶恐。她不是
不知道肖捷妈的城府，只是没想到肖捷妈会用这种图穷匕见的方式
与她相对。

肖捷妈精心修饰过的指甲轻轻敲击着骨瓷茶具，发出悦耳的叮
当声："我爱过肖捷的父亲，但这种轰轰烈烈的爱来得快，去得更快。
接下来的时间，我的全部心思都在思考，怎么样才能利益最大化。于
是，我有了肖捷。这些年我按我的人生规划活着，我不关心外人怎么
看我，只要自己开心就好。关享，你也是这么想的，对不对？"

关享吃惊地瞪大眼睛。肖捷妈语气依旧柔和，仿佛在聊天气："你和我不同的是，至少我还爱过肖捷的父亲，而你没有爱过我的儿子。不用辩解，你我都是女人，一个女人爱不爱一个男人，表情和动作能装得出来，眼神是装不出来的，你的眼睛里没有他……"

关享下意识地握紧拳头，指甲刺入掌心，轻微的疼痛让她迅速冷静下来。她定定地看着肖捷妈，等待她的发难。

肖捷妈忍不住又拍了拍关享的手："不用这么紧张，我说了，不是什么坏话。我不知道肖捷为什么选择你，但我觉得他的选择是正确的。因为爱代表独占，没有任何一个女人能够忍受和别的女人分享自己深爱的男人。嫉妒不但会让人丑陋，更会令人疯狂。没有哪个男人会喜欢身边有个疯狂的女人，懂分寸、识大体的女人才是适合相伴终身的……"

关享没想到有朝一日"懂分寸"这个词会被安放在她身上，她勉强撑起一个笑容，正要开口，又被肖捷妈打断："你和当年的我一样，有不顾一切想要的东西，这些东西正是肖捷能给你的。所以，我相信你一定能控制好自己的一言一行，一定会规规矩矩地做肖捷的女朋友，甚至是未来的妻子，对不对？"

关享没有应和，她抛出同样尖锐的问题："听您的意思，未来我和肖捷之间，注定还要有其他人？"

肖捷妈淡淡一笑，又是一叹："肖捷不光是我儿子，他还是个男人。我了解男人，面对数不清的诱惑，我相信他有底线，但是，我不认为他能坚守原则。关享，这个现实问题，我相信你早就想过，并且已经想通，不然你也不可能和我坐在这里……"

关享神色微变："您觉得我一定会接受？"

"你只能接受，因为你有所求，而肖捷就是你最大的机会，你舍不得放弃……"肖捷妈见关享脸色青白交加，不禁一笑，"没什么不好意思的，人生在世，哪能事事如意？我今天跟你说这些，只是想提醒你一件事……"

肖捷妈的笑容温暖极了，只是灯光映在她眼睛里，有寒光闪过："这些年，就是为了利益，我和数不清的女人斗过、争过、抢过，为了赢，我不光算计那些女人，我还算计肖捷的父亲，现在，我对他与其说是有感情，不如说是利用。我并没有觉得自己做得有什么不对，但是，我不能允许另一个女人这么对我的儿子……"

肖捷妈端起茶杯，慢慢啜了一口："虽然只见过你一次，可我能看得出来，你是个聪明的女孩子。现在的你，当然可以和我保证你不会，但是我不相信。因为嫉恨会让任何一个女人变得恶毒，我自己就是个最好的例子。学好太难，学坏实在是太容易。只要你想，你随时都可以……"

肖捷妈长长的指甲挑起关享的下巴："很快，你就会变成和我一样，工于心计，精于算计，我甚至可以教你怎么对付那些女人。但是只有一点，所有算计，都不要用在我儿子身上，否则，我很愿意当你的对手。"

关享没有挣脱，只是不甘心："也许我不会变成您的样子。"

肖捷妈松开手，轻轻点着自己的下巴："我劝你趁早放弃这种幼稚的正义感，否则你的对手会轻易击败你。想要做我未来的儿媳妇，你要学的第一件事，就是装糊涂。"

关享当然早就知道，但是当事实从另外一个人的嘴里说出时，她放在桌下的那只手轻轻颤抖，如秋风中的落叶："谢谢您的建议，我会仔细考虑的……"

"建议？"肖捷妈失笑，"关享，这不是建议，这是你必须执行的命令。如果下个月的今天，你还想和我见面，还想叫我一声阿姨的话……"

关享别过脸，不愿意让肖捷妈看见她眼睛里的水雾，她用含笑的声音答道："我明白……"

关享明白，很快她的对手就会出现，可她不明白，为什么会出现得这么快。

隔天傍晚，关享下班后来到医院，肖捷正在门诊为一只狗狗看病。

谁都能看出来，狗的主人，一位年轻姑娘，此时全部注意力都被肖捷吸引，随着肖捷的一举一动，时而欣喜，时而紧张。

关享想起昨晚肖捷妈的叮嘱，低头一笑，自行前往办公室等待。只是理论知识应用于实践需要一个过程，所以对着回到办公室的肖捷，关享还是忍不住调侃道："比起狗，刚才那姑娘好像更关心你。"

肖捷先是一怔，随即淡淡一笑："你在吃醋？"

关享低眉顺眼，安安静静地吃着一块巧克力："也许你可以告诉她，你有女朋友……"

肖捷似笑非笑："如果我不呢？"

"那就不呗。"关享笑着摇了摇头，嘴里巧克力甜到发苦，差点儿逼出她的眼泪来，"是我想多了，当年你被人误会玩弄感情害人性命都没解释，又怎么会解释这个……"

肖捷缓缓沉下脸："你是来教我怎么做人的？"

关享微微一笑："不敢不敢，我就是随口一说，您随耳一听好了。"

肖捷脸上浮出一层薄薄的笑意："我从来都不相信成年人的世界里有什么有口无心，更何况在我心里，你从来都是个明白人。"

肖捷看了关享一眼，淡淡道："我今天不太舒服，过会儿想直接回家，你先回去吧。"

关享意识到她刚才那番话怕是触到了肖捷最敏感的神经，原来这些年来，肖捷的淡然自若只是面子上好看，心底的包袱从未放下。关享暗暗叹了口气，也不纠缠，起身走人。

肖捷的目光落在关享背上，语气森然："我希望你明天来见我的时候，知道怎么说话。"

关享幽幽一笑，快步离开。

关享回到家中，苏航听完事情经过，似笑非笑："肖院长受万众敬仰，你第一天知道？"

关享漫不经心地用筷子拨弄言晓晓为她端上的饭菜："怪我脑子抽了，哪壶不开提哪壶……"

苏航叹了口气："下面怎么做，你是聪明人，不用我教。李格非已经走了，别再把肖捷弄没了。"

关享轻笑："难得你能说出这么三观不正的话……"

苏航又叹了口气："你是我朋友，我当然只能建议你走最适合你的那条路。"

言晓晓端着汤从厨房出来，让关享别光顾着说话，赶紧吃饭。关享得令，端起饭碗，几筷排骨下肚，大赞言晓晓厨艺又有大进步。

见关享吃得眉开眼笑一头热汗，言晓晓欲言又止，沉思片刻，转过脸不去看关享，声音木木地说："你干吗这么委屈自己，和格非在一起不开心吗？"

关享恍若未闻，直到这顿饭吃完，才用精心修剪过的指甲轻轻磕着腕上的手表，算是回答。

苏航借口帮忙洗碗，推着言晓晓走进厨房："感情这种事情，如人饮水，冷暖自知。关享既然有承担一切后果的勇气，我们只有祝福她。"

言晓晓想到离家出走的李格非，心有不甘，却又无从说起，只好黯然地点了点头，勉强同意不再提这件事。

关享下班后来到医院，昨天那位狗主人似乎与她心有灵犀，也在医院出现，正借口咨询宠物病情，黏住肖捷不放。

如果说小姑娘昨天的含情脉脉还有些许分寸，她今天的表情则是在赤裸裸地昭告天下，她想和肖捷发生点什么。

关享当然知道想要嫁给肖捷，如同唐僧西天取经，注定要经历九九八十一难，打怪升级就是她的日常活动。

关享神色平静地对着"女妖怪"打量一番，确定对方道行尚浅，不足以对自己形成威胁后，轻笑一声，施施然进了肖捷办公室。从此刻起，她的生活重心恐怕只有一件事——和各形各款的"女妖怪"斗智斗勇。

很快，肖捷回到办公室。他和关享像寻常情侣一样，讨论起今晚吃什么，仿佛昨天的不愉快只是一个幻觉。

关享却不会有这样不切实际的幻想，她笑着翻阅大众点评，等待肖捷发作。

"我喜欢你现在这个样子，"肖捷细细摩挲着手边的咖啡杯，"昨天那个样子，我不喜欢。"

肖捷的脸上带着常见的温柔笑容，眼神里却有着暴雨欲来的阴沉："我不希望昨天的事情再发生，我相信你懂我的意思。"

关享嘟着嘴，像是在开玩笑："可是今天的我是我，昨天的我也是我啊……"

"和你交往是我提出的，所以其他事情，我也希望由我决定。"肖捷目光深沉如夜色，"否则……"

为了眼前的大好局面，关享牺牲巨大，她绝不能允许自己将其拱手让人。

她兴奋地举起手机向肖捷展示："火锅！重庆火锅！今天咱们不点鸳鸯，直接上重辣九宫格！"

　　肖捷露出满意的笑容，他没有看错人，关享身上让他喜欢的地方真是越来越多。

　　肖捷的视线落在关享手指上，微微皱了皱眉："我不喜欢太艳的指甲油……"

　　关享眉心一动，立刻点头："我今晚回家就卸掉，你赶紧换衣服，我好饿……"

　　看着肖捷的背影，关享的笑容慢慢冷了下去。

　　手上的指甲油，是李格非第一次拿到奖金后给她买的礼物。为了体现诚意，关享还逼着李格非学习怎么涂。现在关享右手的指甲，就是李格非在暴力威胁下帮她涂的。看来李格非留在她身上的最后一点印记，也即将被抹去。

　　关享雀跃着跟在肖捷身后走出医院，灿烂的笑容下，是紧握的拳头，指甲刺入掌心的疼痛提醒着她，所谓的喜欢，是那样的不真实。

　　吴楚一忙碌的工作告一段落，稍有闲暇就给言晓晓发信息，说是想吃糖醋排骨。

　　言晓晓当即便联系阿姨准备食材，下班后赶到吴楚一家时，吴楚一在倒时差还没睡醒，迎接她的，除了阿姨，还有钱多多。

　　自从吴楚一有女朋友这件事情被曝光，有痴情男子人设加持，吴楚一的形象越发光辉高大，工作接到手软，钱多多乐得合不拢嘴。

　　简单处理好食材，钱多多拉着言晓晓来到化妆间，拿出一个最新款的香奈儿包塞到她的怀中："这事多亏有你在，不然我还真不知道怎么办！"

　　言晓晓轻轻把包放回桌上，她知道这个包的价格，她不适合收这么贵重的礼物。

　　"钱姐，你过奖了，我明明没做什么……"言晓晓脸上带着淡淡的笑意，宁静而柔和，"发几条微博，说点生活琐事，和楚一互动互动，这些事情谁做都可以，说难听一点，你注册个号都行……"

言晓晓稍有停顿，眼睛里飘过一抹明明白白的喜欢："要谢也应该是我谢谢楚一，没有他就没有今天的我……"

钱多多摆了摆手："怎么可能谁都行？当时那情况，要不是你出面，就算我能给他找出十个八个女朋友，以他的脾气，肯定是硬怼，事情还不知道闹成什么样。"

钱多多又拿出一根 Dior 项链，给言晓晓戴上："我的性格你知道，直来直去惯了，有什么话我就直接说了，我觉得楚一对你，挺不一样的。有你在的时候，他脾气收敛不少。"

钱多多笑了笑："我这么说不知道你明不明白，感觉你对他而言是特别的。"

言晓晓垂下眼帘，静静地看着脚下。她此刻的心情，正如地毯上纷繁复杂的花纹。

掌心有细微的汗珠沁出，言晓晓深吸一口气，用一贯平和无害的笑容掩盖些许的慌乱与惊异："钱姐，我们交往不深，但我信你，有什么话，你可以直接说。"

钱多多有些犹豫，她习惯在光怪陆离的圈子内打滚，习惯猜测人心，习惯利用别人的欲望交换她想要的利益。而这一切，似乎都和眼前这个女孩子没有任何关系。唯一有关系的，是她最重要的朋友以及合作伙伴，某些方面似乎出现了一些偏差，需要她来调整。

钱多多点了点头，耳朵上的钻石耳钉随着她的动作，闪出一道幽冷的光芒："楚一本质上是个善良的人，但绝不是一个滥好人。当初他帮你，我很惊讶。"

钱多多的目光落在言晓晓身上："成年人做每一件事，都有利益所在。以吴楚一的智商，他不可能仅仅是因为善良，就在你身上投入那么多的时间和精力……"

钱多多静静地看着言晓晓："我问过他，他不愿意说……"

言晓晓用力咬着唇，抵御脱口而出的冲动，她何尝不想知道吴楚一为她付出的原因。

"但是，我能看出来，不是因为喜欢……"钱多多平静的声音中，有着直白的残忍，"我也能看得出，你喜欢他……"

言晓晓抬起头，对着钱多多的视线，定定回望："你怕我影响他？"

话已经说到这个地步，再用华美的语句来掩饰赤裸的真相，只会显得虚伪。钱多多又点了点头："你喜欢他，你顶着他女朋友的名头，你不是一个聪明女孩子，这三点加起来，让你很危险。作为他的朋友兼合作伙伴，我很担心。"

言晓晓眉宇之间并没有一丝惊讶之色，就好像她早就预料到钱多多的担忧。她轻轻扬起嘴角，带出一丝温柔似水的笑意。

"我不会给他找麻烦的，"言晓晓轻轻点头，"我可以保证。"

"谢谢。"钱多多的表情并没有得偿所愿的欢喜，相反多了一丝尴尬，"抱歉和你说这些，我只是不希望你们俩……"

钱多多欲言又止，言晓晓却十分明白。钱多多的确是站在吴楚一的角度，担心她影响吴楚一。可从另一方面理解，钱多多也是在为她着想，像她这样不聪明的女孩子，全心全意爱上一个人，下场通常好不到哪里去。

言晓晓正要请钱多多放心，说她已经做好最坏的打算时，吴楚一的声音响起，睡眼惺忪的他站在化妆间门口问道："你们在聊什么呢？"

钱多多立刻接口："我们女生之间说点悄悄话，你少打听！"

吴楚一嗤笑："就你？女生？麻烦你照照镜子。不瞒你说，我一直怀疑你老公有同性恋倾向，不然怎么会娶你？"

钱多多冷笑："我老公的性取向很正常，你有空还是多关心关心你自己，要不是晓晓，还不知道有多少人怀疑你！"

言晓晓以为两人还有工作要谈，准备起身去厨房帮忙，被吴楚一拦住："好久没见，陪我聊聊天。"

钱多多不悦："你也好久没见我了，怎么就不想和我聊聊天？"

吴楚一做了个呕吐的表情，成功把钱多多气走。言晓晓极力压住心中澎湃的情绪，笑着问起吴楚一最近的工作。

吴楚一随手拿过品牌商寄来的礼盒，一个一个地拆开，选出最适合言晓晓的产品，摆放在一边，缓缓问道："老钱刚才和你说什么了？"

言晓晓一怔，和吴楚一四目相对。她突然意识到，有些事情似乎被她刻意忽略太久，也许今天要做个了断。

言晓晓不愿对吴楚一撒谎。面对钱多多的问题，吴楚一心中最柔软的地方被轻轻触动，瞬间唤起记忆最深处的酸楚。于是，想要述说的欲望再也控制不住，吴楚一脱口而出："某些方面，你有点像我母亲……"

穿着睡衣的吴楚一，赤着脚站在地上，他的头发是那样黑，皮肤是那样白，完全没有修饰，依然漂亮极了。只是吴楚一明明在笑，可是言晓晓却觉得他委屈极了。

吴楚一心头的郁结阵阵泛起，唇边依然挂着淡淡的笑意："不是有点像，应该是非常像……"

记忆深处那个许久未见的女人，让吴楚一的神色慢慢松弛下来。他冲言晓晓点了点头，自顾自说下去："我母亲是工人家庭出身的姑娘，性格随我外公外婆，老实到无用。可是，她长得特别漂亮，并且在舞蹈方面天赋惊人。这种出身和性格搭配上长相和天赋，其实挺悲剧的。"

　　初秋的晚风穿过窗户，吹在言晓晓热热的脸上，她走上前握住吴楚一的手，没有一丝犹豫。她从小笨嘴拙舌不会安慰人，可她会安静地听吴楚一说话，陪吴楚一难过。

　　"机缘巧合，她进了部队文工团，没多久就被我奶奶看中，成了我爸的妻子。因为她的天赋，她的勤奋，她曾经有机会在中国舞蹈界青史留名。可惜，她就这样放弃了，成了一个家庭主妇。"

　　吴楚一的眼睛有些湿润，别过脸道："我记事的时候，她已经成为一个平凡到完全没有存在感的符号。直到有一天，我看到她当年的照片和录像，才知道她曾经那么美过。我简直不敢相信，那个被我父亲呼来喝去，在我奶奶面前只会唯唯诺诺的女人，当年在舞台上是那么光彩照人！"

　　吴楚一紧紧握着言晓晓的手，竭力控制住情绪："作为她唯一的孩子，我能感觉到，她过得不开心。当时的我单纯地以为，如果能让她变回原来那个样子，她就会活得轻松一点，所以我选择了现在这个职业……"

　　被吴楚一紧握的手隐隐作痛，言晓晓却没有挣扎，她静静地看着吴楚一："后来呢？"

　　吴楚一缓缓摇头："我父亲出身军人世家，到了我这一辈，他也希望我从军，高考志愿都帮我填好了，没想到我会偷偷改掉。发现真相的时候，家里简直乱套了。"

　　吴楚一自嘲一笑："那时候年纪小，不懂事，我以为我为她做这些事，她会支持我，却根本没想过，她在那个家已经举步维艰，我还给她找了这么大的麻烦。她劝我复读一年重新考，我和她大吵一架……不，不应该算吵，一直都是我在骂她，她一直在哭……"

　　言晓晓的目光有着深深的怜惜："不是你的错。"

吴楚一苦笑着摇头："我离家出走，拿着她偷偷塞给我的钱，半工半读，坚持把大学念完，从事这一行。"吴楚一口气淡漠，"我从来不在乎别人对我的褒奖，因为我无论取得多大的成就，促使我做一切的那个愿望，始终没有达成，就是我的母亲再也没有像当年一样，发自内心地笑过。"

"人总要往前看，你也好，阿姨也好，有的是时间，"言晓晓的笑容，温婉中带着一丝坚定，"有时间就有机会，如果你灰心丧气，阿姨怎么办？"

言晓晓的反应让吴楚一有些惊讶："没想到有朝一日是你来劝我……"

言晓晓把一杯红茶递到吴楚一手中，让他润润喉："那也是你的功劳，如果没有你，我恐怕还是过去那个样子，和人说话不敢抬头，一急就脸红……"言晓晓眨了眨眼，"甚至没准还在为前男友伤心……"

吴楚一轻轻嘘了一口气，为言晓晓解开谜团："我第一眼看见你的时候，就想到了我母亲。你们都是那样小心翼翼，生怕做错事被别人讨厌，恨不得时时刻刻自动隐身，完全不被人注意到才好。"

吴楚一的笑容中有几分伤感："没有人天生是那个样子，你们是被环境改变的，我想让你们变回真实的样子……"吴楚一下意识地摸着言晓晓的面庞，"你们明明都是优秀又美丽的……"

言晓晓没有躲避，她迎着吴楚一的目光，她相信那份赞美是发自吴楚一内心的。

"那天你在厨房，一边洗菜一边哼着歌，我看着你就像回到了我小时候。我母亲只有在一个人独处的时候，才会放松下来，才会偶尔有她那个年纪的女性该有的活泼。她也是那样，带着笑，哼着歌给我准备晚饭。你做的饭和她做的一样好吃，我特别喜欢。"

言晓晓笑着拍了拍吴楚一依然停留在她脸颊上的手："那我以后常给你做。"

吴楚一这才惊觉不妥，忙把手抽了回来，雪白的脸蛋上有可疑的红晕浮现。言晓晓从未见过这样的吴楚一，一直以来他都是那样胸有成竹，原来手足无措的他是这样可爱。

"其实你不用特别感谢我，与其说是我帮你，不如说是我在帮我自己。我在你身上……"吴楚一犹豫片刻，"算是完成一个愿望吧，我舍不得看到像我母亲一样的女孩子有和她一样的遭遇。"

言晓晓笑着应了一声，让吴楚一先吃点点心垫垫，她现在去厨房，一会儿菜就能上桌。

言晓晓笑着走出化妆间，钱多多说得对，吴楚一不喜欢她，吴楚一对她好，只是因为她像他的母亲。可那又怎么样呢？

吴楚一相信她，并改变了她整个人生，就算吴楚一不喜欢她，她也有足够的理由喜欢吴楚一。

至少在这一刻，她愿意全心全意陪在吴楚一身边，哪怕是以朋友的名义。

6

Chapter

我爱他，

无论富有或贫穷

日子像流水一样过去，一眨眼的工夫，已经欢度完圣诞、庆祝过元旦，大街上熙熙攘攘的，到处都在准备春节。

苏航还是会经常想起沈铎，只是记忆中的他，像多年前的老照片，褪去了鲜活的色彩，黯淡了许多。至于心中那个因为沈铎离开而留下的伤口，似乎也早已结痂，即使碰触也不会流血，只剩麻木。

关享终于坐稳肖捷女朋友的宝座，并且有信心向妻子这一称号发起冲锋。她不止一次地跟苏航提议，想介绍肖捷的朋友给苏航认识，都被苏航婉言谢绝："我不想当个任人打扮的玩具娃娃。"

苏航话一出口就后悔，因为她并不想伤害关享。但关享好像完全没有被苏航的话影响到，兴奋地给苏航和言晓晓展示刚刚收到的华伦天奴的鞋子。

关享的开心看上去是那样发自内心，如果苏航那天夜里没有起床去厨房拿牛奶的话。

路过客厅的苏航，看见书房里有光亮。

她轻轻推开门，见关享背对她，呆呆地注视着电脑。

屏幕上，是一张张照片制成的幻灯片。

和关享抢东西吃的李格非，被关享指挥着刷马桶的李格非，嘲笑关享穿不上衣服被关享追着打的李格非，被关享按在床上逼迫拿出奖金买海鲜的李格非……

一张张李格非的照片在关享眼前滑过，关享如石像般凝固在那里，没有一丝活气。

苏航没有打扰关享，安静地离开。原来关享险些连她都骗过的原因，是她先彻底骗过自己。

早餐时，关享大笑着给苏航和言晓晓介绍又有哪个不长眼的女孩儿想和她抢肖捷，她准备如何应对。

苏航笑着和她一唱一和。笑声中，苏航隐约听到什么东西清脆的破碎声，并且是那样地无法挽回。

冬日朝阳下，苏航给小乌龟喂食，希望每个人都能好好的，只是这个愿望注定只能落空。

苏航没有想到，时隔几个月，她会再次见到钟意。

贵宾接待室，低头研究指甲的钟意听到开门声，缓缓抬起头，看见苏航，轻轻点了点头，算是招呼。

钟意白皙的脖子弯成一个优美的弧度，一举一动间带着似水的温柔。她已胜券在握，实在不需要和苏航做任何意气之争。

钟意定定地看着苏航放在桌上的依云矿泉水，慵懒一笑，美艳动人："你最近和沈铎有联系吗？"

苏航神色平静如死水："工作时间，工作场合，我恐怕只能回复您和工作有关的事情。"

"那就是没联系了？"钟意挑眉，哧哧一笑，鲜红的唇，乌黑的眼透着妖异的美，"你不知道吧？沈铎完蛋了！"

苏航当然知道钟意是有备而来的，可她万万没想到钟意带来的竟然是这样的消息。她瞬间被惊出一身冷汗，如虫蚁爬过背脊，又痛又痒，刺得她坐立不安。

苏航垂下眼帘，掩去眼中的惊慌失措，脸上点缀着恰到好处的诧异，等待钟意的答案。

钟意没有辜负她的期望，媚眼如丝，一手轻轻点在脸颊上，像是在说一个笑话："这几个月不知道他躲哪儿去了，我一直在找他，唯一能确定的就是他最后出现在这个城市。我就在想，他会不会联系你？不过我刚刚又想通一件事，他现在那个样子，就算联系你，你也不会搭理他吧？真是可惜，你见不到他死得有多难看……"

中央空调的暖风吹过，激得苏航起了一身鸡皮疙瘩。她压住胸口的不安与惶恐，露出一个不动声色的微笑："您这算是因爱生恨？"

"爱？他配吗？不过就是个我看得上眼的玩意儿……"钟意长长地出了一口气，"就算我不想要了，也轮不到别人，尤其是你这种人。"

片刻静默之后，苏航微微一笑，字字轻柔："您干的？"

钟意露出志得意满的笑容："不然呢？不如你猜猜看我是怎么做到的？"

"以您的出身，实在没必要和我们这样的人一般见识。"苏航笑意嫣然，却字字犀利，"您也不怕辱没了您家高贵的血统？"

"我没有动用家里一丝一毫的力量。"钟意站起来，自上而下地逼视苏航，极度的满足感洋溢在她的脸上。钟意的喜悦是那样发自内心，因而更加让人惧怕，"我拿了他的电脑，向证监会举报，他作为投行从业者，违规从事股票交易。你看，我动动手就能置他于死地。"

苏航的心被狠狠一抽，她凝视着钟意得意的面容，露出一个不屑的微笑："谁教你的？"

苏航一字一顿地戳破钟意的志得意满："我不认为以你的情商和智商，能干出这样的事来。"

苏航的话像鞭子一样落在钟意的身上，她狠狠剜了苏航一眼："不管怎么样，他都完了！"

　　苏航定下心神，平静无波的眼睛和钟意对视："别人借着你的手，扳倒你的前男友，我不觉得这是件值得炫耀的事。你说你不借助家里，最终还是借助了外人。归根到底，你依然没有一丝用处。"

　　钟意冷笑："我会把你现在的表现，当作丧家之犬的狂吠！"

　　苏航的神色冷漠而锋利："你来这儿不就是向我示威的吗？你不把事情说清楚，岂不是锦衣夜行？"

　　钟意的脸因为恨意而扭曲，仿佛含着恶毒的快意："没错，是有人教我……"

　　钟意一字一顿地说："他的仇家太多，不光我恨他，他同事都恨他。他同事教我如何偷他的电脑，破解他的密码，举报他的所作所为。我所做的每一步都是在他同事的指导下完成的，可是那又怎么样？我的目的达到了，他彻底被我整死了！"

　　苏航想起很久之前沈铎说的那番话，他盯着别人，别人也盯着他，不是比谁好，而是比谁更烂。沈铎千算万算，恐怕没有算到钟意这个变数，导致满盘皆输。

　　钟意近乎疯狂，她大笑："我开心极了！"

　　"是吗？"苏航的眼神中满是怜悯之色，"可我觉得，您似乎还有怨气。"

　　"怨气？"钟意一脸讥诮，"我天天做梦都能笑醒！"

　　苏航抬起眼眸，一言不发地看着钟意，一直看到钟意收回视线，才慢慢开口："如果我没猜错的话，你拿到证据以后，应该和沈铎联系过。你试图用这个威胁他，希望他能够和你复合，但是他仍然拒绝了你。"

　　苏航的口气淡漠得如同一抹轻烟："他宁愿失去一切也不愿意选

择你，一个男人对你的厌恶竟然到了这个程度，请问您赢在哪里？"

苏航站了起来，以一种倨傲之态应对钟意的气急败坏。钟意的表现告诉她，她的猜测几乎全中。她冷漠地说道："钟小姐，原本您还有机会体面结束，现在您只能以这种方式恶心退场，我同情您。"

钟意的额头青筋跳起，她紧握双拳，凌厉的眼神如尖刀般在苏航脸上来回刮过，试图从她的表情中看出一丝破绽："那又怎么样？别以为我不知道你是怎么想的，你在这儿和我斗嘴，不过是不想承认你之前的失败。你现在最想做的事情是想和他划清界限，生怕被他连累到！"

"如果没有别的事，我就不送您了，钟女士。"苏航起身告辞，平视前方，笑容有着职业化的礼貌，"沈铎有句话说得挺对，您的确是个让人厌恶的存在。"

苏航不知道是怎么走回办公室的，面对钟意时的镇定自若自她踏出会客室就消失得无影无踪。她无知无觉地跌坐在座位上，浑身没有一丝力气，掌心满是冷汗。

关享和言晓晓从分行回来，见苏航脸色惨白，急忙问她怎么了。苏航勉强定下心神把钟意此行说了一遍。关享的脸色顿时也难看到极点，因为沈铎的选择几乎可以称得上是玉石俱焚。

"我给他打电话，号码是空号，微信、微博都几个月没动静了……"苏航用尽全身力气才勉强撑住，"我联系了他弟弟，说是单位保了他，没问责，只是让他自动离职。他给家里留了一大笔钱之后，也跟家人断了联系。他妈妈还不知道情况，他弟弟不知道能瞒多久……"

关享拉过苏航的手，用自己掌心的温度宽慰她的无措："你先别急，以沈铎的能力，肯定能把自己照顾好，他也许就是想一个人静一静。"

"我了解他，事情不会这么简单。"苏航泪眼婆娑，心早已沉到底，"他肯定出事了。"

苏航缓缓站起来，收拾东西准备出门："我要去找他。"

关享给言晓晓使了个眼色，拦住苏航："你们已经分手了，你自己说过，他放弃了你……"

"可是我爱他。"苏航透过蒙眬的泪眼凝视着远方，"我必须找到他，把他带回来。"

关享似乎早就预料到了这个答案，她看着苏航的眼神仿佛铅水一般，透着沉甸甸的冷硬。她尝试着跟苏航说："钟意有句话说得没错，现在的沈铎已经不是当初的沈铎了。现在的他，差不多算是个废人……"

苏航忍不住轻轻颤抖，关享以为是自己的一番话过于残酷，随即换上温和的语气："我理解你的心情，不过沈铎的事情，确实不太适合过度参与，不如等他联系你时，再想办法？"

苏航的一双泪眼落在关享身上，嘴角慢慢上扬，拉出一个带泪的微笑："如果今天是李格非遇到这样的事情，你是不是也准备再想办法？"

"李格非"三个字像一把锋利的尖刀，狠狠刺进关享的心头，冰凉透心的痛，弥漫到她全身。她紧紧咬着嘴唇，任凭控制不住的力道留下一排血印。她用浮在脸上的僵硬微笑展示她的云淡风轻："我现在有男朋友，他的事，我当然……当然……当然……"

"你当然放不下。"苏航缓缓摇头，"我也放不下……"

关享还想说点什么，言晓晓把包交到苏航手中："你去吧，你手上的工作，我先帮你带着。"

看着苏航匆匆而去，关享忍不住问言晓晓："你由着她的性子来，不代表真的为她好，你有没有考虑过现实问题？"

言晓晓不置可否，凝视关享良久，才慢慢开口："我不希望她后悔。"

关享还想要争辩，却被言晓晓打断："我不懂什么现实问题，我希望你也能由着性子来，不要后悔！"

所有沈铎出现过的地方，所有沈铎认识的人，苏航都一一拜访了。结果正如钟意所说，沈铎如石沉大海般消失在这个几千万人口的大都市中。

一个星期过去了，苏航迅速地消瘦下去。

关享和言晓晓商量，劝苏航放弃。言晓晓依然不置可否，晚上却炖了鸡汤，硬逼着苏航喝下去："你身体拖垮了还怎么找？"

转机出现在第二个星期即将结束之时，疲惫不堪的苏航结束了一天的寻找，倒在床上，蒙眬间，电话响起。

那是一个陌生的号码，接通后，电话那头没有传来任何声音。苏航的脑袋鬼使神差般一下清醒过来，她试探性地叫了一声"沈铎"，过了许久，电话那头终于传来一声叹息。

这些天来苏航第一次有笑容出现，随即眼泪滚滚落下："你在哪儿呢？"

又是漫长的沉默，苏航的声音越发温柔："我知道你想一个人待着，可你也说了，就算不是男女朋友，也可以是好朋友。作为一个很想你的好朋友，让我见见你好不好？"

苏航紧张地抓着电话，生怕说错一个字刺激到沈铎，让他再次选择消失。终于，电话那头的沈铎犹豫着说出一个地址。苏航慌乱地擦去滚滚而落的泪珠，竭力不让沈铎觉察出她的情绪波动。她放缓声音叮嘱沈铎："你等我，我马上过来。"

此刻，时间尚早，苏航冲出房间时，关享和言晓晓正在布置餐桌。听说苏航要去见沈铎，关享欲言又止，言晓晓让苏航稍等，打包好饭菜交到苏航手中："他肯定还没吃饭，你们好好吃饭，有什么话，吃饱了再说。"

按照沈铎给的地址，苏航来到沈铎租住的单身公寓。推开虚掩的房门，首先映入苏航眼帘的，是凌乱不堪的客厅，到处是酒瓶和烟头，几乎让人没有落脚的地方。

苏航来到卧室，空气中弥漫着刺鼻的烟味。被声音惊动的沈铎掀开蒙住头的被子，眼神飘忽，茫然四顾，最后才落在苏航身上。

几个月的时间，沈铎几乎瘦到脱形，乌青的眼圈和布满血丝的眼睛显示他的睡眠质量是多么糟糕。

苏航眼睛一酸，强压下心头的痛楚，故作轻松道："沈总，家里有点乱啊。"

沈铎自嘲一笑，摇摇晃晃地从床上起来，拿起柜子上的药丸塞进嘴里，伸手拿水的时候，才发现桌上的矿泉水瓶全是空的。

苏航急忙把手上的矿泉水递过去，眼角余光看到了桌上的药盒，药名像一道惊雷劈过，炸得她脑袋发麻，整个人都动弹不得。

苏航近在咫尺，沈铎却仰着脸看着屋顶某个角落，慢慢点头："我的抑郁症复发了，目前在靠药物控制。"

除了医生，沈铎已经好多天没和人说过话，思维有些混乱的他为了组织语言，停顿了好一会儿："我没事，我挺好的……"

沈铎突然说不下去了，他别过脸，看着客厅，明亮的灯光刺得他眼睛发痛，有可疑的液体在眼底凝结。

苏航用力挑起嘴角，不让眼泪落下。她忍了又忍，终于能够用一贯平和宁静的声音轻轻说道："钟意来找过我……"

沈铎猛地抬起头，眼睛里全是惶恐，不敢看苏航："那你都知道了……"

苏航上前一步，握住沈铎的手，印象中，沈铎的手总是温暖而干燥，然而现在沈铎的手却冰凉而潮湿，甚至还在颤抖。苏航的神色更加温婉："怎么生病了？"

"大学的时候就有，没想到又复发了。"沈铎把手从苏航手中抽出，"既然钟意找过你，你应该知道，现在的我，什么都没了……"

沈铎神情越发冷淡："非常抱歉，不应该联系你，如果打扰到你，希望你看在我……我生病的分上，理解一二……"

沈铎别过脸，语气中满是不舍，眉宇间却带着孩子气的倔强："作为朋友，谢谢你来看我，现在你可以走了……"

"如果我会走，就根本不会来……"苏航轻笑，又拉起沈铎的手，她好不容易才找到的人，怎么舍得轻易放弃，"人吃五谷杂粮，哪有不生病的？别说得好像得了绝症一样，听着怪不吉利的。"

沈铎的心一动，却依然不愿意看苏航："我再说一遍，现在的我，不值得任何人留恋！"

苏航沉默片刻，转身离去。这明明是沈铎意料中的结局，他却痛苦地闭上眼睛，青灰色的面容如同他此刻灰败的心情，透着没顶的绝望。沈铎倒在床上，拿被子蒙住脸，吃力地同苏航告别："再见！"

因为吃药，沈铎似乎对时间失去了概念，也许半个小时，也许更久，他脸上的被子被人用力掀开，一个带着笑意的声音响起："起来吃饭，吃饱了再睡。"

迷迷糊糊的沈铎被苏航带到客厅，四下还是有些脏乱，不过在苏航简单收拾之下，已经能够落脚。餐桌上，热气腾腾的饭菜散发着诱人的香气。

苏航招呼沈铎坐下，把一碗汤递到他手中。沈铎慢慢地喝了一口，从胃开始，连带着整个身体都温暖了起来。

"别看我，不是我做的，是晓晓做的，她担心你没吃饭，让我给你带过来的。"

苏航夹起一筷子菜放在沈铎碗里："吃完饭，你赶紧去睡，一看就是好多天没睡好。我明天到单位申请休年假，再请几天事假，你一个人在家，我不放心。"

沈铎慢慢吃着碗里的饭菜："你不用对我这么好……"

"我高兴……"苏航剥好几个大虾扔进沈铎的碗里。

"我不是原来那个沈铎了……"

"那又怎么样？"苏航挑眉一笑，"与其说这个，不如你和我说说，为什么要和钟意一拍两散？你完全可以答应她，以你的智商和情商，想要控制她并不难。"

"如果我说我是因为喜欢你，所以拒绝她，你相信吗？"

苏航扑哧一笑："玩笑开得不错，保持住。"

"我厌倦了。就像你说的，我精于算计，做每一件事情都会考虑利益得失。所以，我想任性一次，只是没想到下场会是这样……"沈铎苦笑，"当然，我认为有部分原因是我喜欢你，如果你愿意相信的话。"

沈铎突然伸手，紧紧地拉住苏航："你现在这样，是因为喜欢我吗？可是，之前的我已经不存在了。"

"我不喜欢你。"苏航看着沈铎的眼睛，"我爱着有着悲惨过去却总是笑嘻嘻的沈铎，我爱着那个带我去路边摊吃麻辣烫、为了我和小流氓打架的沈铎，我爱着那个送我小乌龟祝我股票长红的沈铎，这样的沈铎和他的财富地位从来没有任何关系……"

苏航忍着手腕的疼痛，在沈铎额头上轻轻吻了一下："在我眼中，现在的你和过去的你，没有任何区别。"

苏航牵着沈铎的手，把他送回卧室，盖好被子，拖了一张椅子在床头坐下："好好睡一觉，我陪你。"

"你呢？"沈铎知道现在的他软弱不堪，但他并不介意在苏航面前暴露。

"我保证，当你睁开眼睛的时候，就会看见我。"苏航笑着摸了摸沈铎的头，像是在哄小朋友，"我不会离开你。"

等沈铎睡着了，苏航回家收拾行李。凌晨时分，关享和言晓晓还在等她，得知她准备搬过去照顾沈铎，关享几乎是从沙发上跳起来："你疯了？"

苏航淡淡一笑："他需要人照顾。"

"那也轮不到你！"关享疾言厉色，"你和他是什么关系？他现在的情况是你造成的？你关心他的死活我能理解，可是你演什么圣母玛利亚？"

"过去我是他的女朋友，现在我是他的好朋友。"苏航不假思索，"他这个病，身边得有人！"

"你也知道你们的关系变了？陪在他身边的人不应该是你！"

"很多东西都变了，唯一没变的，是我爱着他……"灼热的感情从冰封的心间奔涌而出，苏航垂下眼睛，浓密而纤长的睫毛下，全是温柔。

关享不得不改变策略："如果沈铎没出事，我一定支持你复合。可是他现在这个状态，你有没有考虑过现实问题？现在的他就是一个大麻烦，别人跑都来不及，你还主动把麻烦往身上揽？我知道不能把人看扁，可沈铎翻身的机会太小了，就算能翻身，要多少年？你能等得了吗？何况就算他翻身了，以他的个性，我也不觉得他会选择你！"

见苏航沉默，关享的神色更加难看："我懂你的想法，找男人就像买股票，要考虑潜力股。但是，苏航，你想清楚，你买的这只股票的确有可能逆势上涨，但更大的可能是停牌退市。你真的要去赌这种万分之一的机会？你从来都不是这么莽撞的人！"

"我这几天太累，很多事情都没往脑子里去，幸亏有你在，帮我把每一点都分析到。"苏航的嘴角带着一丝矜持的笑意，"我没打算和他复合，他恐怕也没这个打算，我就是单纯地想好好照顾他。"

苏航谢过关享，回卧室收拾东西，关享想要跟去，被言晓晓拦住。

关享脸色阴沉："你也跟着她胡闹？"

"你和肖捷在一起开心吗？"面对关享的怒火，言晓晓平静得如一潭死水。

关享神色一滞，随即撑起一个满不在乎的冷笑："现在我们谈的是苏航的问题。"

"我问你，和肖捷在一起开不开心？"言晓晓恍若未闻，"比起李格非，哪个更开心？"

这个问题，关享拒绝回答，因为正确答案是如此令人不快。

"我选择了最正确的那条路。"

言晓晓点头："我也觉得苏航选错了，完全没有为未来打算，可是……"灯光下，言晓晓清秀的面庞带着能够读懂苏航的确定，"苏航是真开心。原先我也觉得循规蹈矩地活一辈子是最好的，直到我遇到吴楚一才明白，一个人这辈子总得有那么一两次奋不顾身，不然人生多无趣。"

"晓晓！"

"你当然是对的，只是苏航也没有错，你们只是选择了不同的路。"

"她会后悔的！"

像是听到了极有趣的故事，言晓晓微微眯眼，笑容忽明忽暗："昨天格非给我打电话了……"

关享的一颗心坠下，她想转身离开，却连一步都无法移动。那个名字如同魔咒，她明知危险，却依然如飞蛾扑火。

"他同事向他表白了……"

关享想起那个亲热地把早餐塞给李格非的姑娘，她想发自内心地送出祝福，只是呼吸却变得困难起来，像离开水的鱼。

"我不希望苏航像你一样……"

"我怎么了？我现在很好，特别好！"关享心底一阵绞痛，她靠在桌子上，撑住摇摇欲坠的身体，"我不会后悔的！"

言晓晓别开脸，似乎不忍心去看面红耳赤的关享："可是我能看到的，是你不开心……"

几个月来，沈铎第一次不是被噩梦惊醒。睡到自然醒的他，看着窗外冉冉升起的朝阳，尝试着判断昨晚的记忆是真实存在的，还是因为药物产生的幻觉，直到闻到卧室内全是食物的香气。

苏航快步走到床前，招呼沈铎起床。一晚的充足睡眠让沈铎看上去比昨晚多了些许活气，却依然憔悴不堪。苏航伸手把沈铎凌乱不堪的头发稍稍抚平："赶紧起来刷牙！"

沈铎神色黯然，坐在床上，许久之后，才缓缓抬头，定定地看着苏航："我生病了……"

"你昨天和我说过了。"苏航的笑容如春风般温暖，她拿起一件干净睡衣递到沈铎手中，让他把身上的脏衣服换下来，"你不光生病，还没了工作，以后也不能干投行了。"

苏航会心一笑："可那又怎么样？该吃饭的时候还是得吃饭啊！"

沈铎的委屈似乎一下子找到了出口，那个无论遇到何种困境都没有露过半分怯色的男人像个孩子一样哽咽出声。

苏航将沈铎揽入怀中，下巴抵在沈铎的头顶轻轻摩挲，阳光洒

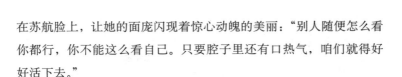

在苏航脸上，让她的面庞闪现着惊心动魄的美丽："别人随便怎么看你都行，你不能这么看自己。只要腔子里还有口热气，咱们就得好好活下去。"

苏航笑容嫣然："听话，先把衣服换了，你都快臭了！"

沈铎闭上眼，越发用力地抱紧苏航。苏航由着沈铎任性，有一下没一下地梳理着他的头发。

一些被刻意遗忘的过去，一幕幕浮现在沈铎的脑海之中。他想起小时候，母亲刚刚嫁人，虽然有了名义上的父亲，但照顾他的，永远都只有母亲一人。

母亲白天上班，单位离幼儿园又远，每次幼儿园放学，沈铎都是最后一个回家的。

有时候老师不耐烦，也会先走，沈铎就一个人留在门卫大爷的小房子里，看着外面黑漆漆的天，等着母亲来接他。

那时的母亲漂亮极了，一双手却因为繁重的劳动粗糙不堪。可是沈铎喜欢被那样的一双手握着，因为温暖，因为有安全感。就像现在苏航的怀抱，有她们在，无论外面的世界多么黑暗，沈铎也不会害怕。

"你同情我？"沈铎凌乱而浓密的睫毛轻轻颤抖，似乎是在担心从苏航那里听到他最不想听到的答案。

"如果你把我对你的爱归结到同情上，不光是在侮辱我，也是在侮辱你自己。"苏航抬起沈铎的下巴，让他看着自己，"我不管有多少人爱着那个年少多金、风流倜傥的沈铎，我都爱着现在的你，只因为你是你。"

苏航轻轻吻着沈铎的眉心："的确，那样迷人的沈铎会让任何人一见倾心，可是真正让我喜欢上沈铎这个人的，是那天下午在停车场告诉我童年往事的沈铎；是明明难过得要命，却假装轻松说出来的沈铎；是明明深爱着妈妈，却不愿亲近的沈铎；是一个人背负所有过去，却不能原谅自己的沈铎。"

苏航与沈铎额头相抵："你是我生命中的一道光，你让我能够正视自己的过去，让我能够走出过去的阴影，让我知道一直想获得母亲的爱并不是我的错。如果你喜欢你过去的样子，那我就陪着你一起努力，把他找回来。"

根据苏航的指示，沈铎换好衣服，起床去卫生间刷牙。看见客厅的行李，他猛地回头瞧着苏航，一颗心像是被泡在春水中，又是温柔又是酸涩，连带着眼中又有雾气弥漫。

苏航拍了拍沈铎的手，示意他牙膏要掉了："我家离你这儿不近，来回不方便，我暂时先住你这儿。"

沈铎红着眼睛洗漱，苏航靠在门上聊起中午吃什么。怕沈铎寂寞，她还带了游戏主机和几十款游戏，甚至连游戏攻略都收集齐备了。能够什么都不干，打上几天游戏是沈铎儿时的梦想，只是有时间的时候没钱，有钱的时候没时间。沈铎扔下毛巾，翻起游戏卡，和苏航讨论先玩哪一个。苏航拖着沈铎去餐桌，不管玩哪一个，都得先吃饭。

这一刻，沈铎不再是那个八面玲珑的沈总，苏航也不再是那个凡事三思而后行的苏经理，他们只是万丈红尘里最平凡不过的一对男女。此时的他们没有审时度势，没有互相试探，简单地谈着一段被他们称为友情的恋爱。

苏航请了年假加事假，足足要休半个月。工作等不了人，临走前苏航本打算和言晓晓交接，却被关享横插一杠进来，直接抱走三分之二的贷款案本："你不知道她是新人？再能干她一个人能干得了这么多？赶紧走吧，看见你就烦！"

言晓晓深知关享嘴巴比谁都臭，心却比谁都软，笑着送苏航出门，叮嘱苏航每隔一天回来取饭菜，她专门给沈铎做好吃的，比外卖有营养。

苏航走了，言晓晓去分行审批贷款，关享坐在办公室，对着电脑把客户资料录入系统。想到两个闺密，一个为前男友牺牲小我成全大我，一个为假男友鞠躬尽瘁、疲于奔命，关享就气不打一处来，敲得键盘啪啪作响。

刘佳佳没有敲门，径直走进客户经理办公室，随手拖过一张椅子，来到关享身边坐下，一脸温婉的笑容，眼睛里都是欢喜。

以关享对刘佳佳的了解，断然不会有什么好事，她一把推开键盘，一眼横过去："怎么着，你这班都不上了，来找不痛快？"

刘佳佳故作惊讶地捂着嘴："关姐，你怎么这么说我？"

在关享的嗤笑声中，刘佳佳换上一脸神秘的笑容："关姐，无论如何，咱们都是罗行长手下的兵，有什么矛盾，还不都是人民内部矛盾？关上门也就解决了……"

关享弹了弹指甲，露出一个轻蔑的笑容："别和我来这套，有话直说，有屁快放。"

刘佳佳先是笑容一僵，旋即换上一脸关切。她打开手机，点开一张照片，放在关享面前："关姐，你看看，这都是什么事啊！"

照片里，一个穿着本行制服的姑娘正在贵宾理财室给一名客户介绍产品，谁都能看出来，姑娘的眼神里全是赤裸裸的企图。

刘佳佳手指滑动，又是一张照片，照片里方才那位姑娘已换下行服穿着时装坐在保时捷跑车的副驾上，对着客户巧笑倩兮。

很巧的是，照片里的姑娘，关享认识，是其他支行的一名理财经理，并且和她有着共同的爱好，想嫁富二代。

更巧的是，照片里的客户，关享也认识，正是她的男朋友肖捷。

刘佳佳摇头叹息："不怕贼偷，就怕贼惦记。关姐，你可得小心啊，人家为了抢你男朋友，十八般武艺都用上了。你瞧瞧她这个样子，不知道的，还以为她才是正宫娘娘！"

有阴云笼罩在关享的脸上，不过只有一瞬间，关享又是一副满不在乎的模样。

刘佳佳又是一叹："你说这些人，明知道肖捷的女朋友是本行员工，还下这种黑手，真是林子大了什么鸟都有！"

刘佳佳轻手轻脚凑到关享耳边："关姐，这事你可千万不能就这么算了，不然还不知道有多少人要动糊涂心思！"

关享随手取过一本案本，一页页慢慢翻过："你要和她有仇，就自己上，别打我的主意。"

刘佳佳倒不隐瞒："仇到没有，就是她也认识李林，没事就给李林发信息，说像她这样的好女孩，为什么没有像李林这样的好男人疼爱。"

关享饶有兴趣地抬起头，拿过刘佳佳的手机："看不出来啊，这手伸得比你还长啊！"

刘佳佳脸色一沉："关姐，咱们好歹是一个支行的，怎么着也要将枪口一致对外吧？你在我心里可是眼里揉不得沙子的人，就由着她这么骑在你头上？"

关享看了她一眼，微微一笑："少给我灌迷魂汤，你那点心思，我明白得很。怎么着？已经要动摇到你的位置了？看这面相，不像是走'白莲花'路线的啊？"

刘佳佳被说中心事，像是一颗酸梅堵在喉咙里，又苦又涩，吞不下去吐不出来。

关享眉毛一挑，表情难得正经："刘佳佳，我的确讨厌你，但是某种程度上，咱俩算是一路人。有几句大实话，我得提醒你，这种类型的姑娘，你斗赢一个，后面还有十个，打败十个，后面还有一百个，你斗不完的！你要做的事情不是和她们血战到底，是想办法和李林把结婚证领了！你也说了，咱们是正宫娘娘，何必花时间精力和这些嫔妾斗争呢？失了咱们的风度。"

刘佳佳撇了撇嘴，不以为然地笑笑。关享全不在意："你和李林在一起的时间也不短了，李林爸的情况你应该清楚，有其父必有其子，李林妈现在的下场就是你未来的下场。"

关享不顾刘佳佳骤然大变的脸色，笑意嫣然道："我劝你现在别管什么张三李四的，先想想怎么过你的日子。看看李林妈，再看看你，我发自内心地同情你。"

刘佳佳勃然大怒，拂袖而去。关享的笑容慢慢淡去，刘佳佳的境况，何尝不是她的境况？比刘佳佳更糟糕的是，十个李林未必有一个肖捷难对付。

关享闭上眼，又想起李格非，做他的女朋友应该会轻松许多吧，无需斗智斗勇，只需爱他就好。关享黯然一笑，不得不再次提醒自己，后悔这种事情，绝不能出现在她身上。

吃完早饭，苏航催促沈铎沐浴更衣，她昨晚看过沈铎的病历，今天要去医院复诊。

沈铎打小讨厌医院，假装没听见，又跑回床上躺着，说是吃饱了就犯困。

苏航向来是能动手的时候绝不废话，揪着沈铎的耳朵，把他从床上拎起来，一把扔进浴室，反手甩过换洗衣物后，锁上浴室门。沈铎呆呆地站在浴室里，半晌才反应过来，怀疑苏航干客户经理之前是幼儿园老师，专治各种熊孩子。

到达医院后，苏航让沈铎去休息区等着，她去挂号。

沈铎不满："我是男人！"

苏航板起脸，把包塞给沈铎："男人怎么了？男人不能生病啊？

病人就要听话，老实待着！"

　　沈铎气鼓鼓地坐在椅子上，一只手托着下巴看苏航跑来跑去。出门的时候太急，医保卡忘带了，苏航又跑到问讯台帮他办了临时卡。

　　第一次，沈铎不那么厌恶生病。他已经当了太久无所不能的沈铎，久到忘记被人照顾的感觉。他开始喜欢这种感觉，不用拼杀，不用算计，只要安安静静地等着就好。无论是母亲还是苏航，都会把他带到最安全的地方。

　　苏航拿着一堆单据回来，冲着沈铎伸出手。沈铎急忙把包递过去，结果换来苏航一个白眼："手！"

　　沈铎被苏航牵着手往门诊走，更加气愤："我又不是小孩子，我不会跑！"

　　苏航冷笑："我就应该给你拍张照片，让你看看你那眼神，从进门起，你就想跑！"

　　沈铎不承认，却也没挣脱，嘀嘀咕咕地被苏航领到门诊室。苏航指着大门："到你了，进去！"

　　沈铎深呼吸了一下，鼓足勇气推开门，还是忍不住回头问道："你能陪我进去吗？"

　　医生见沈铎的情况比上次好转太多，十分欣喜，把这一切都归功到苏航身上："多亏有女朋友在，辛苦你了，多陪陪他。"

　　"女朋友"这三个字让苏航和沈铎的神情都有了细微的变化，但他们都没有解释这个美丽的误会。沈铎甚至抱怨起来，因为吃药，他现在吃什么都是苦的。

　　苏航一边向医生咨询服药注意事项，一边教训沈铎："听医生的，不许胡闹，药不能停！"

　　回家的路上，沈铎坐在副驾驶上，抱着一大包药，一样样看

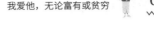

过："这个好苦，吃完嘴里都是苦的；这个更苦，吃完呼吸都是苦的……"

因为生病，沈铎的脸有些浮肿，原本棱角分明的五官，明显圆润起来。从苏航的角度看去，他毛茸茸的头发下，满是孩子气的一张脸，加上快要皱在一起的眉毛，整张脸上写满了委屈。

苏航回忆了一下家里的冰箱里都还有什么，然后把车开到大型超市："走，买好吃的去！

超市货架前，沈铎对着一墙的薯片沉思。苏航知道，他是在计算热量。苏航的视线从沈铎的脸上滑到沈铎的腰上，原先分明的八块腹肌，经过几个月的疾病煎熬，只剩轮廓。

苏航拿起几袋薯片扔进购物车："天大地大，病人最大。病人想吃什么就吃什么，管它健康不健康！"

沈铎像得到妈妈许可的小朋友，欢呼一声，抱起几袋薯片也扔进推车。苏航眉毛一挑："这就够了？再拿！"

"我还要果冻！"

"买！"

"我想吃蛋糕！"

"拿！"

"我想吃冰淇淋！"

"吃！"

沈铎推着装得满满的购物车在超市里疯跑，苏航快步跟在后面。面对周围人略带诧异的审视，苏航报以微笑。当沈铎还是个孩子的时候，他必须全副武装地面对充满恶意的世界。那么现在就应该给他一个机会，当个无忧无虑的小孩子。

一上车，沈铎就迫不及待地打开四五包薯片，嘴里塞得满满当当。

苏航张嘴咬住沈铎递过来的薯片，意见和沈铎差不多，还是原味和番茄味的最好吃，所有水果味的薯片都是另类！

回到家，沈铎发现屋里有人，下意识地往苏航身后躲。苏航不着痕迹地握着沈铎的手往阳台上走："脏成这样，我收拾不了，请个阿姨来打扫卫生，走，打游戏去！"

沈铎的聪明才智并不限于工作，游戏也就玩了两三天，俨然已是高手，和苏航组队，被苏航坑得哇哇直叫。

苏航被他吼得耳朵痛，让他闭嘴。沈铎气得抢过苏航的手机，直接按下关机键，禁止苏航再玩，免得惹他生气。

阿姨打扫完客厅，过来收拾卧室，看着阳台上俩人打打闹闹，心里泛起一阵温柔。明眼人都能看出来，男的好像生病了，可看女孩的态度，好像并不介意，根据她几十年看人的经验，应该能走下去。

阿姨剥下被套塞进洗衣机，拿起被芯去阳台上晾晒。沈铎一边打游戏一边嘲讽苏航的技术太臭。苏航剥了果冻，自己吃一个又喂给沈铎一个，嘟嘟囔囔为自己辩解："你懂什么，我这叫战略性撤退，手机还我！"

冬日的阳光落在他们身上，连带着心都温暖起来。阿姨使劲拍打着被芯，明天应该也是个好天气。

同样的阳光落在关享身上，却是冷得连血液都能冻住。

关享接到言晓晓的电话，说是评审让补加资料。关享拿上资料送到分行，就在分行楼下，她看到肖捷的车，以及从副驾驶下来的理财经理。关享很是想了一会儿，才想起理财经理的名字。姓温名柔的姑娘，眼神和她的名字一样，正定定地瞧着车内，再搭配欢喜的笑容，俨然一副热恋中的模样。

关享提醒自己，她刚刚教育过刘佳佳要弄清楚主次，犯不着为

了一点小事，舍弃眼前的大好局面，只要最后的赢家是自己，过程并不重要。

温柔走进分行大厅，一眼看见关享，先是一惊，随即换上人畜无害的笑容："关姐，这么巧？过来开会？"

关享目视着肖捷驾车绝尘而去，方才慢慢转过头，若无其事地看着温柔："是啊，就是这么巧。"

温柔自知她和关享必有一战，看如今的局面怕是瞒不过，索性摊开来说："肖捷送我来的！"

见关享并不接话，温柔以为关享胆怯，心中一喜，连眼神都含着脉脉温情，说道："如今这年头，结婚还能离婚，更何况只是恋爱。爱情没有先来后到，只分对错……"

温柔继续深情款款地说："关姐，有句话我觉得特别对，既然不爱了，分开对自己好，对别人也好。"

关享终于动容，皱眉看着温柔："有话直说。"

温柔的语调平静而和缓："肖捷喜欢我！"

"是吗？"关享微微一笑，神色带着玩味，"那又怎么样？他的女朋友是我。"

"很快就不是了。"温柔细细审视着自己纤长的指尖，"你和刘佳佳的事我很清楚，我不希望闹成那个样子，咱们彼此都好看点。"

"我原先以为你比刘佳佳强，现在看来是我错了，你还不如她。"关享对着电梯方向挥手，招呼言晓晓过来拿资料，"她至少没像你一样，盲目自信。"

关享的脸上笑容依旧，眼神却慢慢冷了下去："像你这样的，我见多了，跑来向我示威的，也不少，但最终下场都一样。能笑一时不是本事，笑到最后，才是本事。"

言晓晓接过关享递来的资料，目送温柔走进电梯，压低声音道：

"我刚在楼上，碰到其他支行的客户经理，听到了一些传闻……"

关享大约猜到了内容，缓缓摇头，语气温和："不是传闻，刚刚我看到肖捷送她过来。"

在言晓晓错愕的眼神中，关享笑意嫣然："从成为肖捷女朋友的那天起，我就知道这种事情会层出不穷，只是没想到频率高了点，来得快了点。不过也没什么大不了的，也就是出宫心计，没事唱着玩呗！"

关享催促言晓晓赶紧上楼送资料，再迟评审今天就看不完了。言晓晓却不肯走，定定地看着关享，像是要看穿关享笑容下的不堪："格非不会这样！"

关享的心狠狠一抽，连带着骨头缝里都一阵酸痛，她极力撑出一个笑容："李格非能和肖捷比吗？他什么身家？肖捷什么身家？温柔也看不上他啊！"

言晓晓摇头，一字一顿，字字诛心："和钱没关系，和感情有关系。格非爱你，不会做这样的事；肖捷甚至不够喜欢你，所以根本不在乎你的感受。"

言晓晓说完转身就走，不给关享辩驳的机会。关享看着脚上最新款的 D&G 宝石高跟鞋，露出一个自嘲的笑容。如果一定要用一个词来形容她此刻的处境，那真的就只有"活该"二字。

关享本打算将温柔当成一段插曲，就此抛到脑后，没想到当晚和肖捷约会的，肖捷倒是主动提起她来："她很漂亮，也很聪明，是我喜欢的类型。"

关享含着朦胧而酸楚的笑意看着面前的牛排，心头百转千回，猜测肖捷的言下之意。

肖捷握住关享的手，微微一笑，笑意从眼角弥漫到嘴角："可是，我想结婚的人是你。"

关享应该开心，这是她梦寐以求的答案。可是联想到温柔的志得意满，关享的这份开心，也仅仅是脸上一个感动的笑容，心中没有一丝波澜。

结婚？结婚又如何？还不是和李林妈一样，有数不清的情敌，斗不完的小三？最后将所有希望压在儿子身上，成为年轻一辈女性眼中的奇怪生物。关享突然有些恍惚，这是她想要的未来吗？

把关享从迷蒙的状态唤醒的，是肖捷放在桌上的首饰盒，卡地亚"LOVE 系列"的满钻手镯，光彩夺目。关享如梦初醒，她求仁得仁，应该欢喜才是，便立刻换上雀跃的表情，将方才的念头死死地压在心底。

"我交往过许多女孩，你是最聪明的一个……"肖捷看着关享欢快地试戴手镯，笑容温柔，眼神却带着冷硬，"她们指责我没有办法给她们安全感，可是安全感这种东西，从来都不是别人给的，是自己给自己营造的。"

关享的眼中闪过一丝嘲讽，随即又是笑颜如花，举起手腕给肖捷看手镯。

肖捷含笑，握着关享的手有绵绵暖意透过，像是要给关享安定的承诺："所有的女朋友中，无论性格还是长相，你都不是我最喜欢的，甚至温柔都要比你更得我的欢心……"

关享轻笑，垂下眼帘，掩去眼中的桀骜不驯，以一副乖巧的模样应对肖捷突如其来的坦诚。

肖捷的眼中终于有了情意，宛如一江春水，温暖得能把人溺死："可是，你是最适合结婚的。今天你看见我送温柔，能够当作什么事都没有发生，足以证明未来几十年，我们会相处得非常愉快。这点，温柔就比你差远了，她竟然给我打电话，试图用她的聪明才智来离间我和你之间的关系。坦白地说，以她的智商，做这样的事情，实在是令我感到滑稽。"

关享并没有对这场胜利有着过多欢喜："仅仅是因为聪明？我以为你是喜欢我的。"

"我当然喜欢你，只不过……"肖捷微笑，"关享，我不傻，你对我的感情有多少，我很清楚。咱们都是对方心目中最合适的结婚对象，就不要演一往情深的戏码了。"

肖捷眼神一跳，闪过一丝讥诮："我是私生子，和我门当户对的人家，不会把女儿嫁给我。你有体面的工作、聪明的脑子，和你在一起我很开心，这就够了。"

肖捷说的每一个字都是事实，但这些事实，像巴掌一样，一掌一掌重重地扇在关享的脸上。

肖捷笑得眉眼弯弯："你想要的是物质，没问题，我会给你足够的钱让你开心。但也请你保持住我喜欢的样子，不要纠结那些你不可能改变的事情。"

关享仰起脸，看着远处一对情侣腻在一起窃窃私语，不由得露出一个无奈的笑容："你怎么会有这种想法？"

肖捷的嘴角微微一扬，似笑非笑："某些方面，你和我父亲的妻子很像，都识时务，懂进退。当她知道我妈妈以及另外几位阿姨的存在时，从没想过要去干抓奸在床这种蠢事，她安静地接受事实。除了要确认她儿子的继承优势外，她没有为难过任何人。"

肖捷又握了握关享的手："我会尽量在外人面前保留你的尊严和体面，也请你继续聪明下去。"

从开始就知道的结局，一字一字从肖捷口中吐出，关享还是忍不住轻轻颤抖。只是这样的念头不过一瞬间便消失了，关享长长地吐了口气，提醒自己，往事如过眼云烟，眼前的才是需要她牢牢把握的，除此之外还有什么好想的？

关享收回纷乱的思绪，笑嘻嘻地看着肖捷："你喜欢温柔？"

肖捷无须否认："我有可能会和她在一起，但我的女朋友是你，我唯一想要结婚的人也是你。"

关享笑声清脆："就算这个温柔走了，将来还会有各种各样的温柔，我都要像今天一样，假装看不见，对吧？"

肖捷的笑容慢慢淡去："看破不说破，人生才会好过一点。关享，你何必说得这么清楚？"

"问清楚了，才能做得更好，让您满意。"

肖捷沉下脸："关享，你什么时候学会了用这种态度和我说话？"

头顶的水晶吊灯流光溢彩，关享沐浴在光芒中，眼中却没有一丝光明，甚至整个人都像陷在黑暗中一般，全无方向。她又想到了李格非，眼底有薄薄的水汽弥漫。

肖捷以为关享是因为温柔伤心，加之第一次看到关享如此委屈，当下心头一软："我只是举例，婚姻其实是一种契约关系，我会尽量遵守。只是你也要明白，这个世界上，有个词叫'情难自禁'……"

关享用力吸了一下鼻子，她明白肖捷的退让已经是最后的底线。如果她再去纠结温柔或者未来有可能出现的温柔们，只会自毁长城。

关享叫来侍应生，加了几份顶级鹅肝。肖捷显然对关享化悲痛为食欲的举动十分满意，拍了拍关享的手，问关享最近有什么想要的。关享毫不客气地又要了十双鞋。

肖捷一一记下品牌和货号，发给代购，一顿饭愉快结束。唯一不愉快的是关享收到温柔的微信，温柔在向她展示肖捷刚刚送给她的一个 LV 钱包。

关享随手把温柔拉黑，有句老话说得好，男人的钱在哪儿，心就在哪儿。至少从钱的角度来看，肖捷没有骗她，她的确才是结婚对象。

言晓晓知道关享晚上和肖捷约会，以为关享会和肖捷摊牌，没想到结果竟然恰恰相反。她听完关享的解释，像是听到了天大的笑话："这就是你放弃李格非选择的对象？"

言晓晓几乎是喊出她心底的愤慨："他根本不是在找一个共度一生的人，他需要的是一个结婚生子的工具，你就是那个工具！"

言晓晓抓起关享的左手，高高扬起，卡地亚手表和手镯在灯光下闪闪发光："就为了这个？原来那个把李林堵在酒店门口破口大骂的关享变成了现在的窝囊废？是啊，我从认识你那天起，我就知道你喜欢钱，可是原来再喜欢钱你也有底线，因为底线，你甩了李林，现在呢？你连底线都不要了？为了肖捷你这么伤李格非的心？这就是你干的事？关享，你什么时候这么能忍了？你什么时候变成你最讨厌的那种人了？你忘了你怎么说李林妈的？你就这么把自己变成了第二个李林妈？"

关享用力抽回手，死死咬着嘴唇。言晓晓冷笑："你知道吗？你原先的样子，是我的梦想！大声笑，大声骂，大声地把自己的想法说出来，我拼了命想像你一样洒脱，结果呢？你反而变成原先的我！关享，你毁了你自己！"

"我没有！"关享握紧拳，声嘶力竭，"我没有变！我一直都是这个样子！"

生平第一次，言晓晓眼中露出狠戾的光芒。她拖着关享来到卫生间，指着镜子，厉声道："你对着镜子说，说你没变，说你开心，说你过得很好，说你没有后悔，说你喜欢肖捷，说你已经忘记了李格非！关享，你上次发自内心地笑是什么时候？你是不是已经忘记怎么笑了？"

关享惊恐地盯着镜中的自己，不知道从什么时候起，那个神采

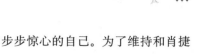

飞扬的自己不见了，只留下镜中步步惊心的自己。为了维持和肖捷的关系，她如履薄冰。这一切都已在她的眉宇间留下印记，她像是一只竭力维护领地的野兽，仓皇而疲惫。

关享像溺水的人被救起，大口喘气。良久之后，她脸上的所有情绪慢慢散去，缓缓摇了摇头，说："谢谢你提醒我。"

言晓晓对着关享离去的背影，声音沙哑地说："回来吧，关享，我们都在等你。你现在这个样子，我们很心疼。"

关享把自己关在黑暗的房间里，哭声压抑在喉咙，几近悲鸣，明天又是新的一天，她却几乎没有希望。

隔天清晨，看着双眼红肿的关享，言晓晓心中的愧疚之情油然而生。关享却是一笑而过："我知道你是为我好。"

言晓晓自认所说的每个字都是发自肺腑，但到底太急，难免伤到关享。她琢磨着周末好好做一桌饭菜，一份给苏航和沈铎，一份送给吴楚一，还有一份留给关享，大家好好吃一顿，缓和一下紧张的气氛。

没想到，言晓晓还没想好炖什么汤，就先接到母亲的电话。自上次李格非假扮自己男友被发现后，母亲已经数月没有联系她。听闻这个周末父母要来看她，言晓晓的第一反应不是欣喜，而是猜测父母的来意。

杨阿姨做了多年教师，语气带着不容拒绝的强硬，简单说明时间后，挂断了电话。

言晓晓微微一笑，暗暗给自己打气，准备给父母一个惊喜。只是在言叔叔和杨阿姨的眼中，现在的言晓晓不是惊喜，而是惊吓。

周末，在言晓晓家。

言叔叔第一眼都没有认出女儿，直到那个穿着家居服化着淡妆的女孩子开口，言叔叔才听出女儿的声音。

他上下一番打量后，从鼻子里哼出几个字："像什么样子？"

言晓晓动作一滞，依旧笑吟吟地领着父母进门，动作得体，举止大方，哪还有原先的一点影子？

还未落座，言叔叔率先发难："你最近都和什么不三不四的人鬼混在一起？这才几个月的时间，你看看你，从上到下，还有一点正经人家姑娘的样子吗？你不顾自己也就算了，至少也要顾顾我和你妈这两张老脸吧？"

言晓晓不疾不徐，陆续送上茶水点心。父亲的腔调，她太过熟悉了，过去的二十多年，父亲就是用这种腔调把她打造成一个所谓的好女孩。所幸有几个朋友在，才让她从那个令人窒息的环境中走出来。

言叔叔没有从言晓晓的脸上看到预想中的愧疚以及自责，情绪更加激愤："你不觉得羞耻吗？"

"羞耻？"这个词终于让言晓晓动容，她的微笑中带着一丝好奇，"我做什么了？"

"你男朋友不要你，"言叔叔的脸微微抽搐，自小乖巧听话懂事的女儿竟然学会了顶嘴，"光这一条还不够？"

"张博和我分手，是因为他觉得他找到条件更好的了。说一千道一万，都是他不仁不义，我不觉得我需要承担他的错误。"

"如果你……"

"如果我更好，他就不会离开我？"言晓晓轻轻一笑，"我原先那个样子，在他眼里连个人都算不上，再好也是屁用没有！"

如此不雅的语言从女儿口中说出，言叔叔被激得剧烈咳嗽起来。言晓晓赶紧送上茶水，嘴角依然含着淡淡笑意："你们把我培养成三从四德的女人，不光没用，还很无趣。如果遇到一个有良心的男人，或许还能走进婚姻，遇到张博那种没良心的，只能被抛弃。所有人都知道是他的错，只有你们把责任归到我身上。"

言叔叔捂着胸口，好半天才平复下来："你和谁学的，这么和父母说话？"

"我说得不对吗？"言晓晓轻笑，"从小到大，我做什么都是错的。你们让我觉得我就是个垃圾，只有按你们说的做，才能不招人讨厌。结果呢？我越来越招人烦。现在我才知道，很多事，我不但能做，还能做好。爸爸，我不会再认可你们对我的评价。"

言叔叔指着言晓晓的鼻尖："我们是你的父母，我们还能害你？"

言晓晓低头，轻叹一声，接着一笑："我知道你们为我好，但你们的教育方式是错的。你们培养出一个人憎狗厌的我，我过得既不好也不开心。现在的我，很好很开心。"

言叔叔瞪大双眼，死死盯着言晓晓："你好在哪儿？你连个男……"

"如果我想要男朋友，随时都能有。"言晓晓抬起头，迎着言叔叔几近吓人的目光，笑容温柔无比，"并且每一个都比张博强，可是我不需要。我现在生活的全部重心就是工作，我想当个优秀的客户经理，努力赚钱。"

言叔叔的两道浓眉几乎拧在一起，他难以置信地看着言晓晓，如此惊世骇俗的一番话竟然出自女儿之口？到底发生了什么事，让他费尽心血教育出的女儿短短时间内变成这样？他愤怒地说："你一个姑娘家，说出这种话，还知不知道廉耻？"

"虽然我还不够好，但是，在不少人眼里，我还是挺优秀的。因为我优秀，所以有男生喜欢我，我不觉得这是一件丢脸的事情。相反，我为自己感到骄傲。"

言晓晓一直以为父母都是她的心结，终于，她可以当着父母的面，说出这二十多年来她最真实的想法。这应该是自她彻底离开张博后，迈出的又一步。看着父亲收紧的眉心，言晓晓的心中有了从未有过的轻松。

杨阿姨眼见丈夫和女儿吵成一团，急忙出来打圆场。自打上次见面，她就隐约觉察出女儿的变化已不可逆转。可惜丈夫认为她杞人忧天，觉得只需要冷女儿几个月，就能逼得女儿乖乖回头，结果搞成现在这个局面。

"我们当初同意你进银行工作，是觉得银行稳定，好好的你跑去干什么客户经理？你又不是不知道，现在社会上对销售的评价有多难听！"

杨阿姨握住言晓晓的手："张博的事情咱们先不谈，你先听妈妈的话，去和行长说说，还是回去当柜员。女孩子嘛，还是找个稳定又轻松的工作比较好！"

言晓晓淡淡一笑，缓缓摇头："人家说什么是人家的事，我自己心里有数就行，我就想当客户经理。"

"你不说是吧？"言叔叔教书育人数十年，深知对付冥顽不灵的学生光批评教育是没有用的，还需要动用一些手段，"我去找你领导！"

"领导当然要考虑父母的意见，但领导更应该尊重我的意见！"言晓晓抽回手，为父亲倒上热茶，"您先喝口水，消消气。"

眼看言叔叔又要发作，杨阿姨扬了扬眉，示意他闭嘴，随即又亲热地抓住言晓晓的手："好好好，工作的事以后再说，如今有个正经事想和你商量一下。"

言叔叔冷哼一声："有什么好商量的，她还能不答应？"

杨阿姨白了老公一眼，觉得他真是白教了几十年书，到现在还看不出来如今的女儿已经不是当初的那个女儿了吗？还想拿过去的那一套对付？活该自找难堪。

杨阿姨微微一笑，拉近女儿，一副推心置腹的模样："你堂弟的女朋友今年大学毕业，工作找好了，也在这儿，你叔叔婶婶想让你多照顾照顾。"

言晓晓微微点头，之前因为她性格木讷，和堂弟一家基本没什么来往，不过既然家里亲戚开口，多多少少也应该照顾一二。

杨阿姨的眼睛盯着言晓晓的一颦一笑，看她没有反感，立刻接着说道："现在住的地方还没找到……"

言晓晓侧耳听完，自以为明白父母来意，指着书房："原先住的朋友刚刚搬走，东西都是齐备的，她可以住进来，也方便照顾。"

杨阿姨看了看书房，又看了看言晓晓，有些犹豫："你堂弟不放心小姑娘一个人，也准备辞职过来……"

言晓晓咬着唇，垂下眼睛："书房太小，住不下两个人，而且，除了我，还有我的两个朋友一起住。三个单身姑娘，再搬进来一对情侣，也不合适。"

杨阿姨还要解释，被言叔叔直接打断："你就别和她多话了，有什么好绕的，直接告诉她！"

言叔叔沉着脸把话挑明："你堂弟条件不好，好不容易找着这么个条件好的，准备一过来就结婚，可结婚就要房子。并且，姑娘说了，不能小于 100 平方米。这儿的房价你也清楚，靠你叔叔婶婶，别说首付，零头都指望不上。所以他们两人求到我这儿，让我想办法。我能想什么办法，只能靠你了！"

"靠我？"言晓晓失笑，"为了从张博那里把房子要回来，我还欠我同事的钱，您不知道？我不是不想借，我是真没钱往外借。"

"没打算和你借钱。"言叔叔四下打量了一下客厅，不耐烦道，"你这儿刚装修完，适合当婚房，你暂时借给他们结婚住一下，反正你也嫁不掉。"

言晓晓扬起眼，环顾客厅，脚下地毯是关享买的，纯羊毛高档货；餐桌和配套的椅子是李格非拿到奖金后送她的礼物；脑袋上的吊灯是苏航掏的钱，说是特别适合她家这种大客厅。虽然这套房子是她的，但是每个角落都有关享、苏航还有李格非的痕迹。

"暂时借给他们结婚？"

言晓晓的语气中带着浓浓的无奈，言叔叔不耐烦地打断："不然还送给他们啊，就让他们暂时住个几年，等他们有钱买的时候就搬出去。"

言晓晓看着他，只觉得自己所有的情绪完全被父母忽略，他们似乎从未在乎过她的喜怒哀乐："那我住哪儿？"

言叔叔皱眉："你一个人住哪儿不行？随便租个房间不就行了？"

"我不是一个人。"言晓晓幽幽一笑，"这套房子当时差点儿就要被张博骗走，是我的朋友帮我拿回来的。就算房产证上没有他们的名字，这里所有的东西都有他们的份……"

言晓晓慢慢剥着自己的指甲，声音轻柔："以前我不敢说，现在想想，其实也就那么一回事。从小我就知道，你们一直想要个儿子，但是你们有公职，生二胎影响工作，所以这些年，你们一直都在后悔。你们教育我的方式，就是希望我早点结婚生子。你们明知张博条件差，却还希望我和他在一起，就是想着以后结婚生孩子了能让小孩和我一样姓言，对吧？"

言晓晓露出一个释然的微笑："只是你们没想到张博是个白眼狼，把我甩了。你们要我把房子借给堂弟，是想着他赶紧结婚生子，将来小孩子姓言，这样言家就有后了。至于我住在哪儿，你们一点儿都不关心。你们的这点心思，其实我一直都知道。我总以为只要不说出来，就能有一种你们爱我、家庭幸福的感觉。可惜，我太天

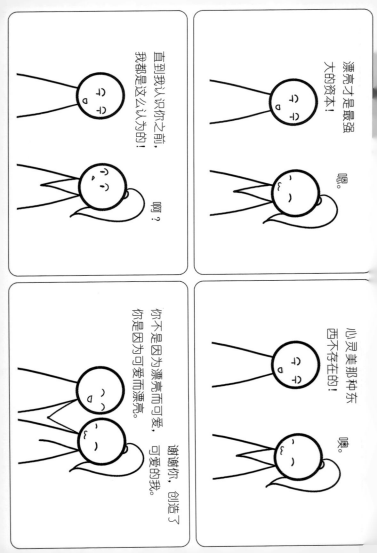

真了……"

言晓晓站起来，拉开窗帘，窗外的景色从来没有像现在这样好过，空气更没有像现在这样清新过。言晓晓深呼吸了一下，整个人从里到外都轻松起来："你们从来都不是合格的父母，在你们的教育下，我的人生糟糕透顶！"

言晓晓转过身，眼神温柔："从现在起，我不会再听从你们的安排，我有我的生活。"

"你是我的女儿，我养了你二十多年！"

"你们是在道德绑架吗？"言晓晓漫不经心地拿起一块饼干，轻轻咬了一口，"你们当了几十年老师，就用这种方式来对付自己的女儿？"

杨阿姨心中的怒气几近沸腾，脸上却极力维持着沉静，一副语重心长的模样："我们就你一个女儿，你一个女孩子将来在婆家受了欺负，谁帮你出头？还不是娘家人？你现在帮你堂弟，人家记着你的好，将来不也帮你？"

言叔叔更是振振有词："可不是，什么是亲戚？亲戚就是打断骨头连着筋！"

"那看来我只有一个选择了。"言晓晓似笑非笑，"我天生残废，经脉尽断。"

言叔叔先是一愣，随即拍案而起："你这是故意和我们对着干？！"

言晓晓看着父亲的眼神中带着疏离："你们想用亲情来威胁我？我不愿意你们就不认我了？"

言晓晓黯然一笑，之前一直在犹豫，还没来得及同苏航、关享商量的事情脱口而出："你们放心，未来三年，不用你们说，我也不会出现在你们面前。"

　　言晓晓定定地看着父母："行里有个项目，去贫困地区帮助农村妇女脱贫，你们同意也好，不同意也罢，我都决定报名参加。现在的我，结不了婚，生不了孩子，我只想要属于我的事业。至于房子，非常抱歉，不可能借给堂弟结婚，因为我朋友要住。"

　　直到言叔叔和杨阿姨甩门走人，关享才从卧室出来。方才的一幕家庭闹剧，她听得清清楚楚，几次想冲出来救场，没想到言晓晓自己就把事情摆平了。

　　言晓晓的注意力全在那锅鸡汤上，依次把弄好的花椒，洗干净的当归、枸杞放进锅里。

　　关享倚在冰箱上，双手抱在胸前，下巴一扬："老言，可以啊。"

　　言晓晓停下手中的动作，抬手抹掉泪珠："桌上有早点，先吃点垫垫，中午有好吃的。"

　　关享应了一声，拿了油条豆浆，关注点却还是刚才那个问题："不是我说，你若真想让你爸妈暂时别来烦你，随便找个理由就好，你说你要去扶贫三年，还真打算三年不见他们？"

　　言晓晓轻轻地转动汤勺，让食材均匀受热，雪白的瓷器握在她擦着玫瑰色指甲油的手中，格外好看。不知从什么时候开始，她的手不再粗糙，她的指甲不再用剪刀贴肉剪断，留下锯齿一样的痕迹。

　　言晓晓唇边的笑意依旧淡淡："我没开玩笑，我是真打算报名。"

　　关享吓得被豆浆呛得满脸通红。

　　言晓晓拿了纸巾帮关享擦拭胸前的豆浆："又没让你去，你怕什么？"

　　"你疯了？"关享好不容易平复气息，"那个招聘出来快一个月了，根本没人报名！我知道去三年回来，能升职加薪甚至回来带团队，可你有没有想过，那是人去的地方吗？我听上一批去过的人说，那鬼地方别说洗澡，连喝水都困难！"

言晓晓抬眼看着关享，慢慢摇了摇头："只有享不了的福，没有吃不了的苦，别人能待得了，我也能。"

关享皱眉："我知道你想学苏航，干出一番事业，可你有没有考虑过现实问题？你今年二十六岁，再过三年就二十九岁。你是准备在当地找对象，还是准备拖到三十岁回来随便找人结婚？"

"当初你和苏航劝我跟张博分手时，说过一句话，"言晓晓眉心微皱，"你们说'你这辈子，就指着结婚'。我当时想不通，像我这种人，除了结婚、生孩子、做家务，还能干点啥？现在我考虑清楚了，我还能工作。"

"你在这儿也可以，晓晓，以你的能力……"

"除了升职加薪以外，我还有别的目的……"

言晓晓静静地听关享说完，拉着关享的手来到客厅，在沙发上坐下，说："刚知道这个项目的时候，出于好奇，我查过资料。你知道那个地方像我们这么大的女人过的是什么日子吗？小学没毕业就不读了，早早嫁人生子。因为不是壮劳力，没办法靠种地赚钱养家，在家中毫无地位，被丈夫打，被公婆骂，甚至被孩子嫌弃……"

冬日暖阳，透过落地窗，落在言晓晓的身上。就在这一片温柔之中，言晓晓轻轻抱住关享，下巴落在关享肩上，语气和她的表情一般柔和，闭上眼睛，眼角有泪珠落下："你知道吗？看到她们，我想到了我自己。我有你们，但是她们什么都没有。她们的愿望比我以前的愿望更渺小，不被丈夫打，她们就会很满足。我感谢你，感谢楚一、格非还有苏航，因为你们，有了现在的我。我就在想，有没有可能因为我，她们当中的一个人的人生会不一样了？能把头抬起来，好好地笑一次？"

这样的言晓晓，关享从来没有见过。周围一片寂静，关享似乎能听见言晓晓的心跳。不知从何时起，言晓晓身上的自信像是早春二月枝头的新芽，初始只是透着薄薄一点绿意，却在不知不觉间，茂密成浓荫一片。这份令人动容的倔强，才是真正令言晓晓判若两人的秘密。

"关享，我不想我的人生除了谈论丈夫和孩子一无所有，我想创造一点有意义的回忆！"

关享缓缓闭上眼睛："那吴楚一呢？你说过，你爱他。"

言晓晓垂下眼睛，似乎想掩饰住不可说的心事，片刻之后，还是轻叹一声，和关享坦白："他不喜欢我，他也不可能喜欢我，但是……"

言晓晓眼中浮出绵绵情意："我喜欢他，这点不会变……我不敢说我这辈子都只喜欢他一个人，也许未来我会遇到一个我爱他他也爱我的人，但是在我完全忘记吴楚一之前，我只想工作。三年的时间，应该够我把这份感情转变成友谊。"

"你至少应该和我们商量一下！"关享气恼地在言晓晓背上拍打，"你这家伙，过去没有主见，现在太有主见！"

"苏航在忙沈铎的事，你这边……"言晓晓咽下差点儿脱口而出的名字，淡淡一笑，"我怕和你们商量，你们一分析，我会犹豫。"

关享推开言晓晓，指头戳在她脑门上："你会犹豫？我算是看出来了，你是好的没学着，苏航那个倔脾气倒是学了个十足！"

言晓晓笑着回到厨房，很快饭菜上桌，两人吃完后，言晓晓打包好三份，让关享和她一起去送。无论是给吴楚一还是沈铎送饭，关享都很愿意当司机，只是听说还要见李格非，关享立刻找借口说这几天没睡好，开车不方便。

言晓晓似笑非笑地问关享是不是害怕见到李格非旧情复燃？激得关享一口答应下来，只是等到换衣服出门的时候，她又开始后悔，在言晓晓的催促下才不得不开车上路。

第一站就是李格非家，众人约在楼下星巴克见面。

来的路上，关享在心里已经练习了无数次如何开口问好，如何微笑，如何挑起话题。

只是这一切在看清楚来人后，全部灰飞烟灭。关享的一颗心如坠冰窟，脸却热得发烫，连带着耳根都通红一片。

李格非不是一个人来的，和他一起的，还有之前那位送早餐的姑娘。女孩子走在李格非的身侧，眼睛却未离开过李格非一秒，满心的喜欢几乎都写在脸上。

关享看着他俩由远及近，突然有些羡慕，这样的欢喜神情好像从未在她身上出现过，对肖捷达不到这个程度，对李格非她已经没有机会了。

李格非向关享、言晓晓介绍，姑娘叫小齐。虽然没有挑明身份，但是一举一动都能看出来，小齐和李格非的关系是朋友以上。

作为一个将烹饪视为爱好的姑娘，小齐对言晓晓的手艺赞不绝口，两人聊到兴起，索性换了张桌子一对一地交流心得。

李格非的目光遥遥落在小齐身上，声音温柔极了："她和你挺像的，嘴巴特别凶，心特别软。"

关享坐在李格非对面，双手在桌下交握，因为用力，关节透着不自然的青白。几乎拼尽全身力气，关享才勉强支起一副平静表情，只是声音里的笑意，就像是浮在水面的一层稀薄油花，轻轻一吹就散了。

"看得出来，她挺喜欢你的，你也挺喜欢……"关享靠在椅子上，身体软绵绵的，无论如何，也没办法把一句客气话完整说出来。此刻，她脑海中一片混沌，却又无比清晰，一个念头盘旋在她心间久久不肯离去，她却不敢去深究。

"她和你不像的地方，"李格非慢慢转动着手上的咖啡杯，语气淡淡，"一件几百块的衣服就能让她很开心……"

关享茫然地抬起头，木木地看着李格非："人各有志……"

李格非静默片刻，忽然一笑："是啊，每个人有每个人的想法。关享，你选了你最喜欢的生活，你现在开心吗？"

关享下意识地抚摸着僵硬的面颊，试图让自己看上去自然一些："我挺好的，特别好，肖捷对我……"关享深吸一口气，"也特别好……"

"那我就放心了。"李格非的眼睛依然盯在咖啡杯上，嘴角的一丝微笑仿佛带着些微的苦意，"祝你幸福。"

第二站是沈铎家，言晓晓让关享去副驾上坐着，说看关享的脸色，别说开车，走路都能撞墙。

关享难得没有反驳，神色忧郁，低着头有一下没一下地剥着指甲。言晓晓趁着等红绿灯的工夫上下打量关享："小齐又和格非表白了……"

关享猛地抬起头，激愤地看着言晓晓，不过只是一瞬间，随即又灰心丧气地垂下脑袋，连握紧的拳头都无力地松开："也不知道看上他什么了……"

言晓晓含着一缕笑意："长得帅，性格好，工作稳定，宜室宜家。"

"有什么用？没房没车没存款……"

"关享，你吃醋就明说，冷嘲热讽很难看的。"

关享的情绪被言晓晓一句话挑动起来，满腹委屈化为水汽，浮在眼中，摇摇欲坠。

言晓晓随手递过一张纸巾，语气还是淡淡的："不过，格非还在考虑……"

言晓晓乌黑的眼睛里，有柔光幽幽闪过："格非还是喜欢你，格非还在等你，你还有机会。"

"可是……"关享眉眼间隐隐有犹豫，她挣扎着不敢说出答案。

"可是你还是肖捷的女朋友，你还深爱着肖捷的钱，"言晓晓长长地出了口气，"所以，我只是告诉你我了解的情况，怎么选择还在你自己。不过……"

言晓晓直直地看着关享，神色深沉："小齐很喜欢格非，格非不会等你太久，无论怎么选，我都希望你将来别后悔！"

关享下意识地抚摸着腕上的手环，世上从无两全事，她面临的与其说是选择，不如说是放弃。

"格非知道温柔的事，"言晓晓温婉一笑，"倒不是说温柔这个人，他早就料到这种事情会层出不穷。他说你性子烈，怕你扛不住，让我看着你，别让你做傻事。没想到，我和他都想多了，你竟然就这么把这口气咽下去了，看来，你是真爱钱……"

关享的身体微微一颤，平静无波的一张脸看着窗外。

言晓晓依然保持着不带温度的笑意："不过，格非也说了，以他的判断，肖捷没有骗你，他是真的打算和你结婚。你可以放心地准备嫁给肖捷，过你想要的生活。"

李格非的分析是关享想要的答案，她当然无法反驳，关享只能高高昂起头，不让眼泪落下。

"你对这个答案还满意吗？"言晓晓瞥了关享一眼，"如果你嫁给肖捷，你和格非就是陌路人了。也不对，不能算陌路，格非结婚的时候，应该会邀请我们参加。你应该会很开心地看着格非和另一个女人共度余生，对吧？"

从未有过的惶恐从关享的眉梢眼角慢慢渗出，她强撑起的不在乎碎成齑粉："晓晓，别说了。"

"现在你就怕了？"言晓晓口气冷硬，目光锐利地逼向关享，"将来只会更糟，从今往后，你们再无关系！"

关享把额头抵在窗上，怔怔地望着倒退的街景，也不知道过了多久，泪水肆无忌惮地流满关享的面颊。她向来自诩聪明，可她也许从未真正看清过自己的内心。

李格非坐在卧室里，对着电脑发呆。小齐和室友正在客厅吃着言晓晓送来的食物。

李格非的脑子有些乱，关享得偿所愿，作为一个曾经深爱过她的男人，他应该为她高兴才对。

李格非万万没有想到，李书同会在这个时候打来电话，那个养育他二十多年的男人，明明说过这辈子不会和他再有任何交集。

"格非，是你吗？"李书同声音中的疲惫，隔着电话，清晰可闻。李格非知道，他的身世对李先生的打击几近毁灭。这一年来，李先生的衰老程度，超过过去十年的总和。

顿时有千言万语涌上李格非的心头，他却无从说起。

李书同当然明白，他和李格非之间的问题，不可能依靠一次通话就能解决。他问李格非晚上可不可以一起吃个饭。

这个邀请，让李格非有些迟疑。李书同十分了解李格非，他沉思片刻，用带着苍凉味道的冷静语气缓缓道："我做了一辈子的生意，取得成功的最主要的原因是言出必行。我说过我这辈子不想再看见你，可是现在我后悔了。"

李格非没有拒绝的理由，无论当初李书同是多么绝情，但是比起二十多年的养育之恩，归根到底，是他欠李书同。

傍晚时分，李格非坐上来接他的车，晚餐地点竟然是在李家大宅。时隔一年，李格非回到他长大的地方，昂贵的家具，华丽的陈设，就连脚下地毯的纹路，都和过去没有一丝差别，只是这些熟悉的物件，现在看着，却有浓浓的陌生感。李格非稳健的步履之下，是恍如隔世的心潮涌动。

李家吃饭原先都在餐厅的宴会桌上，一家四口难得聚在一起，也隔得老远，几十道山珍海味流水一样地端上来，表面的热闹下，是疏离至极的亲情。

出乎李格非意料的是，今天的吃饭地点竟然是在厨房，小小的一张餐桌上摆放着最简单的几个家常菜。

李先生比在报纸、电视上看到的还要显老，头发已经全白。李格非没有拒绝李先生的邀请，落座后立刻拿起碗筷。

看着大口吃饭的李格非，恍惚间，李先生想起二十多年前的事……那时他刚刚把李格非带回来，生母根本没有把李格非当作亲生骨肉，好好的一个孩子被养得又黑又瘦。

刚接回来的李格非拼命地吃东西，李先生怕他吃坏了肚子就不让他多吃，不让吃李格非就哭。他抱着李格非哄了半夜，那是他这辈子第一次有当父亲的感觉。仿佛一眨眼间，李格非就长大了，还长得那么好看。虽然人人都说他不争气，可他知道这孩子比谁都善良，比谁都懂事。

"这些天，你受苦了。"

李格非看着碗里的饭菜，眼中有温热的湿润，原来他叫了二十多年的爸爸还记得他："刚开始是有点不容易，不过后来好多了。我现在有工作，有朋友，各方面都挺好的。"

李先生的笑，艰难而苦涩："你恨我吗？"

"如果说完全没有怨过您，那是在说谎……"李格非的笑容带着懂得的通透，"最苦的那段日子，我特别恨您，可是我后来设身处地想了一下，如果把我换到您这个位置上，我也许还没您好。如果您要问我现在对您有什么想法，那就只有感激，感谢您把我养育成人，感谢您让我过了二十多年的好日子。"

"我老了……"李先生闭上眼睛，多年来第一次袒露心迹，告诉别人他累了，"我终于想明白一件事情，血缘并没有那么重要。"

李先生慢慢睁开眼，吃力地从李格非脸上寻找那些熟悉的痕迹："就算你不是我的亲生儿子，你也叫了我二十多年的爸爸，你我之间的关系，不可能仅仅因为血缘而切断。"

李先生的叹息如同秋风中的落叶："你走以后，我每天都会想到你，想到刚抱你回来，你吃东西的样子；想到送你出国念书，你在机场哭的样子；想到你回国以后，干的各种乱七八糟的事，有人跑我这儿告状，你坚决不认错的样子。明明都是过去的事情，就像刚刚发生在眼前一样。"

李先生垂下满是白发的头，浑浊的眼中全是伤感："回来吧，儿子。"

李格非沉思片刻，才慢慢开口："您的意思是，我依然是李家少爷？"

李先生终于露出一丝发自内心的笑意："整个李家都是你的。"

李格非带着一脸的震惊和不可思议，怔怔地看着李先生："那姐姐呢？"

李先生这才意识到他好像完全忽略了长女的存在："她是个女人……终归要嫁人，终归要成为外人……"

李格非蓦然明白李婉仪的委屈已经到达何种地步。她拼尽全力为李家打拼，到头来，在父亲眼中，依然是个若有若无的影子。李格非心中的颤动，化为言语，一字字逼向李书同："您记得这些年我的一举一动，我很感动，可是您记得姐姐这些年吃过的苦吗？您说姐姐终归要嫁人，可是为了这个家，她连恋爱的时间都没有！"

李格非眼中有泪光闪动，他意味深长地看着李书同："您明明知道，她比我更适合掌管这一切，您却只把她当成一个工具。她是您的亲生女儿，是您妻子怀胎十月生下来的。她为了您，为了您的事业，几乎是牺牲了自己的整个人生。您却完全忽略了她的存在，坐在这里和我谈这些，您有没有考虑过她的感受？"

李格非伸手抹去泪水，坐直身子。这一刻他不是纨绔的李家少爷，也不是感恩的李格非，他以一个男人的身份，认认真真地和另一个男人进行一场男人与男人之间的沟通："我希望您能和婉仪姐姐好好聊聊，我希望您听听她的想法。您恐怕不知道，她再厉害、再坚强、再无所不能，在您面前，也只不过就是个拼命努力、为了博得您一句夸奖的女儿。"

李书同怔怔地听着，他已经虚弱到不知如何挽留起身告辞的李格非："你真的不愿意回来？"

李格非带着一丝歉意点了点头："如果我回来，第一件事，估计就是按您的要求，和一个门当户对的女孩子结婚。婚后我们各玩各的，整天无所事事。至于姐姐，则要继续像蜡烛一样，为了我和这个家燃烧自己。"

李格非浅浅一笑："每天中午，甚至下午或者傍晚在宿醉中醒来，不知道身在何处，身边躺着的是谁，晚上继续彻夜狂欢，醉生梦死。每天过着相同的日子，没有目标，没有规划，整个人生都是一场闹剧。这不是生活，这是活着。以前我没有质疑过这种生活，直到我遇到了一个女孩，我才知道什么是真正的生活。"

想到关享，李格非的眼神慢慢温柔起来："之前我一直把她当成一个玩具，没想到，在我最落魄的时候，她带我回家，给我吃、给我住。我找到工作的时候，她比我还开心。论长相、身材，她是我认识的女孩子里面最一般的，性格也不好，一点都不讨人喜欢，再好听的话，到她嘴里都能变个味道。可是，她比我之前遇到的所有女人都要可爱，我爱她……"

李格非静静地凝视着李先生："就像您当年爱您的妻子一样，我喜欢和她一起用优惠券买电影票；我喜欢和她一起窝在车里吃麦当劳；我喜欢和她一起逛街，她的脸贴在橱窗玻璃上，看着也许我们这辈子都买不起的奢侈品；我喜欢她偶尔做早餐的时候，不敲门直接冲进我的房间，叉着腰对我大吼，让我起来帮她打鸡蛋。这才是我真正想要的生活，而不是之前行尸走肉般地活着。"

李先生低沉而喑哑的声音中，满是无助："格非，你一定要这样吗？我快七十了，你就不能看在……"

"爸爸，"李格非叫得极轻，却重重地砸在李先生的耳膜上。李格非清楚李先生想要的是什么，如李先生所说，看在养育之恩上，他怎么忍心拒绝，"在我心中，我爸爸永远都是您，如果您还希望我是您儿子，包括妈妈都永远是我唯一的妈妈。我随时都可以回来看你们，比起过去，我会像一个真正的儿子那样孝顺你们。只是只有一条，我不再是李家少爷，李家应该是婉仪姐姐的！"

李格非走出李家大宅时，已是满天星斗。

星光下，李格非很平静地拨通了李婉仪的电话。从离开李家的那一刻，他就很想联系她，现在的他不光有勇气，还有资格。

接到李格非的电话，李婉仪并不意外。事实上，从李先生拨通李格非的电话起，一切都在她的意料之中。

李婉仪毫不迟疑地同意了李格非的请求，她也十分想见见李格非。

在秘书的引领下，李格非走进李婉仪的办公室。这是他这辈子第三次来这里，前两次都是他闯了弥天大祸，李婉仪不光要帮他收拾残局，还要苦口婆心地劝他不要再犯。可惜那个时候的自己，根本听不进去，总是不耐烦地打断，然后在李婉仪无奈的微笑中，提出又看上了哪款新车。

李格非轻轻摇了摇头，似乎想要把那些不愉快的回忆甩出脑海。他望向站在落地窗前的李婉仪，那个女人，永远看似精明强干到无懈可击，可心中某个最隐秘的地方，却有个从未愈合的伤口，时时刻刻令她痛不欲生。

李格非微微一笑："刚刚爸爸叫我回家吃饭……"

李先生约李格非见面，所为何事，李婉仪早已猜到十之八九，如今李格非一声"爸爸"更坐实了李婉仪的猜测。

"恭喜！"李婉仪的眼睛看着窗外万家灯火。她一番算计，到最后依然是为他人作嫁衣，深切的厌恶像冰面的裂纹，迅速地爬满全身。她为了这个家拼尽全力，到最后依然被毫不犹豫地放弃，"欢迎回来，李少。"

"我还是他的儿子，"李格非走到李婉仪的面前，目光坦然而专注，"但我不是李少爷。我和爸爸说了，你才是最适合继承李家的那个人。"

仿佛石子投入水面，荡起圈圈涟漪。李婉仪平静无波的眼神终于有了细微的变化，轻不可闻地问弟弟："为什么？"

"因为李家最爱我的人其实是你。"

短短一句话，如同锐利的针尖，刺穿了李婉仪重重的防备。这一刻，她再也不是那个精明强干、近乎超人的李总，她是受尽委屈依然求而不得的小女孩。她缓缓地说道："那是你的错觉。"

"你有能力，你愿意为李家牺牲，从任何一个角度出发，你都比我适合继承这一切。"

"可他依然选择了你……"李婉仪低声自嘲，"即使你们没有一点血缘关系，即使我才是他的亲生女儿……"

多少陈年旧事，如惊涛骇浪般涌上李格非心头。他下意识地握住李婉仪的手，像儿时撒娇一般倔强道："我不管爸爸的选择是什么，反正我不接受。我只知道，你是我的姐姐，李家应该由你来继承。我记得你为我所做的一切，当然我也知道你做这些的目的。可是你自己都没发现，你越来越像一个尽心尽责的姐姐。我在李家的这些年，让我最舍不得的，从来都和钱没关系，从来都只有你……"

李格非用力握着李婉仪的手，丝毫不肯放松："无论发生什么样的事情，你永远都是我最爱的姐姐。在我心里，你是唯一有资格继承李家的人。离开李家的这段日子，我没什么可遗憾的，唯一后悔的就是，我没告诉过你，我爱你。我终于不是你那个不成器的弟弟，我有工作，我不光能赚钱养活自己，未来我还能养家。我知道我和你不一样，我这辈子不会有什么大出息，但是我终于做到你之前一直想让我做的事情，我成了一个堂堂正正的人……"

李格非从口袋里掏出一个盒子，把一枚胸针别在李婉仪的香奈儿套装上："这是我拿第一个月的奖金买的。以前我也给你买过礼物，但那些都是用你为李家赚来的钱。这个不一样，这个完完全全是靠我自己努力赚来的钱买的！"

李婉仪似乎陷入了沉思，很快，她笑出声来，只是笑声中带着浓浓的哭腔。她的肩膀颤抖着，整个人看上去脆弱至极。

李格非毫不犹豫地抱住李婉仪。上一次拥抱时，他还是个孩子，半夜发起高烧，父母都不在家，是姐姐抱着他，坐上司机的车，赶到医院，也是姐姐陪着他在医院度过那个不眠之夜。

那个时候，姐姐是那么高大。他缩在姐姐的怀里，姐姐就是整个世界。不知从什么时候开始，姐姐要抬头看他，又是什么时候开始，姐姐变得这么瘦弱。

李格非用力抱紧李婉仪，静静地述说着他离开李家后的遭遇，一点一滴都没有遗漏。就像小时候那个跟在姐姐后面的跟屁虫，每天放学回来的第一件事，是和姐姐汇报今天的见闻，甚至连午饭吃了几口都要和姐姐说。

这才是他和姐姐的正确相处模式，绝不是纨绔的李少和无所不能的李总。

李婉仪静静听完，抬头看着李格非，她眼中的孩子正以从未有过的郑重之色与她对视。她沉默片刻，哑然道："你啊，真是傻，如果你是李少，关享不就回来了？"

李格非鼻尖微微发酸，竭力让自己的语气平和："喜欢她的是李格非，她有感情应该也是对李格非……"

李婉仪的手依旧紧紧抱着李格非，神色却在哽咽之后，恢复了往日的平静和从容。此时，她就像平常人家的姐姐，开导因为恋爱问题而烦恼的弟弟："那就把她找回来吧……"

李婉仪将关享之前来找她的事娓娓道来："如你所说，她身上有数不清的缺点，可是，她在你最绝望的时刻，拼尽全力去保护你，光这一点，就值得你好好待她一辈子。"

"可是……"李格非摇了摇头，"她现在……"

李婉仪含泪微笑，轻轻抚过李格非的脸，像是在看一件失而复得的稀世珍宝："我们每个人都在成长，在这个过程中，有可能看不清自己的内心。关享是爱你的，如果你不希望将来你和她都后悔，就去试一试……"

李婉仪把头伏在李格非肩头，眯着眼睛看着天上的一轮明月，原来冬天的月亮是这么好看，温柔得让人的心都温暖了起来。她说："就算最后她依然选择肖捷，至少当你回忆起这段感情时，你可以告诉自己，我尽力了，我不后悔！"

言晓晓送来的鸡汤很对沈铎的胃口，沈铎连喝了两大碗，又狼吞虎咽地吃了个鸡腿，才依依不舍地放下筷子。

苏航想起昨天她炖的鸡汤，沈铎喝时表情痛苦，不免有些愤愤。

　　她自知厨艺和言晓晓有不少差距，可沈铎的反应也不至于如此天差
地别。

　　"我很喜欢。"沈铎定定地看着桌上的汤碗，眼中尽是满足之色，
"特别喜欢。"

　　苏航越发生气，就算她煮的鸡汤如清水煮肉，那也是她的一番
心意，沈铎这么赤裸裸地好恶分明，置她的心意于何处？

　　沈铎脸上的笑意更浓，他抬眼看着气鼓鼓的苏航："我是说现在
的生活……"

　　在苏航错愕的眼神中，沈铎垂下眼帘，娓娓道来："我一直觉
得生活应该是大风大浪、纸醉金迷，夹杂着各种追逐、猜测、盘算。
我以为现在这种生活应该是垂死之人过的，可我没想到，我喜欢现
在这样的生活，不需要争勇斗狠，只需要安静地待在你身边，就像
拥有整个世界。"

　　苏航静静地听着，一个问题呼之欲出，沈铎似乎看出了她的心
思，微微抬头，轻声说道："钟意只是个棋子，真正的幕后主使是
谁，我大概知道。我想过要报复，这也是在你出现之前，支撑我活
下去的动力。可现在我决定放弃，我想一直这样，和你坐在一起，
安安静静地吃完余生的每一顿饭。"

　　苏航强压下心中的万千思绪，怔怔地看着沈铎："你是
想说……"

　　沈铎淡淡一笑，那笑如同寒冬里的朝阳，虽不热烈，却有着温
暖人心的力量："我想和你重新开始……"

　　见苏航低头不语，沈铎满脸诚挚之色："我向来擅长揣测人心，
此时此刻，唯独对你，我不想算计。我只想告诉你我的想法，如果
之前的交往仅仅是因为喜欢，现在我想同你交往，是因为我爱你，
想同你共度一生。当然，今日的我已经比不上当初的我，可我知道，

你从来不是在乎这些的人。"

苏航眼睛一亮，似乎有些不敢相信，她压下心中的欢喜，望向沈铎的目光越发柔和。沈铎懂她的欲言又止，握住她的手，紧紧贴在脸上："我不会永远是这个样子，我会变成原先的沈铎，但那个时候，绝对不会是我们各奔东西的时候。"

原来她的全部心思，沈铎都了然于胸。苏航的笑容中带着酸涩，招呼沈铎吃药："我不是不相信你，我只是不相信时间，今天你和我说的事情，我很开心，可我不能答应，我经不起再一次失望。如果有朝一日，你还愿意再把这些话说一遍，我一定答应你。"

沈铎神情一滞，眼神黯然，原来他给苏航带来的伤害已经深到这种地步，他几乎破坏了苏航对感情的信任。沈铎静静地看着苏航，眼中全是不舍。过了许久，沈铎突然意识到，他还有很多很多时间，足够重修苏航与他之间的信任，现在需要做的事，唯有过好当下。

沈铎如同儿时向母亲撒娇，黏着苏航要吃海鲜。苏航准备去超市买，不过走之前还是和沈铎约法三章，如果回来的时候，沈铎还没有把药吃完，别说海鲜，连鸡汤都没有。

沈铎在家玩着游戏等苏航回来，听到门铃响，他坚持把敌方砍死才去开门。他手上还拿着手机，要第一时间给忘带钥匙的苏航看看他的完美表现。

打开门的那一瞬间，钟意的惊讶并不比沈铎少，根据私家侦探传来的消息，说沈铎形同废人。可眼前的沈铎虽然没有往日的精英模样，精神状态倒还不错。

沈铎下意识地后退了一步，随即站住，定定地看着钟意："你来干什么？"

钟意见沈铎落到如此境地，脸上依然全无怯懦之色，不免有些气馁。她强撑起一副骄横之色，用力推开沈铎，来到客厅中央，四下打量："破归破，收拾得还挺干净的嘛，一点都不像是精神病人住的地方。"

"难为你专程过来看我笑话，"沈铎的语气淡淡的，"还满意吗？"

钟意见沈铎不恼不怒，心中无名火起。她被仇恨煎熬得几乎夜不能寐，凭什么沈铎能够轻易放下？钟意的语气越发刻薄："差远了！你害我害得那么惨，别想我这么轻易就放过你！"

"我害你？"沈铎脸上闪过一丝惊讶，随即又是不动声色的淡然，"我只不过是没按你的剧本走，请问你损失了什么？如果你愿意想一想我损失了什么，你就会明白，如果真的要谈报复，也应该是我！"

"那是你活该！我明明给了你最好的选择，你为什么不选？要怪只能怪你自己！"钟意步步逼近，姣好的面容上带着扭曲的恨意，"来啊，来报复我啊！"

往日种种，经过钟意的提醒，浮现在沈铎面前。沈铎恨到极处，刚刚吞下的药丸在胃中翻滚，苦味泛到喉咙，几欲呕吐。就在沈铎神志即将混乱之时，他想到了苏航，如落水之人遇到浮木，他喘息着定下心神，说道："我不屑于再和你纠缠……"

钟意一时语塞，很快又笑出声来，如花似玉的一张脸上，全是恶毒："我不光是来看你的，我还想告诉你一件事……"

钟意从包里掏出一沓文件，扔在沈铎的脸上："你的病治不好的，你是家族遗传，你爸也是神经病！"

沈铎极力思索，很是花费了一些时间，才明白钟意说的应该是他生理意义上的父亲。那人抛弃母亲后，攀上高枝远走他乡。沈铎成年后，曾经动过寻找他的念头，不过那念头如同云烟一般转瞬即逝。既然那个男人不愿意为他的存在承担丝毫责任，那么父子相认这种戏码完全没必要上演。

钟意笑盈盈地凑近，声音甜蜜得宛若情人间私语："你知道吗？

他是在你这个年纪疯的，你也快了！"

钟意带来的材料散落一地，几张照片就在沈铎脚下。沈铎一眼望去，只见照片中与他神似的那个男人，穿着病号服被紧紧地绑在床上，双眼空洞无神，似乎早就没有了灵魂。

钟意越发欢喜，在失败者面前炫耀成功，从来都是最大的快乐。她不光成功摧毁了沈铎的事业，就连沈铎这个人，都即将被她完全摧毁，从内心到肉体。

钟意笑得花枝乱颤，得意极了，痛快极了。只是她的这份快乐并没有持续很久，便被苏航打断。

钟意惊恐地捂着脸，几乎不敢相信发生了什么："你敢打我？你知不知道我是谁？"

"我当然知道你是谁，你是钟家大小姐，你有一万种方法让我生不如死，可那又怎样？这里是我家，我不允许你对我的男朋友无礼。"归来的苏航扔下手中的海鲜，指着大门，一字一顿，"现在，请你马上出去。"

钟意的鄙夷不光在脸上，更是在语调之中："你的男朋友？他就是一个神经病！"

"与你何干？"苏航气定神闲，眼神如冰刃般划过钟意的面孔，"他是好是坏，都和你没有半点儿关系，你何必巴巴地贴上来自取其辱？"

"你……"钟意气到发怔，想要发作，却又顾忌苏航言语中的深深寒意，发狠道，"我不会放过你的！"

"好啊，我等你。"苏航语调轻柔，如春风拂面，却含着掷地有声的坚韧。她逼近钟意，吓得钟意连连后退，"但是在那之前，如果你再敢来打扰沈铎，我这辈子就只做一件事，那就是拼尽全力置你于死地，不信你可以试试。"

钟意的仓皇离开，并没有让沈铎情绪好转。他借口打游戏，一个人在卧室静坐，方才钟意的一番言语，几乎字字穿心。

也不知过了多久，苏航进来，沈铎急忙堆起笑容扔下手机："是不是要吃饭了？"

苏航深吸一口气，压下心中酸楚，像是在说一件微不足道的小事："钟意拿过来的东西我看了，你父亲的确是精神分裂……"

沈铎没有说话，苏航依然清晰地感受到他呼吸中的颤抖。苏航懂他的恐惧，更懂他的脆弱："我有个客户是精神科医生，我把你父亲的病历发给他看过了，基本不存在遗传的可能性，你只是单纯的抑郁。"

沈铎轻轻点了点头，眼中的泪意越来越浓，他转过脸，不让苏航看见他的软弱。

"钟意故意说些疯言疯语来气你，你要是真往心里去，她倒开心了。"苏航拉过沈铎的手，贴在自己的脸上，"刚刚一直忙着打听事，海鲜来不及做了，我们出去吃海鲜大排档好不好？"

沈铎又点了点头。苏航轻轻在沈铎的鼻尖上刮了一下："沈总还是笑起来好看。咱们啊，还有那么多游戏没玩过，还有那么多电影没看过，哪有工夫陪钟意这种人胡闹，你说是不是？"

那天晚上，苏航和沈铎第一次睡在一张床上。沈铎吃了药犯困，聊天没聊几句，就枕在苏航的胳膊上，沉沉地睡去。

苏航看着把脸埋在她肩头的沈铎，眼角眉梢里全是温柔，她不会再让任何人伤害到他。

沈铎半夜醒来，借着窗外的月光，细细地看着苏航。苏航的体温，苏航的味道，都是他的依靠。沈铎这辈子从未像此时此刻这般明白自己的心思。他笑着轻轻吻上苏航的额头，今生今世，他怕是离不开这个人了。

7

Chapter

我是受害者，
但我不是弱者

关享心情不好，想一个人静静。言晓晓也不强求，留关享一人在车里等候，她去吴楚一家送鸡汤。

吴楚一正烦得要命，难得有一个休息日，只想在家睡觉，凌越却不请自来，缠着他要学化妆。吴楚一几次想请她走人，无奈这位凌小姐背景深厚、圈内资源丰富，钱多多数次耳提面命，不好轻易得罪她，只能硬着头皮敷衍。

可凌小姐自幼骄纵，哪里懂得眉高眼低，完全看不出吴楚一的厌烦，欢天喜地地说个没完。

言晓晓的到来，令吴楚一如蒙大赦，急忙把凌越打发出化妆间，留下言晓晓，说是有事商量。

凌小姐对着房门运气，想起上次嘲讽言晓晓的下场，不敢轻易造次，独自坐在客厅，指挥阿姨打开电视，送上水果零食供她消遣。有这样一个参照物，言晓晓在阿姨心目中的形象越发光辉高大起来。

夕阳的余晖落在吴楚一俊美无比的脸上，这样好看的一个人，又有着令人惊艳的才华和善良的心，难怪凌越会喜欢。言晓晓低头一笑，将万千感触隐藏在勾起的嘴角中。

吴楚一以为言晓晓嘲笑他的窘境，负气道："我马上就给老钱打电话，得罪人就得罪，反正之前也得罪过了，我都要被她烦死了！"

言晓晓的手闲不住，将弄乱的化妆品和工具一样样放回原位："人家是喜欢你，想和你多说说话。"

"我不喜欢她，过去不喜欢，现在不喜欢，将来也不喜欢！"吴楚一语调笃定，"你别和老钱学，乱操心我的感情生活！"

有风从打开的窗户吹入，迎面吹在言晓晓的脸上，让习惯了空调温度的身体忍不住轻轻颤抖了一下。吴楚一的话，如同一盆冰水浇在言晓晓的心头，凉入骨髓。吴楚一说得没错，是她不知轻重，竟然操心起吴楚一的感情生活。吴楚一对她好，只因为她是朋友，她却因为之前他的温柔模糊了交往的边界。

吴楚一见言晓晓神情一滞，这才想起言晓晓和钱多多不同，立刻缓和了口气："她以为能和我日久生情，可我是越看越烦，拜托你，以后不要在我面前提她。"

言晓晓把最后一支唇膏放回架子上，含着淡淡的笑："放心，两三年内，你应该是听不到了。"

听完言晓晓的计划，吴楚一有些失神。他似乎已经习惯了言晓晓周末上门为他做饭或者送菜，习惯了收到厂商礼品后第一时间找出适合的为言晓晓留下，习惯没事发个信息提醒言晓晓注意体脂含量，习惯经常性让言晓晓发张照片供他点评妆容，而这一切的习惯，似乎即将结束。

言晓晓眉眼清澈灵动，笑容如月光般温柔恬静："你放心，项目的事我记在心里，我留着年假，只等你一声召唤，我立刻回来。"

花瓶里的香水百合开得正盛，满屋的清香在吴楚一鼻子里却有些酸涩味道，他露出一个无所谓的笑容："看吧，我尽量把时间安排好。"

言晓晓知道，到了她说再见的时候了，只是有些话如果现在不说，将来恐怕再也没有机会。吴楚一费尽心力让她学会自信，可不就是让她能够堂堂正正地把一段感情昭告天下嘛，纵使她配不上。

"我喜欢你……"言晓晓的脸上透出的淡淡红晕，比任何腮红都要好看，"你是第一个对我释放善意的异性……"

言晓晓重重咬着下唇："我知道，现在会有很多男性对我好，可那不一样，你是特别的。因为你，我的整个人生都不一样了。很早之前，我就开始喜欢你，随着时间的推移，越来越喜欢。如果一定要有一个明确定义，那就是我爱上你了。"

积累在心头多时的情感，终于找到宣泄的出口。言晓晓笑容羞涩但毫无怯弱："可我也知道，感情这种事情强求不来，你对我，是友情。可我还是选择告诉你，因为我想在多年之后，回忆往事时，能骄傲地告诉我的儿孙辈，我曾经爱过一个多么优秀的男人，并且我还向他表白了。"

"谢谢。"自出道起，吴楚一便身处名利场，看多了虚情假意，像言晓晓这般的情真意切还是第一次见到。诚然如言晓晓所说，他只将她当作朋友甚至是完成早年间心愿的一个渠道。但是，他内心还是被深深地触动到了。

言晓晓含笑与吴楚一对视："说这番话之前，我有过担心，怕说了连朋友都没的做。可很快我就想通了，你怎么会是那种人？你可是吴楚一啊！"

言晓晓松了一口气，眼神中带着顽皮之色："我们还是朋友对不对？"

吴楚一重重地点头，这一刻他为自己感到骄傲。他竟然重塑了一个女孩子的灵魂，这份喜悦，超过他曾经取得的任何成就。

言晓晓莞尔一笑，指着化妆台上的唇膏："我想试试别的妆容，比如说烈焰红唇！"

因为关享还在楼下等候，言晓晓不能待太久，听完几个重点步骤后，言晓晓拿着吴楚一给的一大包东西告辞。

吴楚一送到门口，被言晓晓拦住，言晓晓扬了扬下巴："和我客气什么？赶紧回去招呼客人，小心钱姐又碎碎念。"

看着言晓晓的身影消失在电梯中，吴楚一下意识地捂着胸口，似乎有一丝悸动莫名出现。

凌越早已对吴楚一的冷落不耐烦了，拖着吴楚一往化妆间走，随口抱怨起言晓晓的不自知，被吴楚一打断。

凌越更加委屈："我是什么人，她是什么人，我喜欢你，是因为咱们俩相配，她凭什么喜欢你？也不拿镜子照照，一个银行小客户经理，要什么没什么，还好意思追你？"

吴楚一一惊，脱口而出："你怎么知道的？"

凌越冷笑："我又不瞎，你看她那个眼神，她要不喜欢你，我把眼睛抠下来给你。你不要再和她接触了好不好，她们这种做销售的，还不知道能用出什么手段来。你看你到现在都没看出来她的心计，就是证明！"

吴楚一甩开凌越的手，神色平静而冷漠："我再和你说最后一遍，她是我的朋友。如果你再说一遍类似的话，这辈子都请你不要再踏进我家一步。"

言晓晓坐上驾驶位，把手上的一包东西扔给关享："打开看看，有没有你喜欢的。"

关享心情低落，可也不愿去拂言晓晓的好意，一样样地试过，终于找到一个心头好。她正要和言晓晓分享，抬眼望去，只见言晓晓闭着眼睛，迎着夕阳，像是感受着日光拂面的温暖，露出一个含着绵绵情意的微笑。

关享好奇，言晓晓却不肯说，哼着歌发动车子来到关享垂涎已久的甜品店，买来两大杯奶茶和蛋糕，和关享在车上吃起来。

关享越发奇怪："今儿怎么了？你不是已经戒糖很久了？"

　　丝滑的奶茶从嘴巴一直甜到心里，言晓晓又吞下一勺蛋糕："我向吴楚一表白了……"

　　见关享一脸震惊，言晓晓调皮地抢走关享蛋糕上的草莓："我告诉他，我先是喜欢他，后来爱上他，他是我这辈子最棒的回忆。"

　　关享有些迟疑："那他……"

　　言晓晓露出一丝满足的微笑："他同意我的观点，我们依然会是好朋友。"

　　关享惊讶得合不拢嘴："这……"

　　言晓晓点头："这是我意料中的答案，我喜欢的人，能够一直和我做朋友，我觉得挺好的……"

　　面对关享小心翼翼的神情，言晓晓笑着又把一大勺蛋糕送进口中："我是认真的，我真的挺开心的，你不觉得，把爱情变成友情也是一件很棒的事吗？"

　　关享摇头："我会难过……"

　　"因为咱们情况不一样……"言晓晓叹了口气，把两人手中的蛋糕移开，握着关享的手，看着关享的眼睛，"我喜欢吴楚一，吴楚一不喜欢我，做朋友是最好的结局。你和格非互相喜欢，我记得看过一篇文章，内容不记得了，大意是在这个世界上想要找到一个自己喜欢也喜欢自己的人是多么困难的事，你真的想要放手吗？"

　　言晓晓将吃了三分之一的甜品装进袋子，扔到车下的垃圾筒内。今天为了庆祝她人生的新起点，难得放纵一下，可也不能放纵过头，一切点到即止。她冲着依然看着垃圾筒恋恋不舍的关享打了个响指："不用急着回答我，你考虑清楚，回答你自己吧。"

　　转眼又是新的一周，虽然还在假期中，苏航到底放心不下工作，一大早和沈铎打了个招呼，说是要去单位看看。

　　一进办公室，就看到关享端着咖啡斜靠在桌边，眉飞色舞地和言晓晓八卦。原来本行心机女之首刘佳佳自上个月起，年假、病假、事假休了个遍，至今都没来上过班！

关享笑得花枝乱颤："肯定有情况！"

言晓晓抄完一本合同，又拿起一本："你这话要是让外面那些人听见，她们又要说你不善良了……"

关享揽着苏航的肩，把苏航迎进门，顺手递给苏航一杯咖啡："以德报怨，何以报德？她当初怎么对我的？我又不是圣母，她倒霉我当然第一个开心！至于外面那些人，她们嘴上真善美，心里可比我八卦多了，不然你以为我这些消息是从哪儿来的？"关享压低声音，"早就传遍啦，过去她一天发十八条朋友圈秀恩爱，如今一个多月一条没发，肯定是出事了！而且啊，我听营业经理说，前段时间她给刘佳佳打电话催刘佳佳上班，听刘佳佳旁边的声音，好像是在派出所处理事情，看来这事情还不小呢！"

苏航啜了一口咖啡，随手翻阅言晓晓桌子上的贷款资料，淡淡一笑："这姐们儿的群众基础有点儿差啊，这么多人等着看她的笑话？"

"对待男同事如春天般温暖，对待女同事如冬天般寒冷，日常行事，那是见高踩低，看人下菜碟。不是我说，你们等着瞧，只要她有一丁点儿倒霉，到了女同事的嘴里，绝对能给她传成全行笑柄。"关享哈哈一笑，双掌一击，"我大仇得报，指日可待！"

有道是择日不如撞日，关享的仇没等择日，当天下午就报了。

因事假申请被驳回，为了不被当成旷工处理，刘佳佳被迫来上班。只是这一见面，吓了所有人一跳，如果说当初言晓晓失恋把自己折腾成半人半鬼，那么刘佳佳是直接变成女鬼。

过去刘佳佳那张小脸有红有白，如今依然是有红有白，只不过红的是眼，白的是唇，脸色蜡黄如同生了重病，整个人简直没法看。

关享抱着看热闹的心态而去，捂着胸口回来："吓死我了！她要不是眼珠子还会动，我真以为是死人呢！有病回家治去啊？跑来上什么班啊？对了，她这病不会传染吧？我得去找老罗谈谈，可不能把员工的健康当成儿戏！"

苏航瞥了关享一眼，似笑非笑："她要真有病，早在家休病假了，能被逼来上班？我看啊，没准是情伤。"

"可拉倒吧，还情伤？"关享小心翼翼地除去指甲上一块剥落的指甲油，"就李林那智商，她不甩李林就阿弥陀佛了，李林能甩她？我看啊……"关享像是突然想到什么了不得的事，扑到工位隔断上，瞪大眼睛看着苏航和言晓晓，"她会不会是被人骗去吸毒，然后欠了高利贷，现在正在被人追杀吧？"

言晓晓口中的咖啡差点儿喷出，苏航慢悠悠地站起来，勾了勾手指让关享靠近："你的想象力这么丰富，你妈知道吗？"

"不然呢？你看看她那样子！"关享握拳，"如果不是吸毒，那就只有一种可能，她走上了赌博的不归路！"

关享的点评被破门而入的大堂经理打断，小姑娘慌得直哆嗦："苏……苏……苏总，罗……罗……罗行不在，你快出来……看……看看……"

贵宾休息室里，刘佳佳面如死灰，眼下青紫，嘴角撕裂，从头到脚一身的红油漆，散发着刺鼻的气味。

几米之外，几个穿着打扮非富即贵的中年女性强行突破不成，隔着保安指着刘佳佳痛骂："不要脸！"

大堂经理结结巴巴地向苏航三人说明情况，刚刚这几个人拿着私人银行卡到行里，指名要见刘佳佳。她以为她们要办业务，就请刘佳佳来了。没想到一见刘佳佳，她们先是泼油漆，后是揪着刘佳佳厮打。刘佳佳不躲不避，连话都不说，就由着她们打，要不是她

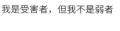

眼疾手快叫来保安，刘佳佳能被她们打死。

由于现场过于惨烈，关享忘了幸灾乐祸，几乎出于本能地辩解："我发誓不是我干的，我就是单纯的讨厌她，我从来没有想过弄死她……"

苏航没空和关享开玩笑，低声呵斥道："还愣着干什么？还不赶紧报警！"

苏航略定下心神，带着谦和的表情来到几位中年妇女面前："我们行长去分行开会了，现在这儿暂时由我负责。我姓苏，您几位可以叫我小苏，有什么话，您几位慢慢说，不能动手打人。"

"她勾引我儿子，睡完了告我儿子强奸！我儿子现在在警察局，你让我和她说什么？她毁了我儿子，我现在就想弄死她！"

几句话如同惊雷在众人耳畔炸响，连苏航都是神色大变。大堂经理和保安原本都在絮絮劝说，听到这些话一下子安静下来，场面陷入尴尬的死寂。

一直呆立如木偶的刘佳佳却在这个时候有了动作，她抬起毫无生气的眼睛，缓缓落在苏航身上，声音中没有任何情绪："我没有勾引她儿子，是她儿子趁我喝醉强奸我，我要让她儿子坐牢。"

刘佳佳话音未落，中年妇女脸色铁青，神色几近疯狂，向刘佳佳扑去，看样子是要和刘佳佳拼命。

苏航和保安、大堂经理眼看就要拦不住，关享快步上前帮忙。言晓晓脱下外套，裹住刘佳佳，拉着她往后场走。理财经理安鑫及时出现，带着男同事前来救场，才勉强控制住局面。

警察来得也是及时，一番调解后，弄清楚来龙去脉的苏航回到办公室，脸色难看到极点。

一个多月前，刘佳佳和李林去酒吧参加朋友聚会。刘佳佳喝多了，李林当时玩得正在兴头上，竟然拜托一个朋友送刘佳佳回家。

那朋友看刘佳佳平日的言谈举止，认定刘佳佳是那种为了钱可以出卖一切的姑娘，就没送刘佳佳回家，而是直接带着她去了酒店。

刘佳佳酒醒后，发现身边躺着别的男人，立刻闹起来。对方第一反应竟然是用钱解决，这更激怒了刘佳佳，她直接拨通电话报警。人证物证俱在的情况下，对方进了警局就再没出来，而对方富一代的父母，遭遇如此打击，把账全算在刘佳佳头上，认定刘佳佳是失足妇女，主动勾引他们儿子去开房，完事后嫌儿子给钱少，所以陷害儿子。

关享和言晓晓留守办公室，听完苏航介绍后，关享怔住，脸色阴晴不定，过了一会儿，才缓缓开口："你说刘佳佳抢别人的男朋友、勾三搭四，我是信的。但是你说她兼职失足妇女，因为钱少去害人，这就是造谣污蔑了……"

"可不是嘛……"苏航叹息，"我听警察私下说了，那家三代单传，把这个独苗宠得无法无天。出事之后，全省有名的律师都找遍了，没一个敢打包票说能没事，全家差点儿没疯。刘佳佳这一个多月为什么没来上班，就是忙着应付那一家子去了，今天不是她第一次被打了……"

言晓晓一声惊呼，几乎不敢相信。关享皱着眉头问道："那李林呢？他死哪儿去了？由着一帮神经病这么欺负自己的女朋友？"

正问着，受惊过度的大堂经理再次推门进来，手里捧着杯热牛奶，想借着和苏航她们聊聊天，平复一下心情。

关享的问题，她倒是知道答案："姐，我先说明，这事是我听说的，不一定是真的。但是，无风不起浪……"

大堂经理喝了口牛奶，压低声音："我有个朋友，她男朋友也认识李林，听说出事之后，李林对外宣称，刘佳佳不是他女朋友，就是看上他的钱了，给钱就能……"

关享的表情瞬间冻住，眉心怒火熊熊燃起："我当初真没看错他，他还真是个男人！"

大堂经理叹了口气："说实话，我真挺讨厌刘佳佳的，心计特别重，就喜欢损人不利己，我被她坑过好几次。可是这次，她真的太惨了，我看着心里都挺难过的。刚才警察把那帮子人劝走以后，她一个人去了卫生间，还不知道怎么在里面哭呢。我倒是想去劝劝，可后来一想，这事怎么劝啊？我要是遇到这事，我直接想死！"

关享走进洗手间的时候，刘佳佳正对着镜子，拿着纸巾机械地擦拭脸上的油漆。她似乎已经感觉不到疼痛，半张脸在反复用力地擦拭下，已经红肿破皮，她还在用力擦着，像是想要把之前的一切通通擦去。

看见关享，刘佳佳用力挤出一个微笑。她本来就娇小，经过这一个月的折磨，早就瘦到脱形，那个浮在皮肉上的微笑，比哭还难看。她对关享说："你不用假装来上卫生间，你想看我的笑话就直接看，我既然敢来上班，就不怕别人看我的笑话。"

关享不去看她，冷着脸把汽油和纱布放在洗手台上说："你是不是傻啊？油漆用纸巾能擦得掉？用这个擦！你放心，我明人不做暗事，没投毒！"

刘佳佳牙齿用力地咬在惨白的嘴唇上，眼中里闪过一丝戾气，终于有点活人的样子："我不用你可怜我！"

"可怜你？"关享抬起头，看着刘佳佳，无论是表情还是眼神，都不带一丝感情，"你明着抢我男朋友，暗着给我下绊子，从我认识你那天起，你就一直针对我，你觉得我会浪费一丝一毫的感情在你身上吗？再者，你刘佳佳需要人可怜？别看你才二十出头，多少男人被你玩弄于股掌之间，光我知道的，一只手都不够数。要说可怜，谁配可怜你？我站在这儿，是因为我是一个女人，你也是一个女人，你遇到的那档子事，任何一个女人都有可能会遇到。现在的我，没办法做到感同身受，但是我可以设身处地去想想。就冲刚才那群人的嘴脸，我就咽不下这口气。你要是把我这口气，想成同情你，或者可怜你，那不光是恶心你，更是恶心我！"

关享拿起纱布，倒上汽油，递给刘佳佳。刘佳佳稍有迟疑，关享已经脱下身上的行服披在刘佳佳身上，动手帮刘佳佳一点点擦拭脸上的油漆。

刘佳佳像是委屈透顶的孩子，终于找到愿意听她解释的大人，紧绷的面容渐渐松动。之前的戒备已经耗尽她的体力，她慢慢松开撑着洗手台的手，身体顺着洗手台慢慢滑落。

关享并没有伸手去扶她，而是顺着刘佳佳滑落的身体，一同蹲下，依然慢条斯理地帮她擦拭脸上和头发上的油漆。

"我不会向你道歉的……"刘佳佳恶狠狠地看着关享，只是再凶悍的眼神在泪水的浸泡下，都带着无助的软弱，"你不要以为你现在这样，我就会感谢你，我不会为李林的事道歉的，我没有错……"

"少恶心我了，道歉有用的话，要警察干什么？再说你干的那事是道歉能解决的吗？你放心，有机会我肯定会打你一顿，决不心软。"关享揪起刘佳佳的一缕头发，也不问她的意见，直接拿起剪刀"咔嚓"一声剪掉："粘一块儿了，没法擦，我直接给剪了啊！"

"我没做她们说的事！那天晚上我喝多了，之后的事情我不记得了，醒过来时候，他把钱甩到我脸上。我承认，我找李林是奔着钱去的，可归根到底，我还是想和李林结婚的。他直接甩一沓钱给我是什么意思？他当我是什么人？我骂他，他反手就给了我一个耳光。他说我要是想多要点钱就跟他明说，又不是处女，装什么三贞九烈！"

刘佳佳仰起脸，笑容凄厉："是啊，我不是处女，不瞒你说，我十八岁就不是了。我大学谈过三个男朋友，加上李林，我一共睡过七八个男人。上次苏总没说错，我在男女关系上是挺乱的。在你们看来，我是不要脸，但我绝对不是谁给钱就能睡的！"

刘佳佳笑得不可遏止，大滴大滴的泪珠滚滚而落："想和我睡，必须得到我的同意。我不同意，给多少钱都不行。"

刘佳佳等着关享的嘲讽，没想到关享依然一副漠然的神色，仿佛全部注意力都集中在处理她身上的油漆上。刘佳佳胸中的怨气似乎找到了突破口，她捂着剧烈起伏的胸口，泣不成声："事情发生以后，我去找李林，我告诉他我被强奸了。你猜他怎么说？他的第一反应竟然是骂我不要脸，为什么不强奸别人就强奸我？肯定是因为我主动勾引的。我拼命和他解释，说我没有勾引那个男人。他不相信，他一直骂我，后来知道是谁做的以后，他害怕了。你能想象吗？一个男人，自己的女朋友被人强奸了，只是因为对方比他更有钱，因为他家的生意还要仰仗对方，他竟然对警察说，我是为了钱接近他的，说每次我和他上完床以后，都会找他要钱。以他的经历，他认为这就是一场误会，是我和人约完以后，要钱不成，所以诬告！你知道吗？就在他说这些话之前不到二十四小时，他向我求婚了。我们原定领结婚证的日子，就是今天……"

刘佳佳颤抖着拿出手机，递给关享："他也骂我不要脸，骂完就在所有的联络方式上拉黑了我。他妈妈威胁我，说如果我敢乱说，就撕烂我的嘴。我不知道我做错了什么，我只知道，我喝醉了，我醒过来的时候，发现被人强奸了。我报警了，那个人被抓起来了，可是为什么所有人都在指责我？"

关享太阳穴上的青筋突突跳起，鼻息越来越重，她用力把沾满油漆的纱布扔进废纸篓："你之前做的那些糟心事，我打心眼儿里看不起。但是每个人都有自己的生活方式，只要你不妨碍别人，我只能评价一句，你开心就好。李林的事，你缺了大德，我不会原谅你。

至于刚刚发生在你身上的那件事，我可以肯定地告诉你，你没有错，一丁一点的错都没有。错的是李林，错的是李林他妈，错的是强奸你的那个人还有他全家。为什么明明是他们错了，还要指责你？是因为他们都是浑蛋王八蛋，缺德缺到祖坟冒黑烟！"

关享回到办公室时，苏航刚从行长室出来，方才罗行长听完苏航的汇报，一个大男人惊得几乎当场呆住。

苏航发出一声悠长叹息："好事不出门，坏事传千里，就冲刘佳佳这群众基础，你们等着瞧，不用明天，今晚就能满城风雨地传出十八个版本。"

言晓晓忍不住跟着叹息："不过，这事这么明白，警察都抓人了，应该不会传出什么吧？"

"晓晓，你想得太简单了，"苏航冷笑，"你知道为什么强奸案报案率这么低吗？就是因为人言可畏！为什么强奸她，不强奸别人？肯定是她有问题！如果她没有主动勾搭那个男人，那个男人怎么会强奸她？看她长相也不是特别漂亮，身材也就那样，富二代为什么要强奸她？相信我，很快这些说法就会传遍整个分行。"

关享用力抓着手机，手背上的青筋根根突起，她拨通李林的电话，几乎是在吼喊："李林，你是个浑蛋，听清楚没有？你是个浑蛋！"

苏航由着关享发泄怒火，往关享杯中放了一把雪菊，又徐徐注入热水："除了受害者有罪论，刘佳佳的风评也在那儿，不出事，自然是你好我好大家好，如今出了事，别说她和李林的事，估计上大学时和男生多说几句话，都能被当成不要脸的证据翻出来……"

苏航的脸上露出几分怜悯之意："墙倒众人推，难过的日子还在后面。不过话说回来，以她和我们的关系，尤其是和你关享的恩怨，今时今日，你能做到这个地步，已经是以德报怨了。今后就要看她自己的了。刚才你骂李林，那是李林该骂，出出气也就差不多了，其他事就别掺和了，实在是犯不着……"

关享眉心紧拧，瞅着杯中茶水的冉冉热气，口气冷淡："什么德不德怨不怨的，她刘佳佳纯属活该，刚才我一点好脸色没给她。我是看不惯李林，看不惯这事！"

关享的话一句句钻进言晓晓的心里，她略一思索，从抽屉里拿了牛奶和巧克力往门外走，被苏航叫住："你干什么去？"

言晓晓瞟了一眼关享，不自觉地压低语气："刚刚她吐了，连胆汁都快吐出来了，估计是挺久没吃东西……"

言晓晓怕关享误会，又急忙解释道："关享，我是你的朋友，肯定站你这边，这次我真的是对事不对人。她那个样子，我实在看不下去，天这么冷，她就穿一身行服，又湿答答的，洗手间又没空调……"

关享不耐烦地挥了挥手："我不落井下石已经够对得起她了，我管她什么样子，你爱去不去，关我什么事？"

苏航拿出两条全新的毛巾递给言晓晓："我刚去隔壁超市买的，你细心，好好帮她收拾一下。我刚和食堂的王师傅打过招呼，粥已经在煮了，你过会儿带着她去女更衣室，王师傅会把粥送过去。"

关享不由得冷笑："没看出来啊，您两位还挺细心的啊，都忘了当初她是怎么对我的了？"

苏航并不看她，对着电脑，打下一串数据："别闹了，当初她干的那些事，除非你原谅，否则没有任何人能忘。现在这个情况，我们和你一样，对事不对人，单纯的看不惯而已！"

当晚，如苏航所料，关享的微信热闹非凡，还不到十二个小时，原来每天能给刘佳佳点十八个赞的男同事表示早就看出刘佳佳不是好东西；原来每条微博、微信下给刘佳佳发亲亲抱抱表情图片的女同事表示早就不爽刘佳佳这种心机女。她们深切地同情关享之前的遭遇，恭喜关享终于守得云开见月明。

关享冷笑三声，发出一条朋友圈：想来打听八卦就明说，别在这儿和我废话。做人最重要的是敞亮，做不到雪中送炭，可也别落井下石，注意素质！

苏航那边更是热闹非凡，搞得沈铎以为苏航成了网红，怎么突然冒出来这么多好朋友，关心起她今天去单位看到了什么？就连老实人言晓晓都接到电话被问道："关享是不是乐得直蹦高？"

言晓晓想起卫生间里哭得撕心裂肺的刘佳佳，一股火气直冲脑门："你当关享是什么人？她不会把自己的快乐建立在别人的绝望痛苦上！别拿你那点龌龊心思去想她！"

对方身为言晓晓的追求者，听出言晓晓在生气，急忙想要解释，那头电话已经挂断，再打发现自己已经被拉进黑名单，心里暗暗叫苦。明明只是出于好玩八卦一下，言晓晓怎么会发这么大火？搞不清楚的还以为出事的是她。

更令人无语的事情还在后面，第二天一上班，关于刘佳佳的个人作风问题，传出了十八个版本。最夸张的一个是刘佳佳当初对罗行长下过手，还好罗行长深爱老婆，坚贞不屈，这才未遭刘佳佳的毒手。

罗行长气得在办公室暴跳如雷，痛骂传八卦的这些人。刘佳佳面无表情地坐在柜台里机械地办着业务，还是客户先发现情况不对，一声惊叫把大堂经理给叫了过来。原来刘佳佳的手掌被新钞割出一道口子，钱、电脑键盘，甚至桌子上都是血。

营业经理让刘佳佳赶紧去医院处理，刘佳佳不肯，简单包扎后，一个人去了茶水间，捧着一杯早就冷透的茶，听着隔壁行长室传来的怒骂，一张脸上看不出喜怒，生气全无。

关享和言晓晓早晨去分行办业务时又听到一些"花边新闻"。仅仅一夜之间，在某些男人的嘴里，刘佳佳已经由冰清玉洁的"白莲花"变成到处勾引男人的女人，甚至他们还言之凿凿，表示当初刘佳佳如何发出暗示，只不过因他是柳下惠转世，这才没成为刘佳佳的裙下之臣。

关享原不想和他们一般见识，无奈他们见到关享如同苍蝇见血，嗡嗡而至，脸上带着窥探他人隐私的猥琐笑容，用着故意压低却足以让在场众人听清楚的声音向关享打听："听说刘佳佳当初勾引李林，发了三点全露的裸照，是不是真的？"

"是不是真的，我不知道，我只知道……"关享冷冷一笑，视线在众人脸上扫过，手指轻点，"你们一群大男人，上班不干正经事，关心一个女人床上那点破事，谈的时候眉飞色舞，搞得好像个个当时都在床下蹲着一样。你们知道你们现在这种行为是什么人干的吗？是过去那种最没文化的农村老妇女，一天到晚没事干，蹲在村头讨论张家长李家短！你们去照照镜子，你们这样也叫男人？你们配当男人吗？"

关享一通劈头盖脸，骂得几个男人面色通红，有不服气的和关享争辩："我们还不是想帮你出气！"

"帮我出气？"关享双手横抱胸前，一张脸冷若冰霜，"当初谁说我这张脸一看就有故事？说我没准高中就破处，是男人都会选刘佳佳那种清纯的。我记得好像也是你们吧？你们这嘴可真够厉害的啊！"

"外面可都传遍了，她是勒索不成，诬告人家！"

"我呸！"关享神色陡然凌厉，"当时现场就两个人，具体怎么样咱们谁都没看见。你们怎么就这么相信那人说刘佳佳是勒索，就不相信刘佳佳是被人欺负了？至于是不是诬告，咱们谁说了都不算，有警察呢！"

言晓晓没关享那么大火气，她把审批好的案本整理好，装进袋里，拖着关享回行。临走前，她轻声细语地同几个男同事告别："积点口德吧，小心有报应。"

关享一路骂到单位，言晓晓也是一肚子气，两人说着话来到茶水间，发现故事的主角正坐在角落，急忙噤声，可之前的一番言语已经落到刘佳佳的耳中。刘佳佳恍若未闻，依然如同泥塑一般。关享和言晓晓对视一眼，各自倒了一杯咖啡就往外走。

直至刘佳佳轻不可闻的一声叹息传入耳中："我错了……"

刘佳佳堆砌起一个浮在面上的微笑，勾起的嘴角里含着利如刀锋的恨意："我根本就不应该报警，他说得对，我报警傻透了……"

刘佳佳放下茶杯，慢慢走到关享和言晓晓面前："事情发生以后，我第一时间给我妈打电话，我妈说你脑子坏了？报什么警？你赶紧多找他要点钱！这事千万要瞒着李林，别搞得鸡飞蛋打！他妈给我打电话，让我不要闹，千万别报警，想要多少钱都行。你们看，明明有这么好的解决方案，你们说我为什么不选呢？我为什么非要赌一口气，想证明自己不是想讹钱？我这么聪明的一个人，我能同时把几个男人玩得团团转，你们说我报什么警啊？我应该借着这个事情搞定他，他可比李林有钱多了，而且出手也大方。我要是能搞定他，就可以拿他和关姐你的肖捷比了。你们说，我是不是有病啊？非要去报警，把事情搞成这个样子……"

言晓晓听得面色一变，刚要开口，手被关享紧紧握住，似乎是要听刘佳佳把话说完。

刘佳佳周身一阵阵发冷，手心全是冷汗，她下意识地抱住自己，抵抗一阵阵的眩晕："事情刚发生的时候，我怕极了。我给李林打电话，说真的，我虽然是奔着他的钱去的，但相处久了，我对他是有真感情的。我是真想嫁给他好好过日子的，他就像是我的依靠。我没想到，他会那么对我。后来想想，我是真傻，他是什么样的人，我还不清楚？我啊，就应该当作什么事情都没发生一样，继续好好和他在一起，然后再找几个有钱男人，保持点不正当关系，多捞点好处。反正以他那个智商，他能发现什么啊？我为什么就不能忍下这口气，我为什么要去讨个说法？"

刘佳佳缓缓摇头："结果现在怎么样你们也看到了，我父母说我丢尽了刘家的脸，为了不影响我弟弟，要和我断绝关系；我未婚夫说从来没有和我交往过，说我和他是钱色交易的关系；我的同事、朋友、同学都在看我的笑话。这就是我的下场，我真后悔，我为什么要报警？我错了，我错得太离谱了！"

刘佳佳的委屈终于化为泪水，她紧紧抓着胸前皱巴巴的衬衫，发出声嘶力竭的哭喊声："我受不了了，我真的受不了了……"

言晓晓想要上前安抚，依然被关享死死拉住。刘佳佳慢慢平静下来，泪眼婆娑中露出一抹狠戾的光芒，像是嗜血的野兽终于发现了目标。

关享拦住想要往外走的刘佳佳："我知道你在想什么，你觉得这日子没法过了，活着也没意思了，想和说你的那些人拼命，对吧？不过我得提醒你一句，冤有头，债有主，那些人是对不起你，但害你的不是他们，你别乱来！"

刘佳佳并不否认，她冷冷一笑，拿衣袖胡乱擦了把脸，一言不发，死死地盯着关享。

"你就这么点出息？"关享的神情轻蔑至极，"当初把我堵在更衣室的气势哪儿去了？还有你算计我的心眼儿呢？都不见了？你现在就只会找人玩命了？那我还真是看错你了！你刘佳佳竭尽所能想成个人物，最后还是个废物！你样样和我争，争到最后，就争成了个笑话？这就是你想要的结果？"

刘佳佳瞪大双眼，目光好像要吃人："你说得简单，你知道我现在的感受吗？你知不知道我有多痛苦？"

"我当然体会不到你的感受，因为我没有遇到过你这样的事情，所以感同身受这种虚伪的安慰我给不了你。我当然知道你痛苦，我还知道你痛苦得想死！"关享捏着刘佳佳的下巴，强迫她和自己对视，"我坦白地告诉你，你现在冲出去，我不会拦你第二次。然后呢？你能得到什么？打伤一个嘲笑你的男人或者女人，成为更大的笑话，这就是你想要的结果？"

关享神色阴沉，语气寒冷如冰："如果我是你，我一定要让那个人坐牢，我要让笑话我的那些人看清楚，我不是笑话，他们才是！当然，你可以把我说的每个字都当成废话，继续寻死，反正你现在的样子和死人也没什么区别。我也乐得看你去死，毕竟咱们俩的账还没算清楚。"

关享甩门走人，刘佳佳站在原地，大口大口地喘息着，胸部起伏如同一口破旧风箱。片刻之后，她心中那口激愤之气在关享的言语敲打下，像是沉入深海的巨石，渐渐消失，眼泪再度落下。

言晓晓抽出几张纸巾递给刘佳佳："你没有错，从头到尾都没有，错的是欺负你的那个人，错的是所有指责你的人。"

言晓晓拉过刘佳佳的手："那个人做这样的事情，肯定不是第一次，之前受害的女孩子都选择了隐忍，所以才会不停地有受害者出现。你站出来，就是保护了其他女孩子不受伤害，你做得非常对！因为关享的事情，我不喜欢你。但是，我想告诉你，因为这件事情，我特别佩服你。你在我心里，特别了不起！我能力有限，没有办法帮你堵住外面那些人的嘴，但是我保证，如果谁当你面说你，我就撕烂他的嘴！"

转眼到了午饭时间，言晓晓把刘佳佳带到客户经理办公室安顿好，她去食堂给刘佳佳打饭。

食堂里，关于刘佳佳的讨论热火朝天，两个男柜员说起刘佳佳今早的干呕，眉飞色舞不说，还配合着夸张的肢体动作："不会这么快就有了吧？问题是这是谁的种？她男朋友能认吗？"

言晓晓心头一颤，当年这些人，得知自己被男朋友甩掉时，恐怕也是这副嘴脸吧？只不过她有苏航和关享在身边，将这一切与她隔绝，并且拉着她的手，一步一步往前走。

言晓晓闭上眼，过了许久，她的神色才渐渐平复下来。她随手从别人的餐盘里拿起一个玻璃杯，走到食堂中央，重重地砸在地上，成功地将所有人的注意力都集中在她身上。

这一刻，言晓晓全身的血液似乎都涌上脑袋，耳朵里全是心跳的声音。她垂下眼睛，双拳紧握："不去指责罪犯，而是嘲笑受害者，这种行为，和凶手有什么区别？"

言晓晓仰起脸，环顾四周，手指一一点着方才参与讨论的女同事："男人拿这些事说嘴也就算了，你们也笑话她？我知道你们的想法，你们觉得她不自重才会遇到这种事，像你们这样自重的，事情肯定不会发生在你们身上。不是这样的！麻烦你们读读书、看看报，已经有多少证据能证明，被强奸和受害者穿什么衣服、说什么话没关系，就是遇到坏人了！为什么那么多姑娘遇到这种破事，最后只能保持沉默，就是因为有你们这样的人！你们不能理解她的痛苦没关系，可你们为什么还要在她伤口上撒盐？为了证明你们道德高尚吗？你们的所作所为，和现在关在警察局里的那个人一样让我恶心！"

言晓晓知道她得罪人了，从今往后，她"好好先生"的名声估计就此终结。加之她最近的各种变化，十有八九，她会被当作刘佳佳的利益共同体，甚至也会被编出各种传言，包括作风问题。

可是，谁在乎？

至少，她不在乎。

　　这些人过去不喜欢她，现在所谓的喜欢也不过就是建立在她的变化上。如果因为这一点点的喜欢，她就得顺着他们的心意来，那只会让吴楚一失望。但是，比起吴楚一，这些人什么都不算。

　　言晓晓端着餐盘走进客户经理办公室，关享去药房给刘佳佳买消炎药，苏航还在行长室，办公室里就只剩下刘佳佳一个人坐着。

　　言晓晓指着打好的饭菜让刘佳佳快吃："你下午还要上柜呢。"

　　刘佳佳点了点头，依然没有拿起筷子。言晓晓也不催她，她从抽屉里拿出当年她当柜员时用的皮筋和头花，放在刘佳佳手边："我的八卦，你应该听过，我和那个浑蛋谈了八年恋爱，结果他劈腿，不光甩了我，还骗走了我的车。如果不是苏航和关享，我的房子都要被他骗走。就这么一个人，我妈还骂我，说肯定是我的错，不然人家怎么会不要你呢？当时我也以为是我错了，现在回头看看，我错什么错啊？很抱歉，我没有经历过你遭遇的事情，我没有办法感同身受，但是我想用我的经历告诉你，那些说为什么不强奸别人偏偏强奸你，肯定是你有问题的人，全是浑蛋！"

　　刘佳佳用力咬着嘴唇，几乎要咬出血来。

　　"我觉得关享说得对，如果你把他们的话听进去了，记在心里，你的人生就完了。人活着，就是争腔子里的那口热气，你得证明给那些人看，你没错，错的是他们。"

　　关享买好外伤药急匆匆地往回走，快到银行门口的时候，她光顾着看药品说明书，迎门撞上一个人。

　　关享刚要道歉，看清楚来人后，电光石火间想起银行门口有监控，这才控制住自己，没有一巴掌甩到李林脸上去："你来干什么？"

　　李林被关享一喝，一副怯生生的模样，低眉顺眼地说："我早就想来找你了，我们之间那都是误会！昨天接到你的电话，我想了一

夜，我必须和你解释清楚！"

"误会？"关享嘴角扬起，眼睛里却没有一丝笑意，她围着李林绕了一圈，从上打量到下，"我还是真是好奇，咱俩之间有什么误会？你又想和我解释什么？"

李林自认为了解关享，见关享没有发火，误以为还有回旋的余地，口齿顿时伶俐起来："无论过去、现在还是将来，我唯一爱过并且想要结婚的女人都只有你一个人。我们之间之所以变成现在这个样子，全是刘佳佳造成的。现在时间已经证明了一切，她的真面目已经暴露在所有人面前。关享，我觉得我们可以重新开始！"

关享气极，脸上却不动声色："那刘佳佳呢？之前你们可是在微信朋友圈里秀了半年恩爱，我听说你连戒指都买好了，就准备向她求婚了……"

"误会！都是误会！我就从来没把她当成过女朋友，怎么可能结婚！戒指我是买了，但我不是给她的，我是……我是……我是……"

李林手忙脚乱地从口袋里掏出一个卡地亚珠宝盒，打开举到关享面前："我是给你买的……"

关享看都不看，把戒指推开："误会？当初你被我捉奸在床也是误会？"

"那是刘佳佳勾引我的！我对她一点想法都没有，我当时就后悔，一直想要找你，是她缠着我不放，如果我去找你，她就要自杀！"

关享长眉微扬："那你现在来找我，不怕她自杀？"

"以前她装清纯，我是真怕害了她一条命，现在知道她是什么货色了，谁还管她死活？关享，你听我解释，以前是我不对，我不应该心软，让刘佳佳这种人离间我们的感情。我保证从今往后，再也不会出现这种情况，我心里永远都只有你一个人！"

关享不耐烦地打断李林："你要不想和她发生点什么，她还能拿刀逼着你上床？也别说什么勾引不勾引，这种事情，一个巴掌拍不响，就算是她主动，你没想法你能和她去酒店？李林，劈腿这件事，你洗不白的！"

关享挽起袖口，神色越发冷硬："原本在我眼里，你就是个妈宝废物。通过刘佳佳这件事，我发现我以前还真是看错你了，你根本就是个人渣！刘佳佳再不要脸，也没对不起你，而你呢？自己的女人，未来的老婆被人欺负，屁都不敢放一个，说你是个男人，就是侮辱'男人'这两个字！"

关享幽幽一笑，眼睛里满是鄙夷："不是我看不起你，以你的智商，你现在绝对不可能站在这里和我说出这么一番话来，是你妈教的吧？可怜你妈算计老公，算计儿子，算计了一辈子，千算万算，没算到未来儿媳妇竟然出了这档子事。你李家高门大户，怎么能允许这种不守妇道的女人嫁进来？你们当然是得第一时间和她划清界限，我说得对不对啊？李林，是你妈要求你立刻甩掉刘佳佳的，甚至是你妈教你说刘佳佳是为了钱勾引你的！"

李林被说中心事，脸上的血色一点点褪去。他神色惶惶，就想马上离开关享的视线，但是想起来时他妈妈的叮嘱，又不敢迈开脚步。

关享一笑，露出森森白牙，吓得李林连连后退。关享却不打算放过他，步步紧逼："李公子要结婚的消息，早被李太太传播得人尽皆知。可这眼看要结婚了，新娘子出了这么大的事可怎么办呢？以李太太的个性，不结太丢面子，可要结吧，就必须换人！"

关享边说边笑，眼神像刀一样刮过李林的全身，刮得他冷汗淋淋："换谁呢？谁最适合顶这口锅呢？当然是之前那个傻乎乎的关享啊！李林，你来找我应该也是你妈的主意吧？我甚至可以猜到你妈是怎么说的，她肯定说眼下最重要的是结婚，和谁结不是结？让你先哄着我把婚结了，你们李家不能丢面子，等后面风平浪静了，你再和我离婚就是啦。反正你们家的财产，都是你的婚前财产，你妈找好律师了，让我一分钱也捞不着。李林，你妈应该是这么和你说的吧？"

关享就是喜欢李林这种又气又惊的表情，她笑得眼睛弯成了月牙儿："你妈的确够聪明，但是你妈不应该把所有人都当成傻子，尤其是把我当傻子。我当初傻，是因为我愿意装给你们母子看。如今，你们母子俩在我眼里连人都不算，你觉得我还会装给你看吗？回去告诉你妈，我现在的男朋友比你强一百倍，我凭什么会放弃他选择你？别说我对你没感情，就算我对你有感情，那也不可能，因为我和你妈一样，都是眼里只有钱的女人啊！"

天气早已转凉，李林的背后却出了一层汗，关享的话如同一记耳光，重重地打在他的脸上。他一刻也待不住了，匆匆转身，胳膊却被关享拉住："别急着走啊，咱们的账还没算完呢……"

关享高高扬起手，一巴掌落在李林的脸上，发出响而脆的声音："这一巴掌算是对你当初劈腿的惩罚。从今往后，我希望你不要再出现在我面前，不然我男朋友不会放过你的。对了，有空去打听一下我男朋友是谁，尤其是他爸是谁，敢和他们家作对，我看你是不想好了……"

关享想起前尘旧事，还想给李林找点不痛快，却被人打断。只见关享妈从一辆出租车上下来，隔着老远就招呼起李林："小李啊，不是说好一起过来找关享的吗？你怎么先来了？"

过于兴奋的关享妈没有察觉到李林的失常，自顾自地说起来："今天上午小李来家里找过我们，把事情都说清楚了，之前是那个小姑娘不好，跟他要死要活的。现在小李认识到错误了，和小姑娘划清界限了。关享，你也要考虑到这个实际情况，毕竟你们之前都快要结婚了……"

话音未落，关享妈意识到似乎说得有些过头，急忙改口："小李啊，关享是有男朋友的人，阿姨最多只能帮你们调解一下误会，至于关享选择谁，阿姨是做不了主的，只能你自己争取！"

关享万万没有想到她妈会掺和到这件事情里来，并且听信了李林的一面之词。关享的神色冰冷，没有一丝温度，甚至换上了催收不良贷款的生硬语气："我知道，比起肖捷，你更喜欢李林……"

伴随着她妈被说中心事的尴尬笑容，关享的态度越发冷硬："因为你们觉得李林老实，靠得住。可是你们知道这个老实的男人做了什么吗？我不知道他怎么和你们说刘佳佳的，但是事实肯定不是他说的那个样子！"

关享将李林的所作所为一一道来，然后说："这就是你和我爸心目中的老实男人？他今天能这么对刘佳佳，明天就能这么对我。你们就这么肯定我未来几十年顺风顺水？你们就不怕我有个七灾八难，他第一时间把我甩了？妈，我小时候你就教育我，女人生孩子，父母一定要在身边，因为婆家靠不住。就李林这样的，我估计我要是和他结婚生孩子，只要我有一丁点让他家不满意，他就能眼睁睁地看着我一尸两命！"

关享妈听完先是面色茫然，继而是满脸的震惊和疑惑，她看着李林问道："这都是你干的事？"

李林在关享妈的逼视下，更加胆怯，可想起关享妈和自己妈年纪相仿，观念应该差不多，又壮起胆子开口："一个女的发生这种事，不反省自己，反而闹到外面去，她自己不要脸也就算了，有没有想过她夫家要不要脸？再说了，她为什么能被人……肯定是她没反抗，她要拼死反抗，能出这种事？虽然说现在不流行贞洁烈女了，可是也不能这么不要脸啊！"

关享顿时变了脸色，想要和李林辩驳，关享妈抢先一步，含着温和笑意："小李啊，听你这话的意思，当时小刘就应该直接从酒店楼上跳下去，或者直接拿脑袋往墙上一碰，就算死也不能让人家欺负是吧？"

李林仰着脑袋摆出一副神圣不可侵犯的架势："还是阿姨懂道理。我妈说了，像刘佳佳这样的就是不知羞耻，也就是现在社会上道德败坏，才有她这种人生存的空间。放在过去，她是要被绑上石头扔到池塘里淹死的！"

"瞎扯！"关享妈瞬间拉下脸，指着李林的鼻子破口大骂，"你们全家都黑了心，还你妈说，你妈是从哪个老棺材里爬出来的？按她的说法，她每天见这么多男人，还去按摩院让男人捏来捏去，去医院脱了衣服给男医生看来看去，她是不是也要去死啊？"

"阿姨，你……你……你怎么……"

"别叫我阿姨，我不认识你！我怎么骂你妈是吧？我告诉你，像你妈那种女人，要是她敢当着我的面，对着我家女儿说这种话，我就不是骂她了，我是直接请她吃耳光！就为了你家那个狗屁名声，你让小刘去死？你家什么高门大户啊？不就一个暴发户吗？别说关享有男朋友，关享就是没男朋友，我养着她让她当一辈子的老姑娘，也不会让她和你处对象，我怕你们家缺德缺到祖坟冒黑烟！"

"你……"

"我什么？"关享妈双手叉腰，威风凛凛，手指头快戳到李林脸上了，"我说得不对吗？有说错你家吗？我好好的一个女儿，当眼珠子一样宝贝，好不容易养这么大，就是我和他爸的命根子，能交给你们这样的家庭吗？你们家把小刘当人了吗？就算养个小动物也不能这么对待吧？说扔就扔啊？你拿眼瞪我干吗？你还想动手啊？你来啊，你动我一下试试！我告诉你，你敢动我一下，我就带着我女儿把你家祖坟都给踏平了！"

从未有过的惊恐之色蔓延在李林的脸上，他从慌乱中反应过来后，拔腿就跑。关享妈对着他背影喝道："回去告诉你妈，闭紧她那个破嘴，不然我就把你们家做的这些事到处宣传宣传，我看谁敢和你们家结亲家！"

直到李林跑远，关享这才小心翼翼地开口："妈……"

"你还知道我是你妈？"关享妈也不管他们是在银行门口的监控探头下，一巴掌落在关享的屁股上，"你刚才怎么和我说话的？你那是什么语气？你妈我是没文化、没见识，但是做人的道理我还是懂的。我要是知道实际情况，能逼你和小李这种人在一起？我之前是相信他，但是你一说我就明白了。但是，你就不能好好跟我说啊？你夹枪带棒的是什么意思啊？"

关享捂着屁股干笑："误会，都是误会，我这不是以为你……"

"以为我就知道逼你结婚啊？瞎说！"关享妈扬起脸，"我和你爸想让你早点结婚生孩子，一方面的确是为了在同学、同事面前争面子，可是我们能为了面子把你往火坑里推吗？你是我身上掉下来的肉，我能不心疼你？你爸那个嘴碎叨叨的，可他心疼你心疼得不得了。你不在家里住的这些天，他每天都在念叨，就怕你吃不好、穿不好。每天早晨他都看那个天气预报，一会儿怕你冷，一会儿怕你热。你点个外卖发朋友圈，他就在那儿嘀咕，怎么又在吃外面的东西啊，卫生不卫生啊？饭菜有营养没营养啊？他原来从来不用微信的，现在开始学打字。你知道你爸原来是干粗活的，那个手指头粗得跟胡萝卜一样，为了给你发条信息，一个字一个字地在那边抠。你却从来都不回，他就在那边和我念叨：她是不是工作太忙啊？有没有吃饭啊？会不会又乱穿衣服冻感冒啦？"

关享的性格遗传了父母双方的不足之处，既有她爸的毛躁，又有她妈的嘴硬心软。她此刻心里虽然暖得一塌糊涂，脸上还是讪讪的："谁让你们说话那么难听，好话都让你们说坏了……"

"我们说话难听，你说话就好听了？"关享妈一指头戳在关享的脑袋上，"我们说一句，你顶一句，非要和我们对着干？行了，女大不由娘，你自己的事情，你自己选。我和你爸不干涉，你喜欢就行。下个月你爸的生日，你方便的话，记得把肖捷带回家给我们看看，也算了了你爸的一桩心事！"

关享妈又教训了关享几句，便回家去了。关享恭送老佛爷起驾后，走到办公室，放在刘佳佳面前的，除了药还有一保温瓶的鸡汤："我爸给我炖的，我在减肥，便宜你了！"

刘佳佳想到自己父母的冷言冷语，心如刀绞，尖锐的痛意排山倒海而来，痛得她几乎喘不上气，死死地抓着胸前的衣服，大滴大滴的眼泪无声落下。

关享恍若未见，打开保温瓶，招呼言晓晓一起来喝汤。

关享拿出化妆包，对着镜子补妆："我妈让我带几句话给你……"

见刘佳佳目不转睛地看着她，关享漫不经心地拿粉扑按去鼻尖的油光："我妈说她就是一个没文化的老妇女，说不出什么大道理，但她想告诉你，这事你处理得没错，无论如何，自己的小命最重要。只有留着命，才能考虑别的，凡是拿这事做文章，和你谈什么脸面、廉耻的，心里才是真脏！李林爸妈也好，你爸妈也好，还有外面那群看热闹的，以我妈的人生经验，这些人都是少部分，大部分人虽然不说话，都是心疼你的。你得自己开解自己，只有你自己想开了，日子才好继续往下过。说完了，你爱听不听……"

关享拿棉签擦去眼下晕染开的睫毛膏："哦，对了，刚才李林来了……"

刘佳佳听到"李林"这个名字，心中猛地一沉，不自觉地发抖。

关享瞟了她一眼："你怕什么，他不是来找你的，他是来找我的！你猜他来找我干什么？他来找我复合，说我才是他的真爱，他想和我重新开始，他已经准备好婚礼，他会好好对我一辈子……"

关享冷笑："这些话他应该也对你说过吧？他当初在你面前也没少骂过我吧？现在看清楚他的真面目了？他这个人啊，我原本以为就是个妈宝废物，现在看来，他最严重的问题应该是人品问题。和这样的人在一起，谈谈恋爱、收收礼物还是可以的，结婚生孩子还是算了吧！我知道你聪明，你觉得你能算计得赢他。不瞒你说，当初我也是这么想的。现在看来，你我都想多了，他和他妈是没人性的，咱们怎么可能赢得了？和这种人分开，与其说是不幸，倒不如说是运气，免得哪天死了都不知道怎么死的。至于这种人说过的话，就让它随风而散吧，千万别往心里去！"

言晓晓把汤和饭菜往刘佳佳坐的方向推了推："快吃吧，要凉了！"

刘佳佳望着鸡汤上的那层油花，仿佛关享和言晓晓都不存在，自言自语道："真的可以当作什么都没有发生吗？"

言晓晓神色温婉："当作什么都没有发生，那是自欺欺人，接受现实，并且去面对才是最好的应对方式。我知道非常难，但是我走过来了，你也可以试试。"

刘佳佳把饭菜大口大口地送入口中，微凉的饭菜混合着泪水，口感并不好。但是她告诉自己必须全部吃光，只有吃饱才有力气。她还要回到柜台去上班，如果言晓晓能够做到，她肯定也能做到。

在行长室，罗行长叫来营业经理，又约来苏航，开了个支行领导班子会。罗行长就眼下的情况发表意见，为了刘佳佳的身心健康，他打算为刘佳佳换个环境。营业经理一时没领会领导的言下之意，连连点头称是。

苏航叹了口气，脸上露出几分怜悯之意："领导，我有几句话……"

罗行长的手机响个不停，他厌烦地把手机关掉，扔进抽屉里。苏航明白，此时此刻，罗行长也被卷入风暴中心，她当然明白罗行长的为难，所以说道："到现在为止，作为同事，我依然很讨厌刘佳佳这个人，但是，无论她有多讨厌，都不是她被性侵犯的理由。您所谓的换个环境，无非是觉得她给支行惹了麻烦，不希望她留在支行影响支行的氛围。可是，领导，您有没有想过……"

苏航指着门外，蹙起的眉心有物伤其类的悲凉："她是受害者，她不该成为舆论的焦点，承受舆论的压力，这是对她的二次伤害。我们作为她的同事甚至领导，不去指责那些非议她的人，反而为平息舆论要求她这个受害者离开。我认为这种做法并不合适，您觉得呢？"

营业经理听了苏航的一席话，反应了过来，不敢明着和罗行长硬顶，便顺着苏航的话往下说："领导，刘佳佳这个同志，业务能力一般，找事能力极强！就是因为她来回挑拨，搞得几个柜员之间斗得天翻地覆。您要是因为这个把她退回人力资源部，我举双手双脚赞成。可您要是因为那件事，我个人和苏总一样，也不太能接受……归根到底，她是受害者。当然啦，她一个小姑娘不该跑去和人喝酒，这个是有点问题。但是她已经受到惩罚了，遭了这么大的罪。你看她现在这个样子，我虽然平时烦她烦得要命，但看着都挺难过的。要是这时候您再把她退回人力资源部，万一她受不了打击，真有可能出事，要不您再考虑考虑？"

见罗行长表情有些松动，苏航的眼神望着远处，声音带着丝倦意："我说这些，不是和领导您对着干。如今社会够开放，可是很多人对性侵受害者的态度还停留在封建社会，恨不得把'饿死事小，失节事大'这句话刻在女人身上。我之前看过资料，性侵事件中，能报案的，不到十分之一，为什么？就是因为怕周围人的眼光，怕遇到现在刘佳佳遭遇的情况。我能力有限，改变不了这种局面，但是我希望我身边的人发生这类事的时候，我至少能尽我所能，让受害人好过一些，不要让她被受害者有罪论推入绝望的深渊。"

苏航从行长室回到办公室时，刘佳佳已回去上班。苏航说完罗行长的意见，叹了口气："我陪着沈铎在家，风言风语都能传到我的耳朵里，更何况老罗？外面传得有多难听，你们是知道的，他能怎么办？我刚劝过他，我相信以老罗的人品，会给刘佳佳留条生路的，可这后面的路怎么走，只能靠刘佳佳自己了。"

经过言晓晓一骂，支行内勉强算是风平浪静，可分行的议论依旧如火如荼。

转眼到了分行一年一度的行风建设大会，要求各家支行所有柜面人员以及客户经理参加。罗行长在晨会上下发通知，特意点明，身体不适的员工可以请假。

言晓晓听出这句话是说给刘佳佳听的，午餐的时候劝刘佳佳："领导都说了，你可以不去。"

刘佳佳吃了几天饱饭，之前瘦到脱形的脸终于有了点人样子。她夹起一筷子芹菜塞进嘴里，用力咀嚼："我偏要去，我偏要听听他们是怎么说我的。"

言晓晓回办公室和关享通气，关享轻轻吹着手中的红茶，生平第一次勉强对刘佳佳有了正面评价："哟，不错嘛，倒是活出点人样来了！"

那点狠戾之气支撑着刘佳佳来到分行会议室，此时距离会议开始还有二十分钟，会议室内本来是乱哄哄的，却在刘佳佳踏入的那一瞬间陷入死一般的安静。刘佳佳每走一步，都能感受到无数人的目光聚焦在她身上。那目光之后，是无数人的好奇、窥探、嘲笑以及厌恶。

刘佳佳的潜意识里有一个声音在疯狂叫嚣：逃走吧，只要转身离开这道门，就不用面对这一切！可另一个声音又在警告她：你并非孤身一人，绝不能让支持你走到今天的人失望。

刘佳佳在裤子上擦去掌心的冷汗，一步一步往前走去。她命令自己抬起头，带着经过长时间训练的微笑，环顾四周，就像过去无数次来到分行一样。就在她的一颗心几乎跳出胸膛的时候，她的手被一只温暖的手握住。

言晓晓含着略带羞怯的温暖笑容，牵着她往中间的一排座位走去："安鑫先到，帮我们占好位置了……"

言晓晓压低声音："不能太靠后，太靠后领导会把人往前赶，也不能太靠前，靠前不方便玩手机……"

刘佳佳瞪大眼睛，不让眼泪掉下来，用力地点了点头，跟着言晓晓往座位方向走。

坐定后，言晓晓接过安鑫递来的手抓饼，撕开一半递给刘佳佳："好香，快吃！"

刘佳佳低头咬了一口："言姐，你这么关照我，他们会连你一起说闲话的。"

言晓晓脸上的笑容猛地一收，露出一副淡然的表情："我原来就是太在乎别人怎么看我，结果呢？我过得怎么样，你是看到的。你要学我吗？"

周围人的议论，声声入耳，终于在几声大笑传来后，关享咬着从安鑫手里抢来的里脊肉，转过身，漫不经心地瞥了一眼笑声来源："说什么好笑的呢？大家都是同事，不如说大声点，让我们也听听啊？"

正讨论刘佳佳还怎么有脸来的女同事被关享问到头上，不免有些尴尬，打了个哈哈岔开话题。关享又咬了口里脊肉，不依不饶："别装糊涂，刘佳佳是吃你家大米了，还是喝你家水了，你这么惦记她？既然关心同事，就大声说出来，嘀嘀咕咕像什么样子啊？还是说你说的东西实在太低俗，不能让人听见啊？"

何止那位女同事，周围那一圈人都是脸上一僵。刘佳佳微微一笑，眼角有泪光闪过。她似乎下定决心，狼吞虎咽地吃完最后一口手抓饼，然后站起来，走到主席台上。

言晓晓不明所以，关享双手抱胸一副看好戏的模样："她这么个人物，忍气吞声够久了，也该爆发了！"

办公室行政人员正在调试设备，刘佳佳不顾反对拿起话筒，清了清喉咙，走到主席台中央，几乎是在万众瞩目下，缓缓开口："谢谢大家对我的私生活的关心，大家不用再猜了，作为当事人，我来告诉大家真相，一个多月前，我遭到性侵。"

两行眼泪滑过刘佳佳苍白的面庞，她扬起下巴，表情倔强："事情发生以后，我选择报警。因为我没有同意私了，对方的妈妈到支行泼油漆，我准备结婚的男朋友不光和我分手，还说我和他是钱色交易的关系，甚至就连我的父母都指责我不要脸！而我的同事，也就是台下的你们，有相当一部分人都认为一个巴掌拍不响，他为什么不强奸别人，偏偏强奸我？我就没有问题吗？是不是我主动勾搭人家的？我承认我身上有很多毛病，甚至我可以承认我就是大家常说的"白莲花"。利用男同事，欺负女同事，这些事情我都干过，唯独这件事，我可以摸着良心说，我没有问题！我是受害人！至于一个巴掌拍不响这种说法，借用我同事关享的一句话来回答：我一巴掌拍你脸上，看看响不响？"

看见台下关享、言晓晓的笑容，刘佳佳深吸一口气，微微点头："这一个月来，来自各方的压力几乎让我崩溃。我后悔过为什么要选择报警，我曾经怀疑过，是不是我错了。谢谢我的同事言晓晓，她告诉我，我没有错，相反，我非常勇敢，因为我选择站出来，保护了更多的女孩子不受伤害。其实我根本没有这么伟大的想法，我当初选择报警就是赌一口气。可是事到如今，经历过这么多痛苦以及麻烦，我必须开口说点什么。"

无数言语涌上刘佳佳的心头，她喘息片刻，定下心神："我经历了非常可怕的事情，我希望不再有任何一个女性经历我的遭遇，假如有，我希望她像我一样，能够勇敢地站出来，只有面对，才有可能战胜这一切。而你们，除非能够保证这样的事情永远不会发生在你们自己身边，否则我希望你们不要用对待我的态度去对待另外一个受害者。你们的每一句嘲笑、讽刺，甚至一个不屑的眼神，都像是刀子一样捅在我们的身上，甚至可能成为压垮我们的最后一根稻草。如果你们希望受害人能重新站在阳光下，而不是永远只能待在阴暗的角落去反思为什么遇到这样事情的会是我，那就请你们停止背后非议，我可以当面告诉你们想知道的每一个细节！"

全场一片寂静，关享以慵懒之态缓缓站起，环顾在场的众人，唇边绽开一丝不屑的笑意，她缓缓鼓掌："说得好，都听明白了吧？咱们都是人，要懂做人的道理，别人的痛苦不能感同身受，可也不能在别人伤口上撒盐是不是？我顺便多句嘴，我知道有不少人在打我男朋友肖捷的主意，我丑话说在前面，我可不是什么善男信女，别搞得大家都难看。"

言晓晓也站起来，开始鼓掌："大道理大家都懂，我就不说了。我只想说，像刘佳佳这样的，基本上算是一只脚已经踏进悬崖了，咱们不拉她一把也行，但咱们不能再推她了。"

全场掌声中，刘佳佳把话筒摆回讲台，下来走回座位。隔着言晓晓，刘佳佳问关享："我说得怎么样？有没有让你失望？"

关享口气冷淡，像是对着一个陌生人："别说得我好像对你多有希望一样，也就还行吧，勉强够资格和我抢男人……"

言晓晓拧开一瓶乌龙茶递给刘佳佳："说得真好，好得我都不好意思再讨厌你了。"

刘佳佳用手抹去眼泪："言姐，你能不能帮我约下苏姐，我想请你们吃饭。你别误会，我不是想借着这顿饭感谢你们，你们帮我的，吃多少都不能弥补。我是难受了这么多天，终于把心里话说出来了，我想和你们聚一聚。"

会议结束后，言晓晓约了苏航，一行四人在烧烤店碰头。刘佳佳请客，关享自然毫不客气，先让老板来四打生蚝。

言晓晓忍不住阻止："四打就是四十八个，我们四个人吃得完吗？"

"吃不完我打包不行啊？"关享翻了个白眼，拿胳膊捅了捅苏航，"老苏，亏你舍得出来，你就这么把沈总一个人放在家里了？"

苏航写完点菜单，端起茶水啜了一口："沈铎是抑郁，不是痴呆，我有什么不放心的？有空关心关心你自己，没准现在哪个性格奔放的，正在给肖捷发信息呢。"

服务员送上啤酒，却忘记拿开瓶的工具。关享拿起一瓶，卡在桌沿上，用手拍了几次也没拍开，正要叫服务员，刘佳佳拿起一瓶，用牙咬开了盖子。

在其余三人震惊的眼神中，刘佳佳为每人倒满杯中酒："我上高中前是个假小子、野孩子，打架、抽烟、喝酒，样样都会。"

刘佳佳端起杯中酒，一口干掉："我爸在镇上上班，我妈是个农民，我上面有两个姐姐，下面有一个弟弟。我爸妈重男轻女，我一生下来，就被我奶奶扔在后山上，是我小姑哭着把我抱回来的，跪下来求我奶奶，说算命师傅说了，我能把弟弟引来。刘佳佳这个名字是后来改的，我原来的名字叫刘招娣……"

服务员送上烤好的羊肉串，刘佳佳拿起一串，招呼大家趁热吃。她回忆起那些事，连带着嘴里的羊肉都没了香味。

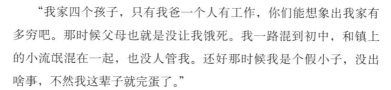

"我家四个孩子，只有我爸一个人有工作，你们能想象出我家有多穷吧。那时候父母也就是没让我饿死。我一路混到初中，和镇上的小流氓混在一起，也没人管我。还好那时候我是个假小子，没出啥事，不然我这辈子就完蛋了。"

刘佳佳又倒上一杯啤酒，一口干掉："我就这么混着，有一天，和我一起混的一个姑娘退学了。我问她退学干什么，她说出去打工，再过两年回来结婚生孩子。我突然醒了，我意识到这也是我的未来。我看着我妈，看着我身边那些拼命劳作、拼命生孩子，苦到连性别意识都忘记的女人，我害怕极了。我不想成为她们当中的一员，我想脱离这个环境，当时的我意识到自己只有读书这一条路可以走。"

刘佳佳笑了笑，让言晓晓不要担心。这些年许多话都憋在心里，都快发霉了，是时候拿出来放到太阳下面晒晒，否则她这个人都烂掉了。

苏航有一下没一下地剥着指甲，那会儿刘佳佳抢李林时，她打听过刘佳佳的背景，没想到由本人亲口说出，会震撼如斯。

关享自顾自地吃着东西，仿佛完全不为所动，只是偶有间歇，叫服务员为刘佳佳送上一杯热水。

"可是谁管我？我父母顾我弟弟还顾不过来呢，哪能管得了我这个不上不下的三女儿？我求我两个在外面打工的姐姐，说我要上学，将来我有出息了，一定会好好报答她们的。就这样，我考上了县里的高中。那三年的日子可真难过啊，我两个姐姐虽然在外面打工，可是大部分钱要交给家里养弟弟，除了我的学费，基本没钱给我当生活费。我父母还骂我浪费钱，要不是学校里几个老师看我实在可怜，把我安排在学校食堂勤工俭学，我可能连高中都念不完……"

刘佳佳静静地述说着，所有的情绪在她克制的表面下暗潮汹涌："后来我参加高考，考上了一所还不错的大学。可是麻烦来了，学费有助学贷款，可是生活费怎么办？我甚至连去报到的路费都没有。我父母只会说，念什么念，将来还不是要嫁人？当时我的两个姐姐已经嫁人了，她们的每一分钱都掌握在她们老公手里。我不能放弃，放弃就代表着我要过和她们一样的日子……"

空调吹出的热风扑进刘佳佳的眼中，她用力眨了眨，一滴泪珠挂在睫毛上，摇摇欲坠："镇上有个包工头……"

刘佳佳的神色平静如水，悲痛以及绝望被深深地隐藏在温和的语调中。她迎着三人震惊的眼神点了点头，说："就是你们想的那个样子，我十八岁就和男人睡了，只是为了能有钱读大学。大学四年，除了一张文凭，我学得最多的是怎么利用男人，甚至就连我现在的这份工作都是依靠男人获得的。我知道我这样不对，我应该依靠自己，可我选择了最简单的那条路。今天的结果，也许就是当初的报应。"

刘佳佳仰起脸，目光一一扫过她们仨："其实我打心底里羡慕你们，苏姐那么能干，关享那么漂亮，就连当初的言姐也是我嫉妒的对象。言姐你别惊讶，你有个能拿得出手的家庭，而我呢？我除了我自己，什么都没有。我唯一能够改变命运的方式就是嫁人。可就像我说的，我既不漂亮，也没有能力，家庭背景也拿不出手，如果按照正常的方式，我拿什么和你们这样的人竞争？我只能用各种手段。我从关姐手上抢到李林，我以为我终于脱离了我所憎恨的环境，结果……想想也是，一个能用心计和手段搞定的男人，又怎么会真心对我……关姐，对不起，之前是我错了，我向你道歉！"

关享拿起杯子，和刘佳佳碰了一下："我丑话说在前面，你道歉是你的事，我原不原谅是我的事。你之前给我找的那些麻烦，可不是简简单单地说句'对不起'就能了结的。"

"我明白！"刘佳佳一口气干掉杯中酒，"也谢谢苏姐和言姐，多余的话，我就不说了，这次的事，我会记在心里！"

8

Chapter

砍号
重练

当晚，刘佳佳喝醉了，苏航和关享费了很大一番力气才把她送回家。

关享送苏航回去的路上，苏航慢悠悠地叹了口气："常言说得好，可怜之人必有可恨之处。其实反过来也成立，可恨之人，未必没有可怜之处……"

关享冷笑："我大学的时候日子也难过，我怎么没去找个干爹？要论先天条件，我可比她容易找！说白了，还不是意志薄弱、爱慕虚荣、吃不了苦？你同情她是你的事，别在我面前絮叨，我可忘不了当初她是怎么恶心我的！"

苏航侧脸看着关享，字字清晰："你这话说得当然有道理，可你别忘了，你的原生家庭和她的原生家庭差别有多大，你指望当时的她有你的理想和追求？再者你当时是想通过自己的努力吃好穿好，而她则是通过出卖肉体活下去。你们俩的确有可比性，可我不觉得应该比照你来批判她。"

关享轻嗤，言晓晓不愿为已经了结的一桩事情破坏难得的聚会，便问起沈铎的病情，随即又讲起手上的客户及行内趣闻，一路欢声笑语地把苏航送到家。

关享以为刘佳佳这事就此告一段落，她和刘佳佳此后依然井水不犯河水，刘佳佳在大堂坐她的柜台，她关享则在后场抄她的贷款合同，没想到麻烦越来越大。

第二天上午，罗行长接到分行电话，一个人在办公室呆坐半个钟头后，再次叫来营业经理和苏航商量。原来是刘佳佳昨晚在分行的发言传到外面，更加激怒了对方的父母。他们声称如果银行不处理刘佳佳，就会联合所有亲戚朋友，退出在本行的存款以及理财。

罗行长眉头紧锁："分行私人银行都算过了，光存款就得流失将近一个亿。他们的意见是让我把刘佳佳退回人力资源部待岗。"

苏航明白这个处理的重量，她沉下声音："按照行里的规定，如果待岗半年还没有部门接受，是要解除劳动合同的……"

营业经理急得满头大汗，目光来回在罗行长和苏航两人的脸上滑过，期待能有个两全其美的解决办法。

罗行长略一思忖，缓缓开口："我这个人谨慎了一辈子，如今坐到这个位置靠的不是功劳，是苦劳。原本准备再熬几年，到分行养老，结果遇上了关享这个下属，不停地给我找麻烦，我也认了。可没想到啊，好不容易关享消停了，又出来个刘佳佳，我这脑袋都疼了。"

又是片刻静寂，在营业经理唯唯诺诺地点头称是中，罗行长长长地叹了口气："我们这个行业，向来号称有钱就有一切，有钱就能为所欲为。包括我在内，这些年不光自己低头，还逼着你们向钱低头，口口声声说一切以业绩为重。可这一次，情况不一样，不能因为对方有钱，就这么欺负人啊。我咽不下这口气，我之前是打算把她退到分行，是想让分行随便找个前台什么的职位给她，待在行里不要出来，等风头避过去。我承认我是胆小怕事，可我没想要害她，现在分行的这个处理方式，是逼着她叫天天不应，叫地地不灵啊！就算是为了工作，这么个搞法，日后也是要被人骂丧良心的！"

　　戒烟许久的罗行长点燃了一根香烟，用力把打火机扔在桌上："我想清楚了。这个人我不退，私人银行部损失的存款，我用支行的存款补给他们。我这么做不是为了刘佳佳，是为了让我自己心里好过。这么多年，我永远是以客户第一，我对得起我服务过的每一个客户，但是这个客户我不服务了，因为我还有道德！"

　　苏航垂下眼睛，声音如砂纸摩擦般喑哑："您的意思是咱们支行存款一下少一个亿？马上就是新春开门红了，各家都拼了命地拉存款，这时候咱们不升反降？罗行，我们下面这些人最多是奖金少拿点，可关系到您，就是前途问题。"

　　罗行长稍有迟疑，他猛吸了口香烟："苏航，你知道的，我是会计柜员出身，你们这些客户经理的业务我一点都不懂，怎么办呢？我就好好做我的管理，让你们发挥你们最大的能力。我很清楚，支行行长这个位置就是我的顶点了，将来能到分行混个差不多平级的闲职，就是我的人生目标。我的前途好也好不到哪里去，坏也坏不到哪里去，既然如此，我更不能做违心的事情！这件事就这么定了，委屈你们了，年终奖可要受影响了！"

　　营业经理缓过神来："存款少一个亿，说起来是大事，可咱们能想办法啊！我们这附近全是居民区，马上就要到发年终奖的时候了，我让柜员全部提高开口率，争取让客户把年终奖都存到我们这边。理财经理和大堂经理，周末也不休息，全部去居民区搞活动，争取把这个窟窿给填上！"

　　苏航闭上眼，再睁开时，已做好决定："罗行，言晓晓通过资格考试了，也就是说咱们现在有三个主办客户经理了。按行里的编制，得有一个综合员，负责辅助客户经理以及客户维护，我看刘佳佳不错，我申请让刘佳佳转岗到我这儿来。"

　　迎着营业经理诧异的目光，苏航轻笑："放你那儿，假如那家人再来闹，大堂一乱，你怎么办？放我那儿，我让她在办公室里待着不出来，随他们折腾。还有拉存款，也得靠我们客户经理不是？这一个亿，我们一个团队一半，客户团队五千万，大堂理财团队五千万，你看怎么样？"

苏航看着罗行长，淡淡笑道："领导，我知道您资源多、人脉广，这次你可不能再藏私了，得多给我们介绍介绍。虽然我家里有个病人，可单位出了这么大的事，我心里有数。您放心，绝对给您把面子找回来！"

刘佳佳被关享拖到客户经理办公室，听完苏航关于她的工作的决定，低头不语。

关享冷笑："你要是马上去行长室，说你不愿意连累行里，你要去分行报到，那我可真瞧不起你了！"

刘佳佳心头沉甸甸的像是坠着一块巨石，不过她还是用力抬起头，看着苏航："苏总，我什么时候来报到？"

刘佳佳转头和关享对视："关姐，我刘佳佳向来就是个人物，逼到这份儿上，我还装什么'白莲花'？谢谢罗行，更谢谢苏姐、你，还有言姐给了我一条活路。我拼了命也会活出个人样子给外面那些人看，我刘佳佳可是成功抢走你前男友、打过你现男友主意的人，我不会倒下去的！"

关享搁下手中咖啡，讥诮一笑，指着言晓晓桌子上堆成山的案本："苏总和营业经理打过招呼了，你也别回去了，就坐在这儿，晓晓会教你，从抄合同开始，今天这一堆抄不完，你就别下班，客户经理团队不养闲人！"

刘佳佳从头上拽下柜员专用的头花，扔进垃圾桶："关姐，我不会让你小看的！"

苏航端起言晓晓从食堂打来的粥，慢慢喝了两口："关于五千万存款，我想了一下，除了老罗的人脉，我看看沈铎那边，关享你问问肖捷，晓晓，我知道你不好意思开口，但是这次事情比较急，你考虑下，能不能问问吴楚一。怎么说吴楚一也是老罗太太的远房亲戚，这个忙他说不定会帮。至于你，刘佳佳，一切事情因你而起，我们帮你也是为了自己不亏心，但是我们不可能无条件地体谅你。从现在开始，我们三个客户经理的全部精力都在跑业务上，所有后勤杂事，都是你的工作。我知道你不会，可那是你的问题，哪怕你整夜不睡，你都得学，不然，我只有把你退走。"

刘佳佳用手理了理头发，这么多天来，第一次露出笑容："只有废物才等着人来救她，我刘招娣拿男人寻开心，拿女人开玩笑，从来都是个人物！"

苏航回家找沈铎商量，言晓晓盘算着怎么跟吴楚一开口，关享打开外卖软件，准备先补充点能量。罗行长一个电话过来，让她赶紧去行长室，有客户找她。

关享眯起双眼，想了又想，最近她乖巧听话到自己都忍不住爱上自己，应该不是客户投诉，但如果不是客户投诉对方又怎么可能坐到行长办公室等她？

言晓晓见关享神色阴晴不定，催促关享赶紧过去："刚刚苏航不是说了，让老罗把资源拿出来，说不定是好事。"

关享冷笑，就冲老罗的偏心眼，好事能轮得到她？对着镜子补了下唇膏，关享施施然走进行长室。

行长室内，一名中年男人正与罗行长捧茶言欢。看见关享，那名中年男子如同被沙发咬了屁股，一下子蹦起来，冲到关享面前，指着关享的鼻子："你！你！你！"

关享斜着眼睛看着这个在眼前蹦来跳去的中年男人，想了一会儿，说："哟，这不是龚老师吗？"

"关享，龚老师支持了我们多少业务，你那是什么表情？难怪天天被客户投诉态度不好，懂不懂什么叫微笑服务！"罗行长桌子一拍，不怒自威，"赶紧向龚老师问好！"

"奴颜婢膝……"关享低声哼道，被罗行长瞪了一眼，立刻堆上一脸假笑，嘴巴一咧露出八颗雪白的牙齿，"龚老师，您好！龚老师，好久不见！龚老师，您最近好吗？龚老师，您吃了吗？"

龚老师根本不吃这一套："自从上次进医院，我太太把我管得死死的，天天控制我的饮食，不给我吃肉只给吃蔬菜。她每天还逼着我锻炼，这日子都过得生无可恋了，你说我过得好不好？"

关享把茶杯恭恭敬敬地递到龚老师的手边："您太太也是为您好啊，盼着您长命百岁，好和您白头到老啊！您得体谅她的心情！"

龚老师上下打量了关享一番，片刻之后，才接过茶杯，慢慢喝了一口："不知道怎么搞的，再好的话，从你嘴里出来，我都觉得像是在骂人。我觉得这不是话的问题，是你的问题。小关啊，你要自我反省反省，你为什么会给人留下这种印象？"

你还好意思说我，你不也一样，你现在就是在骂我！关享扯开嘴角，保持微笑，她才不会和臭男人一般见识。再说了，被骂两句又不会少块肉，想想姓龚的放在她名下的理财存款，她也不会和钱过不去。

罗行长频频点头："龚老师说得对！小关，你一定要在自己身上找问题，好好学习，天天向上，更好地为龚老师服务！"

"小关的服务我可不敢多享受，上次直接把我服务到医院去了，搞得我现在心情都不美丽！"龚老师神色严肃，"我想好了，我心情不美丽，小关，你也别想心情美丽了，我一定找点事情给你做！"

关享不服："龚老师，您这话我就听不懂了，当初可是我救了您呀，您怎么能这么对我？"

"我就这么对你了，怎么样？我就是要找人来忙死你，怎么样？我就是看你闲着不舒服，怎么样？我是客户，客户是上帝，你还想和上帝对着干啊？上帝过会儿有事，不想再和你说话了，再见！"

龚老师拿起大衣和包，开门走人。关享想要追出去理论，被罗行长硬生生地拉住，一指头戳在她的脑门上："你这个猪脑子，你没听出来啊！"

"当然听出来了！他是铁了心和我过不去，你还帮着他！你还说你不偏心，你对刘佳佳是什么态度？你对我又是什么态度？你就是偏心！"

"我……我……我……"罗行长气得乱转，抄起桌上的报纸卷成筒，一下一下抽在关享身上，"我要被你气死了！"

"你不帮我就算了，还打我？"关享带着哭腔，"领导，你怎么能这么对我，我……"

"你这种脑子，活着也是浪费粮食，不如我打死你算了。你自己想想，刚刚龚老师说什么！"

"他说看我闲着不舒服，要找人来忙死我……"关享突然意识到龚老师似乎话中有话，"领导，不会是我想的那个意思吧？"

"就是你想的那个意思！刘佳佳的事情，他们那个圈子也传遍了，要走钱的事情，老龚也知道。他主动过来找我，要介绍客户给我补窟窿，并且指名要把客户给你做！"

关享眼睛一亮："真的？"

"不然我叫你过来干什么？"

"那他不能好好和我说啊？明知道我性子急，还逗我，这龚老师也真有意思……"

"你也知道你性子急啊？一句话不合意就往人家身上扑啊？我警告你，老龚介绍客户也就是牵线搭桥，最后能不能做下来，还要靠你努力。苏航在我这儿可是立了军令状的，搞不定五千万存款，我就扣光你的奖金！"

关享拿着客户的联系方式，又是作揖又是敬礼，退出行长室，回到办公室。

刘佳佳正奋笔疾书，认真地抄写合同，关享眼珠一转，踢了踢刘佳佳的椅子："给你个表现的机会，明天和我一起拜访几个客户。"

刘佳佳深吸一口气："好的，关姐，我需要做哪些准备？"

关享有些疲惫，伸了个懒腰，打了个哈欠，身体晃晃悠悠："不用准备，把你之前那腔调拿出来就行，咱们明天拉存款，客户以秃顶老男人为主，肯定最吃你那套！"

刘佳佳神情一僵。关享双手抱在胸前，歪嘴一笑："你别误会，我不是嘲讽你，我是认真的。说句心里话，要不是知道你的底细，你那怯生生的小模样，别说男人，我看了都心疼。这是你的特长，更是你的优点，完全可以把它用到工作中来嘛。你看我们三个人，苏航晚娘脸，言晓晓太正经，我呢，太浑不吝，如今加上你，算是四角齐全了，以后什么样的客户，咱们都能对症下药！"

刘佳佳垂下脑袋，脸蛋再仰起时，已是满脸的楚楚动人："关姐，我知道了……"

关享不由得击掌："对对对，就是这样子！我敢肯定，你这小模样去要存款，老男人的心都能化了！晓晓，你有这个先天条件，赶紧学学！"

刘佳佳表情一收，拿起咖啡递给关享："关姐，你也可以，超简单的！"

关享有些迟疑："我这人高马大的，又是一张网红脸……"

"这事和长相没关系，要的是这种感觉。首先，你要四十五度角对着男人，然后脑袋往下低，大约十五度；然后，你这眼睛从下往上看他，声音一定要卡在喉咙里，咬字一定得含糊，最好能有点黏糊糊的感觉。关姐，言姐，你们一起跟我试一下：罗行，事情不是你想的那个样子啦！"

关享、言晓晓一左一右地站在刘佳佳的身旁，跟着刘佳佳一起练习。刘佳佳指导着说："记住手部动作啊，要么捏衣角，要么绞在一起，最次也要揉个纸巾什么的，一定要表现出你的娇羞。记住了，男人不管是十八还是八十，都喜欢这套。来，我们再来一遍：罗行，事情不是你想的那个样子啦！"

罗行长送走关享没多久，想想又不放心，走到客户经理办公室，推门而入，想再叮嘱关享几句。

只是门一推开，只见三位女下属，含羞带怯地对着他扭动肩膀："罗行，事情不是你想的那个样子啦！"

罗行长手握着门把手，嘴巴张得能塞进一个鸡蛋。还是关享最先反应过来："罗行，事情不是你想的那个样子，你……"

罗行长不听关享解释，他"砰"的一声把门关上，跑回行长室，连喝两杯水才勉强平复下心情。至于脸红这回事，罗行长是绝对不承认的。

关享、言晓晓、刘佳佳三人对视片刻，大笑出声。刘佳佳抹着眼泪一脸神秘："关姐，借这个机会，我再告诉你个八卦！你没和李林那个过吧？"

言晓晓开始不明白"那个"是指哪个，被关享撞了一下肩膀后才反应过来，脸蛋微红，想要走又被关享拉回来："你又不是十八岁，是时候接受一些生理卫生再教育了！刘招娣同志，请开始你的表演！"

刘佳佳娇笑一声："李林的时长是这样的……"

关享拍桌大笑："这么短？"

刘佳佳拍手："可不是吗，最长的一次是一分十秒，我还得装得一脸崇拜，姐姐，你说这容易吗？"

办公室内又是一阵大笑，不知不觉间，刘佳佳与大家的距离在一点点拉近。

苏航回到家中，和沈铎说起这事，沈铎立刻联系起朋友。沈铎当年为人处事向来到位，如今人已走茶还没凉透，大家或多或少都愿意提供点帮助，就等苏航去谈。

关享这边则出了点问题。听完关享的描述，肖捷觉得有些匪夷所思。他盯着关享，嘴角笑意凉薄："这件事和你有什么关系？"

"这事和我没什么关系，我就是看不过去……"关享看着脚下的地毯，静静说完，"就像你会收留被人遗弃的小动物，你会陪一个姑娘抗击抑郁症……"

肖捷嘴角的笑意越发尖锐，几乎锋利如刀："我收留小动物一方面是天性使然，另一方面我是个商人，有一个好的人设非常重要。至于那位的事情，道理同上，我的确是同情她的遭遇，另一方面，她父母对我母亲争夺家产帮助极大，所以我参与其中。你告诉我，你参与这件事，利益何在？"

"没有利益，就是看不过眼，赌这一口气……"

肖捷的手按在关享的肩头，像是安慰，实则是带着不容拒绝的强势："那就离这件事远一点，她不值得占用你的时间和精力。"

"事情已经进行到这一步，就算听你的，也得把目前这个难关过去。肖捷，你能不能……"

"这是你的事情，不是我的事情。我不可能为你介入到一场纷争中，并且这纷争中的一方，还是我父亲的商业合作伙伴。这个道理我希望你能明白。"

关享的脸在一瞬间苍白如雪，她竭力控制住情绪，让自己挤出一个无力的笑脸："我是你女朋友，我现在在求你帮忙。"

"就算你现在的身份是我的妻子，我的决定也不会改变。关享，你我都是独立的个体，你不可以要求我为了你牺牲我的利益。"

伤感与无助，这两种情绪在关享的心里交替出现，她的眼里甚至已泛起因失望而产生的泪光。关享直直地看着肖捷："上个星期，温柔新增加了两千万的存款……"

"关享，你调查我？"肖捷口气淡淡的，听不出喜怒，"我的资源，我当然是爱给谁就给谁。"

听着肖捷说出这么一番伤人的话，关享的一颗心反而安定了下来。她垂下眼睛，神色平静，从容中带着一股凛然之气："谈不上什么查不查，你是我男朋友，温柔是我的情敌，我的情敌到处放话，说你支持她的业务，只要我不是死人，无论如何也会去了解一下情况。我知道你说的那个道理，你想给谁就给谁，所以，我连问都没问你一声。她温柔可以不要脸，我关享要脸，我何必自己给自己找不痛快？我开口是为了管刘佳佳的闲事，我觉得比起温柔，她更需要你的帮助，但是现在看来，是我想多了。这件事，你就当我没有提过。"

肖捷别过脸，轻笑出声："不如我们讨论下，晚上吃点什么？好久没有吃火锅了，我很是想念黑毛肚！"

关享早已换上一副恳切表情："今晚有个应酬，我原本已经推掉了，但是既然你这条路走不通，我只能去参加了，晚上恐怕没办法陪你吃饭。"

"我支持你一切以工作为重，只是，你就不担心，我约温柔去？"肖捷似笑非笑，拿来一本病历，随手翻阅起来。

关享听出肖捷的言下之意，掌心生出一层薄汗。她抬眼望着肖捷，眼中所有的情绪如潮水般消退，只留下与肖捷一般的冷静与淡漠："到今时今日，你女朋友依然是我，那就足以证明我有我的长处，虽然我到现在也不清楚我的这个长处是什么。我干吗要拿自己和温柔相提并论？我没兴趣自轻自贱！"

肖捷的注意力似乎还在病历上，只是鼻息随着关享的言语渐渐有些粗重。他沉默片刻，抬眼定定地看着关享，目光中没有一丝温情："我真是越来越喜欢你了。有新电影上映，我还想约温柔看个电影，所以恐怕没时间去接你。你早去早回，注意安全！"

关享的身体有些发软，眼睛也有些眩晕，全凭心中一股气支撑着。她深吸了一口气，定下心神，笑嘻嘻地和肖捷告别："吃好！喝好！玩好！"

只是在关享转身的一瞬间，关享和肖捷脸上因客气而疏离的微笑双双消失。

刘佳佳正要收拾东西回家时接到了关享的电话，说是晚上有个应酬。去饭店的路上，刘佳佳好心好意地提醒关享："关姐，你嫌我多嘴我也得说，我有温柔的微信，她在朋友圈里可是以肖捷女朋友的身份自居。我个人建议，你有空还是多陪陪肖捷，别让人挖了墙脚。"

关享目视前方专心开车，淡淡地应了一声，过了片刻，微微一笑："今天晚上，肖捷和温柔吃饭、看电影。"

刘佳佳盯着关享看了半天，看出关享不是在开玩笑，指着路边让关享停车："应酬我去，你赶紧去找肖捷。"

关享瞟了一眼刘佳佳，神情淡漠得像是万里晴空下的一抹云烟："你一个柜员，就抄了几天合同，你自己去能顶什么用？肖捷那边，他要没那心思，我根本不用去；他要有那心思，我去了也没用。你别为我操心了，你能喝酒？晚上十有八九要喝酒！"

"那你就这么甩手不管了？那可是你男朋友！"刘佳佳有些发急，"温柔现在已经不是小动作了，是明抢了！"

关享的语气终于有了情绪，带着尖锐的棱角："我不是针对你，温柔和你挺像的，不过道行不如你。当初李林和你走，我拦过没有？我知道若我去拦，别说肖捷，当初李林都不会走，可是有意义吗？这还没结婚我就得死乞白赖，结完婚我怎么办？论起了解男人的心理我不如你，但是从经济学的角度来说，前期投入的成本越大，后面的亏损可能就越高。婚姻说白了，本质上也是商业交易，我得筹谋。"

刘佳佳的脸上慢慢浮起一层稀薄的笑意，关享说的道理何尝不是她的生存指南，于是便对关享说："你不爱肖捷……"

借着等红灯的工夫，关享玩味地看着刘佳佳："难不成你爱过李林？"

"我当然没有爱过他，不光他，我没有爱过任何一个男人。所有同我交往的男人，我都是利用他们获得利益。所以，我特别羡慕一个女人能够发自内心地喜欢着一个男人。关姐，我羡慕你。"

"你是说肖捷？"关享的声音里仿佛有雾气，带着让人不适的黏腻感，"我曾经以为，我会爱上他，结果……"

"结果和我对李林的感情差不多。"刘佳佳缓缓摇头，"关姐，我说的不是肖捷。不知道你记不记得，你的朋友李格非到支行给大家培训，我坐在你的右后方，你看着他的样子，我记忆深刻。我不知道你是怎么想的，但我知道，一个人的眼神不会骗人，你喜欢李格非。"

像是被一盆冰水淋头浇下，关享的身体一阵紧缩，她用力抓住方向盘，十指关节苍白如纸，神色却是很冷漠地说："那又怎么样？我的人生目标是嫁给肖捷！"

刘佳佳见关享这副神情，不再多话，转而问起今晚客户的情况，和关享商量起怎么应对。

到达饭店后，龚老师已经先到。既然是龚老师组的局，来的客户自然都给龚老师面子，拍着胸脯保证把存款从其他银行移过来。

只是谈到金额时，只见一个戴着金链子的大哥率先站起来，举着蒲扇大的巴掌在关享眼前晃悠："一杯酒，一百万！"

关享陪罗行长参加的应酬不少，当然明白这个套路，拿起面前的小酒杯就要倒酒，被金链大哥拦住："这种杯子也能算喝酒？"

关享看着眼前的小酒杯被换成泡茶的玻璃杯，有那么一瞬间，笑容僵在脸上。龚老师急忙上前阻止："这一杯得有二两，白酒哪有这么个喝法？她一个小姑娘……"

"她要是想做我们的业务，就得按我们的规矩来。不喝也行，那我们在座的一人给她个百八十万。她要是喝，她喝多少，我们给多少。我们要的是个态度，试问态度不好，我们怎么敢把钱放在她那儿？"金链大哥的话，得到了很多人附和。

关享深知金链大哥说得有道理，这钱放哪家银行不是放？不过是看哪家客户经理哄得客户更开心。她立刻换上一脸笑容，扶着龚老师坐下："龚老师，您放心，我酒量不行，但是态度端正，过会儿要是喝醉了发酒疯，还请各位别见笑。"

关享端起酒杯正要敬酒，被刘佳佳抢过酒杯："关姐，你明早要给客户放款，你忘了？这酒我来喝，各位领导不介意吧？"

关享一愣，想起之前刘佳佳就是因为喝酒才出的事，低声问道："你能喝吗？"

"因为我起的事，我能眼睁睁地看着你为我去拼吗？不就是喝酒吗，反正又喝不死。"刘佳佳推开关享拿酒的手，对着在座的各位温婉一笑，"我第一次喝，不知道能喝多少。我先敬大家每人一杯，能不能敬到第二杯，我就不知道了，我先博个态度好！"

刘佳佳连干三杯，半斤多白酒下肚，震得半桌男人鸦雀无声。喝到第四杯的时候，刘佳佳再也扛不住，捂着嘴往洗手间里冲。关享怕她有事，跟着出了门。

洗手间内，刘佳佳抱着马桶吐得昏天黑地。关享手里端着找服务员要来的热水，随时准备送上。

刘佳佳吐得差不多了，挣扎着抬起脑袋，推开关享喂到唇边的水，眼睛因为酒气湿漉漉的："怎么样，没给你丢脸吧？"

关享冷着一张脸："上次喝酒的教训还不够？你还喝？"

"有你在，我不怕。"刘佳佳枕在胳膊上，露出半张脸，定定地瞧着关享，"关姐，我知道你打心眼儿里瞧不上我，这辈子都不会和我这种人交朋友。可是，有你在我旁边，我特别安心，比我妈在我身边都要安心。你知道原先我为什么和你对着干吗？我不是讨厌你，其实我是讨厌我自己，讨厌自己活不成你的样子。如今谢谢你，谢谢苏航，谢谢言姐，谢谢罗行，谢谢所有帮我的人，包括刚才那群逼着我喝酒的，让我终于有机会砍号重练。你放心，从今往后，我不会再走原先那条路了。我试试靠自己，不管成不成，反正就是不想靠男人了！今天就是我的第一步，以后这种应酬，请你带上我，业务我会学，这些东西我都能学！"

"女人多的地方是非多，咱们又没什么深仇大恨，说开了就完了。你也别老记着这事了，免得想起某个恶心的玩意儿……"关享让刘佳佳用热水漱口，又从服务员那里要来热毛巾，帮刘佳佳把脸和手擦干净，"进去吃点主食，过会儿我送你回家！"

众人被刘佳佳的"自杀式攻击"威慑到，不再劝酒。在龚老师的牵线搭桥下，关享顺利把业务谈完，五千万的目标完成了一半。

饭后，关享送刘佳佳回家，酒劲上来的刘佳佳被关享用安全带扣在副驾驶上。

车发动后，浑身燥热的刘佳佳挣扎着打开窗户，对着飞速倒退的路灯又喊又叫。关享知道她心里堵得慌，由着她闹。突然间，刘佳佳别过脸，死死地看着关享说："关姐，自从你和肖捷处对象以后，你越来越不开心，你知道吗？李格非也喜欢你哦，他看你的那个眼神，我懂的。从来没有一个男人用那样的眼神看过我，他们嘴里说着喜欢我，眼睛里面从来没有我。有一个自己喜欢也喜欢自己的男人多难啊，关姐，你要开心啊！你开心的时候最漂亮了，仅次于你叉着腰骂我的时候……"

关享抽出一张纸巾拍在刘佳佳的脸上，让她把口水擦干净。刘佳佳捏着纸巾睡着了。

关享没机会反驳刘佳佳的一番话，窝了一肚子火，更窝火的是刘佳佳怎么叫也叫不醒。关享问不出刘佳佳家的具体地址，只好把车开回家，叫来言晓晓，一起把刘佳佳抬上楼。

刘佳佳在书房睡了一夜，早起呈断片儿状态，只记得自己灌下去半斤多白酒。关享想起昨晚刘佳佳的"真情告白"，不由得又翻了几个白眼，施施然去分行审批贷款。

言晓晓恭喜刘佳佳旗开得胜，一举拿下千万级存款。刘佳佳谦虚地表示都是关享的功劳，随后跟着言晓晓学习起贷款系统的操作。

关享在分行的审批进行得很顺利，连着过了十几个案子，心情大好，发消息给言晓晓说中午要吃麦当劳新出的炸鸡庆祝。刚好言晓晓和刘佳佳录系统录得头昏眼花，也想借着出去买炸鸡的工夫呼吸一下新鲜空气。

从麦当劳出来，两人捧着炸鸡有说有笑地往支行走，快到支行门口的时候，刘佳佳的笑容突然僵住，只见上次泼油漆的几个中年妇女正堵在门口，与保安争执。

言晓晓的手机铃声响起，电话里传来大堂经理焦急的声音："言姐，你让刘佳佳千万别回来，那几个女的又来了，在柜台找不到刘佳佳，现在准备往后场冲呢！"

大堂经理提醒得晚了，其中一个女人偶然回头发现了刘佳佳，立刻招呼同伴往这边冲过来。刘佳佳的一张脸瞬间变得惨白如纸。

言晓晓也吓了一跳，下意识地往后退，可当她的眼神落到刘佳佳的脸上时，瞬间停住了脚步。这一刻，言晓晓是害怕的，但是她的害怕比起刘佳佳的遭遇所带来的惊恐实在是不值一提。言晓晓握紧双拳，挡在刘佳佳的身前，这一刻，她就是刘佳佳的依靠，亦如大半年前，苏航和关享之于她。

一个中年妇女已冲到她们面前。这些年的富贵生活早已经让这个女人相信有钱就可以为所欲为，甚至就连儿子被关进警察局的时候，她也以为仅仅是钱的问题。这些天下来，当律师反复告诉她，她的儿子坐牢不可避免时，她才知道原来钱不是万能的，这个世界上还有钱办不到的事情。她想到爱如珍宝的儿子要在监狱中度过数年时光，几乎崩溃："贱女人！我要打死你！"

刘佳佳的身后是墙，身前是和她一样瘦弱的言晓晓，她颤抖得像秋风中的一片枯叶。

言晓晓的恐惧比她少一点，但也少不了多少，但她倔强地抬着头与骂人者对视："你凭什么骂人？"

"她就是个妓女，勾引我儿子，嫌我儿子给钱少，诬陷我儿子强奸她！"

中年妇女和同伴的大喊大叫迅速吸引来一堆人围观。刘佳佳像是又回到当初那个恐怖的场景，她张大嘴巴用力呼吸，可是空气怎么也送不到肺里。她的脸涨得通红，几乎窒息。是言晓晓沉着入耳的声音，安抚着她的心灵，让她不至于当场崩溃。

"大家不要相信她，她在撒谎，我同事没有做她说的事情！是她儿子欺负我同事，被警察抓了！"

这几句话，言晓晓几乎是喊出来的。喊出口之后，言晓晓的心神慢慢定了下来。曾经，眼前的这一幕也是她的遭遇，明明是受害者，却被扣上加害者的帽子。这样的事情是不对的。她当时没有能力阻止事情发生，那么现在事情重演在身边人身上，她至少可以说不。

中年妇女如同受伤的野兽，瞪着血红的一双眼，几乎扑到言晓晓的身上："你不滚，我连你一起弄死！"

言晓晓用胳膊护住脸，抵挡对方的袭击："做错事就要受到惩罚，你儿子现在的下场，是他应得的。"

中年妇女的指甲在言晓晓的手背甚至脸上留下血痕。几点猩红闪过刘佳佳的眼，如同黑暗深处的灯光，猛地照亮她的心田，让她从混乱中镇定下来。她推开护在她前面的言晓晓，从未有过的狠戾之色出现在她脸上，她指着中年妇女鼻尖，嘶吼道："我没有做过你说的事，是你儿子强奸我！害人的是你儿子，不是我！"

"你个臭不要脸的！"中年妇女揪着刘佳佳的头发，厮打起来，她的同伴也立刻加入战局。言晓晓一边呼唤行里的保安，一边拼尽全身力气推开殴打刘佳佳的人。这个场景言晓晓实在太熟悉了，当时张博的妈妈也是这么骂她的，说她被男人甩，是她不要脸，总之，错的都是她们。

被大堂经理电话召唤来的警察和保安一起赶来，拯救出言晓晓和刘佳佳。言晓晓用手背抹去脸上的血痕，帮刘佳佳整理好仪容仪表，也整理了一下自己被扯乱的衬衫，然后对中年妇女说："子不教，母之过，你儿子坐牢，全是你的责任，怪不了任何人！"

当着警察的面，中年妇女不方便动手，丢下两句狠话，带人走了。担心去派出所再让刘佳佳想起不愉快的事，言晓晓谢绝了警察要让人带她去验伤的建议，陪着刘佳佳回到单位。

罗行长从客户那儿回来后，看到两人的惨状，立刻让两人赶紧回家休息。

言晓晓把刘佳佳送到家后，独自回家。

万万没想到，福无双至，祸不单行。言晓晓一出电梯，竟然发现家门口有人正在等她。

言晓晓的叔叔一家三口脸上齐齐堆起的笑容，盖不住眼睛里的虎视眈眈。言晓晓的婶婶和儿子、丈夫的眼神略一交流后，率先上前，拉住言晓晓的手，上下打量："哎哟，之前你妈妈和我讲我还不信，现在这么一看，比你妈妈说的还要漂亮！晓晓你是不是交新男友啦？变化这么大！"

言晓晓当然明白来者不善，过去二十多年，这一家三口从未正眼看过她，如今连个招呼都不打，就堵在她家门口，绝对不可能是问好，十有八九是为了上次她父母来的那件事。言晓晓抽回手，口气淡淡的："叔叔婶婶怎么突然来了？幸亏我有事回来，不然你们有的等了！"

"我们过来看言晗，言晗怪我们只记得他，说你最近工作辛苦，催着我们一起来看看你这个姐姐，这不连电话都没想起来给你打，人就直接过来了。他这个当弟弟的啊，最心疼你了！"

婶婶发出夸张的笑声。言晓晓静静地看着她，一直看到她不得不尴尬地停下，这才收回视线。言晓晓拿钥匙打开门："都等累了吧？进来坐吧。"

一家三口进了家门，连鞋子都来不及换，就四下查看起来。他们的神态动作，与其说是去亲戚家做客，不如说是验收自家刚买的新房。这一切尽收在言晓晓的眼底，她不动声色地拿出药箱处理好脸上和手上的伤口，又泡好茶，配好茶点放在客厅的茶几上，安静地等候战斗开始。

"晓晓，你一个人住这么大一套房子挺不方便吧？"婶婶靠着言晓晓坐下，亲热地拉过言晓晓的手，"我记得这边离你单位也挺远，又没有直达的地铁，遇上早高峰，你上班容易迟到吧？"

言晓晓没有多余的表情，甚至连一个多余的字都没有："我两个同事和我一起住，我搭她们的车上班，挺好挺方便的。"

"房间租出去啦？一个月多少租金啊？加上你的工资，晓晓你一个月收入不低啊！"婶婶脸上堆满长辈对晚辈的关爱，只是过分生硬，以至于虚伪。言晓晓也不去看她，拿了个橘子慢慢剥了，声音和表情一样，平淡得没有一丝情绪："还好。"

"言晗的事情，你爸爸都和你说了吧？"婶婶试探性地开口，见言晓晓没有反应，一颗心放进了肚子。之前和大伯子借婚房，大伯子先是满口答应，突然又反悔说女儿不同意。当时她就不相信，言晓晓是她从小看到大的，就她那性子，家里长辈开口，她敢说不？无非是在外面交了些不三不四的朋友，学坏了，只要骂她几次，实在不行动手打一顿肯定就好了。明明就是大伯子舍不得借，却推到女儿身上。她今天让言晓晓当面答应，看大伯子有什么好说的！

言晓晓的面色微微有些发白，轻轻点了点头。婶婶越发信心满满："你一个小姑娘，家离单位远，太不方便了。你上班早，下班又晚，安全也成问题啊。你爸妈听了我的建议，打算给你在单位旁边租一套小房子。我知道你现在这套房子是按婚房装修的，空着你会不放心。可言晗是你弟弟啊，让他吃点苦受点累，上班远点就远点，搬进来帮你看着！"

言晓晓的神色，如暴风雨前的天空，阴沉沉的不见天日。婶婶却没有觉察，依旧喋喋不休："刚开始言晗还不同意，嫌太远。我就批评他，说晓晓是你的姐姐，你唯一的姐姐，你不帮她你帮谁？言晗重感情，一听这话立刻就答应了，不光他自己来，他还把他女朋友带来了。哦，对了，你还没见过言晗的女朋友吧？小姑娘很好的，一听我说这个事，立刻就答应了，说言晗的姐姐就是她的姐姐，只要姐姐过得好，她多吃点苦没有问题的！"

言晓晓卧室内，传来叔叔和堂弟的欢声笑语，他们正在商量婚床的大小以及摆放方向。

言晓晓从小就觉得叔叔婶婶一家待她不过尔尔，之前她把原因归结于自己不讨人喜欢，现在她非常明确，是叔叔婶婶一家不要脸。

言晓晓不想和他们废话，等叔叔和堂弟从卧室出来后，她先一步锁上了苏航和关享卧室的门："这是朋友的卧室，你们不方便进。"

堂弟正要发火，被父亲扯了扯衣袖，立刻反应过来："好的好的，她们两什么时候回来？大家一起商量一下搬家的事情。她们两个女孩子搬家也不方便，不如和你一起搬？到时候我来安排，就这个周末行吗？姐，你早点安定下来，我也放心！"

言晓晓端起茶几上的茶和点心送进厨房，这些都是苏航备下的，她这个人重视生活品质，都挑好的买，拿来喂狗实在有些可惜。叔叔一家三口被言晓晓的举动弄得摸不着头脑，面面相觑。言晓晓打开家门，扬了扬下巴："我累了，我要休息，没什么事情我就不送了。"

言晗沉不住气，满脸恼怒："言晓晓，你这是什么意思？"

言晓晓板着一张脸，面无表情："这是我的房子，我要住。你结婚没房子，你自己买，我不借。"

此言一出，连带着叔叔也恼怒起来："他是你弟弟，他结婚你好意思不管？"

言晓晓慢慢抬起眼："过去二十几年，你们也没管过我，我现在为什么要管他？"

"他和你一样姓言，将来他的孩子也姓言！"

面对叔叔和堂弟的怒意，言晓晓只是微笑。记忆中，每年的家庭聚会，亲戚们看着她的眼神，都是那样不屑与轻蔑。她这辈子都不要再承受那样的眼光。想到这儿，言晓晓说道："嫁出去的女儿泼出去的水，将来我的孩子就是外姓人，我买的这套房子就是人家的了，言家得吃大亏。您是这么想的吧？"

言晓晓清楚，此时此刻，她的一言一行并不理智，但她不在乎。她只想痛痛快快地把积压在心头多年的怨气一并发泄出来。她接着说："可是，我的房子和您有关系吗？用得着您来帮我操心吗？还有婶婶刚才说的那番话，是为我好吗？我是不聪明，可你们也不能当我是个傻子，拿那些话来骗我！外人算计我也就算了，你们这些口口声声说是我亲人的人，也这么对我？"

婶婶也是恼羞成怒，但在言晓晓的逼视下，没有了刚才的张狂："晓晓，一家人不要把话说得这么难听嘛，我们什么时候算计你了……"

言晓晓笑着看着婶婶："你们和我父母讲，像我这样的，能有个男人要就不错了，现在男人没了，还要房子有什么用？还不如赶紧顾着弟弟，将来老了，也有人照顾着，你们这话就像是人话了？"

言晓晓指着大门，又做了个请的动作："我不欢迎你们，麻烦从我的家里离开。"

叔叔和堂弟气得发颤，婶婶恶狠狠地瞪着言晓晓："原来人家说的话我还不相信，现在看来都是真的了！听说你做了不要脸的事情才被男人甩的！现在这个点，明明是上班时间，你这个样子一看就是被人打的。你老老实实说，你是不是当小三被大房捉奸了？言家的脸都被你丢尽了！"

言晓晓眼神冷漠，落在婶婶身上："您这番话，我会原封不动地转告给我父母，我相信他们再重视亲戚之间的感情，也不会允许你们这么污蔑他们唯一的女儿。我知道你们主意多，当初爷爷奶奶去世，我们家承担所有费用，你们说你们家条件差，一分钱没出，除了房子，连爷爷奶奶的丧葬费都拿走了。我爸爸就是念着亲情，从来没和你们计较过，但是不计较不代表我们傻，由着你们骗。何况现在你们已经不是占小便宜，你们是欺负人。我现在就告诉你们全家，想都不要想，这套房子是我买的，任何时候都不会给你们住，就算空着也不会给你们住！"

"你听听，她都说的什么话，搞得好像我们全家都欠他们家一样！"婶婶指着言晓晓，眼睛盯在丈夫身上，"你一个长辈，还怕她一个小辈？她爸爸现在不在，你还不赶紧替她爸爸教育教育她？"

被气得面容狼狈的叔叔在妻子的提醒下，冲言晓晓扑来。言晓晓侧身躲开，快步冲进厨房，拿起一把菜刀指着叔叔一家三口："你们算什么东西！我看在你们是我亲戚的分儿上叫一声'叔叔婶婶'，现在你们还想在我家打我？你们出不出去？不出去我马上报警说你们在我家偷东西！"

"你报啊，我还不信警察能管家务事！"婶婶一巴掌落在丈夫身上，"你怕什么啊？她还真敢拿刀砍你啊！赶紧过去教训她啊！"

"你们在我家骂我、打我，问问你儿子，这事警察会不会管？再问问你儿子，你们想打我，我拿刀反抗，捅了人谁的责任比较大？真出事了，我爸再心疼兄弟，我妈可不会放过你们！"

"走啦！走啦！和她有什么好说的！"言晗使了个眼色，招呼父母走人。他刚才想好了，硬的不行就来软的呗。他想等言晓晓不在家的时候，叫上言晓晓的父母，找个锁匠把门撬开，把言晓晓她们的东西扔出去，把自己的东西搬进来，到时候生米煮成熟饭，让她言晓晓搬石头砸天去吧！

言晓晓和言晗认识了二十几年，被欺压了二十几年，怎么会不清楚言晗的禀性？她堵在门口，与等电梯的一家三口漠然相对："我知道你们肯定在打鬼主意，想都别想！你们敢动这套房子，我宁愿卖了它当律师费也会和你们斗到底。我早就不是以前的我了，我绝对不会让你们欺负的！"

婶婶吃惊地看着言晓晓，仿佛从来不认识这个人。她瞪大的双眼里含着恶毒的冷光，像尖刀一样向言晓晓刺去："有房子有什么用？你一个没人要的赔钱货，被人白睡八年一分钱没捞到的下贱东西！"

言晓晓牙关紧咬，发出咯咯声，她握紧双拳让自己冷静下来："这句话，我也会告诉我父母的！"

电梯在此时到达，吴楚一从电梯里出来，看到言晓晓和言晗一家的神色，尤其是言晓晓手上的刀，虽然还不清楚事情的经过，却立刻走到言晓晓面前，把她护在身后："你们想干什么？"

看到吴楚一的态度，言晗有些怀疑他和言晓晓的关系，可是一看吴楚一的长相和打扮，言晗又不太敢确定。他拦住跃跃欲试的父母："你是谁啊？我们家的家务事关你什么事！"

"我之前和你说过的，想要和我借房子结婚的，就是他们……"

得知眼前几位就是言晓晓家的糟心亲戚，吴楚一微微一笑："我是她男朋友，她的事就是我的事。长辈都跑上门来明抢房子了，别说是男朋友，就算平时认识的人，也得出个声，不然还真以为这世上没王法了！"

婶婶看着吴楚一的眼神满是鄙夷，她狠狠地往地上吐了口唾沫："看你这个样子就不是什么好人，别是哪个富婆包养的小白脸吧？晓晓，你好好的男朋友不要，和这种人搞在一起？"

"既然您这么说，那您就别走了，我马上请我的律师过来，您刚才说的这话，麻烦再和我的律师说一遍！"

言晗看出端倪，无论是言晓晓还是眼前的这个男人，似乎都不太好惹，好汉不吃眼前亏，不如还是找言晓晓的父母下手。

言晗放了两句狠话后，带着父母走进电梯。随着电梯门合上，吴楚一的微笑瞬间消失，火气直冲头顶，他指着言晓晓受伤的脸和胳膊："你就这么回来了？"

原来吴楚一路过支行，想给言晓晓送点东西，结果从大堂经理那里得知中午发生的事情，于是急忙赶过来找言晓晓。没想到，真是一波未平一波又起，竟然在言晓晓家门口见到另一场争斗。更让他焦心的是，大堂经理说的'没什么大事'简直是一句安慰人的屁话。言晓晓脸上的那几道抓痕，如果不好好处理，绝对有可能留疤。他生气地说："你赶紧和我去医院！"

言晓晓第一次见吴楚一发这么大的火，不敢顶嘴，立刻穿好外套，和吴楚一出门。

车上，吴楚一气极败坏："你不会叫保安？你逞什么能？我只教过你化妆没教你打架吧？还是说你突然新增了什么我不知道的技能，想和人动手试试？"

吴楚一责备之下是满满的关心，一瞬间，言晓晓的一颗心被感动包围。她忍不住冒出一个念头，随即死死掐灭。她提醒自己此刻的身份，不应该抱有任何不切实际的幻想。

言晓晓低头，轻声解释："叫保安了，当时情况急……"

"再急也用不着你挡在她前面！你以为自己是蝙蝠侠，人家不敢动手打你啊？"

"她们对我多多少少总是有些顾忌，我就想着能拖一会儿是一会儿，拖到保安过来，没想到她们……"

"没想到她们对你动了手！"吴楚一托起言晓晓的下巴来回查看，"要是留疤了，有的是你哭的时候！"

"留疤就遮瑕呗，反正我又不靠脸吃饭……"

吴楚一横了言晓晓一眼："什么时候变得这么想得开？之前我扔你点儿破烂货都跟我哭哭啼啼的！"

言晓晓抬眼，却不敢看吴楚一，她定定地望着吴楚一腕上的袖扣，良久之后，轻声说："这么久以来，我一直是站在别人身后，接受别人的保护。我想试试走到前面，我也想有保护别人的能力和勇气。"

"可是你是在胡闹你知道吗？"

"我没有。"相识以来，言晓晓第一次反对吴楚一的意见，"我觉得我做的是对的，如果我当时袖手旁观，她可能会受到更大的伤害。就像是之前我的事情，如果你仅仅是说些安慰的话，而不是教我化妆造型，我不可能那么轻易地走出来。我并不是想多管闲事，我只是不想看到一个受害者孤立无援。"

吴楚一懒得理言晓晓的废话，把言晓晓带到医院处理好伤口，又送回家，叮嘱刚刚赶回来的关享好好照顾言晓晓后，就赶去活动现场，临走前通知言晓晓："明儿带上你那个同事一起去找钱多多，我和她说过了，她会给你们介绍几个客户。"

关享了解了事情的经过后，一边烧水让言晓晓吃药，一边大骂言晓晓的亲戚不是东西，如果再敢上门，她见一次打一次。

言晓晓摇了摇头："他们现在应该是去找我父母了，很快我父母就会给我打电话或者直接来找我。过去二十多年一直都这样，亲戚也好，张博家也好，都是这个套路。我受够了，这一次我不想等我的父母来问罪，我先去找他们。"

当着关享的面，言晓晓拨通了她妈妈的电话。不出她所料，听到她的声音，父亲接过电话，张口就批评言晓晓竟然学会了目无尊长。言晓晓静静地听父亲说完，缓缓开口，把今天遇到的事情从头到尾说了一遍，尤其是那两位长辈是如何评价她的。

"从小到大，我一直听您的话，听妈妈的话，听家里长辈的话，结果呢？只是因为我没有满足他们的需求，他们就用这种方式来侮辱我。我是您的女儿，我是什么样的人，您最清楚，您觉得他们说得对吗？在这件事情上，我不会有任何退让，您和妈别想说服我，这是没有任何可能的。我也希望您能和叔叔婶婶讲清楚，如果他们愿意向我道歉，我还愿意接受这门亲戚；如果他们不愿意道歉，那我先和您道个歉，从今往后，我不会再见他们。"

言晓晓听着电话里传来的粗重呼吸声，几乎能想象到父亲的怒容："还有，您最好多劝劝他们，别想着耍花样。他们敢用下作的手段对我，我就会报警，我也会找律师，到最后，不光他家儿子结婚成问题，没准他们还要吃官司。"

关享对着言晓晓竖起大拇指："老言，你越来越可以了！"

言晓晓对着被挂断的电话叹了口气："还不都是被逼的！"

关享哈哈一笑："你要是能被逼成这样，几年前我就逼你了，别闹了，还不是人家吴楚一的功劳！"

看言晓晓的脸瞬间红透，关享怕她害羞，岔开了话题："不是我说啊，刚才你和你爸谈这事，你应该哭两声，表达一下你的委屈和脆弱，让你爸心疼。"

言晓晓接过关享递来的热水，吞下药丸，再次摇了摇头："我不会再哭了，张博的事情已经让我的眼泪流干了。从现在起，我只会笑。"

隔天上班，刘佳佳见到言晓晓，眼圈一红，刚要开口，被言晓晓拉到办公桌前。言晓晓指着一堆材料对她说："我说走就走，后勤的事就交给你了，你必须支持好苏航和关享的工作。现在没时间给你伤感，我也不需要你感谢，赶紧干活，有不懂的我好教你。"

刘佳佳想哭又不敢哭地按着言晓晓要求整理客户资料、抄写合同、录入系统，好不容易告一段落，言晓晓连喘气的工夫也没给她，拖着她去分行审批客户。言晓晓认为自己必须在最短的时间内，把当初苏航、关享教给她的东西灌到刘佳佳的脑子里，这样她才能放心地离开。

刘佳佳留在放款中心排队，言晓晓去人力资源部把扶贫申请资料补齐，下楼的时候，正好遇到王凯。

王凯看见言晓晓，方才在评审那里受的气顿时一扫而空，笑吟吟地开口："约你几次都说没空，今天总算有空了吧？晚上带你吃好吃的。"

不等言晓晓答复，王凯的视线落在言晓晓手里的文件袋上，神色一惊："之前我听说你报名，我还以为是有人搞错了，你不会是真想去吧？"

言晓晓轻轻一笑，算是默认。王凯不由得有些发急："晓晓，你图什么？我们支行的一个哥们儿去年去的，今年回来探亲时又黑又瘦，他还是一个男的，你一个小姑娘凑什么热闹，去吃那个苦？"

言晓晓抱着档案袋，嘴角微翘："谢谢你帮我考虑，做这个决定之前，我已经想得很清楚了……"

"你要真想拼事业，哪儿不能拼？"王凯略一思索，索性把话挑明，"晓晓，我喜欢你，我想和你交朋友。"

言晓晓脸上的笑容慢慢淡去，她垂眼看着地面，一时间，空气仿佛凝固。很快，她的嘴角扬起优美的弧度，眼睛里也全是笑意，只是伴随着笑意，有泪水滚滚而落。

去年这个时候，别说王凯这样的人，就是在普通男同事的眼中，她也是隐形人一般的存在。她一直以为，这辈子也就这么浑浑噩噩了，没想到有朝一日，她原来不敢正眼去看，也从未正眼看她的男人，竟然会对她有好感。

王凯被言晓晓的眼泪吓了一跳，一时间有些手足无措。言晓晓抹去脸上的泪水，笑容越发灿烂："我没事，我就是高兴。"

王凯以为言晓晓答应了他，满脸雀跃，却被言晓晓随后的一席话击倒："可是我们不合适，你喜欢的是现在的适合结婚的我，但那不是全部的我。不过，我要谢谢你，生平第一次，被像你这么优秀的男人表白，到现在我还有点恍惚，甚至有点不敢相信。我开心极了，非常感谢。"

刘佳佳按着言晓晓教的步骤放完贷款，到停车场找言晓晓，坐上车还没来得及汇报情况，立刻被言晓晓的泪眼吓到："言姐，你没事吧？谁欺负你了？"

言晓晓把王凯的事情说了一遍："我是高兴，我感觉我的人生好像重新来过了一遍，所有东西都不一样了，我完全活成了我以前想都不敢想的一个人。"

言晓晓转过脸，看着刘佳佳："我都可以，你当然更可以。我们一起，重新活一遍好不好？"

刘佳佳长长的指甲划过放在腿上的贷款案本，发出钝钝的声音。言晓晓的话，重重地敲打在她的心头，她也想重新活一遍，活成她想活的样子。刘佳佳想起关享，她拼命针对关享，与其说是讨厌，不如说是嫉妒，嫉妒关享可以肆意妄为地哭笑打闹，而不是步步为营地算计。刘佳佳闭上眼睛，再睁开时，眼神明亮地说："好的，言姐。"

得知言晓晓拒绝王凯，办公室内，关享捂着胸口，一副痛心疾首的样子，说道："你有没有搞错？就算他不是钻石王老五，那也是黄金单身汉！你就这么给拒绝了？你就不能考虑一下偶尔谈个小恋爱，谈到世界充满爱？你就非得跑到鸡不拉屎、鸟不生蛋的地方把自己晒成一颗皮蛋？"

言晓晓照旧指导刘佳佳录系统，嘴角含着一丝若有若无的笑意："这是我的理想。"

"我看你是痴心妄想！"

"梦想总是要有的,不然和咸鱼有什么区别?"

关享被堵得半天才能出声:"看不出来啊,言晓晓,你什么时候学会和人斗嘴了?"

言晓晓又想起今天和王凯聊天的那一幕,心头一阵轻快,束缚了她二十多年的一张大网,被她狠狠地撕开了一个口子。她咬紧牙关探出头,眼前的每一样事物,都让她欢喜雀跃。她不用再忐忑不安地看人脸色,她可以自由自在地释放和表现自己的天性。她甚至开始喜欢说话,原来和人交流是这么一件让人轻松愉快的事情。"你不知道的事情还多着呢!"言晓晓一边说一边笑吟吟地看着刘佳佳,"佳佳你说,我脸上的阴影和高光,打得是不是比关享好?"

刘佳佳捂着嘴不说话,笑容却给出肯定的答案。关享恼羞成怒,正要和言晓晓辩驳,罗行长一个电话把言晓晓叫走,说是分行打电话过来谈扶贫计划,他有些细节要和言晓晓沟通。

刘佳佳急忙宽慰关享:"关姐,你看你这高鼻大眼,就算没有阴影高光,那也是艳光四射,言姐化妆好有什么用?一洗脸就没了!"

关享对刘佳佳这种言不由衷的夸奖没有一毛钱的兴趣,板着脸指导刘佳佳继续录系统。

讲到关键地方,关享示意刘佳佳动手操作,招呼两声后,发现没动静,转头一看,刘佳佳正看着手机发呆。

刘佳佳被关享一巴掌拍醒,想要敲打键盘,又被关享制止:"出什么事了?"

刘佳佳知道自己的慌乱瞒不过关享,再者,经过这段时间发生的事情,在刘佳佳的潜意识中,关享早已成为她精神上的依靠。

刘佳佳定下心神,缓缓道来。原来,她妈联系她,让她赶紧掏五十万元出来给弟弟买房,借此赎罪,好让全家原谅她。

关享眉头紧皱:"你去年毕业,工作刚刚满一年,你妈找你要五十万？"

刘佳佳黯然一笑："这事其实不是今天才提的，之前我和李林在
一起的时候，李林答应过我，结婚以后会出这笔钱……"

"你和李林现在什么关系，你妈不知道？五十万？你卖肾都
不够！"

刘佳佳摇了摇头，声音喑哑："我弟弟下个月结婚，原本双方
父母商量好，结婚以后，在市里买房，写弟弟、弟媳两个人的名字，
谁知道昨天女方家突然改口，房子要在领证前买，而且只写女方一
个人的名字，否则不结。"

刘佳佳勉强挤出一个笑容："关姐，你知道的，我们那儿重男轻
女特别严重，好多人家生下女孩直接……结果现在我们那边未婚男
女比例完全失调，但凡有个未婚姑娘，真是一家有女百家求。我家
之前为了这门亲事，已经花了七八十万，要是结不成，彩礼也不退，
这钱就打水漂了。"

关享一惊："七八十万？我记得你们家不富裕啊？"

"没办法，谁让姑娘少呢。我弟弟相亲相了有一阵子了，好不容
易相中这个，闹着一定要娶……"

关享正要吐槽，突然想到什么："李林给的？"

刘佳佳咬着嘴唇摇了摇头："李林虽然给我买了不少礼物，但他
那个人你知道的，什么事都听他妈的，以他妈的性格，没结婚前怎
么可能给我钱。这七八十万，是我两个姐姐的彩礼钱……"

刘佳佳的身体微微颤抖，像是被触动到心底最深处的痛苦："她
们俩原本在外面打工的时候都有对象，可惜都出不起彩礼钱，只好
分手，嫁给我妈给她们找的对象。虽然嘴上不说，可我能看得出来，
她们过得不好。因为彩礼钱，婆家也好，老公也好，都把她们当成
买来的商品，没有一点点的尊重……"

　　关享想起李林妈之前对自己的态度，以刘佳佳的出身，李林妈对她恐怕是变本加厉，难为她忍下来了。关享叹了口气："这样吧，你和你妈商量一下，能不能少点，三十万够不够？咱们不是有行员贷款吗？你申请，我给你办。你刚才说房子买在市里，我刚才想了想，你们那儿的房价应该有升值空间。你和你妈商量下，不能白出钱，房产证上得有你的名字，你就当长期投资了。"

　　刘佳佳陷入沉思，过了一会儿，慢慢抬起头，看着关享说："谢谢关姐，但是我的贷款额度已经用掉了……"

　　刘佳佳垂下眼睛："我弟弟之前相亲，我妈说家里没楼不好看，我就把贷款拿出来，盖了五层的楼……"

　　"你两个姐姐出嫁，你不在家，你爸妈加你弟弟一共三个人，住五层的楼？"

　　"我们那儿都这样，谁家楼高，就证明谁家最有本事……"

　　"让女儿贷款盖楼，这算什么本事？"关享不想在刘佳佳伤口上撒盐，硬生生地咽下一肚子的话，"房子在镇上？应该有房产证吧？赶紧想办法在房产证上加上你的名字！"

　　关享的话让刘佳佳露出一个无奈的笑容，她又摇了摇头："我妈早和我说清楚了，家里所有的东西都是弟弟的……"

　　这话关享没听懂，李老爷和李婉仪说，家里东西都是儿子的，那还有个凭据，归根结底，江山是他打下的。这刘佳佳的妈凭什么？"你贷款买的房子，所有权归你弟？然后，你妈还找你要钱，再给你弟买一套？"

　　"他是我弟弟，我就这一个弟弟……"

　　关享眉头紧皱："你知道你这样的人叫什么吗？"

　　刘佳佳脑袋低垂，下巴都快碰到胸口了，小声说道："凤凰女……"

"别给自己贴金了，你这样的，就是传说中的扶弟魔！结婚前，掏尽自己的每一分钱补贴给弟弟；结婚后，掏尽自己小家的每一分钱补贴给弟弟。从弟弟结婚买房到弟弟孩子上学，你宁愿牺牲自己的全部利益，也要保证弟弟全家幸福美满。哪个男人娶了你，也算倒了八辈子血霉了……"

"关姐，你是独生子女，你不懂……"

关享冷笑："别和我在这儿扯姐弟情深，我就问你一件事，你被人欺负后，你弟什么反应？是找人玩命呢，还是和你妈一起骂你不要脸？来，说给我听听，让我这个独生子女感受一下一母同胞的温情脉脉！"

刘佳佳的眼泪再也控制不住，夺眶而出。关享没有一点安慰她的意思，古话说得好，重病还得猛药医。

"他应该是和你妈一起骂你是贱人，把李林作跑了，导致他的房子没了。我猜得没错吧？"

关享脸上带着轻松愉快的笑容，但那笑容却像是针一样，一下一下地刺在刘佳佳的心头："关姐，求求你，别说了……"

"我凭什么听你的？"关享无视刘佳佳抖得像秋风中的落叶，眉毛高挑、神采飞扬，"大部分中国人，总有一种错觉，铁了心认为父母绝对都是爱孩子的。但其实不是这样的，你的父母就不爱你，一丁一点都不爱！在他们眼里，他们这辈子只有一个孩子，就是你弟。至于你，只是个取款机，负责为你弟弟还有他未来的老婆、孩子输出人民币。某种程度上，我挺理解你的，你这辈子完全没从你父母身上获得过爱，所以你拼命想要。你不停地为你弟弟付出，希望你父母能够承认你，能够给你一点爱。我坦白地告诉你，"关享弯下腰，与刘佳佳对视，说："别做梦了，这辈子，你父母都不会爱你的，他们只会榨取你最后一点利用价值，然后抛弃你。"

　　藏匿于心底阴暗角落的猜测，被关享强行暴晒于阳光下，刘佳佳猛地想要站起，却被关享推回椅子上。关享继续说道："至于你弟弟，别指望他会给你好脸色，在他心里，你连个人都算不上。你和你的两个姐姐，就是个物件，是你妈生出来，用来给他换美好生活的。对了，他应该连声'姐姐'都没叫过你吧？"

　　"那我能怎么办？"刘佳佳的防线全面崩溃，母慈子孝的戏，她再也演不下去，"她说我不给她钱，她就不认我！"

　　关享像是听到最好笑的笑话，她拉了张椅子坐下来，托着下巴，和泪眼蒙眬的刘佳佳对视："你有这个妈和没这个妈有什么区别？我觉得你没这个妈过得可能还会好一点。我妈曾经问过我，如果我有个弟弟，并且弟弟因为无能过得不太好，我因为能干过得好，我会不会帮助弟弟。我明确地告诉她，我只对我自己的人生负责，别指望我对弟弟的人生负责。或者说得再直白一点，我只有赡养父母的义务，我没有赡养一个成年并且无残疾的弟弟的义务。我妈当时骂我没人情味儿，可是人情味儿这种东西吧，也要看父母，如果父母一碗水端平，兄弟姐妹之间那自然是感情深厚。像你妈这样的，请问你和你弟弟能有什么感情？你为什么要为一个完全没有感情的人牺牲你的人生？就为了让那个完全不爱你的女人夸你一句？"

　　刘佳佳的泪眼里满是凄苦："那我就没有家了……"

　　"所以我说，路得你自己选啊。要么抛弃你的原生家庭，从不切实际的幻想中走出来，对自己的人生负责，要么……"关享冷笑，"就牺牲你自己，去填你家那个无底洞。你现在这个情况，想要短时间内搞出五十万元，除了民间借贷，我想不出第二条路。可是借钱得还啊，你拿什么还？如果债主闹到单位里，你会丢工作。没了工作的你，又要还钱，你说你还能走什么路？我不知道有个故事你看没看过，一个姐姐为了供弟弟上大学，出卖肉体，结果弟弟大学毕业以后，嫌姐姐的钱脏，坚决和姐姐断绝关系。这个下场你喜欢吗？"

绝望积聚在刘佳佳的眉心，久久不能散去。她似乎下了狠心，狠狠地咬着嘴唇说："我真的可以离开？"

关享若无其事地剥着指甲，检查指甲油的完好程度："腿长你身上，她还能把你绑回去不成？再说了，绑回去谁给他们弄钱啊？当然，你有赡养父母的义务，他们要钱，你就每个月给个千儿八百的。他们要是嫌少，你让他们去法院告去，法院判多少你给多少！"

刘佳佳眼神游移："话是这么说，可是……"

关享似笑非笑地看着刘佳佳："可是他们一定会来找你闹，甚至会跑来单位闹。可你怕闹吗？再闹能闹过之前的事？那么大的一个难关你都挺过来了，这会儿你会挺不过去？再说了，别忘了几个月前，你是怎么对我的，你自己就是一个无理也能闹三分的主，你会怕别人和你闹？刘佳佳，没有任何重大改变是可以不需要一点痛苦就能完成的。你想要新的开始，就得和过去割裂，别想着轻松愉快。我还是那句话，路怎么走，你自己选，我只是提供一个参考意见。"

关享旋即换上一个暧昧的笑容："当然，如果你选择为你的弟弟牺牲，最终沦落到为了钱出卖一切的地步，我也不会有任何同情的。相反，我会把你当成一个笑话，讲给我认识的每一个人听。"

关享留下刘佳佳一个人在办公室思考，拉着出了行长室的言晓晓去茶水间聊天。

言晓晓觉得关享说得没错，就是方式方法有点过于简单粗暴："她刚出事，这会儿……"

"我又不是她的朋友，用不着考虑她的心理承受能力！"关享从冰箱里拿出两个橙子，用刀切开，和言晓晓分食，"这不眼见着你就要去拯救世界，接下来你的活全是她干，现在不把她的病治好，万一后面突然发作，我和苏航怎么办？"

言晓晓轻轻咬了一口橙子，酸甜可口的汁液让人心情愉悦起来："这个你放心，刘佳佳有一点和你很像……"

闻言，关享当即一眼横过去："你骂我呢？"

"你们俩，用苏航的话来说，别人是不撞南墙不回头，你们俩是撞了南墙也不回头，彻底一条道走到黑。刘佳佳要是真下了决定，估计谁也拦不住。"

关享和言晓晓回到办公室时，刘佳佳已经恢复了平静，看着电脑，键盘敲得啪啪响。

言晓晓从头到尾检查了一遍，除了几个细微错处，刘佳佳算是基本合格。言晓晓和关享打趣："我可以安心地走了！"

刘佳佳把抄写好的贷款合同交给关享检查，随着关享翻阅的动作，刘佳佳的眼睛落在文本上，说的却是另一件事："刚我给我妈打电话了，我告诉她，我没钱……"

关享喝了口咖啡，冷哼一声，刘佳佳自顾自地说下去："你说得对，我妈不爱我，在她眼里，我就是个赚钱的工具。为了羞辱我，她把之前的事情拿出来说，她说我就是个骚货，肯定是我勾引男人……"

言晓晓神情一僵，下意识地把手扶在刘佳佳的肩上，想要给她一点安慰。刘佳佳感激地看了看言晓晓，眼睛里蒙上一层水雾，语气却依然带着不服输的倔强："她骂我，说肯定是我把钱偷偷藏起来了，想养野男人，像我这种贱货不会有人要的。我特别难过，可是我没哭，我把这些年我一直想说的话都说了，我说我也是你生的，你能不能也关心关心我？她让我去死，说如果当时能做 B 超，她早就把我打掉了……"

刘佳佳用力睁大眼睛，不让眼泪掉出来："关姐，你说得全对，这些年，我拼命讨好男人，捞钱捞好处给家里，想要换回他们一点点的关心和爱，但都是白费力气。对他们来说，我根本不是人，连个物件都不如。"

关享扔下手中的案本，双手抱在胸前，上下审视着刘佳佳说："想哭就哭，你现在的样子比哭还难看。"

刘佳佳先是沉默，随后开始号啕："我真的好委屈，为什么你们的爸妈都爱你们？为什么只有我爸妈是这个样子？我到底做错了什么，要遇到这样的事情？"

关享不耐烦地让刘佳佳闭嘴："号两声差不多了，委屈的不止你一个，不信你上网看看，你这样的，到处都是。不过她们绝大部分都被原生家庭成功洗脑，拼命坑老公、坑孩子、坑婆家一家，然后补贴自己的娘家，尤其是补贴娘家不争气的兄弟。你知道这些女人的最终下场是什么吗？四个字：众叛亲离。你既然已经决定，就一条道走到黑，想哭也别哭给我们看，出门右转去行长室，找老罗哭，让他把任务指标给我们降一降。"

言晓晓抽了张纸巾帮刘佳佳把脸擦干净："咱们不是说好了要重新开始吗？我原来以为离了我爸妈，天都要塌了，你看我现在还不是过得好好的？咱们的日子还长，父母是不能陪咱们过一辈子的。别去纠结那些有的没的，先把眼前的日子过好再说。"

关享遥想数月前言晓晓还哭天抹泪，如今竟然当起了别人的精神导师，正要开口打趣，手机铃声响起，原来是李婉仪约她吃饭，说是想吃麦当劳。

关享当下便撇下言晓晓和刘佳佳，去隔壁的城市综合体买好麦当劳，开车前往李婉仪处。

李婉仪上学时醉心学问，毕业后醉心工作，身边阿谀奉承的人不少，可是能说得上话的朋友没几个。自从认识了关享，李婉仪自认为多了个能说话的人。

看着关享乐颠颠地跟着助理走进办公室，手里还提着两大包麦当劳，李婉仪不自觉地勾起嘴角。

"人来了就好，吃的我叫人去买。我看看，手上有没有勒出印子？"

助理帮关享把食物一样样地摆在桌子上，李婉仪拿着关享塞过来的新口味鸡翅，轻轻咬了一口。关享眉头一皱，沉声道："别人买的没有我买的好吃！这里的每一样食物，都包含着我对婉仪姐的爱，所以吃起来分外香甜。婉仪姐，你有没有感觉到？"

助理跟随李婉仪十余年，自然也不和关享见外，冷笑一声："香甜不香甜我不知道，马屁的味道我倒是闻出来了。"

关享丝毫不觉得尴尬，拿起一杯可乐，恭恭敬敬地递到助理手中："姐姐，我也爱你，不信你尝尝，这可乐是不是比平时都甜！"

助理吸了一口可乐，依然不给关享好脸色："关经理，你这脸皮啊……"

关享挺胸："一个优秀的客户经理，必须有三个优点，胆大、心细、脸皮厚！我的目标是脸皮厚到能防弹，目前还在努力中！"

"关经理，你已经超越厚脸皮，直接发展到不要脸了！"

"成功的客户经理，出门从来不带脸！"

李婉仪这周在跟一个大项目，平均每天只睡三到四个小时，食欲不振，看着关享胡说八道的样子，竟然吃下了一对鸡翅。助理看着高兴，更是放任关享表演。

关享把最近微博、朋友圈还有天涯的八卦拣要紧的和李婉仪讲了一遍，听得李婉仪直感叹世界真奇妙，又吃下去一对鸡翅。

最后，关享稍一踌躇，把刘佳佳的事和李婉仪说了："婉仪姐，我是独生子女体会不到，你是有弟弟的人，真有那种为了弟弟可以放弃一切的人吗？"

　　李婉仪优雅地拿起一块炸鸡，慢慢吃着："姐弟情深当然有，但你同事这种，明显和感情没关系。你说得非常对，她已经被原生家庭洗脑了，此外我再补充一点，像她这样的女孩子，骨子里恐怕还是认为，这个世界归根到底是属于男人的，弟弟是整个家庭的主心骨，甚至是家族延续和兴旺的保证。而她，作为一个家族未来的外人，当然要牺牲自己为家族奉献。"

　　李婉仪言语犀利，笑容却越发温婉："其实你这个问题，以我的所作所为，并不太适合回答。不过，作为一个有些许类似境遇的人，我认为随着视野的开阔，你同事也许会有改变。"

　　李婉仪侧首，钻石耳钉闪烁如星辰，差点儿看花关享的眼："关享，你比我想的更加善良。"

　　关享的脸微微一红，争辩道："婉仪姐，你别误会，我根本不想帮她，我就是看那群人不顺眼，我……"

　　"这样啊……"李婉仪身体微微前倾，一手轻轻托着下巴，定定地看着关享，"集团新成立了一家公司，我本来准备把新公司的财务经理请来和你认识一下，今后业务都落在你那儿，帮帮你和你同事，如今看来，是不需要了！"

　　关享立刻换上凄苦的表情，拉着李婉仪的手，哀求道："婉仪姐，求求你……"

　　李婉仪被逗得开怀大笑，接过助理递来的湿巾擦了手，请来财务经理与关享见面。

　　只见一个二十七八岁的男青年，身材高大，长相虽然不能和李格非、肖捷、吴楚一相比，可搁在人堆里，那也是有着一眼就能看见的英俊外表，态度更是落落大方，谈起业务时，更是滴水不漏，听得关享暗暗叫好。

　　目送助理与财务经理齐桓离开办公室，关享转过头看着李婉仪挤眉弄眼道："婉仪姐，我有一句话，不知道当不当讲。"

李婉仪微微扬了扬下巴："既然不知道当不当讲，就不要讲。"

"可不讲我会憋死！"关享像老鼠一样谨慎地东张西望后，压低声音道，"婉仪姐，你知道吗？一个人对另一个人有意思，看眼睛能看出来……"

见李婉仪含笑不语，关享鼓足勇气："齐桓他……"

李婉仪笑容如春风，打断关享："本市四大工业园区，三个是我们家的，还有一个是齐家的，齐桓是齐家最小的儿子……"

关享一惊："那他……"

"他为什么到我这儿来当财务经理，我心里清楚，可是很多事情……"李婉仪轻不可闻地叹了口气，"很麻烦……"

"有什么麻烦的？"

"我比他大九岁。"

"姐，我可不认为你是会为年龄而焦虑的女人。在我心里，你就是广告里说的那种女人，永远无惧年龄、绽放美丽。再说了，谁规定男人一定得比女人大？只要你和他不介意，又有什么问题？"

"齐家有三个儿子，上面两个还不如原来的格非，就指望齐桓了。他到我这儿来，家里闹得一塌糊涂，要是再……"

"为什么不可以？强强联合呀！"

"他最终是要接手齐家的，你不觉得，他更适合一个居家型的配偶吗？你所谓的强强联合，就是双方忙起来几天不照面的夫妻吗？再者……"李婉仪露出一个意味深长的微笑，"如果我和他在一起，恐怕我父亲和他父亲都会担心同一件事，自己家的产业会不会被对方吞并。有时候，所谓的强，并不是一件好事……"

李婉仪不愿意再继续这个话题，草草结束了会面。关享不敢打扰李婉仪工作，临走前，还是开口："婉仪姐，工作并不是人生的全部。如果有机会，我希望你能试一试恋爱……"

关享晚上到家，把李婉仪的事在微信上一说，苏航难得没骂她恋爱脑，相反一番感慨："像李婉仪这样的女人，结不结婚真无所谓，但是没孩子实在太可惜。像她这么优秀的基因，就应该传承下去。"

关享连连称是："可不是嘛，现在也不知道怎么了，李婉仪这种人不恋爱、不结婚、不生孩子，而某些男人连自己都养不活，还想着生二胎！"

言晓晓还带着刘佳佳在单位加班，瞅准时机插上一句："我觉得吧，沈总那么优秀的一个人，以后的孩子肯定也特别优秀。"

这句话不知道触动了苏航的哪根神经，找了个借口跑了。言晓晓私下问关享她是不是说错话了。

关享让她放一百个心："疑心生暗鬼，你平常的一句话，搞得像戳她的肺管子一样？为什么啊？还不是因为她自己作！我早八辈子就和她说了，女人要讲究个仪式感，如今她和沈铎算什么？一定要让沈铎亲口把关系挑明了，给她一个承诺！不管这个承诺有没有实际用处，至少将来吵起来的时候，你可以一把鼻涕一把泪地翻旧账啊！她不干，非说我被男权洗脑多年，没有真正在心目中相信男女平等，为什么非要男人给承诺？"

关享嫌打字太慢，索性拨通了言晓晓电话，一边催促言晓晓赶紧回家，一边继续抱怨苏航："沈老板是什么人啊？那是比鬼都精的人！万一日后翻脸不认人，她这番心血不就白费了！"

言晓晓不同意关享的意见："那你当初带李格非回来，也没考虑这么多啊？"

"我和李格非什么关系？苏航和沈铎什么关系？有可比性吗？"

关享急得都叫破音了，言晓晓越发不疾不徐："有什么不一样吗？不都是那点事？何况，我觉得苏航处理得比你强多了，至少人家愿意面对自己的内心，你呢？"

关享扔了一句"一派胡言"，不愿再讨论这个话题，催着言晓晓回家，天气预报说了，今晚要降温。

言晓晓看了一眼刘佳佳，她正全神贯注地对着电脑屏幕录入客户资料。自打转岗起，这姑娘每天不用人叫，自发加班，就想着尽快上手，不叫人看扁。

"冰箱里有菜，你自己热了吃。我暂时回不去，活太多了，刘佳佳一个人干不完。"

"她转岗来我们这儿不是来享受的，是来接受贫下中农再教育的！没听说过劳动改造还要人陪！你今天出门穿少了，小心风一吹感冒了，你赶紧回来！"

刘佳佳录完一份客户资料，停下来喝水，恰好听见言晓晓提到她名字。她的态度和关享一致："言姐，你赶紧回去吧。我这儿快好了，你教我的我都会，不会弄错。过几天你就要出远门，得好好休息，不然水土不服要闹病的！"

言晓晓一开始不同意，但经不住刘佳佳再三保证，她叮嘱了刘佳佳几句后，打了辆出租车回到家中。

麻利地做好一桌饭菜，言晓晓和快速在餐桌旁落座的关享商量："刘佳佳表现不错，坐牢还有减刑呢，何况她只是'劳动改造'！偶尔也给人家一个好脸成不？"

关享眼一横："你忘了她当初是怎么对我的？她叫你两声姐姐你就心软了？到底谁才是你的姐妹？我看你再和她待几天，就要和我划清界限了！"

言晓晓又好气又好笑："你明明知道我不是这个意思，我就是觉得，你对她……"

"我对她怎么了？我再说一遍，我对她就是这态度！我就是记仇，别想要我给她好脸！"

言晓晓深知关享耍起性子来十八头牛都拉不回来，也不和关享争辩，招呼关享赶紧吃饭。

关享一边喝汤一边拿着手机看漫画，突然接到刘佳佳打来的电话，她立刻把手机递给言晓晓："我就说吧，她这种人，怎么可能老老实实干活，要么叫苦要么喊冤，不管她说什么，你告诉她，让她今晚必须把活干完，不然明早我就去找老罗，请她走人。"

言晓晓接通后按下免提，刘佳佳带着哭腔的声音乍然响起，急促的呼吸声几乎立刻能让人感受到她的惊恐："关姐，救救我！"

关享立刻从言晓晓手中抢过手机："不许哭，说清楚，出什么事了？"

刘佳佳硬生生止住哽咽："我刚才快下班的时候，接到我妈的电话，说是以前对不起我，过来看看我。我以为她终于想明白了，就同意了，让她到支行门口来，我带她去吃饭。"

刘佳佳似乎是躲在洗手间里，隔壁抽水马桶的声音吓了她一跳，勉强撑起的勇气又化为抽泣声。关享的脸色和言晓晓一样满是担忧，语气却依然严厉："哭个屁啊，赶紧说！"

"没想到我妈和另外几个我不认识的女的，把我拖到一辆面包车上，说是给我介绍了一门亲事，要把我带回去，马上过门。一上车，她们就把我的手机抢走了，但她们不知道我还有一个备用手机放在放卫生巾的小包包里。刚才车开到高速上，我说我大姨妈来了，要换卫生巾，她们放我过来上厕所。关姐，你救救我，我在路上听我妈说了，她给我介绍的男人是我们镇上最有钱的那个人的儿子。那个男的脑子有问题，三十多岁了还不会自己穿衣服、吃饭，我妈根本不是帮我介绍对象，她是把我卖了，给我弟弟买房子！"

　　言晓晓急得眼泪都要掉下来了，关享深吸一口气："刘佳佳，你听着，求人不如求己，你得先自救。这部手机你一定要藏好，有机会就给我发定位。我和言晓晓马上出发，根据定位来找你。你现在把眼泪擦干赶紧出去，你在洗手间待太久，你妈会起疑心。还有，你妈恨你入骨，千万不要和她对着干，一定要表现出很听她话的样子，别激怒她。你的安全最重要，听明白了吗？"

　　挂上刘佳佳的电话，关享立刻报警，随后她取了车钥匙和言晓晓一起往楼下跑，一边跑一边说："警察也不好过多参与家务事，遇到刘佳佳妈这种泼妇就更没办法，咱们得去把刘佳佳带回来。"

　　刘佳佳吓得半死，脑子却还清楚，立刻明白了关享的意思，当下换副面孔和她妈沟通，一副听话懂事愿意为弟弟奉献终身的模样。她妈虽然没有完全放松警惕，但也放弃了用绳子把她绑起来的念头。

　　刘佳佳看她妈的态度有所改变，更是见机行事，声称晚上吃坏了肚子，一路上见着服务区就要上厕所。

　　几番拖延之下，行至一个服务区时，刘佳佳磨磨蹭蹭地从洗手间里出来，就看见大厅里，已经和警察会合在一起的关享、言晓晓正根据她的定位四处找人。

　　刘佳佳一脚踢在监视她上厕所的妇女的腿上，趁那女人痛弯了腰，她一路朝关享跑去。警察看见一个姑娘头发凌乱，一脸眼泪地奔来，知道正主来了，赶紧询问有没有受伤。

　　监视刘佳佳的两名妇女已经反应过来，一个冲向刘佳佳，厮打挡在刘佳佳面前的警察；另一个跑出休息点，把车内一干人等全部召唤来。

　　关享眼看走不了，回头叮嘱刘佳佳："别怕，你怕就没人能帮你了！"

　　刘佳佳咬着牙死命点头："关姐，你们来了，我就不怕了！"

关享之前以为张博妈已经是泼妇的顶点，事实证明她还是太年轻了，有道是一山更比一山高，刘佳佳妈人未到声先到，一路哭号着冲进休息点，一头撞在警察身上，随后往地上一躺打起滚来："我活不了啦，我要被你们逼死啦！"

刘佳佳含着眼泪和她妈喊话："妈，你别闹了，没人逼你，是你在逼我！"

刘佳佳妈骨碌一下从地上爬起来，往刘佳佳身上扑去，再次被警察拦住。她索性往地上一坐，拍着大腿号啕："你这个不要脸的啊，我费尽千辛万苦给你找个正经人家，嘴皮子都要磨破了，你也不嫁，非要在外面勾三搭四、丢人现眼，我这张老脸都被你丢尽了。我活不了啦！"

关享让刘佳佳把情绪稳定了再出声，随后她和警察打了个招呼，由她先行和刘佳佳妈沟通："阿姨，您这辈子可是为了刘家的男丁奋斗终生，如今二代男丁没娶上媳妇，三代男丁还没见着影子，您舍得死吗？再说了，好人不长命，祸害遗千年，就冲您干的那些事，您那寿命啊，绝对得有千年，甚至万年！"

刘佳佳妈从地上一跃而起，直奔关享而去。关享眼疾手快，从包里掏出一本病历甩在刘佳佳妈的脸上："我有心脏病，刚刚做完心脏搭桥手术，你碰我一下试试！我要有什么三长两短，把你儿子卖了都赔不起！"

关享又一巴掌拍在刘佳佳妈的手上，把她那只不老实的爪子拍得离言晓晓远一点："怎么着，不敢动我想动我朋友？睁大你的眼睛看清楚，旁边这两位可是人民警察，当着警察的面你还想打人？你眼里还有没有王法？"

"我带我女儿回家，要你这个外人管？"刘佳佳妈踮起脚尖越过人群向刘佳佳喊话，"招娣，你是我身上掉下来的肉，我还能害你不成？你说你那工作有什么好干的？妈给你找了个好人家，你嫁过去这辈子都不用上班了。人家说了，保证你每天吃香喝辣！这是多少女人做梦都梦不来的啊！"

关享拖过一把椅子，懒懒地瘫倒在上面，两条大长腿一伸，把刘佳佳妈踢得更远一点："阿姨，明人不说暗话，你就别在这儿演母女情深了。你给刘佳佳找的什么人家，你心里没数？一个智力不健全，三十多岁连话都说不清楚的男人，就是你所谓的好人家？你不就是冲着人家给的彩礼多，够给你儿子买房子吗？你这摆明了是把女儿往火坑里推，有你这么当妈的吗？"

陪同前来的妇女当中，有男方家亲属，听见关享这么说，自然不乐意，眼珠子都瞪在刘佳佳妈的身上，等她发作。刘佳佳妈生怕这门亲事黄了，气得跳脚："你胡说八道，招娣男人不傻，招娣男人是老实！男人要聪明干什么啊？聪明那是有花花肠子，老实男人才会疼人！招娣啊，你听我的，妈不会害你。你婆婆说了，你一嫁过去，就让你当家！"

关享眉毛高挑，一眼横去："你卖女儿还卖出道理来了？年龄也不小了，也不怕遭报应？"

刘佳佳妈气得脑门青筋跳起，再三强忍着不和关享动手："婚姻大事，讲的是父母之命媒妁之言，我是她妈，她是我女儿，她嫁人我说了算！"

"你就别翻几十年前的老皇历啦，这事你还真说了不算，不信你问问警察？你现在这种行为，是不是非法拘禁？刘佳佳念在你们母女一场的分儿上，不和你一般见识，不然你今天就别想回去了，直接进派出所吧！"

此时，刘佳佳已勉强镇定下来，她慢慢走到关享身后，含着眼泪，一字一顿："妈，我朋友说得对，你就是在卖女儿，你就是想拿我换钱去给弟弟买房子！我才二十出头，后面还有几十年，你有没有为我考虑过？"

刘佳佳妈气得发抖，食指颤颤地指着女儿："姐姐就是一块肉，生来就是给弟弟吃的！当姐姐的，为弟弟着想，还不是天经地义的事情？！你别忘了，他是刘家唯一的男丁！老刘家能不能传宗接代就看他了，你要是不帮他，你就是老刘家的罪人，你这辈子就别回老刘家了！"

关享听得冷笑连连："听你这话说的，不知道的，还以为你们老刘家有皇位要继承呢，不就是一个不学无术靠吸姐姐血活着的败家子吗？也就是你把他当个宝。我和你女儿也就是普通的同事关系，今天我在这儿把话说清楚，她要是愿意贡献这辈子给你儿子我管不着，但是她要是不愿意，这儿有警察，我得帮她做做证。我再提醒你一遍，女儿虽然是你生的，但是她是人，不是物件，更不是你的私人物件。你别想着拿她换钱！"

关享双手横抱在胸前："别冲我吹胡子瞪眼睛，我再说一遍，我心脏不好，吓出毛病来，你赔不起。"

刘佳佳不再和她妈废话，拉着警察把事情一五一十地说了："这事没法调解，她们就是绑架我。刚才在车上，她们都商量好了，把我带回去以后，为了防止我跑，会把我绑起来，一直绑到怀孕再放开，因为女人有了娃就不会跑了！"

言晓晓气得脸色通红，指着刘佳佳妈怒斥："你还好意思说你是她妈，你和拐卖妇女的人贩子有什么区别？"

"我是为她好，哪个女人不走这一遭？再说了，她身子早……"

猜到刘佳佳妈要说什么，言晓晓大喝一声："住嘴！"可她到底不会骂人，先把自己气得发抖。刘佳佳妈被言晓晓吓到，不敢大声说话，却低声嘟嘟囔囔个不停。

刘佳佳的眼睛猛然间睁得老大，死死地盯着她妈。关享拉着刘佳佳走到她妈面前："听清楚她刚才是怎么说你的了？你能长这么大，活成现在这个样子，一方面是你运气好，一方面是你脸皮厚，和她基本没关系。非要扯点儿关系的话，就是她提供了十个月的子宫把你生下来。按照法律来说，你有赡养她的义务，但是从情理道义上来说，你可以不认她。要怎么做，看你自己。"

刘佳佳屏息片刻，眼睛里的火苗熊熊燃烧。刘佳佳妈搜肠刮肚想找点母慈子孝的事例来打动一下女儿，却发现除了要钱以外，她好像近十年都没和女儿聊过天。

"你不是我妈！"刘佳佳脸色铁青，愤怒地对着她妈大叫，"你根本没把我当女儿，你就是把我当成提款机，用得着的时候叫我一声，用不着的时候就把我当垃圾！我知道你要说什么，你要说我被人强奸过，名声不好，不会有男人要我！你放屁！我是受害者，我怎么名声不好？就算没男人要，我大不了一辈子不结婚，也不愿被你当成个物件到处卖！你自己摸着良心想想，有你这么当妈的吗？我当初出了那么大的事，你不担心我的安全，反而担心我没办法捞钱了。我好不容易走出来了，你又嫌我捞不着钱，想把我给卖了，你根本就不是人，你给我滚！"

关享细声细气地和民警解释："我知道，您二位是想调解，毕竟是母女嘛，但是事情的经过你们也听说了，当妈当成这样，根本没法调解啊！"

关享把刘佳佳往警察身边拉，让刘佳佳继续和警察把事说清楚。她好声好气地和刘佳佳妈商量："听清楚了吧，别做你的春秋大梦了。你养的女儿，什么脾气你比我清楚，逼急了什么事干不出来？我知道你有办法把她绑回去，可你不能一辈子都绑着她吧？总有一天要放出来的吧？没准刚放出来的第一天，她就拿刀把老刘家唯一的男丁给砍了，到时候你老刘家的皇位可就没人能继承了啊！"

参考刘佳佳如今的态度，刘佳佳妈转念一想，当即吓得脸色如土。

关享冷冷地看着她："听我一句劝，五十万你就别想了，今天不会有，以后也不会有，唯一能有的，就是你仗着你是她妈，要点赡养费。而且啊，口气还得好点，不然她不给，你还得去法院告，多麻烦啊！"

刘佳佳妈自然不服，刘佳佳和警察说到伤心处，越想越气，拿起旁边餐桌上的汽水瓶砸碎了，向她妈冲去："我也不想活了，大不了一起死！"

警察赶紧拦住，刘佳佳扔了破瓶子号啕大哭起来。

关享的眉毛高高挑起，神色更加轻蔑："都看到了？我说得没错吧！我怕你儿子有命要钱，没命花钱啊！"

刘佳佳妈从没见过女儿这样，心里也是害怕，嘴上却不愿意服输："那一个月给我一万元赡养费！"

关享轻轻叹了口气，侧过身子给刘佳佳让位置。果然，刘佳佳一听钱数，气得浑身发抖，又要过来拼命，被警察死死拉住。

刘佳佳妈带来的帮手只是为了迎亲，遇到这种拼命的事自然是能躲多远就躲多远。刘佳佳妈顿时陷入孤立无援的状态。

关享又是一声冷笑："阿姨，见好就收吧，别在这儿招人厌了。现在她有警察拦着，等没警察拦着了……"

刘佳佳被警察架着，挣扎着用手指向她妈："要钱是吧，我一个月给你五百。从今往后，我们恩断义绝，你就当我这个女儿死了，别想再从我身上捞一分钱！"

"五百不够！"

"你爱要不要，大不了你上法院告我去，法院判多少我给多少。

我把难听话说在前面，没上法院，我还勉强念着我是从你肚子里出来的，真要上了法院，从今往后，我们就是仇人！"

刘佳佳妈眼看局势不可收拾，生怕这五百也没了，连忙答应下来。言晓晓和警察一起，去车上取回刘佳佳的包。刘佳佳从钱包里掏出五百块扔到她妈妈脸上："你给我滚！"

刘佳佳妈急忙捡起飘落到地上的钞票，又要开口，被关享打断："没看到你女儿已经被惹毛了吗？赶紧走吧。"

警察同志在这个尴尬的时刻挺身而出。刘佳佳和她妈当着警察的面写了个简单的调解协议，刘佳佳每月给她妈五百块钱，看病钱另算，但要根据医院发票实报实销。刘佳佳妈憋了一肚子气，抬眼看见女儿脸色铁青又不敢发作，签名前扔下笔又想演一出，刚挤出眼泪叫了一声"招娣"，就被刘佳佳吼回去："不签就上法庭！"

回家的路上，刘佳佳一个人坐在后排，捧着从休息区买来的烧鸡，大口大口地啃食。

言晓晓不时回头张望，被关享劝住："能吃东西就没事，刘招娣同志没你想的那么脆弱。"

果然，啃完一个鸡腿的刘佳佳恶狠狠地在行服裤子上抹了抹油腻的手："之前连头到尾，我给过刘家大几十万，这钱就算我报他们的生恩了。从今天起，我就当我自己是孤儿！"

关享从后视镜里瞄了眼刘佳佳，只见刘佳佳肿着个眼泡，脸花得和鬼一样："这话说得够狠啊，有本事说到做到，可别就嘴狠。"

"像我这种自私自利到骨子里的人，我能拿自己的人生开玩笑？"

刘佳佳又揪下一个鸡腿，用力撕下一大块肉，恶狠狠地嚼着："言姐，我知道你担心我。你放心，我没事，有你们在，我还有什么好怕的。我今晚回去睡一觉，明儿就能正常上班。你走之前，我一定要把系统内容全部学完。你号称全分行后台第一人，我是你的徒弟，不能丢你的脸！”

关享把车停在刘佳佳家的楼下，刘佳佳坚持不用人送，关享还是下车陪她上楼，把她送到家门口。

看刘佳佳开门进去，关享转身走人，没想到刘佳佳跑出来，跟着她进了电梯。

关享不耐烦地问道：“你又怎么了？我没心情听你哭诉，赶紧洗澡睡觉，有什么事，明早上班说。”

刘佳佳没说话，直接扑了过来，抱紧关享。

关享越发厌烦，却没推开：“大姐，有没有搞错，你身上脏成这样往我身上凑？我这可不是行服！”

刘佳佳似乎铁了心想和关享作对，抱得更紧：“关姐，我现在特别轻松，压在我身上的东西都没了。我能开开心心地往前走了，我终于能和你一样了！”

刘佳佳突然踮起脚在关享脸上亲了一口，亲完撒丫子就跑，气得关享对着她的背影怒骂：“你恶心不恶心啊，你个死变态！”

回家的路上，换言晓晓开车，关享给苏航打电话汇报战果，难得苏航夸奖自己处理得不错。关享正自得时，苏航却迅速把注意力转移到言晓晓身上。近来，言经理无论是家庭问题还是感情问题，都处理得进退得当，只是这个想要去贫困地区扶贫的计划，实在是太过突然。

与言晓晓的进退得当形成鲜明对比的是关享。这些天，她既没有牢牢抓住肖捷，由着肖捷和温柔勾搭，闹得整个分行都在传关享即将成为过去式的八卦，也没有和李格非改善关系，眼看着李格非就要有女朋友。

唯一风平浪静的似乎只有自己这边，除了沈铎学会要赖这件事。

原先因为生病，苏航由着沈铎放开吃，结果短短时间内沈铎的体重飙升了二十斤。见此情景，苏航哪还敢让沈铎这么吃，她严格控制沈铎零食供给量以及主食热量，气得沈铎堵在门口不让苏航走。

无奈之下，苏航只得放弃对冰箱的控制权，但是要求沈铎晚上必须和她出门散步一小时。沈铎欢呼一声，拿着零食跑去打游戏。苏航忍不住笑出声来，沈总这个节奏，似乎是想把儿时缺失的撒娇都给找补回来。

苏航揉着太阳穴正在思考如何处理沈铎日渐圆润的肚子，电话响起，是沈钧。

苏航一时有些犹豫，之前沈钧给她来过电话，问沈铎的情况。怕他和沈漫云担心，苏航瞒下病情，只说沈铎之前工作压力大，想休息几个月。如今又打电话来，这个借口怕是用不下去了。

苏航正考虑如何和沈钧坦白，沈钧刺耳的哭声就已经传入苏航耳中，惊得苏航猛地站起，连呼吸都急促起来。

原来就在不久之前，有个女孩子打电话给沈漫云，说沈铎被单位开除，又得了精神病，刚自杀，现在一个人孤零零地躺在医院里。沈漫云开始还不相信，没想到打过电话之后，又有人敲门送来一份东西，里面全是沈铎去医院的照片。

沈漫云给沈铎打电话，是空号，给沈钧打电话，沈钧当时在开会没听到。沈漫云疯了一样从家里跑出去找儿子，一出小区，就被车撞了，现在正在医院急救。

苏航捂着剧烈起伏的胸口，只觉得天旋地转。关享和言晓晓见苏航脸色苍白如纸，急忙过来搀扶。苏航勉强定下心神，让沈钧发来医院地址，她马上带沈铎过去。

关享和言晓晓听说沈漫云出事，也是大惊失色。言晓晓让苏航赶紧回去，她帮苏航订火车票和酒店，关享则让苏航放心，保证一定办好苏航的业务。

苏航到家的时候，沈铎正玩得兴起，手边放着吃了一半的蛋糕。之前苏航和他有过君子协定，为了体重，一天只能吃一块。眼见被苏航发现，沈铎一边打着游戏一边为自己辩解："我就吃了一口！就一口！真的！你要相信我。"

苏航拿过沈铎的手机放在一边。沈铎以为苏航生气了，摆出一副委屈的表情："人家还在长身体！人家饿嘛！"

苏航连呼吸都有些困难，她强压着胸腔里的痛楚，轻声道："我有件非常重要的事情要告诉你……"

沈铎的第一次见苏航的表情如此沉重，顿时也惴惴不安起来。苏航两手捧着沈铎的脸，与沈铎额头相抵："答应我，无论听到什么都不要伤害自己好吗？"

沈铎的神色越发紧张，脸上更是潮湿一片，原来是苏航的眼泪落在他的脸上，先是滚热，继而一片冰凉："阿姨出车祸了，正在抢救。"

沈铎想了半天，终于想起苏航口中的阿姨是谁，手指无意识地揉着衣角，小心翼翼地问："是我认识的那个吗？"

苏航看着沈铎，一颗心犹如薄瓷坠地，满是裂纹："是你妈妈。"

似乎有无数话想要脱口而出，沈铎张开嘴，却发不出一丝声音。他下意识地抱紧苏航，苏航的体温暖得让他不想放开。

沈铎突然想起来，现在应该是午饭时间，苏航答应过他，今天晚上可以吃比萨，不过晚上吃和中午吃有什么区别呢？就改成中午吃好了。他们明明是在讨论吃饭，苏航怎么突然就哭了？

哦，对了，苏航说他妈妈出车祸了。

妈妈？沈铎在记忆里搜索这两个字，自从成年以后，被称为妈妈的女人似乎就没有出现过，所有关于她的记忆都是模糊的，仿佛蒙着厚厚的灰尘。

沈铎努力想了想，终于有了一点印象：那个叫妈妈的女人，曾把他挡在身后，用自己瘦弱的身体承受继父的打骂；那个叫妈妈的女人，曾把饭盒放在自己的怀里，含着泪请门卫把冻成冰块的饺子转交给他；那个叫妈妈的女人，曾哭着给他打电话，让他继续念书，不要担心钱的问题。

记忆中的灰尘被一点点抹去，沈铎眼中抑制不住的痛苦化为大滴大滴的泪珠滚滚而下："她在哪儿？"

苏航简单收拾好行李，陪着沈铎往火车站出发。

出租车上，苏航用力握着沈铎的手，明明红肿着眼，却用柔和安定的语气宽慰处于暴风雨中心的沈铎："无论发生什么事，我都在你身边。"

明亮的阳光照进车内，却照不进沈铎灰暗至极的内心。过了许久，沈铎才机械地扭过头，看着苏航，发出几乎轻不可闻的悲鸣："我害怕……"

苏航立刻揽过沈铎，让他靠在自己的肩头，一只手更是抚上沈铎的面颊，用体温安抚沈铎的颤抖："我陪你，不要怕。"

医院，急救室。

苏航带着沈铎到达时，沈漫云依然在抢救。

几近崩溃的沈钧看见沈铎，又哭了起来。

沈铎抱着沈钧，像是回到了童年。那个时候，因为没有父亲，因为母亲的过去，他们永远都是被欺负的对象。沈钧性格软，总是哭，每次都是他把沈钧护在身后，和那群大孩子打架。

沈铎拍着沈钧的后背，像许多年前一样哄着弟弟："没事，哥哥来了。"

苏航见兄弟二人的神态，都是疲惫不堪，赶紧去买了食物送来。

沈钧说没胃口，苏航劝他无论如何都要吃点东西，后面需要花费精力的地方还很多，身体垮了，怎么往下撑？

沈铎看苏航也是一脸疲惫，低声道："辛苦你了。"

苏航倚在沈铎肩上，十指交缠，用体温温暖着沈铎冰凉的手指："别怕，有我在。"

手术室的灯终于熄灭，沈漫云被推出来了。

医生表情沉重："对不起，我们尽力了。"

沈钧以为自己听错了，再三和医生确认，答案如同重拳，一次次击打在他身上。他痛不欲生地跪在母亲面前，发出野兽般的哭号。

有那么一瞬间，沈铎忘记了呼吸，眼泪一下子涌出来。泪眼蒙眬里，沈铎恍惚看见年轻时的母亲站在他面前，露出温暖而美好的笑容。

沈铎小心翼翼地摸了摸母亲的脸，像她这么漂亮的女人，本应有个完美的人生，可就是为了一段莫名其妙的爱情，准确地说，为了坚持生下他，毁了自己的一生，也不知道她这辈子有没有后悔过。

沈铎觉得身体轻飘飘的，医生的声音好像隔得老远，弟弟的哭声断断续续地传进耳朵。他的所有神志好像已经和母亲一同离开，留下一副躯壳承受着这一切的悲欢离合。

护士将母亲推走，沈钧跌跌撞撞地跟着去了。沈铎知道他也应该一起去，可是全身的疲惫让他动弹不得。就在几个小时内，他如同缺水的植物，迅速地枯萎下去。

沈铎嘶哑着喉咙，像是问自己又像是问苏航："她很爱我，对吧？"

沈铎怔怔地想着，万千悲苦涌向心头："她好像从来没有为自己活过，之前是为了父母和那个男人，之后是为了我和弟弟，她这辈子实在太苦了。我无数次想过要好好待她，可是我不敢面对她，后来我才知道，其实我是不敢面对我自己。"

沈铎的絮絮叨叨中透着说不出的悲凉："那次她和弟弟过来看我，如果我能和她说句话，能叫她一声'妈妈'，这些年她的苦就没白吃，可惜我没有。我总觉得以后有的是机会，我不好意思去打破这十年的隔阂，没想到，再也没有机会了。"

苏航看着沈铎，比起哭闹，沈铎现在的状态更让她担心。她紧紧地握着沈铎的手："相信我，这不是你的错。"

沈铎缓缓摇头，眼泪不可抑制地弥漫："造成现在这个局面的是我，假如我没有因为可笑的自尊远离她，假如我没有为了所谓的功成名就去接近钟意，假如我能告诉她一切真相，这一切都不会发生……"

苏航的胸口一阵抽痛，她侧过脸，擦去脸上的泪珠。此时此刻，她是沈铎的依靠，她必须坚强："这些日子，你已经在修复你们的关系了，事情已经在向好的方面发展，我们都不知道……"

沈铎眉宇间的倦怠让他没有一丝生气："来不及了，一切都来不及了，到最后，她都没有等到我叫她一声'妈妈'，她应该伤心极了。"

沈铎虚弱地靠在墙上，身体慢慢滑落。苏航用尽全力也无法支撑："我错了，从头到尾都错了。我离开家，我想证明我自己，结果到最后，我所谓的事业完蛋了，我最重视的人，连最后一面都没见到。我以为我在追求成功，到最后，我却是个彻头彻尾的笑话。"

苏航抹去腮边的眼泪，竭力让自己的情绪平复下来："你记不记得那天你送阿姨上出租车，阿姨有多开心？阿姨知道的，你已经原谅她了……"

"原谅？"沈铎发出一声凄厉的冷笑，他摇了摇头，任由泪水肆虐，"从头到尾，错的人都是我，我却一直自以为是地认为自己才是受害者。我以为我在追求我的人生，结果却是我亲手毁掉了我的人生……"

苏航的眼中也全是泪水，语气却温暖如常："你还有我，我不会离开你的……"

"可是我对你也不好。"沈铎慢慢抬起头，有片刻的失神，"刚开始我就是想和你谈一场恋爱，随便开始，随便结束。后来，我发现我是真的喜欢你，我说我想和你正式谈恋爱，可是说完我就后悔了，因为我觉得你没有用，你不能为我将来往上走提供帮助……"

沈铎将埋藏在心底最深的黑暗一并说出，他深深地看着苏航，像是要从苏航的眼睛里寻找到支撑他的动力："在我最绝望的时候，你来到我身边。这辈子第一次，我体会到比喜欢更重的感情。我爱你，更幸运的是，你也爱我。可是，太迟了，现在的我，除了是你的拖累以外，有什么资格来和你讨论爱呢？我已经回不到过去了。"

"我不在乎，"苏航带着泪意的笑，如同日光，穿越云层，照满沈铎全身，却依然无法照亮沈铎的内心，"无论你到何种境地，你都是我最爱的那个男人……"

沈铎凝视苏航许久，还是慢慢闭上眼，声音失去了最后一丝温度："其实我是准备再过一两个月就来看她的，我会叫她'妈妈'，我会感谢她为我付出的一切，我会告诉她我爱她，可是，没了，什么都没了……"

之后沈铎再也不愿意说话，整个人静默得像是一潭死水，没有丝毫生机。

苏航急忙找到沈钧，说沈铎现在的状态必须马上去看医生。沈钧已经失去了母亲，绝对不能再失去哥哥。他让苏航带沈铎立刻回去，并且转了一大笔钱到苏航的账户："这些都是哥哥给的，妈一直存着，他现在这样子，正是用钱的时候，一切都拜托你了！妈这边的事，你让哥放心，一切有我，一切等他康复。"

苏航以为沈铎不愿离开，准备好了一番说辞，没想到沈铎无比乖顺，一切按着苏航的要求进行，没有一丝逆反，自然也没有一丝情绪。

苏航担心沈铎，睁着眼陪了沈铎一夜，一大早便带着沈铎来到医院复诊。医生听完苏航的描述，建议沈铎住院。

沉默了许久的沈铎似乎终于从自己的世界走出来，他轻轻拉了拉苏航的衣角："我饿了，我要回家。"

苏航心如刀绞，再三向医生保证，她将寸步不离地看着沈铎，并且按时吃药复诊后，带着沈铎离开医院。

等出租车的时候，苏航发现沈铎的鞋带散了，想蹲下去帮沈铎系好，却被沈铎一把拉住。他问道："你怎么哭了？"

苏航咬了咬唇，吞下哽咽，勉强露出一个微笑："风大，进沙子了。"

这个理由牵强极了，但沈铎还是小心翼翼地捧着着苏航的脸，帮她吹了吹眼睛："有没有好一点？"

这样的沈铎让苏航的眼泪越发不可收拾，她静静地与沈铎对视："沈钧和我商量阿姨的后事，过两天我们去送阿姨好不好？"

沈铎沉默片刻，似乎是在思考苏航所说的话，过了一会儿，才轻轻应了一声。苏航想起初见时沈铎的才思敏捷，对比现在，心中更加酸楚。她定定地看着沈铎："你要想哭就哭出来，不要这样好不好？"

沈铎又应了一声，眼皮有细微的颤抖，似乎有情绪在酝酿。可惜，这点情绪，如同碧空万里飘来的一点乌云，转瞬便消失不见。沈铎很快又是那副迟钝的模样，他僵硬地点了点头："我想吃比萨，放四份芝士。"

冬日的冷风吹得苏航面部僵硬，可她还是哭出声来。这辈子从未失态过的苏航，就这样在街头抱着沈铎号啕大哭，完全不介意他人的眼光。

苏航的哭泣并不是为自己，而是为沈铎，那个自小便独力面对世界的孩子终于想放下盔甲时，却发现已经没有机会了。这个世界对他，未免太过残酷。

苏航带着沈铎刚进家门，就接到罗行长的电话，让她马上回支行。苏航听罗行长的口气，知道肯定有紧急的事情，只是如今沈铎这个样子，她实在不敢留他一个人在家。

见苏航有些迟疑，罗行长的情绪再也控制不住。他紧紧握着电话，额上的青筋根根暴起，一腔怒气毫无遮拦地宣泄到苏航身上："你现在不回来，以后就不要再回来了！"

随后，言晓晓的电话为苏航解开了谜团，原来是苏航的一个客户，因为苏航休假，暂时拜托关享跟进，在给客户发放贷款的时候，关享把贷款期限12个月给录成了1个月。更巧的是，从关享到评审再到放款中心，几道流程走下来竟然没有一个人发现这个错误。结果就是一个月后的今天，客户突然接到通知，明天他的一千万贷款即将到期，请他准备好还贷资金。

客户当时就傻了，像他们这种做企业的钱都在货里，怎么可能有一千万的现金在手上？更糟糕的是，他还欠其他两家银行的贷款，假如这笔贷款出现逾期，想必另外两家银行很快就要来催他还贷。

这些年实体经济不好，多少中小企业倒了下去，客户几乎拼了命地维持着惨淡的经营。好不容易接了一个大单子，眼见就要翻身，结果出了这么大的事！客户想到只要银行抽贷，资金链断裂，企业就只有完蛋一个结果，索性也不投诉了，直接冲到支行，找到罗行长，要在行长办公室里自杀。

罗行长眼见客户操起桌上的玻璃烟灰缸往头上砸，立刻去抢，还是迟了一步，客户当时就是一头血。罗行长一边死死地拉住客户，一边让保安叫救护车。

　　客户的老婆和孩子则在同一时间来到分行，表达同样的诉求，如果这件事解决不了，全家就只能死在分行了。

　　更让罗行长感到糟心的是当事人关享的态度，明明是她错得不能再错，还嘴硬说责任不能完全算她的，理由是虽然她搞错了，可评审和放款中心不也没看出来吗？要说她有责任的话，大家都应该有责任，别说分行，就算闹到中国银监会，责任都不能全算她的。

　　言晓晓急得要命，催苏航赶紧来单位处理："别说支行，分行那边都炸锅了，说是马上要派检查组进驻。这件事，责任人是关享，但你是主办客户经理，脱不了干系，弄不好，连罗行都要背黑锅。我刚为这事说了关享几句，她甩门而出，跑去找罗行长，现在正在办公室和罗行长争辩，越闹越乱！"

　　苏航勉强定下心神，抬眼朝卧室方向望了望，压低声音让言晓晓过来帮她照看下沈铎，言晓晓连声答应。

　　苏航挂上电话，深吸一口气，换上一副若无其事的表情和沈铎商量，说单位有急事，她必须马上过去处理一下，午饭言晓晓会过来准备，要乖乖吃饭，吃饱了，她才好带沈铎回家送妈妈。

　　沈铎悄无声息地点了点头，手上拿着书，眼神飘忽，不知道落在哪里。苏航虽然不放心，但也只能咬了咬牙冲出家门，所幸言晓晓已在路上，让她稍微心安。

　　现实情况比苏航想象的还要糟糕，关享依然完全没有意识到问题的严重性，在办公室和罗行长争执。

　　苏航差不多和分行检查组同时到达，一行人全挤在罗行长的办公室里。

　　作为主办客户经理，苏航抢在关享开口前陈述情况，建议采用借新还旧的方式，向客户发放一笔新的贷款用于归还到期贷款，尽快把事情解决掉。

至于因为这件事给行内和客户造成的所有损失，她作为主办客户经理承担所有责任。

关享不服，和检查组争辩："没错，苏航是主办客户经理，我是协办，但是这笔贷款的放款，是我干的，要算责任，只能算我的责任。此外，从系统录入到贷款发放，除了评审，放款中心也要审，他们不也没发现？我觉得检查组也应该考虑这个情况，另外……"

关享的眼神中闪过一丝厌烦："我认为客户反应也过激了，有什么事情不能好好说？自杀又不能解决问题，搞得像要威胁我们一样……"

罗行长听得双拳紧握，一双眼几乎要喷火。苏航知道，罗行长已经非常愤怒了，而关享仍不自知，依然说个没完："我可以提供书面材料，以及业务办理过程中所有流程的复盘，请各位领导审阅后再做评判。"

罗行长的火气随着砸向关享的一沓材料全然喷发，他指着关享，几乎是在嘶吼："我怎么有你这种下属？！你害死你自己也就算了，你还想拖苏航下水？！"

贷款案本砸在关享身上，她先是恍惚，随即反应过来，对着罗行长说："我怎么了？我又不是故意的！我说了，我愿意承担责任啊！"

苏航死命拉着关享，让她冷静，又用身体将罗行长和关享暂时隔开。苏航想到留在家中的沈铎，再看看眼前局面，一颗心像是在油锅里煎熬。她恳求检查组尽快处理，她愿意接受任何处理结果。

关享瞪大了眼睛，弄不明白向来一是一二是二的苏航几时变成了这样："什么叫接受任何处理结果？该咱们承担的咱们承担，不该咱们承担的，你别往自己身上揽啊！我的错，不用你帮我顶！"

老天爷似乎感受到了苏航的担心，并将它变为现实。言晓晓的电话在此时打来，几乎是号啕着向苏航道歉，她来晚了一步，浴室里的沈铎，趴在浴缸上，手垂在浴缸里，言晓晓的眼中都是血色。

9

我不知道下一秒会发生什么，

但我想和你在一起

苏航觉得自己的世界割裂成了两个：一个世界里，她深爱的男人，选择以极端的方式结束生命；另一个世界里，一群她熟悉的陌生人，为了一件事情到底该由谁负责争得面红耳赤。

　　言晓晓撕心裂肺的哭声传到苏航耳中，有着不真实的空洞。苏航瞪大眼睛，茫然地看着众人，他们的嘴巴在快速运动，他们的声音，苏航一点都听不见。

　　苏航很想告诉自己，这只是一个噩梦，梦醒了，就没事了。沈铎不会和她开这种玩笑，沈铎答应过她，会好好吃药，好好睡觉。医生也说了，沈铎正在好转。

　　罗行长正在气头上，见苏航神情呆滞，眼神迷离，更是又急又恨，指着苏航喝道："都什么时候了，你还有心情接电话？"

　　罗行长的声音，如同一道惊雷，炸醒了苏航，更是破灭了她的最后一丝幻想，让她意识到眼见的这一切不是梦。苏航紧紧揪着胸前的衣服，咬住舌尖，用疼痛维持住意识，不让自己崩溃痛哭："抱歉，我有急事要先离开一下。"

　　"有什么事能比这事更重要？"罗行长气到发抖，"客户都闹到中国银监会了！搞不好你连工作都没了！"

　　"那就没了吧……"苏航语气淡淡，大滴大滴的泪珠从眼中滚滚而落，"你们想怎么处理就怎么处理，我都接受。我现在只想走……"

关享以为苏航只是因为罗行长的态度负气，便拦住了苏航的去路："千万别走，咱们要相信分行领导一定会秉公处理！"

苏航如同负伤的野兽死死地看着关享，声音更是凄恻悲凉，几近哀鸣："沈铎自杀了，我要去医院，我没时间陪你们在这儿商量到底是谁的错。你们现在所说的事情，对我来说没有任何意义……"

关享瞬间呆若木鸡。苏航逼视着关享，不留分毫余地："他有抑郁症，我和医生保证，会时刻守在他身边。但我没有做到，我留他一个人在家。关享，你答应过我，会好好帮我办好每一笔业务，你是我最好的朋友，出错我不怪你，现在我只想求求你，能不能让我走？我这辈子唯一爱过的那个男人，他妈妈刚出车祸去世了，他不想活了。我不能让他死！"

苏航被泪水浸泡的眼睛，有着绝望的空洞。关享脸色惨白，闯下弥天大祸的恐惧令她不敢同苏航对视，冷汗更是如同雨下，湿透了身上衣衫。

望着苏航踉跄而去的背影，关享吓得哭出声来，假如沈铎真的有什么事情，苏航怕是会怨恨她一辈子。

短短几天之内，苏航再次来到医院的急救室。

言晓晓泣不成声："对不起，都是我的错，如果我能再快一点儿……对不起……对不起……"

苏航的脸上已经没有一丝血色，勉强镇定的表情里透着无比虚弱的神情。

她缓缓坐下，一动不动地盯着手术室的方向。她相信沈铎一定会活着出来，她还没答应沈铎的表白。

说起来，她和沈铎也就认识一年多，却像是认识了半辈子。初见时的意气风发，谈论过往时的伤心失落，母亲去世后的崩溃绝望……沈铎的人生就这样毫无防备地向她展开。她不仅仅是旁观者，更是参与者。可为什么她已拼尽全力，看到的依然是最坏的结局？

苏航再也忍不住，抱着言晓晓无声地痛哭。她从未像现在这样无助过，犹如暴风骤雨中的一片落叶，任由命运撕扯拨弄，痛彻心扉，却毫无办法。

言晓晓第一次看到如此脆弱的苏航，她紧紧拥住苏航从椅子上滑落的身体，一遍遍地宽慰她："沈铎会没事的！沈铎一定会没事的！"

苏航的眼泪越发像是洪水泛滥，铺天盖地，却没有一丝声音。

苏航这辈子一直认为命运应该掌握在自己手中，任何祈求他人的行为都是愚蠢而幼稚的。就算当年，几乎花费全部心力想获得母亲欢心时，苏航也从未许过任何愿望。理性、客观、冷静，一切可以表现坚强的品质都可以在苏航身上体现，可是这一刻，苏航开始相信命运。

苏航跪倒在地，双手紧紧抱在胸前，低垂的额头几乎触到地面，泪水凝聚在鼻尖后滴落地面，形成一摊小小的水渍。

"我从来没祈求过任何事情，如果这个世界上真的有神明，我求求你……"苏航的声音令言晓晓几乎心神俱碎，"把沈铎还给我，我愿意付出任何代价。"

剧烈的疼痛向苏航心头席卷而来，她再也坚持不住，无力地瘫倒在地。随即她又像是想到了什么，跌跌撞撞地从地上爬起，挣扎着走到手术室前，轻轻拍打着大门："乖，听话，别吓我好不好？我答应你，只要你好好出来，以后吃什么都行，就算吃成个大胖子我也不嫌弃你，可乐随便喝，零食随便吃……"

言晓晓捂着嘴，死死地咬着嘴唇，任由泪水滑落。

随后赶到的关享，看着如同枯叶般脆弱的苏航，不敢上前半步。

她手足无措地哽咽着，转身对着墙壁，额头一下一下撞击在冰冷坚硬的墙壁上："都是我的错，如果我能细心一点……"

言晓晓拦住关享，神色里带着强压住的怒气："你要道歉，以后有的是时间，现在还嫌不够乱吗？"

关享根据言晓晓的指示，和言晓晓一起把苏航搀扶着坐下。精力早已透支的苏航，似乎经不起这样的情绪波动，靠在言晓晓的肩头，沉沉地昏睡过去。只是在失去最后一丝意识前，她仍不忘祈祷："求求你，回来吧！"

沈铎是在半夜醒来的，他眯起眼睛看着天花板，回忆自己为什么会在医院，之前发生的事情像是滴落在纸巾上的水渍，慢慢地晕开。

病房里没有开灯，明明早过了中秋，月亮却是那样圆。沈铎隐约记起，当时有个女孩子冲进来，应该是苏航的朋友，都吓哭了，却还是拼命去拉他。苏航的朋友果然个个都像她一样，善良又可爱。

想到这里，沈铎松了一口气，还好进来的人不是苏航，不然他这辈子都会后悔，给苏航留下那么糟糕的回忆。

沈铎尝试动了动，这才发现有人趴在他身边，借着月光，沈铎认出是苏航。即使在熟睡中，苏航一张全无血色的脸上，也全是哀伤。沈铎心里很是愧疚，急忙停住动作，但苏航还是醒了。

苏航瞪大眼睛看着沈铎，生怕这只是一个梦，大滴大滴的眼泪落在沈铎没有受伤的那只手上，带着炙热的温度，烫得沈铎的心一抽一抽地痛。苏航想要笑一笑，缓解一下气氛，却连牵动嘴角都做不到，

苏航紧紧握着沈铎的手贴在脸颊上："你醒了？饿不饿？"

"对不起……"沈铎的眼泪夺眶而出，"又让你担心了……"

苏航急忙拿纸巾轻轻擦去沈铎的眼泪："发生这样的事情，只是因为你生病了，病好了就不会了。"

"我答应你的事没有做到……"

"那是因为我没在你身边，我保证从现在起，再也不会离开你半

步……"苏航爱惜地摸了摸沈铎的额头,"你也答应我,从现在开始咱们一起努力治病,好不好?"

沈铎含泪微笑,那笑容带着单纯的快乐:"我梦见我妈妈了,她还是我刚记事时的模样,那么漂亮,那么年轻,她看上去开心极了,一个劲儿地冲我笑。我想过去抱抱她,可她不让,她说那不是我应该去的地方。我就把我这些年的想法都和她说了,说我错了,说我想她,说她是个好妈妈。妈妈说她都知道,她说我是个好儿子,她知道我一直在以我的方式孝顺她。她说我能好好活着,就是对她最好的回报。"

苏航想要好好笑一笑,庆贺沈铎的心结终于有打开的缝隙,只是还未开口,眼泪又像断线的珠子般滚落而下。

沈铎虽然含着泪,眼里却终于有了生气:"我答应她,我会好好治病,好好活着。我这辈子已经伤害了一个深爱我的女人,我不能再伤害第二个。苏航,对不起。"

一瞬间,苏航身上的重担像是全部卸下,她痴痴地看着沈铎,心里的欢喜终于蔓延到脸上。她和眼前的这个男人,经过种种波折,甚至是死别,今后世上将再无阻力能把他们分开。

清晨,一夜未睡的关享和言晓晓一起来到医院,给沈铎、苏航送换洗衣物和生活用品。

病房门口,关享看到苏航正一勺一勺地喂沈铎喝粥。因为失血过多,沈铎的脸色苍白如纸,苏航也好不到哪儿去,两人视线交会,彼此间无限爱怜珍重。

关享到底没敢进门,她把东西交给言晓晓,一个人来到楼下花园,坐在椅子上,望着沈铎病房的方向。阳光照在玻璃窗上,反射出的光,刺痛了关享的眼。

李格非没想到会在这个时候接到关享的电话。大部门会议,马上就要轮到他发言，根据之前部门负责人单独约谈时透露的信息，如果他在会议上的发言能够获得其他几位部门领导的认可，空缺的团队负责人位置就是他的。

几乎没有犹豫，李格非来到会议室外接通关享的电话，在关享断断续续的哭声中，李格非大概了解了事情经过。

李格非轻轻拉开门，从门缝扫了一眼会场内的情况后，低声问明关享所在的位置。

李格非回到会场时，刚好轮到他发言，回顾完过去的工作，畅谈了未来的发展方向后，李格非博得掌声一片。难得见到的几位高层大佬更是笑着点头，算是完全肯定他的工作。

对这个结果，李格非的部门负责人无比满意，计划好午餐约上几位高管，把李格非介绍给他们认识，谁知李格非竟然发来请假信息。负责人一向认为李格非聪明过人，立刻提醒李格非关键时刻要分清楚轻重。

李格非的脑海里浮现出关享哭肿的眼，再三和领导请求，并且保证本季度销售一定再创新高后，终于获得领导放行。

李格非赶到医院，看到关享难得的听话，老老实实地守着椅子没动。看清楚来人后，关享所有的情绪像是有了出口，扑向李格非，号啕大哭。

李格非由着关享把他干净整洁的衬衫哭成一团又湿又皱的抹布，轻轻拍着关享的背，低声安抚："有错就要认，挨打要站直，哭有什么用？赶紧给人道歉，看看怎么弥补。"

遭遇这么大的事，关享没有化妆的心思，脸色蜡黄，双眼红肿，整个人看上去憔悴不堪。李格非说的，她早就想到了，可是她不敢："我怕苏航不理我，我这次的祸闯得太大了……"

"这次你犯的错的确非常严重，"李格非拿出纸巾，帮关享把脸

上的鼻涕、眼泪擦干净。现在的关享狼狈极了，和平日的明艳动人
比起来，简直像是两个人。不过李格非却觉得眼前的这个姑娘也很
可爱，因为真实。

李格非叹了口气："当初住一起的时候，我经常听苏航说你，让
你认真一点。你是做金融的，要严谨严谨再严谨，你每次都是一副
无所谓的样子。后来，我自己也算进了金融业，才发现苏航说的有
多重要，别说一个小数点，就是一个数字，那也是天差地别。"

关享抽着鼻子哽咽："我知道错了。"

"光知道没用，要改！"李格非拉起关享，"别在这儿哭了，赶
紧上去给苏航和沈铎道歉，告诉苏航你以后一定改。"

"我怕……"

"你怕就能躲一辈子吗？还是说这辈子你都不想见到苏航，甚至
晓晓？"李格非哑然失笑，"我认识的关享可是天不怕地不怕，比男
人更男人的家伙。"

"那你能不能陪我上去？"

李格非牵着关享的手，慢慢往楼上走，这是他们从认识到现在，
为数不多的肢体接触。他刚才鼓励关享下定决心，现在他也下定决
心，如李婉仪所说的那样，勇敢地去面对他一直在逃避的东西。

关享和李格非的到来，沈铎和苏航并不意外，尤其是沈铎，被
哭哭啼啼的关享给逗笑了，指着床头柜上的水果赶紧让言晓晓拿给
关享："减肥减得饿哭了？别减了，你已经够漂亮的了！"

关享磕磕巴巴地道歉，更是逗得沈铎笑出声来，他看着苏航：
"这账怎么算的？我向你道歉还有个理由，关享和我道哪门子歉？"

苏航仔细端详关享片刻，忽然一笑，那笑意虽然轻微，却带着
暖意，化开了关享心头的寒冰，说道："你哪儿错了？"

关享这才相信言晓晓没有骗她，苏航是真的没有打算和她断绝

往来，立刻振作起精神："一直以来，我的心思从来都没有真正放在工作上，都是得过且过。我的人生目标就是嫁个有钱人，觉得工作这种东西有就可以了。"

苏航点了点头，意味深长地看着关享："这事我说过你很多次，可惜，你从来没有听进去过。其实我们三个人当中，最聪明的是你，最有能力的也是你，只要肯用心思，你能比我和晓晓出色得多。可惜你没有，你把你的天赋都用在了……"

"我从来都没有意识到我的得过且过会带来这么严重的后果，之前每次出问题，我都给自己找各种借口，直到这一次……"关享看着苏航，眼神里有着深切的悔意，"事情发生以后，我都没觉得有多大问题。我想着大不了被罗行长骂几次，行里给个批评什么的。一直到罗行长告诉我，因为这件事情，你的工作可能都保不住……"

看着关享哭到红肿的眼，苏航心中不忍，倒了杯热水塞到她手中："不过就是份工作……"

"还有你的职业生涯和……"关享诚惶诚恐，"沈铎……"

沈铎与关享只见过几面，可也看出关享此刻的愧疚是如此真切。怕关享再自责下去，他立刻笑着说："你的道歉我接受，再哭真的要变丑了。"

苏航含着一丝了然的笑意，点了点头："不过，你得明白一件事，从今往后认真工作不是为了我，是为了你自己。你有比绝大多数人更优秀的能力，可别浪费了。"

众人正聊着，言晓晓接到了罗行长的电话。电话里，罗行长说调查组最终采用苏航的对策，给客户发放一笔新的贷款用于归还旧的贷款，保证客户不出现逾期，让言晓晓赶紧回行办理。

关享要和言晓晓一起回去，祸是她闯的，应该由她来收拾，再说她是老客户经理，业务比言晓晓熟悉。

苏航把一行三人送到楼下，单独留下关享。不等苏航叮嘱，关享先开口保证，一定会好好和罗行长道歉。

苏航凝视她片刻，拍了拍她的手："我知道你讨厌心灵鸡汤，有几句话，我还是想和你说，咱们现在工作，是为了经济独立。只有当我们经济独立，遇到喜欢的人，才能不去考虑面包，因为面包我们自己有。"

苏航远远看着正和言晓晓聊天的李格非："如果我没猜错的话，从昨天到现在，你第一个想到的人是李格非。至于肖捷，恐怕到现在都不知道你发生了什么……"

关享的单位和李格非的单位在完全相反的方向，关享上出租车前，犹豫片刻，还是低声问李格非周末有没有时间，她有事和李格非商量。

李格非露出一个笃定的微笑："这么巧？刚好我也有事想和你说。"

出租车上，关享垂下眼睛，跟言晓晓说："办完事情，我就去找肖捷，我打算和他分手。"

从方才关享看李格非的眼神，言晓晓大约已经猜到这个结果。她没有丝毫的惊讶，淡淡笑道："因为格非？"

关享点了点头："我爱他，我要把他找回来。"

言晓晓又是一笑，轻轻拍了拍关享的手："你想清楚了，他可没钱。"

关享的眼中闪动着明明白白的欢喜："我爱钱，但我更想要他在我身边。"

"万一他已经和小齐在一起了呢？"言晓晓似笑非笑，"你现在和肖捷提分手，岂不是鸡飞蛋打？不如你先找格非表白，成了再去找肖捷？"

"如果我这样做，不光是辱没了格非，也是辱没了我自己……"

关享明白言晓晓玩味的眼神里有着怎样的含义，她怕自己只是一时冲动，所以用自己之前的逻辑来为自己设计出最合适的行动方案，"你说过，人这辈子总要率性而为一次，对格非，我已经欠他太多，所以这一次，轮到我不计得失了。"

言晓晓见关享神色坦荡，知道她已经想得通透，分外高兴："无论结果如何，我和苏航，都支持你。"

那天晚上，在分行和支行间数次奔波后解决掉所有问题的关享，睡得特别熟，一直压在心头的大石，终于落地。她的人生翻开新的篇章，她第一次发现有比钱更重要的东西。

又是一个工作日结束，关享来到肖捷的医院。面对突然到访的关享，前台的笑容有些尴尬。至于秘书的眼神，关享则从中读到了同情。难怪她会同情，推开肖捷办公室的门，除了肖捷，关享还看到了温柔。

站在肖捷背后的温柔，露出胜利者的笑容。关享丝毫没有与她交锋的兴趣，眼神平静地扫过她，落在肖捷身上，配上同样平静的笑容，关享说："有件事，我想和你谈一谈。"

肖捷笑着点了点头，用眼神示意温柔出去。温柔不满极了，却一个字都没有反驳，乖顺地离开，只是与关享擦身而过时，仍然不忘低声提醒关享："没用的！"

如果说关享方才是同情温柔，那么现在就是可怜温柔，就为了这样一个招之即来挥之即去的位置，要去争斗抢夺一辈子，这样的人生太可怕了。

肖捷倒了一杯热茶递给关享，关享没有去接。肖捷的眼神落在不远处的桌子上留有温柔唇印的茶杯，悠然一笑："还在吃醋？"

肖捷的语气听不出任何一丝异常，就像是讨论一件最平常不过的小事。事实上，肖捷是在要求他未来的妻子接受一个现实：无论婚前还是婚后，她都将不得不与数不清的女人分享她的丈夫。

关享有些惊讶，当初的自己为什么能够容忍到这个地步，原因恐怕正如肖捷所说，因为不爱，所以不在乎。

肖捷把茶杯放到关享手边，语气淡淡地说："咱们上次不是说好了，你是我唯一的结婚对象。"

关享静静地看着肖捷，也许她从未把这个人看明白。她微微摇了摇头，说道："我想和你分手。"

肖捷有片刻的失神，他的手甚至还抖了一下，险些打翻茶杯。只是这些情绪一瞬间便消失，肖捷的脸上重新挂上若有若无的笑意，他细细打量关享："你这是在以退为进？"

肖捷永远干燥温暖的手，此刻带着湿润的黏腻，他轻轻抬起关享的下巴："你这么聪明，应该知道我根本不吃这一套。"

关享平视着肖捷，再次郑重其事："我想和你分手。"

肖捷忍不住笑出声："关享，和我玩这招的，没有十个也有八个。你以为会有用？如果你还想和我结婚，就别和我玩这种小手段。"

肖捷懒懒地看着关享："别闹了好不好？我马上打发温柔回去，晚上我陪你吃饭、逛街，在我心里，你才是最重要的。"

肖捷的敷衍过于明显，关享十分庆幸，自己不必再为肖捷的态度介怀："我没有以退为进，我也没有玩小手段，我是认真的，我没有办法接受你之前说的事情，和其他人共享男朋友甚至丈夫。"

肖捷嘴角的笑意温柔如春水，眼神却慢慢冷了下去："关小姐，以你的聪明才智或者说对钱的渴望，当你接近我的时候，就应该知道会是这个结果。"

肖捷说得很对，关享无法反驳。她点了点头，算是承认："工作之前，我穷怕了，我以为有钱就有一切，所以，我唯一追逐的目标就是钱。事实证明，我错了，对我而言，钱依然重要，但我找到了比钱更重要的东西。"

从小到大，肖捷都是女性追逐的目标，他从未感受过被放弃的滋味，尤其这次放弃他的关享还是他千挑万选的结婚对象。肖捷神色疏离："这么说，你遇到真爱了？"

关享仿佛没有听出肖捷话语中的嘲讽，她又点了点头，将她和李格非从认识到现在的点点滴滴——道出。肖捷没有打断，就这样静静地听完，露出一个不以为然的微笑："你会后悔的，所谓爱情不过就是新鲜感，当新鲜感消退的时候，你和他之间还有什么？你们会因为琐事争吵不休，你们会因为物质互相埋怨。关享，这似乎一直是你想逃避的生活。我可以再给你一个机会，收回前面的话。"

关享眼神明亮："我爱他，我选择他。"

"他和我有区别吗？"肖捷终于从记忆深处回想起李格非这个人，嘴角讥诮的笑意如刮骨尖刀，"如果他有机会重新成为李少，你将会是第一个被抛弃的。你有没有考虑过这点？"

"格非和你不一样，"关享把手轻轻按在肖捷胸前，"也许原先你们都是一样的，但是格非的心慢慢长出来了，而你这里，依然是空的。我知道占据你内心这个位置的人肯定不是我，但是我相信总有一天，能有一个人，让你也能感受到什么是真正的爱。"

关享从包里掏出肖捷送的珠宝、手表，一样一样地放在桌上："这些东西，每一样都曾是我的梦想，我以为拥有它们，我就会幸福。可是，当变故发生时，我才知道，身边有个能够和你相互扶持的人，比这些冰冷的东西更重要。"

肖捷沉默片刻，微微挑眉，声音低沉而缓慢："你是在怪我，没有关心你？我承认这一次的确是因为温柔忽略了你，我可以保证下一次不会出现这种情况。"

"不一样……"想到李格非，关享的脸上慢慢绽放出笑容。关享是个爱笑的女孩子，肖捷看过她的各种笑容，却从来没有像这样甜蜜过。一瞬间，肖捷的心慢慢下沉，他终于相信，他即将被放弃。

"格非心里只有我一个人，我心里也只有他，而你……"关享轻轻叹了口气，"你的世界太拥挤了，看上去热闹极了，可实际上……"关享咽下"孤单"两个字，骄傲的肖捷，怎么会承认？"谢谢你这段时间的陪伴，和你在一起的日子，特别开心。但非常抱歉，我不能再和你继续往下走！虽然你做的很多事情，外人理解不了，但我依然认为你本质上是一个善良的人，我希望你能幸福。"

"我一直都很幸福，"肖捷轻嗤，"不劳你费心。"

"我知道你喜欢我，我也知道你喜欢温柔，但是喜欢和爱，还是有很大的差别。我希望有朝一日你能真正爱上一个人，那你应该就能体会到我此刻的心情。"

肖捷冷冷地看着关享，当初母亲也是这样，结果得到了什么？一辈子郁郁寡欢，四十多岁的人头发已经半白，而那个她愿意为之牺牲的男人身边从未缺少过年轻漂亮的肉体。至于他这个所谓的爱情结晶又得到了什么？除了表面的光鲜以外，他骨子里永远都是个见不得光的存在。这就是所谓的爱？

"那就祝你成功吧，关小姐！"肖捷扬扬下巴，示意送客，"不过，请你记住一点，当你走出这个房门，你哭也好闹也好，你都没有回来的机会。"

"谢谢你……"不顾肖捷反对，关享还是轻轻抱了抱肖捷，笑着跑掉了。

温柔回到办公室，正揣测事情的经过，肖捷指着桌子上关享归还的那堆东西，让温柔收下："从现在起，我的女朋友是你。"

温柔大喜过望，却丝毫没有失去分寸，她没有急着去查看珠宝，而是含情脉脉地看着肖捷："我和她不一样，我爱你。"

肖捷含笑收下这个真实的谎言。有无数人喜欢他，可又有谁爱着他？关享真是个讨厌至极的存在，不顾他的反对，强行进入他的生活，又不顾他的反对，强行离开，从始至终，都没有问过他的意见。更讨厌的是，就连滚蛋的时候，都要给他找点不痛快，让他看清现实的残酷。

　　肖捷讨厌关享，他认为他一定会和温柔这样的女孩子幸福地生活在一起，一定会是这样。

　　关享自以为做到这个地步，就算分手顺利，可惜她忘了，不光结婚从来都是两个家庭的事情，恋爱也是。

　　关享被她妈的夺命追魂连环电话叫回家，拿钥匙捅开家门时，赫然发现肖捷的妈妈坐在客厅，正和她父母谈笑风生。

　　关享妈的脸上挂着发自肺腑的笑容，迎向肢体有些僵硬的关享，一边挽着关享过来，一边向肖捷妈致歉："我家这个女儿，被我们惯坏了，什么都不说。要不是你今天来，我都不知道她和小肖已经谈到结婚这一步了，你别生她的气啊！"

　　肖捷妈含笑摇头，穿着香奈儿套装的中年贵妇，一颦一笑，都让人打心眼儿里舒服，除了关享。

　　肖捷妈应该知道她和肖捷分手了，为什么还会坐在这里？似乎是看穿了关享的心思，肖捷妈的声音温柔极了："肖捷很喜欢关享，我也很喜欢关享，我希望他们能够尽快结婚生子。"

　　关享的父母对视一眼，喜上眉梢。关享父亲犹豫片刻，还是张口："我这个女儿，长得不错，工作也不错，可就是像她妈说的，从小惯坏了，不光脾气冲，也不会做家务，亲家你可要多担待……"

　　"您这话说得就太客气了，关享不是脾气冲，关享是耿直。我就喜欢关享这种性格，直来直去，没有什么花花肠子。至于家务，我们家呢，虽然不是什么大户人家，但是保姆阿姨还是请得起的。关享专心上她的班，家务不用她操心，等将来有了小朋友也一样，这点不用你们操心。关享，你看呢？"

关享深深吸了口气，平静下情绪："阿姨，我想单独和您谈一谈。"

关享父母看出关享的异样，有些摸不着头脑，肖捷的条件不正是女儿心心念念想要找的吗？如今人家妈都上门提亲了，她怎么一脸凝重？

肖捷妈轻轻转动着手上的宝格丽戒指，露出一个不动声色的微笑："婚姻是人生大事，如今虽然不强求父母做主，可也没有什么要瞒着的。肖捷名下房子有全款的，直接加你名字，份额写百分之五十。肖捷和我说你喜欢跑车，我也帮你订了一辆。至于生活方面，我知道你是新时代女性，不愿意结婚以后就生孩子，你想什么时候生就什么时候生，我全依你。你看你还有什么想法，当着你父母的面，直接和阿姨说，阿姨一定尽全力满足你。"

欢欣喜悦洋溢在关享父母的脸上，他们正要向肖捷母亲展示他们的通情达理，关享的一句话把他们的笑容冻在脸上。

"我和肖捷分手了。"

肖捷妈并没有把这句话放在心上，她甚至没有一丝惊讶："那件事是肖捷不对，我已经说过他了，你生气是应该的……"

肖捷妈望向关享父母，轻声解释："您两位也看到了，我这个儿子长得好看了点，家里条件也比普通人家稍微强了点，一直有小姑娘围着转。前些日子，关享有个女同事盯着他不放，他没办法给了点存款打发走了。本来挺简单的一件事，也没和关享好好解释，结果误会成这样。关享，你放心，以后绝对不会发生这样的事情了。"

关享的太阳穴突突跳起，她想起之前与肖捷妈初次见面时肖捷妈的叮嘱，内心似乎有一团火在燃烧，不是愤怒肖捷的所作所为，而是后悔自己当初的选择。关享喑哑的声音听不出情绪的波动："阿姨，我知道您今天为什么来，在肖捷眼里，在您眼里，我都是最合适的结婚对象。我做出这个决定，并不是因为温柔，更不是想和您玩以退为进的手段，逼迫肖捷为我改变。我和您上次见面时，您一针见血地说，我最爱的是钱，为了钱我得学会忍。您说得特别对，之前的我一直都是这样，所以才会博得您和肖捷的喜欢，可是现在我找到了比钱更重要的东西，我不想和肖捷在一起了。"

关享和肖捷妈对视，彼此都明白对方平静无波的眼神下隐藏着怎样的深意："肖捷不爱我，您是知道的。"

肖捷妈失笑："关享，你已经不是小孩子了，怎么突然信起这种歪理邪说？不信你问问你父母，他们是因为相爱结婚，还是因为适合结婚就在一起了？肖捷喜欢你，我也喜欢你，我觉得这足够你们俩在一起了。"

关享的目光冷冷地扫过父母，阻止他们开口："你们经常说父母陪不了我一辈子，丈夫才能。既然这样，我选择什么样的丈夫就应该是我自己做主。"

关享压抑住心中澎湃的情绪："我也不爱肖捷，可我会为了钱恪守本分，满足你和肖捷对妻子和儿媳妇的一切要求，并且目前恐怕再没一个人让你们这么满意了，所以您今天才会坐在这里。婚姻在我和捷之间，不是一种情感需要，而是经过精密测算的商业合作，我们都以为我们会双赢。"

"难道不对吗？"肖捷妈笑容一滞，随即缓和道，"关享，你吓到你父母了……"

"不是对错的问题，而是我不想再走这条路了。我有爱的人，和肖捷相比，他简直不值一提。可是，他爱我。他会尽一切所能地陪伴在我身边，他不会去计算利益得失地选择我，我会是他人生的一部分，我想和他结婚。"

一瞬间，肖捷妈内心柔软而隐秘的地方被轻轻触动，掩埋在记忆深处的人和事呼啸袭来，无法言说的酸涩让肖捷妈下意识地捂住胸口。曾经，她经历过与关享同样的选择，她做出了最正确的决定。可是为什么这么多年过去了，只要不经意触及，依然会痛。

"谢谢阿姨，但我和肖捷是不可能的。"

肖捷妈不自觉地站起来，走到关享面前，静静地看着关享，像是看着二十多年前的自己："我希望你能慎重考虑，人生大事，不要这么快做决定。"

关享的笑容从未有过如此的平静与柔和："我考虑得很清楚，希望阿姨能尊重我的选择。"

"就算是你的选择是错的？"

"我自己选的路，就算跪着我也会走完！"

肖捷妈的脸色慢慢阴沉下去，声音依然温柔如水："关享，机会只有一次，肖捷马上就会有新女朋友。"

关享扬起嘴角，不置可否："谢谢阿姨，我已经找到了我这辈子最想要的东西。"

直到肖捷妈离开，关享父母还没消化完这一连串的信息。这一次，关享没有找理由跑掉，她坐下来，把她和肖捷以及李格非的过往，全部说出。

关享的嘴角挂着淡淡的笑意："不好意思，又让你们失望了，肖捷这么好的结婚对象我没抓住，我选了一个穷小子，而且那个穷小子有可能已经和别人在一起了。万一运气好，能在一起，那也是嫁个卖保险的而且还没房，没办法让你们在亲戚面前炫耀，更没办法让你们去灭同事的威风。我承认我不孝，养我还不如养条狗。"

在关享爸这种一辈子勤劳朴实、勇敢善良的国企工人心中，虽然没了金龟婿有点可惜，但是关享有了心仪的结婚对象，并且这个结婚对象还是个对她极好的劳动人民，他开心极了，当场就把肖捷抛到脑后，激动地搓着手，和关享讨论起李格非。

关享妈却不吃这一套，根据和女儿多年的斗争经验，她认为事出反常必有妖。她让老公暂且到边上待着，由她来和关享讨论一下人生："这个李格非就是上次装你和你同事男朋友的那个？"

关享被她妈的眼风扫过，嘴角的甜蜜笑意顿时一扫而空，后背更是激起了层层鸡皮疙瘩。她竟然把这件事忘了，以她妈天蝎座的个性，绝对是记仇记到今天。

"妈，你听我解释……"

"我听个屁！你个杀千刀的！又来骗我？还找同一个人来骗？你妈我虽然没上过大学，可你妈不傻！"关享妈拿起沙发上的靠垫，照着关享劈头盖脸一顿猛抽，关享被打得嗷嗷直叫，围着茶几来回蹿。关享妈不解恨，又操起茶几下面的一把老头乐，追着关享揍。

关享爸心疼女儿，想要护犊子，可手还没伸出去，就被老婆一声怒喝吓得不敢动弹："你要是敢插手，我就让你一起尝尝什么叫铁拳！"

关享跳上大理石面的茶几，两条笔直修长的小腿在老头乐的威力下，跳来蹦去："妈，这次真没骗你！我是真喜欢他！真的想和他搞对象！"

"就你这种眼里只有钱的，你能选个穷鬼？"关享妈挥舞着老头乐敲得茶几砰砰响，"你是我肚子里爬出来的，你屁股一撅，我就知道你要拉什么屎！"

"妈，你说话能不能文明一点？开口就是屎屎屁！"

"我就这素质了！我这辈子行得正坐得端，路边捡一百块钱都要交给警察的人，怎么就生出你这种满嘴跑火车的女儿！"

"我再说一遍，我没说谎。我是在你和我爸的谆谆教诲之下弃恶从善，立志成为一个光荣的社会主义接班人！"

"你还敢和我贫嘴？"

眼见老头乐高高扬起，关享双膝一软，跪在茶几上："妈，我发誓，是真的，你别打了，好疼啊……"

上次关享服软还是十年前的事，关享妈心里一动，似乎有点相信，可是想到肖捷的条件，关享妈立刻又提高了警惕："你骗鬼，你能放着肖捷这样的不要？你肯定是找着更有钱的了。"关享妈脑子一转，灵光一现，突然想到了什么，"关享，你老老实实告诉我，你是不是找了个已婚男，为了大把钞票给人当小三去了？"

关享气得一屁股歪倒在茶几上："妈，你没知识好歹有点常识好不好？刚才肖捷妈说什么你没听见啊？有几个男的能比肖家出手更大方，又是车又是房？我再说一遍，我不是为了钱，我是为了真爱！"

关享自以为解释得够清楚了，没想到她妈"哇"的一声哭出来："关享，你是不是电视上说的那种人，不喜欢男的喜欢女的，所以你这么骗爸爸妈妈？"

关享被她妈丰富的想象力气得白眼一翻，差点儿没晕过去。她咬着牙跳下茶几，直奔窗台，就像当初她爸一样，一条腿跨出窗外："我不活了，我一个正经人家的小姑娘，被你说成这样一个骗婚的？我要以死明志，证明我没说谎！"

关享爸吓得腿都软了，夺下关享妈手里的老头乐有多远扔多远，随后冲到窗台前，半搂半抱地把女儿扶下："我的乖乖，别听你妈胡说八道，爸爸相信你！"

"我胡说八道？你就等着被你的宝贝女儿骗得团团转吧！"

"你闭嘴！"关享爸一眼瞪向关享妈，"从小到大，你啥时看咱们女儿这么认真过，肯定是动真感情了。"

关享爸笑容慈祥，和关享商量："这还没吃饭吧？知道你回来，我炖了鸡汤。你放心，不是像原来那种炖法，你妈把你微信朋友圈里分享的菜谱给我看了，我在里面放了虫草花，还有竹笋，保证你喜欢！话说，你什么时候带小李回来给我们看看啊？"

"他要是同意和我搞对象，我立刻把他带回来给你们看！"关享吵了半天，口干舌燥，顺手从果盘里拿起个橙子，用手抠起皮来。关享妈一把夺过："你那指甲不要啦，别的不说，你这指甲就是你骗我的证据，上次问你多少钱，你说二十，结果我去店里一问，人家说做一次最少二百！"

"那不是嫌你唠叨吗？"

"我再问你最后一次，小李的事是真的？"

"他要是同意和我搞对象，就是真的。他要是不同意，那只能说我是做梦！"

"就凭你这条件，只要他不瞎，他能不同意？"关享妈又拿起老头乐，"他要不同意，我就去他单位找他谈心，谈到他同意为止。"

"妈，法律不支持包办婚姻。"

"怎么能说包办婚姻呢？小李亲生爸爸妈妈都不在身边，没人帮他出主意，婚姻是人生大事，万一他要选错路，这辈子就完蛋啦！到时候我和你爸一起去，我们作为长辈，给他点建议。你放心，绝对不是包办，就是给点建议！"

关享的笑容僵在脸上："他要是不同意，你们是不是还准备找他的领导？"

关享爸手一拍："对，领导不光要在工作上关心下属，还要在生活上关心下属，不能眼睁睁地看着下属走错路！"

关享实在不想再和她爸妈沟通这个问题，接过她妈递来的橙子，默默地吃着，由着她爸妈畅想美好未来。

"宝贝，我和你讲哦，新女婿上门一定要在自己家里吃，这样才能显得我们家重视他！宝贝，等会儿我们把菜谱商量好。小李喝酒不？对了，你们现在这些年轻人不喝白酒，我去买瓶红酒！老婆，这个钱你要报销，现在好红酒最少五百块一瓶！"

"你烦死了，你不是留女儿吃饭吗？你看看表，这都几点了？还不赶紧烧你的菜去！记得青菜少放盐，你家女儿口味淡！"关享妈打发走关享爸，压低声音，"你爸就知道谈那些虚头巴脑的，我问问你，小李现在一个月多少钱？虽然说租房结婚也可以，但是不能一直租啊。要不先让他买套小的，六七十平就行，首付让他出一半，剩下的我们出，等你们条件好了再换大的！"

"妈，我再和你说一遍，八字还没一撇呢！现在谈这些是不是有点太早了？"

"早什么？现在叫未雨绸缪！"

关享立刻送上掌声鼓励："妈，你好厉害，如今还会说成语了！"

"和电视剧上学的，用得对吧？"关享妈骄傲地甩了甩头发，丝毫没有被关享带偏话题，"实在不行，暂时先住在家里？我和你爸搬到老房子里去，把新房子给你们？"

关享捂着耳朵连蹦带跳地冲进自己的卧室："我的护肤品用完了，回来取，好忙好忙的，李格非的事，咱们有空再说啊！"

关享带着护肤品、鸡汤还有她爸妈的唠叨回到家。得知关享分手顺利，言晓晓也替她开心。晚上，两人一起躺在关享的床上，商量周末怎么和李格非说。言晓晓让关享放心，她已经旁敲侧击地问过，李格非还没答应小齐。

正聊着，言晓晓接到吴楚一的电话，说想请她帮个忙。

言晓晓推开靠过来偷听的关享，也不问是什么事情，一口答应下来。吴楚一反而有些犹豫，说刚好在言晓晓家附近，方不方便当面说。

言晓晓第二次推开靠过来的关享，下床回房间换衣服。关享多多少少听到一点，急忙跟着言晓晓说："吴楚一有急事找你？他马上过来？我的天啊，说不定他是要和你发表爱的宣言！"

言晓晓停下换衣服的动作，无奈地看着关享："有句话，苏航说得真没错，言情剧少看，看多了会变成脑残。就算吴楚一是男主角，你见过我这样的女主角吗？"

"你怎么能这么妄自菲薄呢？"关享一脸怒其不争，"也许就在你们的相处过程中，他不知不觉地发现了你的美……"

"然后离不开我，在某个瞬间再也按捺不住内心的冲动，来向我表白？"言晓晓堆起一脸假笑，"我要能信，我就是真脑残。"

关享啧啧出声："晓晓，你现在这个样子，的确是比以前强多了，但是，也越来越不可爱了。你就不能有点少女情怀总是诗吗？"

在言晓晓的逼视下，关享高举双手："得得得，我滚回去睡觉，您先忙。"

言晓晓换好衣服下楼，吴楚一也踩点赶到，两人在吴楚一的车里碰面。

没化妆的言晓晓就是个扔到人堆里都认不出来的普通姑娘，不过笑起来的时候，依然可爱。她把手里的保温杯递给吴楚一："桃胶银耳羹，晚上刚炖好的，天气干燥，你赶紧喝了。"

吴楚一也不客气，一大口喝下去，言晓晓果然了解他，知道他断糖，啥都没放。

喝完补品，吴楚一抽了张纸巾慢慢擦拭嘴角，眼睛盯在仪表盘上，把此行的目的缓缓道来。原来，吴楚一的爷爷住院，吴楚一的妈妈联系他，想让他去医院看看。此外，吴楚一妈妈还希望他能够听话，和家里安排的所谓的正经人家的姑娘认识认识。

如果这种话是从其他人的嘴里说出来，早被吴楚一骂到找不着北，可是说这话的是吴楚一的妈妈，吴楚一只能找到言晓晓："能不能陪我去趟医院？以我女朋友的身份？"

言晓晓静静地看着吴楚一的侧脸，还是那么英俊好看，就是面无表情的平静之下，似乎隐藏着说不出的委屈。

言晓晓抱着保温杯，露出一个再圆满不过的微笑："给我时间、地点吧。"

隔天下午，言晓晓陪着吴楚一来到军区医院的高级病房。

在一屋子穿衣风格严谨刻板的人中，染着灰发、戴着灰色美瞳的吴楚一是那样地格格不入。面对众人惊诧的目光，吴楚一视若不见，牵着言晓晓的手走到床边，向老人介绍："爷爷，这是我的女朋友言晓晓。"

言晓晓开头略有些尴尬，但很快就镇定下来，配合着吴楚一给老爷子演出一场小情侣见家长的大戏。

吴老爷子的头发已经全白，精神倒还不错，上下打量了一番，和言晓晓攀谈起来。了解清楚言晓晓的个人情况后，老爷子倒还勉强满意。他叮嘱吴楚一要端正态度，严肃对待恋爱和婚姻，不要被所处环境中那些乱七八糟的事情所影响。

吴楚一连声称是，言晓晓配合着吴楚一向爷爷保证，一定会好好监督吴楚一，不让他走上歪路。

见老爷子略有疲态，吴楚一带着言晓晓告辞。言晓晓正诧异事情怎么会如此顺利，一对中年男女紧跟着他们出来。根据中年女性和吴楚一相似的容貌，言晓晓判断，那应该就是吴楚一的父母。

怕打扰老人休息，一行四人来到走廊尽头的平台才缓缓站定。

言晓晓早先听吴楚一说过，吴楚一和他父亲已经超过十年没有来往。她试探性地叫了声'叔叔'，试图缓和气氛，只是话音未落，吴楚一的父亲已经动手，一拳又急又重地朝吴楚一的脸上挥去。

吴楚一似乎早就料到父亲的举动，却不闪不避，带着蔑视的笑容等着这一拳。

言晓晓想要阻止却已经来不及，就看见一道灰色的影子扑过去，挡在吴楚一身前。

吴楚一父亲那一拳到底没有落下，他愤怒地指着挡在儿子前面的妻子："都是被你惯坏了！你看他现在还有个人样吗？"

吴楚一的母亲别说争辩，就连抬头和丈夫对视的勇气都没有。几十年的夫妻生活似乎让她只会唯唯诺诺点头称是，同时低声劝儿子向父亲道歉："你爸爸也是为你好……"

"为我好？"吴楚一失笑，"他这三十年都挺为您好的，您看看您现在这个样子，我可不敢让他为我好！"

吴楚一父亲的额头青筋暴突，他竭力压低吼声："你看看，这就是你的好儿子。当初我要打死他，你拦着不让，现在好了，你满意了？吴家的脸都被他丢尽了！"

吴楚一的母亲从小到大都没有过主见，结婚前听父母的话，结婚后听丈夫的话。这辈子唯一没有听话的事情就是在儿子的职业选择上，她偷偷放跑儿子，并且资助儿子学了想学的东西。可就是因为这一次，她被丈夫钉在耻辱柱上，整整折磨了十多年，控诉她的溺爱与纵容毁了吴楚一，毁了整个吴家。

吴楚一的母亲惶恐得不知该把眼睛望向何处，身体颤抖得更像是秋风中的一片落叶，不知飘向何方。

言晓晓像是看到了曾经的自己，如果不是吴楚一，眼前这个阿姨就是她几十年后的模样。言晓晓下意识地握住吴楚一母亲的手："您没有错。"

"你给我滚！"吴楚一的父亲指着远方，"吴家没有你这样的子孙！"

吴楚一漠然一笑，拉着言晓晓想走。言晓晓没动，她郑重其事地叫了声'叔叔'，迎着吴楚一父亲的愤慨，温和有礼地说："楚一现在是他所在行业里最顶尖的人才，他上过杂志，上过电视，有很多明星排着队等他化妆，有更多的人以他为榜样。楚一从来没有令吴家蒙羞，您作为他的父亲，应该为有这么优秀的儿子而感到骄傲！"

吴楚一的父亲脸色铁青，恨恨地说："优秀？戏子放在过去就是下九流。他给戏子化妆，连下九流都不如。吴家人都是铮铮铁骨，他不配做吴家的子孙！"

"您作为长辈，当然可以坚持您的观点，但是我也有权认为，您的观点不客观、不公正、不理智。您只是因为他没有按照您设计的轨迹生活，所以如此偏激。您的所作所为，根本不是出于一个父亲对儿子的爱，而是一个专治的暴君因为孩子没有听从自己的命令，所以拼命打击他！"言晓晓鼻息粗重，长久以来，她从不和人争论，但这一次她必须厘清是非曲直，"您更没有权利侮辱他的人格！"

"他是我儿子，我有资格教训他！"

"他现在是我男朋友，未来是我丈夫，我有权利保护他……"言晓晓握紧双拳，微微扬起下巴，"如果您真的还把楚一当成您的儿子，就请您给他最起码的尊重！还有……"

言晓晓看着吴楚一的母亲："也希望您能够尊重您的妻子，她不是您的附属品，她需要您平等对待。"

吴楚一的父亲死死地看着言晓晓，过了许久，他脸上的暴怒慢慢消散，取而代之的是骨子里的漠然："我的家事，不劳你这个外人来操心。从今往后，吴楚一和吴家没有半分关系，我死也不会认这个儿子的！让他死了这条心！”

吴楚一的母亲跟在丈夫后面急匆匆地离去，她不停地回头看着儿子，滚滚而下的眼泪代表着她对儿子的思念。可是在丈夫面前，她却连开口和儿子说句话的勇气都没有。

“你都看到了……”吴楚一的眼睛里闪着阴郁的光，像是落进陷阱后无论怎样挣扎都无法挣脱的野兽，带着放弃的绝望，“这就是我的父亲和我的母亲，我的所有努力，都是白费。不过也无所谓啦，反正我也不在乎了。”

“你骗人。”言晓晓的声音温柔极了，她睁大眼睛看着吴楚一，“我能感觉到叔叔是个非常了不起的人，你小时候肯定很崇拜他，甚至现在都是。至于阿姨，你很爱她，你想让她幸福。”

言晓晓的话一个字一个字地钻入吴楚一的耳中，他沉默许久，才幽幽开口：“可那又怎么样呢？我完全没有办法改变。”

言晓晓轻轻拍了拍吴楚一的手：“从目前情况来看，似乎是有点难，可是别放弃，你看到了，如果你不去改变，那么阿姨……”

吴楚一慢慢放松下来，他浅浅一笑：“晓晓，我没想到会有一天，是你来指导我……”

言晓晓的脸蛋瞬间布满红晕：“抱歉，我不是那个意思……我只是……”

吴楚一缓缓摇头：“你说得特别对，我不应该放弃……”

吴楚一远远望着病房的方向：“有一个人在等我，总有一天，我要带她离开……”

言晓晓刚走没多久，关享忙完手上的工作也坐不住了，开车来到李格非单位楼下。

李格非接到关享的电话，拎着两杯奶茶晃晃悠悠地下了楼，打开车门，坐在副驾驶位置上。

关享一边捏着吸管吸奶茶，一边鬼鬼祟祟地偷瞄李格非，瞄得李格非受不了了，捏着关享下巴说："你做贼啊？"

关享花了三天时间学习电视剧里如何像个少女一样娇羞地表白，结果被李格非形容成做贼。顿时，她一口怨气由腹腔上涌，撞击在喉咙上，引发剧烈咳嗽，喷了李格非一脸的奶茶，几粒珍珠更是从李格非的衬衫领口掉进去，粘在他的胸肌上。

李格非低头凝视胸前的污渍许久，慢慢抬起头，这件衬衫是他为自己买的第一件奢侈品，具有纪念意义。如果关享没有办法给他一个合理的解释，他就马上把奶茶倒在关享车里。

在李格非的逼视下，关享抓起一包湿巾扔到李格非身上："我要被你吓死了！"

李格非发出夸张的干笑："就您那胆子，都快包天了，会被我吓到？无事不登三宝殿，说说吧，您来找我干什么？"

关享的眼睛盯在奶茶上，微微有些出神，沉默片刻，声音细细的："我和肖捷分手了……"

李格非心头一沉，脸上还是带着淡淡的笑容："我听晓晓说了，他和你们单位另外一个姑娘发生了点故事，不过我还是坚持我的观点，以我对他的了解，他会选择你作为结婚对象。他和你提分手，应该是想给你上点规矩，让你更听话……"

此时的李格非有一肚子话想告诉关享，比如说他喜欢关享，他想和关享在一起，可是嗓子里就像堵了棉花，只能说出那些冠冕堂皇的漂亮话："你是来找我帮你出主意的？"

关享知道李格非误会了她的意思，急忙解释："是我提的分手……"

关享抬起头，迎着一脸疑云的李格非："因为我找到了比钱更重要的东西，就是你……"

万千思绪涌上李格非的心头，他深深地看着关享，像是要把关享刻在心里。关享轻轻拉着李格非的手，贴在自己的脸上，掌心的暖意，透过皮肤，一点一点传到心里。从认识那天起，他们就误会不断，就连彼此的心意，都是兜兜转转才了然。今天能够坐在这里，已经是最后的机会，她一定不会再错过："我想和你在一起……"

李格非眼中是满满的欢喜，可那欢喜来得太过突然，让他有些不敢相信："你找我，是因为这事？"

关享轻轻点了点头，抽了抽鼻子，把涌上来的酸意压下去："本来想周末找你说的，但我等不及了，我怕你和小齐在一起……"

李格非的心被甜蜜包围，汹涌而来的温柔化为一个拥抱。李格非把下巴抵在关享额头上，轻轻摩挲："傻瓜！"

奶茶的甜香气味充斥在关享的鼻腔，李格非的答案让她如释重负。她像个小孩子一样嘟嘟囔囔："幸亏苏航和晓晓一直提醒我，幸亏我姓关的内心还是追求真善美的，不然……"

关享一拳一拳捶在李格非背上："你就不能来找我啊，你就这么看着我和肖捷在一起，还祝我幸福，没有你我幸福个鬼啊？非要等我自己发现啊？你是男的，应该是你主动，结果还要我来找你！你真讨厌！"

"我是准备这周末来找你，问你愿不愿意……"李格非收紧手臂，把关享抱得更紧，"没想到你先来了……"

关享推开李格非，胡乱擦拭掉眼角轻微的水汽，上下打量："真的？"

李格非被关享的样子逗笑，用力点头："我没肖捷那么多钱，给不了你梦想的生活，但我心里只有你一个人。我想陪你看电影、打游戏、吃火锅，做一切你想做的事情，我爱你。想一辈子和你在一起，组个家庭，生个孩子，一起为了学区房烦恼头痛……"

"我连自己都养不活，还养孩子……"关享举起手臂在李格非面前挥舞，见李格非不明白，她又用力摇了摇，"我把东西都还给肖捷了，我的宝格丽！我的卡地亚！我的蒂凡尼！全没了！"

李格非深知以关享的性格，这种深情款款的造型绝对保持不了一分钟，但三十秒还没过，就开始谈钱，画风似乎也不太对。

关享带着哭腔哼哼唧唧："是因为你才没有的，你要负责！"

李格非见过猪跑，更是吃过猪肉，当然知道曾经出现在关享手腕上的那些东西价值几何，他坚定地摇了摇头："别指望我，我买不起！"

"那你总得表示表示吧？"关享又气又急，"为了你，我做出了这么大的牺牲，主动甩了富二代，主动向你表白，你别想用杯奶茶就把我打发了！"

面对关享的怒火，李格非保持微笑："谁说只有奶茶？这不还有真爱吗？滴滴香浓！"

"滚！"关享跳下车，把李格非从副驾驶位置上拖下来，一路往写字楼对面的商场拖行，该商场原先是李少的定点采购地。李格非深知一楼到三楼各家专柜商品的售价，连连喊停："我没带钱包！"

关享恨极了，几乎是咬牙切齿："你带手机了，可以用支付宝！"

李格非表示为了将来孩子的学区房，买个四位数的包意思一下就差不多了。关享表示我们之间的真爱就值几千块？

于是，两人为了一块卡地亚手表在专柜收银台前开始辩论。

"你不买就是不爱我！"

"爱是用钱来衡量的吗？"

"连钱都不愿意花，你还好意思说爱？"

"结婚要钱，买房要钱，买车要钱，生孩子更要钱，哪样不比手表重要？"

"我为了你，把三十多万的宝格丽的镯子都还给人家了，买块几万的表你还嫌贵？"

李格非哭丧着脸打开支付宝，每输入一个数字都像有一把刀狠狠地捅在他的心上。

得偿所愿的关享并不愿意放过他，晚上要吃米其林庆祝他们正式交往。李格非翻着白眼上楼收拾东西准备下班，进电梯的时候给李婉仪发去一条信息，说他和关享在一起，出电梯的时候就接到李婉仪的电话，说有份礼物要送给他。似乎是猜到李格非会拒绝，李婉仪轻笑："我知道关享有房子。但有句老话说得好，嫁汉嫁汉，穿衣吃饭。男人总要有点担当，再说你这脾气，你能愿意在她房子里结婚？你放心，这套房子我只帮你付首付，算是我送你们的结婚礼物，贷款你和关享自己解决。"

李格非除了拿包，还从同事那里拿了点鸭脖子。去餐厅的路上，李格非开车，关享坐在副驾上啃鸭脖。听说李婉仪送了一套大平层的首付，并且那房子还有自己的一半，关享的眼睛立刻亮晶晶："姐姐这么客气，多不好意思啊，姐姐要是能把这尾款也……"

李格非冷笑："70% 的首付，你还想怎么样？李家放你们银行的存款理财各项费用加起来，一年你赚得不少了。做人不要太贪心，可要点脸吧！"

"客户经理出门从来不带脸……"关享掏出化妆包补妆，"这么想想，我好像也没亏多少，结婚你姐能送房子，将来有孩子了你姐说不定还能再送点啥。你虽然不是富二代了，可你有个富二代的姐啊！"

关享越说越兴奋，扑过去抱着李格非猛亲一口。李格非一脸嫌弃地拿纸巾擦脸上的唇印："我警告你，离我姐远点！我要自食其力，懂吗？我要靠自己！"

关享懒得和李格非讨论这种三观问题，美滋滋地给她妈发信息，她刚找到个新男朋友，比她妈所有同事的女儿找的对象都强，还没结婚就肯在房本上加她的名字，而且还是二百平方米的大平层呢！

苏航收到关享的信息，笑着拿给沈铎看："关老板也算求仁得仁，到底还是赚着了！"

提到房子，沈铎默默地叹了口气，表情有些为难："这些年，我的钱赚得容易花得也容易，之前因为……所有积蓄都给家里了，目前这个条件想要买房恐怕比较……"

苏航含着朦胧的笑意，剥了个橘子递到沈铎手中："买不起就租呗，现在住的地方就挺好。"

沈铎低着头，又叹了口气："总不能结婚还租房吧？"

巨大的喜悦从心头涌出，激得苏航脑子一蒙，四周几乎一片雪白。她闭上眼，再睁开时，薄薄的一层水汽迷住了眼睛。空气中全是橘子的清香，暖气一烘，闻起来，骨子里都透着舒爽。

沈铎的目光温柔如春水，他静静地看着苏航，字字发自肺腑："求婚应该有的东西，我现在一样都没有，可是我向你保证，以后一定都会有。"

苏航对上沈铎的目光，笑盈盈地说："就算这辈子一直没有也没关系，我重视的永远都是你这个人。"

沈铎点了点头，紧紧拥着苏航，乌黑的眼睛里闪过一丝了然："那这辈子，就麻烦你多关照了。"

苏航目光清澈，声音和煦如春风："这辈子太久，不如先考虑一下，晚上想吃什么？"

沈铎终于又找到撒娇的机会，无论如何也不愿意再吃医院的食堂。苏航咨询医生后，叫了外卖。

只是苏航万万没想到，取外卖的时候，会在一楼大厅遇见钟意。短短几个月时间，钟意瘦得只剩一把骨头，整个人像一捧彻底枯萎的花朵，散发着衰败的味道。

陪同钟意前来的，是一对中年夫妇，看模样应该是钟意的父母。他们领着钟意向苏航走来，代替钟意开口："我们是来道歉的。"

钟意浑身发颤，喉咙嘶哑："对不起，我不知道事情会这么严重。"

苏航有些明白沈铎当年为什么喜欢钟意了，不仅仅是因为她的漂亮和家庭背景，眼前这个姑娘骨子里还是有一两分善良。只是多年的娇纵让她做起事情来肆无忌惮，进而闯下弥天大祸。

"我恨沈铎，我想让他倒霉，是我偷走他的电脑去举报他的。他生病，我故意去刺激他。我看他过得好，就去刺激他妈妈。我只是想让他难受……"钟意拼命摇头，脸色青灰交加，大滴大滴的泪水滚滚而落，"我真的没想到他妈妈会死，他会自杀。如果知道会这样，我不敢的，我真的只是想让他受受气……"

钟意的父亲扶着钟意的肩膀向苏航致歉："事情发生以后，钟意每天晚上都睡不着，我们看情况不对，问她很久，她才告诉我们真相。这件事情是她错了，并且是无法弥补的错，我们不奢求原谅，但是她必须向你们道歉。"

钟意的母亲，一位保养得极好的妇人向苏航坦白："是我们把时间和精力都放了工作上，忽略了对钟意的教育。作为父母，我们有无法推卸的责任，所以我们今天一起来向沈铎道歉，但是考虑到沈铎现在的病情，我们没敢贸然上去，刚巧在这里碰见你……"

苏航含着没有一丝温度的微笑，声音同样没有半点情绪："钟意的道歉沈铎恐怕没有办法接受，她给沈铎造成的伤害是她穷其一生也无法弥补的。"

钟意浑身颤抖，一动也不敢动，母亲紧紧地搀扶着她，唯恐她下一秒就瘫倒在地。

苏航依然丝毫没有动容："钟小姐，虽然法律没有办法制裁你，但是因为你，一个无辜的人失去了生命，你的良心会受一辈子的谴责。"

钟意求救般地看着苏航，正如苏航所说，这些天，她几乎没法入睡，负罪感令她几乎崩溃。

苏航的目光在钟意脸上缓缓扫过："你希望通过道歉得到内心的平静，可是你有没有想过，你的道歉会让沈铎再次想起这件事？你为了自己，让一个抑郁症患者再经历一次地狱，你觉得合适吗？"

苏航缓缓摇了摇头："沈铎母亲的事情，沈铎的事，你都没有被原谅的可能。这些事情永远会是你内心的一块伤疤，提醒你不要再犯同样的错误。钟小姐，如果你还有一丝良心，那么就请你永远不要再出现在沈铎的世界里。"

见苏航毫无怜悯之意，钟意的母亲从包里取出一张支票，递到苏航面前。苏航一眼扫过金额，足足一千万元。

"您是想用钱来表达歉意？"

"苏小姐，你不要误会。我们也很清楚，钟意做的事情，是无法用钱来弥补的，我们只是想让沈铎过得好一些。"

"说到底，你们还是希望能够做点什么，让钟意舒服点，那我就再重复一遍，完全没有可能。"

苏航绕过钟家一家三口，想去取外卖，没想到又被钟意的父亲拦住。从他的眼神里，苏航读懂了他的想法。

"沈铎是个很有能力的人，如果他拼尽全力报复，就算是你们，估计也会是个玉石俱焚的下场。您和夫人今天过来，其实真正想解决的是这件事……"

钟意父亲没有否认，为了女儿，他不得不与同女儿一般年龄的苏航谈起条件。

苏航挑眉："请您放心，我们不会在钟意身上浪费一分钟的时间，更不会因为钟意去做伤害自己的事情，因为钟意不值得。"

苏航提着外卖回到病房，和沈铎一起围着病床上的小桌子吃了起来。沈铎和苏航讨论着未来想干点啥。苏航让沈铎别想那么多，先把病治好。沈铎一口气吃完饭，躺在床上拍着自己的肚子笑哈哈，庆祝自己终于过上了梦想中的米虫的日子。今天刚刚搬进来的隔壁床的阿姨也笑起来，连声和苏航说："你这爷们儿可真逗，和他过日子能乐死。"

　　苏航把沈铎从床上拽下来，拖着他在走廊遛弯，八块腹肌是不指望了，可也不能不到三十就挺着个肚子。

　　沈铎最近练成单手游戏的技能，一手被苏航牵着，一手打着游戏，嘴里和苏航商量明天吃点啥。

　　苏航走着走着，偶尔回头，看见沈铎的眉头因为游戏结果而微微皱起，心里是从未有过的安稳，也许这就是所谓的岁月静好。

　　半个月后，沈铎康复出院，苏航结束休假，回单位上班。

　　之前的事情处理结果也下来了，苏航作为主办客户经理，关享作为协办客户经理，双双被全行通报批评外加罚款。

　　办公室内，关享凑到苏航身边，蹲在地上，两手扒在椅把上，像只小狗一样，眼巴巴地看着苏航："你的罚款我来交好不好？"

　　苏航被看得浑身发毛，随手拿起一本案本，拍到关享的脸上，直截了当道："首先，这件事我也有责任，我没有二次复核；其次，如果这笔钱罚出去，能够给你长个记性，我觉得花得超值；最后，就你那花钱方式，你拿什么钱补偿给我？你准备喝西北风是吧？"

　　关享下巴搁在手上，嘟着嘴："我可是有男朋友的人，他会养我的……"

　　"就你那个性，你好意思伸手和李格非要钱？别闹了！"苏航又是一本案本拍过去，"好好干活，我过会儿检查。"

　　既然提到钱了，关享不得不抛出一个现实问题："不是我说，沈铎……你不会是准备……你一直养着他吧……"

"不可以吗？"苏航挑眉，"可以有全职主妇，为什么不可以有全职主夫？男女平等都多少年了？谁规定男人一定要以事业为重？再说了，就算要拼事业，那也得等时机。"

"你找个没工作的，你爸妈能同意？"

关享言语犀利，苏航却没往心里去，她淡淡一笑："自从上次那件事后，我和我父母算是彻底断了联系……"

关享了然地点了点头："肖捷妈去我家提亲，我和我爸妈反而谈开了，要不你和你父母也好好谈谈？"

苏航摇了摇头："你父母嘴巴凶，心里是爱你的，我父母……"苏航重重叹了口气，重新把话题转到沈铎身上，"我倒是想让他在家静养，不过以他那个个性怕是待不住，看他自己吧，只要他开心，怎么样我都是支持的。"

苏航自认为已做好万全准备，甚至就连最坏的打算她都已经考虑好了，却没想到，意料之外的情况会出现得那么早。

周五晚上，苏航买了一大堆菜，拿着言晓晓给的菜谱，准备晚上先来顿大餐，接着看个电影，打开家门却发现沈铎和一些私人用品从房子里消失了。

唯一证明沈铎存在过的是一张纸条，上面只有两个字：等我。

潜意识中，苏航似乎已经料到会有这个结局，只是面对时，还是有些意外。苏航微笑着，一动不动，从夕阳西下一直站到天色全黑。

寂静将苏航淹没，黑暗中，她抹去眼角的一滴泪珠。她告诉自己，她应该高兴，经过她的不懈努力，她终于把之前的沈铎找回来了，只是这个沈铎注定不能属于她一个人。她伤心难过，但是她不后悔。

苏航有条不紊地收好行李，离开前，她留恋地打量着公寓的每一个角落，这辈子最痛苦的和最欢乐的时光，都在这里。可惜，她无法带走，甚至必须被掩埋在记忆深处，与那个她曾经深爱的人一起。

苏航笑着关上门，迎着明亮的灯光往电梯走去，黑暗的公寓被永远留在身后。她的人生，即将进入一个新的阶段，一个没有沈铎的阶段。

言晓晓家，李格非刚刚退掉和同事合租的房子，搬了回来。关享指着行李里多出来的一堆小东西问李格非，都是谁买的。

李格非先说想不起来，被关享一顿怒骂："你骗鬼啊，这玩意儿一看就是女生帮你买的！我告诉你，坦白从宽，抗拒从严！"

李格非冥思苦想，终于有了答案，原来是单位里的几个女同事、女下属，没事经常送他个小礼物什么的。

"人家送给你你就收啊？怎么没人送我？送你东西都是对你有企图！"关享抱起东西就要往外扔，李格非不干："哪有你想的那么复杂？我没事就请她们吃蛋糕、喝奶茶，每个星期还请一次大餐，这是人家还我的人情好不好？就相当于我自己买的！你看这个手伴多好看，扔了多可惜，我的钱又不是大风刮来的！"

"李格非，我为了你连几十万的金表都不要了，你为了别的女人吼我……"

言晓晓正在厨房做饭，被关享的干号声吸引到书房，她抱起李格非那堆东西，直接扔进了垃圾筒："格非，你什么时候变成在乎这点钱的人了？在关享眼里，你比钱重要一百倍，请你也这么对她好不好？"

李格非无奈："晓晓，关享不讲道理你也不讲道理？这就不是钱的问题！这是……"

"不管是什么问题，总之，关享说了不喜欢看到别的女人送给你的东西，就请你把它扔掉。不要拿眼睛瞪我，我知道你想说什么。不要跟我们女人讲道理，我们女人从来不讲道理！就算是谈感情，我也明明白白地告诉你，虽然你是我的朋友，但关享是我的闺密，我完全站在关享这一边！"

关享笑着和言晓晓击掌，两人一起去厨房查看烤箱里的蛋糕。临走前，关享对着李格非做了个抹脖子的动作："好好收拾，再让我看见，我就……"

苏航回来的时候，刚好遇到一脸哀怨的李格非开门，准备把一堆东西送到楼下垃圾箱。

看见苏航，李格非立刻放下东西，接过苏航手里的行李："这么巧，你也今天搬回来？我没听关享说啊，沈铎呢？"

"他走了……"

听闻沈铎不辞而别，关享气得连蛋糕都吃不下："他就是个白眼狼，苏航为了他付出多少？他连个招呼都不打就跑了，他还有没有良心？我看他和那个钟意就是绝配，都不是东西！"

言晓晓的反应没有关享那么激烈，可脸色也同样难看："有什么事是不能当面说的，非要搞成这样？他让苏航怎么想？没见过这么做人做事的。"

李格非作为一个男人，倒是勉强能够理解沈铎的思路："老苏，你别听她俩的，沈铎急着走肯定是有原因的。虽然这原因我不知道，但是我敢肯定，他的目的绝对是想将来能更好地和你在一起。你相信我，我也是男人，沈铎在医院里看你的眼神，已经不是看女朋友了，他是在看他这辈子的另一半。为什么只留两个字，是怕你多想、担心。"

关享冷笑一声："李格非，你不去当编剧真是可惜，两个字让你发挥出这么一大套来。"

李格非难得没和关享辩驳："男人的想法，你不懂。沈铎走得这么急，估计是他自己也觉得路不太好走，写多了怕苏航担心。沈铎什么个性，苏航不清楚？他不是那种儿戏的人，他既然写了等他，那他就一定会回来，而且还是风风光光的。苏航，你就再给他一个机会，相信他一次！"

　　"相信他个大头鬼！从今天起，我们就当他死了！"关享拉起苏航往卧室送，"你别难过，我和晓晓马上做饭，你吃饱饭睡一觉，睡醒了咱们重新开始。"

　　苏航冲李格非点了点头："我明白，我相信他。"

　　关享和言晓晓的脚步都缓了一下，苏航像是说给她们听，又像是说给自己听："他一定会回来的，无论多久，我都等。"

　　言晓晓再也按捺不住："那万一他十年八年都不回来呢？"

　　"那我就等他十年八年。"苏航从餐桌上拿起一块蛋糕，小小咬了一口，品尝甜食的幸福感几乎让她落泪，"我有的是时间，我可以慢慢等。哪怕等一辈子，我都愿意。"

　　言晓晓莫名地想起吴楚一，也许这个世界上，脑子有问题的并不止她一个。她不再去劝苏航，反而拎起苏航的行李送苏航回房收拾。

　　关享站在客厅拍手："好，很好，非常好，我原来以为家中出言晓晓一个情圣就够了，没想到啊，苏航也走起情圣路线了！"

　　关享瞪了李格非一眼："我警告你，你别和我来这套，你要敢留两个字玩失踪，我这辈子都不会再看你一眼！"

　　李格非拿起一块蛋糕，一口咬下一半，剩下一半塞进关享嘴里："你放心，我哪有沈铎那个本事？如果你不来找我，我就跑去找你，告诉你，我虽然没肖捷有钱，但我会对你好，你要不要和我搞对象？"

　　言晓晓帮苏航整理好床铺，回厨房做饭。苏航躺在床上，听着门外关享和李格非的吵闹声，突然间有些恍惚。经历过这么多事情，其他人好像都有了结果，只有她和沈铎，明明最先开始，却永远像是走在路上。

苏航闭上眼睛，决定不再去想，她需要好好休息，调整到最佳状态。也许答案就像李格非所说的那样，她爱的那个男人，正在为他们的未来努力。

言晓晓递交的扶贫申请，通过得比想象中快得多。并且由于申请的人太少，当地又缺人，只给言晓晓留了一周的时间交接。

整个交接过程，关享依然没有放弃，再三问言晓晓："你真的不后悔？现在后悔还来得及……"

言晓晓让关享有空不如多关心关心李格非，工作一年就是团队负责人，前途一片光明，人又长得帅，可够招蜂引蝶的。

关享一掌拍在桌子上："他敢！"

推门进来的罗行长被关享吓了一跳，皱着眉头批评关享自己不上进也就算了，还给上进同志泼冷水，简直是无组织无纪律。

上次的事情之后，关享对罗行长的态度变得恭敬了。她立刻承认错误，拎着包跑去分行办业务。

罗行长心里舍不得言晓晓，可也知道机会难得，鼓励言晓晓说广阔天地大有所为，好好干出一番事业。

言晓晓从柜员转岗到客户经理，又顺利成长，虽然是苏航主导，关享协助，可归根到底，罗行长身为一行之长功不可没。

言晓晓发自内心地感谢罗行长的信任："三年以后，要是您不嫌弃，我回来还是您的兵！"

之后就是和同事们的告别，姑娘们都在惊叹言晓晓的决定，却无一不佩服言晓晓的勇气。

理财经理安鑫不无感慨地和关享聊起："论事业心，我原来最服苏总，现在看来，最狠的还是晓晓。这人啊，一旦狠起来是连自己都害怕。"

关享嘴上坚称言晓晓想不开，心里比谁都紧张。周末她陪着言晓晓收拾行李，恨不得把整个家都给言晓晓搬过去。

李格非把关享收拾起来的东西一样一样拿出来："晓晓去的那个地方，有宿舍、有食堂，请你不要再往行李里塞电饭煲这种东西了！"

关享正拿着手机琢磨给言晓晓买什么尺寸的微波炉、烤箱、电冰箱，看见李格非把她打包好的东西又拆开，气不打一处来："你懂什么？你自己去网上查查，那地方偏得鸡不拉屎，鸟不生蛋，连快递都不到，我能不担心吗？"

"那就更得带点有用的东西！"李格非从行李里又掏出两个吹风机，四个干发帽，六个充电宝，"我再说一遍，晓晓不是去穿越！"

"她还不如穿越呢，这些东西不带齐，万一坏了，她连买都没法买！"关享夺过李格非手里的东西又给塞回去，"你去我房间，把我衣橱上最大的那个行李箱拿来，我给晓晓装一箱纸巾、湿巾和卫生巾。"

李格非实在受不了了，让苏航劝劝关享。苏航连声称是，结果又往箱子里塞了十几包一次性内裤和几十双袜子。

眼看苏航又拖来一个行李箱，给言晓晓打包睡衣，李格非目瞪口呆。苏航柔声向他解释："你要明白，我们女人都是属仓鼠的，我们的安全感需要靠囤积东西来实现。"

经过苏航、关享数次取舍，最终言晓晓的行李由四个 28 寸旅行箱，两个超大旅行袋构成。看着眼前这一堆东西，言晓晓有些迟疑。据她了解，到达目的地，至少需要一天一夜，数百公里，多种交通工具，她一个人……

苏航分分钟就看出她的疑虑："你放心，和你同行的，有其他支行的三个男同事。"

关享挑眉一笑："我和老苏都联系好了，他们男人行李少，你的东西他们包了，你拉个箱子就行！"

晚上言晓晓做了顿答谢宴，吃得众人赞不绝口。品尝甜点时，李格非不无伤感："这是最后的晚餐啊，以后再也吃不到了……"

话音未落，便被关享暴打："不会说话就不要说话，晓晓又不是回不来了！"

吃完蛋糕，言晓晓又把水果送上桌，让关享他们慢慢吃，她要去吴楚一家送菜。

接待言晓晓的是阿姨，得知吴楚一临时有工作出门了，言晓晓心里有些失落，随即又松了一口气，她还没修炼到能够完全控制住情绪，不见也好，免得临别时刻说出点不该说的，破坏了两人之间的友谊。

周一一大早，众人到火车站给言晓晓送行。

关享最先憋不住，"哇"的一声哭出来，李格非揽着她的肩膀让她控制住："昨儿你还骂我不会说话，你自己都说了，晓晓是去出差，又不是不回来，你有什么好哭的！"

关享撇开李格非，扑上前去，抱着言晓晓哭得更凶。苏航鼻子一酸，眼泪也快掉下来了，叮嘱言晓晓好好照顾自己。

李格非连声安慰自己，女人嘛，戏都比较多，他默默难受就好了。

眼看时间差不多了，言晓晓再三保证节假日一定回来后，跟着几位男同事准备过安检。

一夜没睡的吴楚一终于在最后时刻赶到。苏航等人主动自觉地退到几步开外，把场地留给言晓晓和吴楚一这两位朋友话别。

吴楚一把一大包东西塞到言晓晓的手里，言简意赅："保持现在的状态，回来的时候别让我失望。"

　　言晓晓下意识地点头，笑得像个得到老师夸奖的孩子："你工作辛苦，多注意休息！"

　　在男同事的催促下，言晓晓走向安检口。在身影彻底消失在安检口的前一刻，她回头向吴楚一挥手。吴楚一突然想起那天在医院里言晓晓的样子，心中某个空旷已久的地方，好像有什么东西在破土而出，倔强地露出一株嫩芽。只是这种感觉对吴楚一来说太过于陌生，他决定将一切交给时间去处理。

　　经过一天一夜的长途跋涉，言晓晓到达目的地。苏航和关享给她准备的所有排解初到异地空虚寂寞的东西都没有派上用场，因为她在到达的第二天，就开始忙起来，多到令人窒息的工作，没有留给她一点时间去烦恼个人问题。

　　每天一睁开眼，就要想着今天到哪个村的哪几户？如何说服妇女向互助组申请贷款？申请到的贷款做什么？每个月利息怎么还？如何防止贷款被妇女的丈夫挪用？一堆堆的问题，一堆堆的事情把言晓晓的时间占得满满当当。

　　要不是关享打电话来抱怨，言晓晓差点儿都忘了，她已经来这儿快一个月了。

　　看着视频里又黑又瘦的言晓晓，关享和苏航心疼极了。关享忍不住问言晓晓："你说你图什么？你看看你现在这个样子，黑下去容易，想要白回来可就难了！"

　　言晓晓想起临走前吴楚一的叮嘱，决定早晨再早起个五分钟，多抹一层防晒霜。她倒是不怕黑，但她怕辜负了吴楚一的心血。

　　苏航问起工作，言晓晓一下子来了劲头，细细和苏航说起她刚给一个妇女放了三万贷款，那个妇女准备买仔猪养猪。

　　关享听得直摇头："晓晓，你是不是傻了？一笔三万块的贷款你就高兴成这样？之前你随便做笔房贷都是三百万起，也没见你这么兴奋！"

　　言晓晓刚要给关享解释，有同事过来叫她，说一直攻坚的那个村委会终于愿意接受这种新型借款模式，让他们过去开宣讲会。

　　关享弄不明白，为什么星期天还不让人休息，有什么事不能星期一再说？言晓晓笑着和她解释，说这个村的村长，一直抗拒这种扶贫模式，他们连妇联都搞不定。如今破天荒同意他们去宣讲，别说是星期天，下刀子她都得去。

　　挂上电话，关享和苏航商量，有没有觉得言晓晓又变了，不光是变黑变瘦，是其他东西也变了。

　　苏航笑着点头："可不是吗？你瞧她那眼神，直直地瞧着你，像是要看到你心里去，哪还有当初的样子？她呀，现在可比谁都有主见。"

　　刘佳佳蹭过来想发表一下意见，被关享一个白眼翻回去："好好干你的活，这儿没你插嘴的份儿！"

　　刘佳佳抱着案本抵着下巴，委屈巴巴地看着关享："关享，你和苏姐两个人的业务量抵人家四个客户经理，我一个人当你们俩的后勤，没有功劳也有苦劳，你能不能对我态度好一点？你看你，一脸的阶级斗争……"

　　关享又拿起一堆案本堆在刘佳佳的桌上："咱俩的个人恩怨还没了结呢，我这态度有问题吗？"

　　刘佳佳倒吸一口冷气："关姐，这都多久了，你还……"

　　"我小心眼，记仇，不行啊？"

　　要不是大堂经理推门进来，关享和刘佳佳能动起手。即使如此，两人也已经扭打成一团。

　　"有客户过来咨询贷款……"大堂经理嘴里问的是哪位出去接

待，眼睛却盯着苏航。可惜苏航不解风情，打发关享带着刘佳佳赶紧出去接待，这一大早吵得她头痛。

只是没过几分钟，两人又跑回办公室，表情同方才大堂经理如出一辙："苏总，这个客户十分难搞，恐怕只有您出马！"

苏航看着两人挤眉弄眼的样子就知道没好事，可也知道现在问不出结果。于是，她微微一笑，出门见客，临走前留下一句话："你们俩要是搞什么鬼，小心你们的皮！"

刘佳佳吓了一跳，可等苏航一转身，立刻发起花痴，两手捧着脸，一阵嘤嘤："好帅好帅好帅啊！"

关享起了一身鸡皮疙瘩，像是看见脏东西一样跳到一旁："你没见过男人啊？你恶心不恶心啊？"

刘佳佳叹了口气，故作忧郁地抽出一张纸巾，擦了擦眼角并不存在的泪水："关姐，像你这种有极品大帅哥男朋友的人，是理解不了我们这种只和丑男谈过对象的痛苦的。明明是多看一眼都折寿的长相，我们还得含情脉脉地说，你是我心中最帅的男子。"

"谁让你当'白莲花'？活该！"关享像是想到了什么，揽过刘佳佳的肩膀，"我警告你啊，别打沈铎的主意！不然……"

刘佳佳竖起三根手指："别说沈铎，关姐你的男朋友，还有言姐的男朋友，如果我有想法，我就是这个……"刘佳佳放下三根手指，做了个爬的动作，"活王八！"

苏航看清楚咨询客户后，顿时明白关享和刘佳佳为什么笑得像抽筋一样。良好的职业素养让她没有在大堂爆发，而是把沈铎领进接待室办理业务。

"我打算买一套二手房，想和苏总咨询一下如何办理贷款。"沈铎开门见山，拿出一套房产证复印件和房屋照片递给苏航。随后，他详细地向苏航介绍房屋情况，以及他对装修的打算。

苏航心中一动，接过资料，细细翻看，貌似闲聊："沈总这是打算在本市安家？"

沈铎答得爽快："是啊，车牌也正在拍。"

"挺好的……"苏航雪白的手指一页一页地翻过资料，心中有千言万语想要述说，但是看沈铎的样子，她似乎连开口的机会都没有。明明已经经历过那么多事情，却又回到最初的状态，成为最熟悉的陌生人。苏航像是吞了颗酸梅，从胸口一直涩到眼睛。为了掩饰自己的失态，苏航拿起纸笔，给沈铎罗列贷款需要准备的资料。

沈铎像是没有注意到苏航的异常，一样一样地和苏航核对资料："房子是我贷款，但是房产证上我想写两个人的名字，需要准备她的资料吗？"

"她和您是什么关系？"

"应该是我未来的妻子。"

随着沈铎的话音结束，苏航手上的笔掉在了地上。苏航眼中闪过一道凄厉的痛楚，随即借着弯腰捡笔的工夫换上一脸沉稳，只是她自己并没有觉察到，她声音中带着颤抖："那我们会要求追加您妻子作为共同贷款人，她需要准备的资料基本和您一样。"

沈铎看着苏航的模样，再也不敢继续开玩笑，把资料清单推到苏航手中说："苏航，你赶紧准备一下资料，我打算明天给人家付首付！"

沈铎从口袋里掏出一个盒子，轻轻握住苏航的手，将一枚戒指戴在苏航的中指："我先是回了趟老家，和沈钧一起，把妈妈的后事安排好。沈钧把我这些年寄回家的钱又全部拿给我，让我赶紧买套房子和你结婚。他说我这辈子绝对找不到第二个像你这么好的女人，我觉得他说得特别对。回来之后，我就一边看房子一边找工作，现在房子和新工作都有了。你看我的收入证明，我在一家投资公司做部门副总。对了，你放心，不是骗人的那种公司，是正规公司！还有就是，我想让你住得好一点，所以买了大平层，没想到这么贵，付完首付，戒指只够买这么大的了。你先凑合一下，明年我给你换个大的，好不好？"

苏航没有说话，她泪眼婆娑，静静地看着沈铎。沈铎与她相处一年有余，从来没有见过如此脆弱以及无助的苏航，一时也慌了手脚，紧紧握着苏航的手说："苏航，你别哭，是我不对，我不应该和你开玩笑。你有什么话和我说，你骂我也行！我知道我当时不应该就那么走掉，可我真的不知道该怎么和你说。你是我想一起过一辈子的女人，我不想让你跟着我吃苦，我只想让你过得好……"

"我从来就没在乎过那些东西，我过去现在将来唯一在乎的就是你这个人。我只想让你留在我身边，你为什么不明白？"滚滚而落的眼泪冲刷掉苏航脸上的脂粉，让她显得越发无助，"你知不知道这些天我是怎么过来的？我每天都在担心你，担心得晚上睡不着，白天还要装作什么事都没有发生的样子，因为我不能让我的朋友操心。你是不是傻？你为什么要为了这些东西离开我？"

心中的震动让沈铎的声音也有些哽咽："抱歉，我保证这是最后一次离开你。从现在开始，我绝对不会再辜负你对我的信任，我会成为你的依靠，和你走完这辈子。"

苏航抱着沈铎哭出声来，她知道接待室内有监控，她也知道这一刻会成为全行的八卦笑谈之一。可那又怎么样？她走过的二十七年，许过的唯一一个愿望终于实现了，命运终于将她唯一渴求的东西送到她的身边，从此以后，她再无恐惧。

关享和刘佳佳宛如门神一般，分别站在接待室门口，赶走一拨又一拨找各种理由前来围观的同事，尤其是安鑫这种贼眉鼠眼的："看什么看，有什么好看的？"

　　安鑫跳来跳去，妄图从玻璃围挡里看到接待室里的动静："你们就让我看一眼嘛，保安说求婚了？"

　　刘佳佳听得心痒痒的："真的啊？那你继续去监控室看啊！"

　　"罗行把我们都赶出来了，他一个人蹲在里面看！"安鑫拉着关享的手，"姐，你是亲姐，你就一点都不好奇吗？"

　　关享深吸一口气，左手扒着安鑫，右手扒着刘佳佳，三人一起贴在玻璃上往里看。

　　"关姐，苏姐哭了……"

　　"你懂个屁，那叫喜极而泣！"

　　"关姐，戒指好像小了点，嗯，不过比你手上那个大……"

　　"你懂个屁，钻石讲究的是切工！"

　　"那倒是，苏总手上的好闪，你手上的，是真像石头。"

　　"关姐，我说话直，你别生气啊……"

　　"知道我会生气就别说！"

　　"不说多难受啊，我是觉得吧，你男朋友超帅，不过这个气质吧，好像没有苏总男朋友好。苏总这个男朋友一看就是搞金融的，你男朋友像是被金融搞的……"

　　沈铎抱着苏航，一手轻轻拍着苏航的背，一手对着贴在玻璃上的三张鬼脸挥动，尤其是关享。关享用口形示意沈铎要好好对苏航，随后又做了个抹脖子的动作警告沈铎，不然要他好看。沈铎用力地点了点头，抱紧苏航，这一次，他再也不会放开。

　　晚上，言晓晓听关享说了苏航的事，兴奋地从床上蹦起来，乐得围着宿舍转了三圈，发微信恭喜苏航。苏航难得的羞涩，回了个脸红的表情。

　　言晓晓不肯这么轻易放过苏航，正准备拨个电话过去，没想到电话先响起了。接通后，言晓晓才明白为什么她会觉得那个号码眼熟，她竟然忘了她家的固定电话号码。

言晓晓的妈妈听见女儿的声音，千言万语瞬间化为乌有，紧紧握着电话，握到指间发白。

寂静片刻，言晓晓试探性地叫了一声"妈妈"，依然没有回应。言晓晓无奈轻笑，将这一切归结于父母对她的失望透顶。

言晓晓微微黯然，很快就缓过神来，对着床头柜上的镜子，露出一脸灿烂笑意："你和爸爸有没有看我的朋友圈？我最近可忙了，是五加二、白加黑，身体是有点累，可心一点都不累，因为我知道我在干一件特别有意义的事。妈，你知道吗？我活了二十多年，从来没有过这种感觉！用句不恰当的话说，就是活得特别有盼头，每天都有新希望。对不起，我让你们失望了，我爱你们。我知道你们是为我好，但我不会回到过去的那种生活。现在的我，有一个大大的世界，我可喜欢了。"

言晓晓妈妈的呼吸和心跳一样急促，她回头看了一眼丈夫，得到一个支持的眼神后，下定决心开口："我们每天都在看你的朋友圈……"

准确说法是除了睡觉时间外，每个小时，夫妻俩都会打开朋友圈查看女儿的动态。而两人的心态，从刚开始的不理解以及心痛，慢慢随着言晓晓的笑容以及言晓晓照片里贫困妇女们的眼神开始变化。他们第一次看到，那个从小到大老实到无用的女儿会绽放出如此自信的笑容，会如此神采飞扬地在众人面前演讲，会被一群比她年纪大得多的妇女团团围住，用充满信任以及依赖的眼神注视着。

这个女儿现在对于他们来说是从未有过的陌生，可是这样的女儿与其说是让他们失望，不如说是让他们慢慢感受到了活力以及对未来生活的希望："晓晓，你黑了，还瘦了……"

预期的责怪没有到来，言晓晓的神色有些放松。她的笑容，依旧温柔得没有任何抵触，可她的内心早已生出磐石，不会被任何异议所动摇："每天爬山路，吃再多也胖不起来，你和我爸最近怎么样？天冷了，我给你们买的保健品和保暖内衣都收到了吗？"

"收到了，都穿上了。我们挺好的，你要好好照顾你自己……"

言晓晓的爸爸早和妻子商量好了电话内容，可看妻子说了半天也没说到重点，发起急来，抢过电话，深吸一口气："晓晓，我告诉你两件事！"

言晓晓的神经瞬间绷紧，她不知道，电话那头的父亲比她还要紧张。

"第一，你叔叔的事，我想了很久，你做得对，是他们全家太过分了；第二……"言晓晓爸有些羞涩，犹豫片刻，声音不自觉地放低，"我和你妈，我们……我们……我们为你骄傲！"

言晓晓以为自己听错了，她小心翼翼地询问："你们为我骄傲？"

得到肯定的答复后，言晓晓的眼泪瞬间落下来。二十多年来，她终于获得了父母的认可，虽然迟了点，但还不算太晚。她用力咬紧牙关，还是忍不住哽咽。言晓晓的爸爸，这个不擅长表达自己情感的中年男人听见女儿的哭声，更加手足无措，求助地看着妻子。言晓晓的妈妈接过电话，眼里也含着泪："我把你的事和我同事、朋友还有同学说了，他们都说你特别了不起，做的事情利国利民。我哪懂得那些大道理啊，我就知道我有个特别棒的女儿，我为她感到骄傲！"

言晓晓竭力平复气息，哽咽着说："谢谢妈，我好高兴。"

"之前是我们……我们……没注意到你已经是大姑娘了，有自己的想法了，还想着帮你安排好一切，是我们欠考虑。从现在起，你的事情，你自己做主，我们不干涉了。你昨天不是发朋友圈问大家喜欢不喜欢你现在的样子吗？我和你爸都喜欢！"

答应母亲休假时一定回家看看后，言晓晓放下电话，去洗手间处理哭肿的眼睛。当她正拿毛巾敷着眼睛时，电话又响起，言晓晓以为是关享要和她分享最新情况，接通后才发现是吴楚一的视频通话。

言晓晓吓得扔掉电话，却不敢挂，结结巴巴地和吴楚一商量，说她现在有点忙，要不过会儿再联系？吴楚一眼尖，看到言晓晓红肿的眼，冷笑一声："你敢挂，以后就别联系！"

言晓晓几乎是拿自己的生命发誓，才勉强让吴楚一相信，她没有被人欺负，她哭是因为和她父母打开了心结，喜极而泣！

吴楚一更生气了，说："这不是高兴的事吗？那你为什么不愿意让我见？"

言晓晓可怜巴巴："我一个月没做面膜了，我鼻子上有黑头，眉毛也没修。我这几天明明用防晒了，不知道是不是紫外线的原因，还是黑了，我怕你看到后骂我……"

"你和我有什么好矫情的？你什么样子我没见过？"

何止皮肤和黑头，从头到脚，从头发到指甲无一不是吴楚一吐槽的对象："有没有搞错？你怎么搞成这样？"

言晓晓眨了眨眼："这儿水质不好，水压不行，之前是经常没热水，现在是经常没水，所以……"

"所以，你就几天洗一次头发？"吴楚一露出一个夸张的表情，一手捂在胸口，"天啊！"

言晓晓态度诚恳地辩解："没有几天，也就两三天吧，而且我有用干洗粉，不脏的！"

吴楚一终于问出和关享一样的问题："你说你图什么？哪个姑娘不是想把自己打扮得漂漂亮亮的？你是硬把自己往火坑里推！"

"你这话说得可不对，"平生第一回，言晓晓驳了吴楚一，"我现在做的事，特别有意义。"

言晓晓静下心来和吴楚一慢慢说着："这些天，我跟着上一批的同事去了不少村子。当中有些村子已经做了两三年，那些妇女看见我的同事，就像看见亲人一样。刚开始我不明白，后来到了我们要开展扶贫的村子，我才明白是怎么回事。那些妇女，因为没有经济来源，被丈夫打，被公婆骂，活得不像个人样子，只有让她们手里有钱，才能让她们把腰杆子挺直了。我现在做的事，就是让她们活出个人样，怎么能说是火坑呢？应该说是事业！"

言晓晓勾起嘴角，微微一笑："我和同事商量好了，我要负责四个村子，每个村子的第一批贷款，我打算放五十万。我知道你可能想笑，四个村子，几十户人，一共才放二百万。你当初买套房子，贷款贷了将近一千万，你一笔业务顶二十个村子。可是，不一样的。当初带我的那个同事怕我不理解，和我聊过。她说虽然她放一年的贷款，可能都顶不上城市同事的一笔业务，可是因为她的一年，让一个村的妇女都能用上卫生巾，这就是我们事业的意义。"

也许是因为熟悉，面对着吴楚一，言晓晓的态度越来越放松。她拿过一瓶护肤品仔细在脸上涂抹："对我的那些客户来说，这些东西也许是她们永远都接触不到的。可是，我还是想通过我的努力，让她们在赶集的时候，买瓶香喷喷的洗发水，吃点甜丝丝的零食。实话实说，从利益的角度来说，做她们的业务，比做你的业务差远了，可是从成就感来说，能够帮助她们，实在是太好了。"

看着言晓晓的眼睛，那些说不清道不明的东西又缠绕在吴楚一的心头。他不知道应该怎样描述这种感觉，只好别过脸，干巴巴地交代言晓晓下个月发布会的时间，叮嘱她一定把时间空出来。

言晓晓眼睛一转，似乎想到了什么，笑着应承下来，也许她有了一个给吴楚一惊喜的机会。

之后言晓晓的生活依然忙碌，依靠着多层防晒霜的保护，勉强没有再黑下去。

转眼到了发布会前夕，言晓晓拼着两周没日没夜地工作，终于把手上的工作安排好，请了年假回来。

瞅着言晓晓的模样，关享又要哭出来，拖着言晓晓出去吃好的，要给言晓晓补回来。别说吃，言晓晓连工作都暂时不想谈，好好地泡了个热水澡就冲出家门，说有要紧事要办。

根据吴楚一的安排，和言晓晓有关的环节差不多在发布会中间，言晓晓素颜上场，经过吴楚一的妙手，打造出个人见人爱的姑娘。大屏幕再放上言晓晓以前的工作照，增强一下对比，体现出本次彩妆发布会的主题——蜕变。

关享和苏航也收到了邀请函，带着李格非和沈铎早早来到 VIP 区坐下。关享吃着点心感慨，贫穷限制了她的想象力，这发布会竟然能奢华到这个地步。

李格非时隔一年重新回到他熟悉的环境，不禁思绪万千。他让关享注意形象，她满身的穷酸气已经影响到他了。

关享和李格非瞬间吵成一团，苏航和沈铎低声讨论同在 VIP 区的网红明星，倒也其乐融融。

吴楚一对接好所有流程，担心言晓晓紧张，去后台休息室见言晓晓。

看见开门的言晓晓妆容精致，吴楚一有些疑惑："怎么还没准备？"

言晓晓眼睛一转，淡淡一笑："模特恐怕要换人……"

眼看吴楚一神色一凛，言晓晓不敢再开玩笑，侧身让吴楚一进来："因为有更合适的人选……"

　　吴楚一没有想到，会在此时此地遇见母亲，他强压在心底的郁闷愁苦瞬间翻涌上来，连带着眉头都纠结在一起。吴楚一的母亲看见儿子想要亲近，却不敢上前，只是怔怔地看着。

　　空气一时间沉闷起来，言晓晓深知吴楚一的母亲大半辈子生活在丈夫的控制之下，如同当年的她一般，早已忘记如何表达自己的感情。她深吸一口气，拉起吴楚一母亲的手，走到吴楚一面前："你别怪我多事，我回来当天，就想办法联系到阿姨，我把你当年的目标还有你这些年的努力都告诉阿姨了。阿姨哭了很久，决定来完成你的心愿。所以我说，这个模特，阿姨比我更合适。"

　　"我……我……我特别为你感到骄傲……"哭泣的母亲，仍然不太会表达自己对儿子的爱意，可是她灼热的眼泪，似乎在慢慢化开吴楚一冰封的内心。

　　言晓晓轻轻推了推吴楚一："还站着干什么？"

　　吴楚一犹豫着上前拥抱母亲，这个动作他明明做过无数次，对象有明星偶像，有模特网红，可是没有一次像现在这样，肢体僵硬，一颗心快要跳出胸膛。他甚至开始怀疑，眼前的这一切是否真实存在，那个激励他成为化妆师的动因，就是母亲亲口告诉他：我为你感到骄傲！

　　"我会……我会……"吴楚一的母亲聚集起全身的勇气，"我争取说服你父亲，你没丢吴家的脸。你是吴家的骄傲，吴家要承认你！"

　　"您不是一个人，我们和您一起。"言晓晓的眼睛里含着温柔笑意，"我当然希望，楚一的父亲能够承认他。不过不行也没关系，楚一想要的从来不是其他人的承认，而是您的笑容。只要您能够变回原先的样子，楚一的心愿就达成了。"

　　言晓晓把准备好的照片和 U 盘交给吴楚一："这是阿姨以前的照片和视频，我和阿姨一起上台做模特好不好？你肯定也很想告诉所有人，你走到今天，是为了什么。"

牙尖嘴利惯了的吴楚一一言不发地接过照片和 U 盘，他转过脸，轻咳两声掩饰微红的眼睛，多年的疏离，让他在梦想成真的一刻不知该如何表达。

只是，那是对母亲。

对言晓晓，吴楚一终于明白，当初的同情以及怜惜在这段时间中是如何突破重重障碍，最终成长为他内心的一部分，也许到了改变他们相处模式的时候了。

吴楚一拿着东西离开休息室，去找工作人员，调整流程。

言晓晓和吴楚一的母亲商量过会儿怎么配合吴楚一，至于吴楚一刚才所说的发布会后好好谈一谈，她也不清楚吴楚一到底要谈什么。

在离休息室不远的地方。

沈铎不清楚未来的他能发展到何种地步，更不清楚他能不能给苏航理想中的生活。

李格非不清楚能不能完成领导要求的销售再创新高的目标，更不清楚如何和李家二老相处会更合适。

苏航不清楚怎么和父母沟通沈铎的存在，更不清楚怎么和母亲缓和关系。

关享不清楚怎么说服她妈放弃照看她将来的孩子，否则一定会被她惯坏，更不清楚怎么说服李格非再让李婉仪帮助她的工作更上一层楼。

未来正保持着神秘感，等待着他们的探索。也许他们无法获得想要的结果，但是整个旅程中，他们至少有相爱的人陪伴。所以，一切都会好起来的。

图书在版编目（ＣＩＰ）数据

　　了不起的女朋友们．完结篇／历知幸著．—北京：
北京燕山出版社，2018.12
　　ISBN 978-7-5402-5177-2

　　Ⅰ．①了… Ⅱ．①历… Ⅲ．①言情小说—中国—当代
Ⅳ．① I247.5

　　中国版本图书馆 CIP 数据核字（2018）第 137447 号

了不起的女朋友们．完结篇

著　　　者：历知幸
责任编辑：李瑞芳　　刘朝霞
封面设计：Topic Studio
出版发行：北京燕山出版社有限公司
社　　　址：北京市丰台区东铁匠营苇子坑 138 号
邮　　　编：100079
电话传真：86-10-65240430（总编室）
印　　　刷：天津旭丰源印刷有限公司
开　　　本：880×1230　1/32
字　　　数：259 千字
印　　　张：10.75
版　　　次：2019 年 8 月北京第 1 版
印　　　次：2019 年 8 月北京第 1 次印刷
Ｉ　Ｓ　Ｂ　Ｎ：978-7-5402-5177-2
定　　　价：45.00 元